殺人ゲーム

レイチェル・アボット
関 麻衣子＝訳

角川文庫
22755

目次

プロローグ

震える指をドアのハンドルにのばしながら、何もかもを拒絶できたらいいのにと思う。今夜行なわれるゲームに参加などしたくない。それなのにそう言えないのは、思っていたほど自分が勇敢ではないからかもしれない。わたしは片手に握りしめている黒い封筒を身体に押しつける。まるでなかのカードに書かれた言葉が燃えはじめ、サテンのように滑らかな封筒の表面に浮かびあがり、メッセージが人目にさらされることを恐れるように。

　廊下に出ていくと、ほかの部屋のドアも次々にひらき、わたしは目にした光景に声をあげないよう必死にこらえる。銀色のタイトなワンピースを着たイザベル、ターコイズブルーでシルクのロングスカートを穿《は》いたチャンドラ。記憶が溢《あふ》れだして眩暈《めまい》がする。ただ、これこそがこのゲームの狙いなのだろう。

　誰ひとり口をひらかず、笑顔も交わさないまま、わたしたちは優美な造りの階段を降りていく。夫のマットに目を向けてみると、三年間連れ添っているはずなのに、赤の他人のように思える。夫の顔はこわばり、唇は引き結ばれていて、やはり黒い封筒が上着のポケットからのぞいている。わたしの視線に気づくと、マットは封筒をポケットに押しこんで隠す。

一年前のあの夜と今夜が、こんなにもちがうなんて。あの日部屋から出てきたわたしたちは、その夜の宴《うたげ》や、翌日の結婚式を心待ちにして浮かれていたというのに。

今夜のゲームについてどう思っているのかマットに訊《き》こうとしたけれど、話をすることすら拒絶されている。ただ、これがルーカスの望むことだというのはわかる。ルーカスは望んだことをかならず実現させる。少なくとも夫はそう思っているらしい。夫の本音はもはやわたしにもわからないけれど、それだけはたしかだ。

壊れゆく夫婦はたいていの場合、ふたりの仲にひびが入りはじめた瞬間がいつなのか、はっきりと認識していないのだろう。寄り添っていたはずの心が離れ、からかいあう言葉が徐々に辛辣《しんらつ》なものへと変わりはじめたときを。けれどもわたしは、この結婚生活が壊れはじめた瞬間をはっきりと感じとっていた。

マットとの暮らしは、あのときまではなんの苦労もなく、穏やかな川を並んで泳いでいるようなものだった。ところがある日、川の流れが変わった。とつぜん急流に遭遇し、引き離されてしまったのだ。いまはずっと遠くに互いの姿が見えるけれど、あの穏やかな場所に一緒に戻れるとは思えないし、戻ろうともしていない。

あの運命の日から一年が経ち、間もなくわたしたちの心が離れはじめた時刻がやって来るが、どこにもすがれるものは見あたらないし、助けになるものも何もない。

それでも、これまで夫と一度も話しあわなかったのは、わたしたちを引き裂いた出来事について触れなければいけないとわかっていたから。
そして、アレックスのことを話さなければならないと、わかっていたから。

第一部

一年前

1

わたしは車を道の脇に寄せ、タイヤで雑草を踏みながら、マットのほうへと顔を向ける。

「わかった。もういらいらしなくていいわよ。最後はあなたが運転してちょうだい」

マットは目を丸くしてみせる。「いらいらしてる？」

笑いながらドアを開け、わたしは車を降りる。マットはわたしの運転が嫌いなのだ。スピードを出しすぎるし、ブレーキを強く踏みすぎるのだという。まあ、そのとおりかもしれない。わたしにとって運転は雑用のひとつであり、食器を洗ったり、歯磨き粉を買ったりするのと大差ない。けれどもコーンウォールまでの道のりは長く、マットは二時間半も運転していたので、交代を申しでたというわけだ。

後部座席から水のボトルと白い封筒を取ったとき、マットが車の前をまわってわたしのところに来た。ふたりで牧草地を囲む鉄の柵《さく》に寄りかかって景色を眺め、牛たちが草を食《は》む音を聞きながら、水をまわし飲みする。

「楽しみ？」わたしは訊く。

「うん、まあね」マットらしい答えだ。慎重で、控えめな言葉。
　封筒から白い厚紙のカードを取りだす。マットから日時と場所は聞いていたものの、招待状はこれまで見ていなかった。

ニーナ・ベランジェ
＆
ルーカス・ジャレット
この度の結婚式に
マット　＆　ジェマ・ハドソンご夫妻
をご招待いたします
コーンウォール、ポルスキリンにて
二〇一八年七月十七日　午後四時

「ポルスキリンっていうところに滞在するのね。別荘か何かを借りきったのかしら」

マットがこちらをまっすぐ見据える。「いや。そこが自宅なんだ」

　そうだった。ルーカスという友人は裕福なのだと言っていたではないか。夫の学生時代の友人たちに会ったことはないし、マット自身も長年会っていないとのことだけれど、ルーカスとだけは定期的に連絡を取っていたらしい。二年前のわたしたちの結婚式に、そうした古い友人たちは呼ばなかった。わたしの母が病床に臥《ふ》していたので、式はごく控えめなものにしたのだ。それ以来、わたしたち夫婦は多忙な仕事と新生活に振りまわされる日々を送っている。

「ルーカスとニーナはどこで出会ったのかしら。知ってる？」

「パリだってさ。財団の仕事で行っていたらしい」

「財団って？」

「ジャレット財団だ」

　わたしはさっと夫のほうを向く。「ねえ、冗談でしょ。まさか、あのブレア・ジャレットの一族なの？」

　夫がにやりとする。「一族どころか、ブレアの息子なんだよ」

「うっそ……信じられない！　なんで教えてくれなかったのよ！　ひどいわ、マット。ってことは、大富豪じゃないの」

「べつに教えなかったわけじゃないよ。話す機会がなかっただけだ。ルーカスっていう友達がいて、そいつの家で十代のころによく遊んだって話したじゃないか。べつに、銀行口座の残高が桁違《けたちが》いだとか、親が何者かなんて話まで必要ないだろ」

いかにもマットらしい考えだ。ルーカスの父親が初期の検索アルゴリズムを考案して一財産を築き、それを元手に財団を設立して慈善事業を手掛けていることなど、自分には関係もないし興味もないというわけだ。

「どうやって知りあったのか、もう一度聞かせてよ」

マットがこちらに向きなおる。「招待状が来たときに話しただろう。あいつの親父とうちの親父がゴルフ仲間だったんだ」

「マット、それだけで話が終わりなんてあんまりよ。お義父《とう》さんのご友人で息子がいるひとはたくさんいるだろうし、もうちょっと詳しく教えて」

夫が身を乗りだしてきて、優しく、くすぐったいくらいのキスをする。でも、そんなことでごまかされたりはしない。いつだってマットは最低限のことしか教えてくれないのだが、今回ばかりは引きさがりたくない。わたしは険しい目つきで睨《にら》みつける。

くすくすと笑いながらマットが言う。「わかった、降参だ。親父たちは、ぼくとルーカスが十四歳のときにゴルフをやらせることにしたんだ。親父は何かひとつでもいいから、ぼくに得意なスポーツがあればいいと考えたんだけど、ぼくは何をやってもてんでダメで、ゴルフが最後の望みだったってわけさ。それでルーカスとぼくと親父たちの四人で、三回ほど週末にコースに出てみたんだ。ぼくの出来は最悪だったよ。同年代の子と比べてぼくの背が低くて、ルーカスが当時すでに百八十センチ近くの身長があったことを差し引いても、あまりにも下手すぎた。傍目《はため》に見ても滑稽《こっけい》だったと思うよ。ルーカスはぼくが惨めな思いをしているのを見てとって、親父さんにある提案をしてくれた。ぼくたちはゴルフじゃなくて、ルーカスの家で遊びながら週末を過ごすほうがいいってね。プールもあるし、天気が悪いときはビリヤードもできるから」

「その年頃にしては、ずいぶん思いやりがあったのね」そう言って、わたしは夫の肩に頭をのせる。マットの少年時代にはあまりいい思い出がないと聞いている。スポーツでは父親の期待に応《こた》えられなかったし、身長が低いことを気にしていて、百五十センチに達しないのではないかと心配していたそうだ。結局は時間がかかったものの身長は伸びたので、杞憂《きゆう》に終わったのだけれど。

「ルーカスらしいよ。いつだって他人の気持ちを思いやっている。そんなわけで、その年の春はずっと一緒に過ごしたんだ。そのあとにニックが仲間に加わり、最後にアンドリューもやって来た。あのふたりも、式では新郎の付添人になるはずさ」

マットの声の変化に気づき、わたしは言う。「仲間がふたりから四人に増えたのが、あまり嬉《うれ》しくないみたいね」

夫はため息を漏らす。「いや、そうじゃない。ふたりはいい奴らだし、楽しいし、きみも好きになると思うよ。正直に言うと、ぼくはあのころ、奴らに気後れしていたんだ。ふたりともルーカスと同じくらい背が高かったし、自分だけ発育が悪いみたいに思えてね」

わたしはマットの首に両腕をまわし、引き寄せる。「でも、いまはちがう。あなたは医師として、美容整形のスペシャリストになったんだもの」

身を引いて、夫のほぼ完璧《かんぺき》に整った顔立ちをあらためて見つめる。まるでみずからの手でメスを持って整えたかのような顔だ。鼻筋はまっすぐだし、バランスのいい配置の唇と目は綺麗《きれい》に左右対称になっている。時々、どうしてマットがわたしなんかを選んだのだろうかと考える。上唇はやや厚ぼったいし、吊《つ》りあがった眉《まゆ》のせいで、いつもびっくりしているように見えてしまう。それでも、マットはわたしの顔に手を加える必要は一切ないと言う。

「どうしてこれまで集まる機会がなかったの？」

「まあ、ありきたりだけど、忙しかったのさ。家も離れているしね。ルーカスとはメールや電話はしていたし、奴がロンドンに来るときは会うこともあったけど、普段は海辺の自宅にいるか財団の仕事で遠出しているからね。親父さんが亡くなって事業を継いだから。アンドリューはしょっちゅう海外に出てクルーザーを乗りまわしているし、ニックはロンドンの銀行で働いてはいるけど、家はセント・オールバンズだからなぁ」

　マットがわたしをぎゅっと抱きしめる。「さて、車に戻ろう。あと三十分も走れば到着だし、外は暑すぎる」

　本当にそうだ。イングランドとは思えない暑さ。まるで南イタリアにいるみたい。

　車に乗りこみ、マットは望みどおり運転席につく。わたしは一瞬、自分の持ってきた服が式にふさわしいかどうか不安になったけれど、口には出さないでおく。これから会う人々がどういった雰囲気の持ち主なのか、まだ何もわかっていないのだから。

「もっと教えて、マット。会うまえに知っておいたほうがいいこと、あるはずでしょ。ルーカスとほかのふたりはどうやって出会ったの？」

　やれやれというようにマットが首を振る。「もうすぐ会えるんだから、自分の口から聞けばいいよ、ジェマ。ぼくに言えるのは、どんなに裕福であっても同じ人間だということさ。だから、あまり先入観を持って見ないほうがいい。本人たちにとって、経済力なんて些細《ささい》なことだからね」

　わたしはおもむろにうなずく。それは正論だろう。わかってはいても、心の奥底に芽生えた好奇心は目的地に近づくにつれて大きくなり、いまや喉《のど》もとまでせり上がってきていた。


　それから十分ほど、わたしたちは無言になり、マットは初めて海に遊びに行く子どものように、前のめりの姿勢で車を走らせつづける。道が狭く、両側の高い生垣に阻まれ、角を曲がるときに見通しが悪いせいなのかもしれないけれど。

　マットはたびたびこちらに目をやり、わたしの心を読んだかのように、安心させるような微笑みを向けてくる。あまり緊張しすぎるのも馬鹿らしいし、そもそも主役は自分ではないのだから、服のことを気に病む必要もない。そう思ったとき、車が角を曲がる。

「信じられない！」わたしは思わずつぶやく。

　道は丘のてっぺんに達して海岸へと下っていき、その先にはどこまでも海が広がっている。砕け散る白波に洗われている岬の先端にあるのが、わたしたちが目指しているポルスキリンだ。そこにルーカス・ジャレットが住んでいる。

マットですら言葉を失っている。車を走らせてはいるものの、スピードはだいぶ落ちていた。咳払《せきばら》いをしてから口をひらく。「まあ、綺麗なところだろ？」

平静を装おうとする姿に笑ってしまう。ポルスキリンはあまりにも壮麗だ。城館と呼べるほど大きな屋敷。歴史を感じさせる石造りで、築数百年は経っているものと思われた。

広い芝地に挟まれた砂利道を走り、両開きの重厚な錬鉄製の門に近づいていくと、屋敷の前の広々とした庭園が目に入る。煉瓦《れんが》で縁どられた長方形の池、そのなかでほとばしる噴水。きっと金魚がたくさん泳いでいるのだろう。屋敷の裏にも庭があり、海とのあいだには林が見える。あの林には海岸へと続く小道があるにちがいない。冷たい海水に足を浸すのが待ちきれなかった。

まだ数百メートルは離れているのに、正面のドアから誰かが出てくるのが見える。わたしたちの車に気づいたのだろう。

「さあ、お出ましだ。きみも覚悟を決めてくれよ」マットが笑顔でわたしを見据え、目を輝かせる。

魔法をかけられたように門がひらき、マットが車を進ませ、黒髪の男性が立っているところまでたどり着く。満面の笑みを浮かべているマットを見て、この男性がルーカスなのだとわかる。紺色のショートパンツに白いTシャツを着て、歓迎の微笑みを浮かべている。

マットが車から素早く降り、歩み寄っていくのを見たとき、ルーカスの背がかなり高いことに気づく。夫の身長は百八十センチ近くあるのに、優に頭ひとつ分は高い。マットは腕をのばしてルーカスの肩を抱き、もう一方の手でがっちりと握手を交わす。どんな言葉をかけあっているのかは聞きとれないが、しばらくふたりに時間を与えてあげてから、わたしは後部座席にある鍔広《つばびろ》の帽子を手に取って、ふたりに歩み寄っていく。

「ルーカス、ジェマを紹介するよ。本名はジェマイマなんだけど、ジェマって呼んでる。ぼくの妻だ。まあ、わかってるだろうけど」

マットは早口でまくし立て、わたしをふたりのほうへ引き寄せるように手を差しだす。

「ようこそ、ジェマ。お会いできて嬉しいよ」ルーカスはわたしに身を寄せ、礼儀正しく両頬に軽いキスをしてから、背筋をのばして微笑む。吸い寄せられるような瞳《ひとみ》だった。明るい琥珀《こはく》色《いろ》で、ライオンの目のような色合いだ。いまは温かくて親しげだけれど、暗闇では光り輝き、あらゆるものを見透かすような気がしてならない。

2

ニーナ・ベランジェは車から一組の男女が降りてきてルーカスに近づくのを見ると、布巾《ふきん》で慌てて手を拭《ふ》いた。自分も出ていって挨拶《あいさつ》をしなければいけないのだろうが、なぜか不安になる。もしかすると、ルーカスはなぜこんなに小柄で、フランス中部の小さな町出身の女と結婚するのだろうと思われるかもしれない。ルーカスは慈善事業のイベントでも、絶え間なく押し寄せてはアプローチしてくる美女たちのなかから、いくらでも相手を選ぶことができたのだ。時々、なぜ自分が選ばれたのだろうとニーナは不思議に思うのだった。

出会った日のことは忘れられない。ルーカスはパリで行なわれる講演会にメイン・スピーカーとして招かれていた。ニーナは主催者側に講演者の世話人として雇われていて、聴衆は数百人にものぼることになっていた。いざ本番を迎えると、不運が不運を呼んだかのような事態になってしまった。照明はつかないし、マイクも音が出ず、惨憺《さんたん》たる状況に陥った。目の前が真っ暗になり、パニックが襲ってくる。機器の不具合は自分の責任ではないが、メイン・スピーカーであるルーカス・ジャレットの世話人として、ニーナは全責任を負っているのだ。信頼を失ったことは間違いない。

　ところがルーカスはきわめて冷静沈着にステージの前方へと進みでて、聴衆に聞こえるよう声を張りあげて話しだした。そして鳴りやまない拍手とともに降壇すると、ニーナが怒り狂いながら機器設備の担当者にどなり散らしているところに出くわした。ルーカスに聞かれていたことに気づき、ニーナは顔を真っ赤にして謝罪したが、笑ってこう言われただけだった。

「ぜんぜん問題ないよ。こういうこともあるさ。でも、もし埋めあわせをしたいってことなら、今夜ディナーに付きあってくれないかな」

　そんな誘いを断れるわけがない。

　そして彼がパリを去ったあとにも、また会いたいなどと言われるはずがないと思っていたのに、ルーカスはもう一度会うことを約束したうえに、それを実現させた。そしていま、自分と結婚しようとしている。

　新たな訪問客がこちらに歩いてくるのを見て、あれはマットとジェマにちがいないと思った。

幸せそうな夫婦で、ルーカスがそれぞれに話しかけると、何度も笑顔を交わしながら答えている。自分と彼も、あんなふうに幸せになれるのだろうか。いまはまだわからない。

半年前にニーナがこの地へ移り住むと決めたときは、ブレア財団の資金を心底求めている人々のためにルーカスが世界中を飛びまわり、自分がこの巨大な屋敷にたびたび取り残されるとは想像していなかった。それに、ポルスキリンはとても美しいところではあるけれど、自分がこの地に歓迎されているとはいまだに思えない。ただ、それをルーカスに伝える勇気はなかった。伝えたら、どんなふうに聞こえるかはわかっている。アレックスのことが理由だと思われてしまう。

ニーナはため息を漏らした。結婚式は最高のものにしたいし、そのために骨身を惜しまず、力を尽くして準備をしてきたつもりだ。けれども式のまえの二日間に、六人もの客を自宅でもてなさなくてはいけないなんて。一度も会ったことのない人々だというのに。ルーカスはいちばん古い友人三人を自分の付添人とすることに決め、彼らに二日前から泊まってもらってもいいかとニーナに訊《き》いてきたのだ。もちろん構わないと答えた。そう答えるしかないではないか。だが、自分の親族もここに来てくれたらいいのにと思ったのは、それが初めてではなかった。とはいえ、あまりにも人数が多いし、高齢の祖父母が二組もいるので、長旅をさせるのは断念し、今月フランスでもう一度式を挙げることになっている。ニーナの母親は、イギリスの結婚式には絶対に負けたくないと意気込んでいる。準備に奔走している姿を想像すると、頬が緩んだ。

窓に背を向けて、ランチの準備に戻ることにした。自分が自信を持てることといえば料理だけだし、キッチンは唯一心から安らげる場所で、自分を守ってくれるような気がする。だからいまは、ここから離れたくない。

3

ハーブ園の草むしりをしていた作業員の男性に荷物を二階まで運んでもらい、笑顔でお礼を言ってから、わたしはベッドの端に腰かけて部屋を見まわす。

なんと美しい部屋だろう。両開きの掃き出し窓が少しだけ開いていて、白い薄手のカーテンがそよ風に揺れている。アプリコットの香りがすると思ったら、アンティークの箪笥《たんす》の上に、ほんのり赤く色づいた果実がボウルに盛られて置いてある。わたしはマットレスを両手で押し、弾み具合を確かめてみる。ぱりっとしたシーツの上で、ぐっすり眠れるにちがいない。

マットに微笑みかけようとすると、夫はすでに荷ほどきを始めていて、綺麗《きれい》にたたんだ服を抽斗《ひきだし》に入れたり、クッションつきのハンガーに掛けてクローゼットに入れたりしている。整理整頓《せいとん》好きの夫と、夢見がちな妻。わたしも荷ほどきを手伝うべきなのだろうけれど、あともう少しだけこの雰囲気に浸っていたい。歴史のある家には、言いようのない魅力がある。どれだけ多くの人々が、この四方の壁に囲まれて眠りについたのだろう。どんな人生を送っていたのだろう。

窓に歩み寄ってカーテンを開けてみると、そこには小さなバルコニーがあり、石段がついていて、降りていくとタイル張りの広いテラスに出られるようになっていた。階下から歓談の声が聞こえてきて、ほかの客たちが食事前の酒を楽しんでいる様子がうかがえた。ランチのために降りていくのは準備が整ってからでいいとルーカスに言われていたし、ワインを飲んでいるほかの客も気にしないだろうけれど、あまり長く部屋にこもっているのも失礼かもしれない。

着替えなければいけないのに、景色に目が釘《くぎ》づけになってしまう。屋敷は小高い丘の上に建っていて、そこから見おろす海は言葉にあらわせないほど美しく、目の覚めるような深い青が広がっている。暑くて風がほとんど吹かないにもかかわらず、岸には波がぶつかって砕け散り、夜のあいだに嵐でも来ていたのかと思うほどだった。

バルコニーに数分ほど立っていたら、後ろから足音が聞こえてくる。マットがわたしの腰に腕をまわし、首筋に鼻を押しつけてきて、わたしの身体がぞくりとする。振りむいてみたとき、マットがなぜか身体をこわばらせた。首をひねり、夫の視線の先を追ってみる。マットはテラスを歩いている若い女性を見ているようだ。その女性はうつむき、ストレートの長い黒髪を垂らしているので、顔が隠れていてまったく見えない。グレーのゆったりとしたリネンのパンツに、同じ生地のさらにゆったりとしたチュニックを着ていて、急ぎ足で歩く姿は、服越しでもかなり痩《や》せているのがわかる。

女性は視線に気づいたらしく、一瞬だけ上を見あげて歩みを緩める。そしてすぐにまたうつむいてしまったので、いまの動きが気のせいだったのかと思ってしまう。

「あれは誰なの？」わたしを抱いている夫の腕を撫《な》でながら訊く。

答えはかえってこない。

「マット？」

「あれはルーカスの妹だよ」沈んだような小さな声に、わたしは思わず夫の顔をのぞきこむ。

「妹さんがいるとは知らなかったわ。なんだか……」言葉が続かない。痩せ細った身体と歩き方から〝病んでいるみたい〟という言葉が浮かんできたのだが、それだとあまりにひどい気がする。〝元気がなさそう〟くらいがいいのかもしれない。

「そうだな」マットはわたしの言葉を待たずに言う。「きみの思うとおりだ」

「どんなひとなの」

腕がわたしの腰から離れ、マットが踵《きびす》をかえすのがわかる。

「いまはその話はやめておこう、ジェマ。準備をしてランチに行かないと」そう言って、マットは部屋へと入ってしまう。

「でも、名前くらい教えてよ」

「アレックスだよ。アレックスと呼ばれている」

どうしてルーカスの妹を見かけてマットは戸惑っていたのだろう。訊いたところで、話せば長くなるし、いまは時間がないと言われるばかりだ。

「でも、来ることはわかっていたんでしょ。お兄さんの結婚式なんだもの」

「そうだけど、でも……さすがにもう、元気になっていると思っていた。回復しているんじゃないかと」

何から回復するのかと尋ねたかったけれど、マットはこれ以上ランチを先のばしにしたくないようだ。いずれにせよ、食事の場で彼女に会えるはず。

悩みを抱えている誰かを見ると、わたしは放っておけない性質《たち》だ。苦しんでいるひとには手を差しのべたくなってしまう。けれども、いまはマットに無理やり語らせるべきではないし、わたしに精いっぱいの笑顔を向けている。

「さあ、降りていってほかの面々に会おう」そう言って差しだしてきたマットの手を取り、わたしはさっきまでの陽気さがまた夫に戻ってくることを願う。

外の階段を降りていき、屋敷の南側から響いてくる笑い声のほうへ向かっていくと、見事な蔓《つる》バラが咲き乱れている蔓棚の下に大きなテーブルが置かれている。

ルーカスが振りかえる。

「ジェマ、マット、皆に挨拶《あいさつ》してくれ」

いちばん奥の席についていた女性が軽く手をあげる。そしてこちらの明るいほうへ近づいてきて笑顔を見せたとき、その髪が深いマホガニー色で、優美なウェーブとともに片耳の後ろから前に流されているのが見えた。明るいエメラルドグリーンでシルクの短いワンピースを身にまとい、その色は日焼けした長い脚に驚くほど映えている。わたしは屋外のランチに合うだろうと思って穿《は》いてきた自分のショートパンツを見おろさないように努め、身を乗りだしてその女性と握手する。

「こんにちは。イザベルよ」そう言ってからマットのほうを向く。「マット、元気にしてる？いまでも世界中に美をもたらすことに余念がないのかしら」

　マットが赤面する。仕事のことを言われたのか、マットの顔立ちのことを言われたのかはわからない。いずれにせよ褒め言葉なのに、夫はなぜかこわばった笑みを浮かべている。イザベルはどういう立場の女性なのだろう。マットは彼女のことを何も話していなかったけれど、知りあいなのは明らかだ。

　ダークブロンドの髪を立たせ、派手なアロハシャツを着た男性が近づいてくる。ルーカスの隣に立っていたのでわかりにくかったが、彼もかなり背が高い。

「マット！」男性が夫の背中を平手で叩《たた》く。「嬉《うれ》しいなあ、会えて。ほんとに久しぶりだ」それからわたしのほうを向き、身を乗りだして頬にキスしてくるが、どうもこの慣習はあまり好きになれない。わたしの家族は愛情深かったけれど、さほどキスに重きを置いていなかったせいかもしれない。「きみがジェマだね。おれはニック。お会いできて光栄だよ。ルーカスがおれをバーテンダーに指名したから、ふたりに飲み物を用意させてくれ」

「チャンドラ！」ふいにルーカスが声を張りあげる。「申しわけない、奥にいるから紹介が遅れたね」腕をのばし、暗い日陰にすわっている女性のほうを指す。影に隠れて見にくかったけれど、女性が椅子から立ちあがって近づいてくるのがわかる。長いクリーム色のスカートが腿《もも》にまとわりつき、両手を前で組みあわせている。アジア系の顔立ちで、温かみのある褐色の瞳《ひとみ》を持ち、静かな笑みを口もとにたたえている。

「こんにちは、ジェマ、マット。お会いできて嬉しいわ」

チャンドラは両手を組みあわせたままなので、握手のために手をのばすのがためらわれ、わたしは笑顔を投げかけるだけにとどめる。

「こちらこそ、お会いできて光栄よ、チャンドラ」

微笑みかえし、チャンドラはまた日陰に戻っていく。マットも初対面のようだったので、彼女はニーナの友人か何かなのだろうか。

「さあ、こっちに来てすわってくれ」ルーカスはわたしたちに二脚の椅子を指し示したあと、隣にすわろうとする。そのときふいに、テラスの入口に目を向けて口をひらく。「やっと来たな」

ショートカットの黒髪に、深い褐色の大きな瞳を持つ小柄な女性が近づいてくる。白いリネンのスカートを穿いていて、ベルトの代わりに色鮮やかなシルクのスカーフを巻き、麦わらのフェドーラ帽を被《かぶ》っている。とてもセンスのいい着こなしで、それに比べるとほかの者たちの身なりが派手すぎるか、あるいは地味すぎるような気がしてしまう。

「ニーナ、皆に紹介させてくれ」ルーカスが肩に腕をまわす。ニーナの頭はルーカスの胸のあたりまでしか届いていない。

間もなく新婦になるニーナは、ルーカスに笑顔を向けてから、近づいてきてわたしたちそれぞれの両頬にキスをする。

「皆さん、ようこそお越しくださいました。ルーカスもとても楽しみにしていたの。どうか滞在を楽しんでいただけますように。わたしはちょっと落ちつかないけど、許してくださいね」

そこで少しだけ笑う。「ご想像のとおり、式当日の準備でバタバタしているもので」

「わたしたちに手伝えることはあるかしら？」そう訊《き》いてみたが、ニーナは首を振ってチッチッチッと言う。

「何もしなくていいわ、まったくね。ルーカスの希望で、臨時のスタッフも雇ったの。あなた方は楽しむだけよ。ランチの準備ができたら、また来るわ。わたしは料理が好きなの」

英語はとても流暢《りゅうちょう》で、フランス語の訛《なま》りがさらなる魅力を与えている。ニーナが去るのを見送ってからテーブルのほうを向いたルーカスの目は、誇りで輝いている。

「それにしても、アンドリューはどうしたんだろう」ルーカスは肩越しに後ろを見て言う。「ニーナは全員揃ったらランチを用意しようとしてるのに」あたりを三百六十度見まわしてから、肩をすくめる。「やれやれ、ああいう奴だからな。そのうち来るだろう。さあ、どんどん飲んでくれ。飲みながら待てばいいさ」

どうやら、ここにいるあいだは贅沢三昧《ぜいたくざんまい》することになりそうだ。ニックはいくらでも酒を出していいと言われているようで、皆のグラスを満たそうと数分おきに飛びまわっている。

やがてニックはわたしの隣に腰をおろし、顔を向けてくる。

「ジェマ、やっと会えて本当に嬉しいよ。ルーカスからきみの噂は聞いていた」

「そうなの？」ルーカスがわたしの何を知っているというのだろう。マットの妻ということ以外に。

「もちろんさ。マットがきみのことを褒めたたえているって聞いていた。きみは言語療法士なんだってね」

それからわたしの仕事について数分ほど話をする。ニックはうなずきながら、わたしが人間のあらゆる形のコミュニケーションに興味を持ち、なかでも会話と言語の使用について特にこだわりがあるのだという話に耳を傾ける。自分の職業について語りだすと何時間でも話せるし、その魅力は尽きるところがないのだが、きっとニックはわたしが銀行の仕事に抱く程度の興味しか持っていないことだろう。

「ルーカスとはどうやって知りあったの？」話題を変えようと、訊いてみる。

「学校が一緒だったんだ。全寮制だけど週末だけ帰れる学校でね。ルーカスはお父さんが独り身で、平日は仕事で不在のことが多かったから。おれの場合は、両親から厄介払いされただけだけど」

わたしは思わず小さく息を呑《の》む。

ニックは大げさに笑いだす。「いや、冗談だよ。父が全寮制の学校出身でね。そこへ行けば規律が身について、わがままな性格が直ると思ったみたいだ。ぜんぜん行きたくなかったけど、親は行けば絶対に気に入るって言い張っていた」

「それで、そのとおりだった？」

ニックは片側だけ口角をあげる。「むずかしい質問だね。ちょっとランチタイムに話すにはディープな話題かもしれないし、正直に言うと、はっきりとは答えられないかも。まあ、ともかくルーカスと出会って、奴のお蔭《かげ》で平日だけでなく、週末も親の手を煩わせることがなくなった。お互いハッピーってわけさ」そう言って笑いだしたが、その笑顔は少なからぬ胸の痛みを隠しているようだった。「そんなとき、マットと出会ったんだ。それから四年間、ルーカスの家でよく遊ぶようになって、特に学校が長い休みに入るとよく一緒に過ごしていたよ。ありとあらゆる遊びをしたけど、悪さもしたっけな。マットは認めないだろうけどね」

ニックの眉《まゆ》がいたずらっぽく動き、さっきまでの痛々しさが顔から消える。マットが十代のころ、罪のないいたずらに手を染めたのだと思うとほっとする。夫は少々真面目すぎるところがあるのだ。

二杯目の酒を飲みおえるころにもアンドリューはあらわれず、三杯目を飲みはじめたとき、ふと誰もアレックスのことを話さないのに気がついた。

尋ねようとして口をひらきかけたとき、ルーカスとニックが小さな歓声をあげたので、わたしはすわったまま振りむく。オレンジと白の海水パンツを穿いた男性が林のなかの小道からあらわれて、肩まであるウェーブのかかった髪をタオルで拭《ふ》いている。広い胸に生えた毛からも水が滴り、引き締まった腹が陽に照らされ、顔には注目されていることに戸惑うような表情が浮かんでいる。

「なんだ？　ああ、そうか。ランチに遅れてしまったな。ごめん」男性は蔓棚《つるだな》に入ってきて、椅子を引き寄せ、びしょびしょの海水パンツのまま腰をおろす。そのときようやく、わたしとマットに気づいたようだ。「やあ。マットの奥さんだね。おれはアンドリュー」立ちあがり、テーブルの脇をまわって身を乗りだし、濡《ぬ》れた身体が触れないように気をつけながら頬にキスしてくる。「マット、元気だったかい」笑顔を向けて席に戻り、氷でいっぱいの大きな金属製のボウルから壜《びん》ビールを一本取りだす。

ルーカスがテーブルに手をついて立ちあがる。

「よし、ニーナを呼んでこよう。いまごろランチの仕上げをしているだろうから。フランス人の妻とイタリア人の家政婦がいると、食卓が豊かになるのはありがたいことだね。ワインを切らさないでくれよ、ニック。すぐ戻るから」ルーカスは背を向け、角を曲がって去っていく。

今度ばかりはためらわずに、わたしは口をひらく。

「アレックスは来ないのかしら？」

沈黙が流れる。どうやらまずいことを言ってしまったようだ。しばらくして、アンドリューが助け舟を出す。「たぶん夜には来ると思う、ジェマ。彼女は日中はひとりで過ごすのが好きなんだ」

その言葉に答えようとしたとき、マットの視線を感じる。かすかに首を振るので、わたしは口を閉じる。アレックスの話題は避けるべきものらしい。

4

ランチではニックが中心人物となり、賑《にぎ》やかな時間が過ぎていく。ずっとニックが話しているわけではなかったが、誰かが話しはじめると席から身を乗りだし、隙あらば自分の知るエピソードを披露しようと待ち構えている。

「ツリーハウスを建てたけど、マットが登れなかったことがあったよな」ニックは立ちあがり、両手を頭上にのばして、マットが枝からぶら下がっているような仕草をしてみせる。

　どっと笑いが起き、マットも笑っていたが、本音ではそういう話題は楽しくないのだとわかる。イザベルが身を寄せてきて、大きな音を立ててマットの頬にキスをする。このひとは何者なのか、いまだにわからない。マットは友人たちの恋人や奥さんに、会ったことはないと言っていたはず。

「そうやって暴露ばっかりしているけどな、ニック」ルーカスが楽しげな笑顔で言う。「校内一の美女をパーティに誘ったときのことを、どうして話さないんだよ。どんなメールを送ったのかは知らないけど、当日その子の代わりに誰が来たんだっけ？」

「お父さん！」イザベルとアンドリューが揃って声を張りあげ、ドラムロールのようにテーブルを両手で叩《たた》く。

　ニックがアンドリューに軽くパンチする。「あとちょっとでモノにできたのに、おまえがあらわれて横取りしたんだよな。おれとマットはどれだけの女の子を奪われたことか。ほんとにタチの悪い女たらしだぜ」

「馬鹿言うな。おれは女の子との接し方を心得ているだけさ。あの夜ルーカスがとめてくれなかったら、おまえは死んでたかもしれないぜ」アンドリューがにやりとして言う。

　どうやらルーカスは何かにつけて助け舟を出す性格のようだ。わたしは皆の茶化しあいに耳を傾けながら、椅子に背をあずけ、こんなに幸せなひとときがあるだろうかと感慨に浸る。暖かい陽射し、遠くに聞こえる海のうなり、友人たちと笑いあいながら素晴らしい料理に舌鼓を打つ時間。ニーナは忙しく動きまわり、全員がすべての料理を口にしているか、少しでも皿が空《から》になっている時間がないかと気を配っているが、ルーカスが手をのばしてニーナの腕にそっと触れる。

「皆だいじょうぶだよ、ダーリン。きみもゆっくりして」

ニーナは反論しようと口をひらきかけたが、ふと息を吐きだし、微笑んで椅子の背にもたれる。

あと二組の男女はどういう組みあわせなのだろう。いまだに海水パンツのまま、鷹揚《おうよう》で自由気ままな雰囲気を醸しているアンドリューは、優美で洗練されたイザベルと恋人同士なのだろうか。それとも、パートナーは物静かで神秘的なチャンドラなのだろうか。イザベルにいちばん似合っているのはニックのような気もする。ふたりとも、まわりの注目を集めることが好きそうだ。イザベルは何かと相手に触る癖があり、特にマットにはよく手をのばす。ふと見ると、しょっちゅうマットの肩に腕をまわして我が物顔をしているのだ。最初にそうされたとき、マットはわたしの顔を見て眉を吊《つ》りあげ、〝どうしようもないだろ?〟とでも言いたげな顔をしてみせた。わたしは愉快な気持ちをあらわそうと、笑顔をかえした。

とうとう全員が満腹になり、飲みすぎた酒を抜くために部屋へと戻っていったが、あと数時間もすればまた宴《うたげ》が始まるのは間違いない。

手に手を取り、マットとわたしは部屋の小さなバルコニーに続く石段をのぼっていく。これからベッドで愛しあうのはわかっているし、この三十分ほど、待ちきれなくて身体が疼《うず》いていた。けれども、それより先に頭のなかの疑問を解決したい。

「イザベルってあなたと親しいみたいだけど、どういう関係なの？　アンドリューの恋人ってこと？」

「訊《き》かれると思ってたよ、ジェマ。そんなこと、あとでいいじゃないか」マットはわたしのショートパンツのボタンを外そうとしながら言う。わたしは笑って夫の手をとめる。もちろん、とめるのはいまだけのこと。

「いやよ、だってあなたのこと以外考えたくないもの。まだ、あとふたつ訊きたいことがあるの。それで終わりだから」

マットはじろりとわたしを睨《にら》みつけて言う。「わかったよ。アンドリューの恋人はチャンドラだ。これでひとつ解決だな」

「じゃあ、ニックとイザベルがカップルなのね」これで納得だ。派手なシャツや、やたらと腕を振りまわす癖が目につくものの、ニックにはどこか聡明《そうめい》で洗練されたところがあると思っていた。「でも、あなたはイザベルと知りあいだったの？」

頭をのけぞらせ、マットが笑いだす。「ニックと出会ったときから知ってるよ。あのふたりは恋人じゃない。双子なんだ。若いころ、遊ぶときにはイザベルがいつもくっついてきた。正直言って、ちょっと困った存在なんだけどね。何しろ、昔からルーカスにのぼせあがっていたから」

「むしろ、あなたに気があるのかと思っていたけど」

「ははっ、ぜんぜんだよ。あれは見せかけだけさ。もっとよく見ていてごらん。ぼくに触るたびにルーカスに目をやっていて、まるで嫉妬《しっと》させたいみたいなんだ」

「本当に？」

「もういいだろ、ジェマ。こっちへおいで」

わたしは夫に手をのばし、Tシャツを頭の上まで引っぱりあげる。

「最後にひとつだけ。余計なお節介かもしれないけど、アレックスはどうしてランチに来なかったんだと思う？　それに、どうしてわたしが訊いたとき、皆は黙りこんだのかしら」

マットは腕をさげ、Tシャツをおろす。「ジェマ、きみが誰にでも親切なのは知ってるし、寂しげなひとを放っておけないのもわかるけど、アレックスのことはどうか訊かないでくれ。あの子はまだほんの子どもに過ぎない年齢のとき、恐ろしい目に遭ったんだ。でも、詳しいことは誰も知らない。おそらくルーカス以外はね。アレックスは大きなトラウマを負っているから、皆話題に出さないようにしている。実を言うと、考えるのも避けたいくらいなんだ」マットは後ろに二歩ほどさがる。「ごめん、ちょっと暑さにやられたみたいだ。軽くシャワーを浴びてくる」

わたしの何が悪かったのかは知らないけれど、マットのあの表情を見ればわかる。夫は心を閉ざしてしまった。この話題について語るつもりはないのだ。

5

ポルスキリンでの初日は、陽射しと昼寝とご馳走《ちそう》と多すぎるアルコールにまみれて過ぎていき、わたしはベッドに倒れこんだまま、なんとかしてメイクを落とし、服を脱がなければと自分に言い聞かせている。飲みすぎないと心に誓ったのに、ワインの量を抑えられなかった自分が恨めしい。マットはまだ一階でおしゃべりに興じながら飲んでいて、ベッドに入るころにはいったいどんな状態になっていることだろう。わたしはうめきながら寝返りを打ち、バルコニーに続く開け放たれた掃き出し窓から入ってくる爽《さわ》やかな風を身体に受ける。

心地のいい夜だったので、ディナーはテラスで食べることになった。カジュアルな形式なので料理の取りわけは各自でするようにとルーカスに言われ、内心ほっとした。わたしはチャンドラの隣にすわることにした。ランチのとき、チャンドラはひとりだけちがうものを食べていて、かならずキムチを添えていた。ニーナの腕で振る舞われる豪華な料理を食べずにいられるのは不思議で仕方ないが、チャンドラの落ちついた物腰や思慮深い発言は好ましい。それにお酒も飲まないので、隣にいれば多少はわたしも自制できるだろうと思ったのだ。ところがロゼワインのおかわりをアンドリューが取り仕切っていて、グラスが空になるたびにボトルが目の前にやって来たかと思うと、薄紅色の魅惑的な液体をなみなみと注いでいくのだった。

あいかわらず九つ目の椅子が埋まることはないまま、ニーナがたどたどしいイタリア語と身振りで家政婦に料理を持ってくるよう言いつける。そしてわたしたちがナイフとフォークを手にして食べはじめようとしたとき、幽霊のようにふらりとアレックスがあらわれ、長い髪で顔をほとんど隠したまま、ルーカスとマットのあいだの椅子に腰をおろした。マットが身を寄せ、アレックスの手に手を重ねるのが見える。わたしの名前を言うのが聞こえたが、紹介している様子ではなかったので、アレックスの目がこちらを向くまで待ってから、挨拶《あいさつ》代わりに微笑む。笑みがかえってくる。長い髪の下には愛らしい顔立ちがあり、手首の細さを見た限りでは、かなり痩《や》せているようだ。

　どういうわけか、アレックス本人も含めて全員が、彼女が加わったことを何も言わずに受けいれているようだった。

「アレックス、黒胡椒《くろこしょう》を取ってくれるかい」ニックがテーブルの端から声を張りあげる。

「もう少しサラダを食べる？　アレックス」ニーナが訊く。

　わたし以外の誰もが、アレックスがあらわれても声もかけず、紹介することもなく、ただ静かに席につくことをあたりまえのように受けとめている。何事もなかったかのように誰もが話しかけているが、反応は期待していないように見える。実際、期待していないのだろう。

　ルーカスは特にアレックスへの気配りを絶やさず、妹に目を向けるときは心配そうに眉根《まゆね》を寄せる。マットはすべての料理を勧めているが、アレックスが皿に取ることはほとんどない。

　男性陣に対するイザベルの態度は、ランチのときよりさらに大胆になっている気がしたが、彼女がニックの双子の妹であり、子ども時代から互いによく知る仲だと思えば納得できた。自分の存在を主張するすべを身につけたのは、ごく自然なことだろう。イザベルは男性ひとりひとりについてのエピソードを披露していったものの、ルーカスだけは主役なので免じたらしかった。話がマットに及ぶと、イザベルはわたしを見据えて言った。

「マットはいつだって新しいものに飛びつくでしょ、ジェマ。きっとそこは昔から変わらないはずよ」

　わたしは何も答えず、曖昧《あいまい》な笑みを浮かべるにとどめたが、イザベルは構わずに話を続ける。

「けど、最新の機器を手に入れても使い方がわからないんだよね。誰よりも高価なテレビゲームを持っていたけど、ろくにプレイもできないし、携帯電話だってそうだった。ブラックベリーが出たとたんに手に入れたのに、ぜんぜん使い方がわかってないの。ただ持っているのを見せびらかしたいからって、よくテーブルに置きっぱなしにしていたわ。そうでしょ、マット？」そう言って投げキスをする。

　夫はかすかに顔を赤らめたものの、軽口を楽しんでいる様子だ。

「そうだ、覚えてる！」鬼の首でも取ったように、ニックが口をひらいた。「お父さんからのプレゼントだろ？　スポーツはてんでダメだったけど、大学はいいところに入れて、ようやく誇りに思ってもらえたんだよな」

「マットのお父さんは少なくとも、息子を誇りに思う気持ちはあったわけだよね。あたしたちの父もそうだったらよかったと思わない、ニック？」イザベルが苦々しい口調で言うと、ニックが妹を睨みつける。

「たしかに」場を明るくしようと、わたしは口をひらく。「マットは機械オンチには間違いないわ。マット、そんな目で見ないでよ、本当のことなんだから。でも、メスを持たせたら一流なんだし、大目に見てもいいんじゃない？」

「本当にな。それとおれたちだって、きみについてのエピソードのひとつやふたつ持っているのを忘れちゃいけないぜ、イザベル」アンドリューが穏やかに言う。

イザベルが笑い、緊張が解けた。「あなたはどうなの、アンドリュー？　いまでもヨットやクルーザーに夢中なのかしら。女の子のことを除いたら、あなたが十代のころに話すのは船のことばかりだったよね」

「そのとおりだし、いまでも変わらないさ。海の上にいれば――まあ、水中でもいいけど――何もかも忘れられる」

わたしの隣にすわっていたルーカスが身を寄せてくる。「アンドリューには、ぼくたち全員分を合わせたよりも多くのガールフレンドがいたんだ。いつだってパーティには誰を連れてくるのかまったくわからなかったし、来るのかどうかも定かではなかった。しょっちゅう約束を忘れて、どこかへセーリングに行ってしまうからね」

あの外見で、なおかつ優しく大らかな性格のようだから、さぞかし女の子にモテたことだろう。

「アンドリューとはどうやって知りあったの？」わたしはルーカスに訊《き》いた。

「ああ、それも面白い話でね。父が夏休みにぼくをヨットスクールに入れたんだ。アンドリューはそのころ、すでにかなりの腕前だったのでスクールの手伝いをしていた。ぼくは背が高いばかりの下手くそで、帆の扱い方すら知らなかった。それで初めて海に出たとき、マストに頭をしたたかにぶつけて、海に投げだされたんだ。そんなぼくをアンドリューが助けてくれたのさ」

　もっとその話を聞きたかったところだが、珍しくチャンドラが口をはさんできたので叶《かな》わなかった。

「アンドリューが、あなたの生家をわたしに見せてくれたのよ、ルーカス」チャンドラが口にすると、まるで研究施設について語っているかのようだった。が、実際はハンプシャーの中部にある大きな屋敷であるということは、ブレア・ジャレットに関するドキュメンタリー番組を見て知っていた。「どうしてあの街を出て、コーンウォールに住むことにしたの？」

　誰もが黙りこんだ。アレックスはうなだれ、ルーカスが気遣わしげな目を向ける。しばらくのあいだ、ぎこちない雰囲気のまま沈黙が流れていく。

「父が他界したから、引っ越すのにちょうどいい時期だと思ったんだ」ルーカスは先ほどの話題に戻ろうとするかのように、わたしに向きなおって言った。

「きっとあの場所にいると、お父さまの死で精神的なバランスが崩れてしまうのね。それを感じたんでしょう」チャンドラは引きさがらずに言う。

　落ちつかなげな笑い声をあげ、ルーカスが言う。「ぼくはそこまで繊細じゃないよ、チャンドラ。きみのように、何もかもを形而上《けいじじょう》学的にとらえることはできないんだ」

「なあ、皆」かなり間があいてから、ニックが陽気な声をかける。「もうすぐ結婚式なんだから、できるだけ楽しいことにエネルギーを使おうぜ」そこで立ちあがる。「それじゃいきなりだけど、乾杯のご挨拶を。手始めにまず一回。ニーナとルーカスに乾杯！」

　全員がグラスを掲げ、誰もがまたおしゃべりに戻っていったが、わたしはルーカスがアレックスに手をのばし、優しく手首を握るのを見ていた。

　チャンドラはうつむいて食べはじめた。アンドリューが心配そうな目を向けているが、それとなくニックに窘《たしな》められたとはいえ、チャンドラが気にしている様子はない。わたしとチャンドラを除いた全員が、ルーカスの生家にまつわる何かを知っている。そして、そのことを話題にしたくないのがわかる。

　どうしてそれが触れられたくない話題なのか、マットに訊く機会はなかったし、夫が来るまで待つのもとても無理そうだ。わたしは身体をベッドから引きはがすようにして、バスルームに向かっていく。いま望んでいるのは、ひんやりとした枕に頭をのせて眠ることだけ。

6

　ポルスキリンにいれば、守られている気持ちになれる。ここには何も思い出はなく、あるのはただ、わたしの心に閉じこめられている、取りだしたくもない記憶だけ。この場所を出ることはめったにないし、出るときもひとりではない。ルーカスが出張に出ていないときに一緒に出かけてもらう。ニーナがどこかへ出かけようと誘ってくれるけれど、いつも丁重に断っている。わたしが心穏やかに暮らせるのは、この美しい景色に囲まれているときだけ。少しでもポルスキリンの外の生々しい現実が目に入ろうものなら、暗闇に突き落とされてしまう。わたしはルーカスの財団の仕事を手伝っていて、世の中の役には立っているし、手際はなかなかいい。生きる目的は持っている。

　それなのに今日、ルーカスの友人たちと会って不安に襲われた。林のなかに隠れ、いまでも彼らの顔がわかるかどうか、よく見てみた。長い年月で変わっているだろうと思っていたのに、誰もが十四歳のころのまま、身体が成長しただけのように見える。

　ルーカスが彼らとの付きあいを始めたときにまだ九歳だったわたしには、あのひとたちがとても大人っぽく見えた。ただ、週末や休暇を何年も一緒に過ごすうちに、それぞれの人となりはわかってきた。ニックはルーカスに聡明《そうめい》だと思われたくて必死になっている。アンドリューはもっとも落ちついた人物だが、貧しい家の出のせいか、いつも居心地が悪そうにしている。マットはほかの三人に気圧《けお》され気味で、いつも不安げで無口だけれど、もう一度会いたいといちばん思わせてくれるひとだった。それとイザベル。彼女については何も言うまい。

　彼らの姿を目にし、声を聞くことが、これほどつらいとは思っていなかった。何年ものあいだ、薄い絆創膏《ばんそうこう》で覆っていたはずの傷口がひらいてしまうとは思わなかった。ルーカスが探してきた精神科医やカウンセラーや様々な専門家に繰りかえし聞かされてきたのは、自分の身に起きた出来事と向きあわなければいけないということだった。心のなかであのときに戻り、受けいれなければならないと。そうすることで、本当の意味で乗り越えられるのだと。

　けれども、そんなことはできない。記憶には蓋《ふた》をしてある。苦痛に満ちたあの出来事の、一秒一秒に至るまで。

そう、ついさっきまでは。

彼らの姿を見て、声を聞いて、ディナーで話をしたことで、わたしは過去に引きもどされてしまった。あまりにもとつぜんで、なすすべは何もなく、あのときの記憶が生々しくよみがえってくる。そしてわたしを傷つけ、引き裂いていく。

わたしは空に浮かんでいて、ルーカスのお父さんの家を見おろしている。わたしたちはプールで泳ぎ、バーベキューグリルで焼いたソーセージを食べる。そのあとわたしはサマーハウスにいて、兄たちがふざけ合うのを笑いながら眺め、冷たい水に放りこんでやると言われると、どこかに身を隠す。わたしはいつだってサマーハウスに隠れるのが好きだった。誰もがそれを知っていた。

わたしが楽しげにドアの向こうをこっそりとのぞき、見つかりはしないだろうと思っているとき、部屋の端が暗くなってきて、四隅から濃い霧が迫ってくる。太陽は去ってしまい、夜になっている。息ができない。わたしはどうしてここにいるの？

それから映像が切り替わる。わたしは自宅の寝室にいて、もうすぐクリスマスがやって来る時期だと知っている。なぜなら、通りには色鮮やかにライトアップされた家が並び、屋根の上には空気で膨らませたサンタが風に踊っていたから。けれども、わたしの家はまったくライトアップされていない。サンタに気づかれもせず、素通りされてしまうことだろう。

みぞれ混じりの雨が窓に叩《たた》きつけてきて、もっと大きな音になってくれることを願った。そうすれば、階下から聞こえてくる怒鳴り声や、聞くに堪えない罵《ののし》りを消し去ってくれるから。一階の声の主はひとりだけ。その怒りの矛先は、世間やあらゆる人間に向けられている。なかでも特に、わたしに。

降りてこい、という叫びが聞こえるけれど、わたしは動かぬまま、寝室の窓から雨の降る夜の景色を見つめる。みずからの境遇に胸の痛みを覚えながら、兄に会えることを願う。どんなに天気が荒れていようと、この家を出ていこうと決心したのはそのときだった。もうこれ以上ここにはいられない。

その決断が、わたしの人生で最大の過ちだとも知らずに。

浮かんだ過去を頭から振りはらう。このあとに起きたことは見たくない。とても心構えはできないので、わたしはただ空の星を見あげる。部屋の明かりはすべて消えている。また一日が終わっていく。何はともあれ、わたしはまだ生きのびている。けれども記憶とともに、疑問が湧きあがってくる。昔にかかわるものも、今夜にかかわるものも。どれも答えは見つからない。

手早く服を脱いで下着だけになり、真っ黒な海へと向かっていくと、欠けはじめた月が海面に映って輝いている。冷たい水を爪先《つまさき》、踵《かかと》、脛《すね》、膝《ひざ》に感じる。日中は多少の波があったけれど、いまの海は穏やかで、滑らかなシルクのように肌にまとわりつく。腿《もも》まで水が来たところで、わたしは冷たい海中に身を潜らせ、力強く水を掻《か》きながら、湾口まで泳いでいく。これまでに何度願ったことだろう。このままひたすら泳ぎつづけ、ポルスキリンが遠い岬の上の小さな点となるとき、息を切らし、力尽き、波の下へと沈んでいくことを。そしてどこまでもどこまでも吸いこまれていき、海にこの命を捧《ささ》げることを。

けれども、今夜はそうはならない。あおむけになって浮かび、重力から解かれて星を見あげ、頭を空っぽにしてひとつの星だけをひたすら見据える。その光が何百光年も遠くからやって来ることを思えば、わたしの存在はいかに小さなものだろうか。

7

金属と金属がぶつかり合う音で目覚め、わたしは枕の下にもぐりこむ。口は渇き、胃のなかはいまだに大量のワインで満たされているみたいだ。

何かを叩いたり、物がぶつかり合ったりする音はずっと続いていて、明日の結婚式の会場準備が行なわれていることを思わせる。わたしたちの部屋のすぐ外にあるテラスで披露宴をひらくため、ガゼボを建てているようだ。

マットがいるほうを見てみるが、ベッドに姿がない。バスルームのドアは開いていて、そこにも姿はない。散歩に行ったのだろうか。もう一度眠って吐き気が去るころに起きたかったが、そういうわけにもいかない。

明日の結婚式を満喫するためには、体調を整えておかなければ。だから今夜は本当に気をつけよう。間違いなく、結婚式の前夜である今日の夜も豪華なディナーが供されるのだろうけれど、だからといって毎回深酒をする必要はないはず。昨日飲みすぎてしまったのは、マットと気まずくなったことが一因だ。アレックスのことを尋ねたせいで、どういうわけか夫の機嫌を損ねたらしい。部屋に戻ってきたのは気づかなかったが、枕がへこんでいるので、隣で少しは寝たのだろう。

うめき声をあげながらベッドから出る。水着に着替えて、昨夜誰もが素晴らしいと褒めたたえていた入江まで降りていってみよう。海へ行けば少しは元気が出るかもしれない。

抽斗《ひきだし》の衣類を探っているとき、部屋のドアが開く。

「おはよう、ダーリン」マットの声に、疲れた笑みをかえす。夫も似たような顔つきだ。「昨日は相当飲んだね。泳ぎに行くのかい」

「うん。あなたも行く？」

首を振り、マットは濡《ぬ》れたショートパンツを指さす。「もう行ってきたんだ。気持ちよかったよ。酔いも醒《さ》めるかも」バスルームへ向かっていき、戸口のところで足をとめる。「昨日は遅くなりすぎてごめん。皆と最後に会ってからこれまでの近況をぜんぶ話していたら、時間を忘れちゃってさ」

「いいの。ベッドに入って十秒で撃沈だったから。若かりしころの思い出話に花が咲いたのね。そういえば、チャンドラがルーカスのお父さんの家について、精神的なバランスがどうのって話をしたときは、ちょっと緊張しちゃった。皆、黙りこんじゃったでしょ」

マットが唇を引き結ぶ。「ああいうことは、思っても口に出すべきじゃないとアンドリューから言ってもらおう。過去のことを蒸しかえす必要はない。あの家で起きたことは話さないようにしてる。ぼくたち全員がね。だからチャンドラに何か訊《き》かれても、答えないでくれよ」

ドアが閉まり、わたしはダークブラウンの板を茫然《ぼうぜん》と見つめる。チャンドラやほかの誰かに、わたしが何を話すというのか。知っていることなどひとつもないというのに。

タオルを持ってバルコニーに行き、テラスに続く階段に向かう。見おろすと、外にはたくさんの作業員がいて、ガゼボの建設のために金属製のポールがさまざまな向きで置かれていて、足の踏み場がないほどだった。あのなかを通っていく気はとてもしないので、室内に戻り、中央の階段を使うことにする。

あまりにも静かなので、もしかすると全員まだ寝ているのだろうかと思ってしまう。部屋が屋敷の正面側に位置していても、二日酔いのせいで、作業の音が聞こえないほど熟睡しているのかもしれない。

足音を忍ばせて階段を降りながら、この屋敷の正面口と、入江に続く小道にたどり着けることを願う。かなりの広さがある建物で、正面口から広がる大ホールに続いているドアはいくつもあるため、階段を降りたところで奥へ向かい、クリーム色のソファと中国製の絨毯《じゅうたん》が敷かれた豪華な広い居間を抜けていってみる。たどり着いたドアを開けると小部屋につながり、奥にある開け放たれたドアから、陽射しが少しだけ入ってきているのが見える。

そこへ近づいていくと、外から誰かの小さな話し声が聞こえてくる。その声色から、ひとには聞かれたくない話をしていることがうかがえたので、わたしは足をとめ、しばし逡巡《しゅんじゅん》する。チャンドラとアレックスがドアの近くのテーブルにつき、作業員の立てる騒音から離れた場所で話をしている。ふたりとも、まるで温まろうとしているみたいに大きなカップを両手で包み、頭を寄せあっている。かなり話に集中しているようだ。立ち聞きはしたくないものの、通りすぎていって話の邪魔をするのもためらわれる。何やら、とても深刻そうなのだ。そのとき、チャンドラの声が耳に入ってくる。

「憎しみは、あなたの苦痛と不幸を増すだけなのよ、アレックス。手放さなくてはいけないわ。傷つくのは憎い相手ではなく、あなた自身なの。自分のなかのわだかまりを解かなくてはだめよ」

　チャンドラがテーブルの上で何かをアレックスに手渡す。最初はよくわからなかったけれど、やがて陽射しが当たり、はっきりと見える。黒く輝く玉が連なったブレスレットのようなものだ。

「あなたへの贈り物よ。きっと役に立つはず。これはマーラーというの。わたしたちは真言《マントラ》を唱えたり、瞑想《めいそう》するときの呼吸をかぞえたりするのに使っているんだけど、これはあなたの助けにもなると思う。あなたに立ちはだかる壁を乗り越えるために、力と意志を与えてくれるわ。この石はブラック・オニキスで、ネガティブなエネルギーを浄化する力があるの」

　アレックスが話しだしたが、声が小さく、やっとのことで聞き取れる。

「あなたの親切な気持ちはありがたいけど、それが効くとは思えない。わたしは何年ものあいだ、怯《おび》えや痛み、とてつもない恐怖をかろうじて心から締めだしてきたの。けれども、いまになってあの全員が集まり、忘れていたはずのあのときの思いや記憶、出来事の断片がよみがえってきて、とても受けとめきれない。混乱してしまっているわ」

「そのひとたちが、どうしてそんなひどいことをしたのか考えてみて。みずから生みだした悪魔に取り憑《つ》かれたせいで、他者にひどい苦痛をもたらしたのよ」

　アレックスがカップをテーブルに置いてうなだれ、長い黒髪が顔のまわりを覆う。

「警察は犯人を捕まえられなかったから、この憎しみをぶつける相手がいないの。だからわたしのまわりを憎しみがいつも取り巻いていて、振りはらうことができない。けれど、昨日聞いた言葉が頭に引っかかっていて……もしかしたら、わたしが思うよりも事情を知っている誰かがいるのかも」

　チャンドラが腕をのばし、アレックスの手に手を重ねる。「それを突きとめるのがいいことなのかしら？　起きてしまったことは変えられないけど、そのあとの人生をどう生きるかは変えていくことができるのよ」

　アレックスはブレスレットを腕につける。「どうしても知りたいのよ、チャンドラ」ブレスレットを手首のところでしきりにひねりながら言う。「いずれにしても、わたしの疑いが正しいのかどうか確かめなくちゃ」

　わたしはゆっくりと後ずさりする。影のなかに立っていたので、チャンドラにもアレックスにも気づかれていない。どこかべつの出口を探さなくては。

8

中央の大ホールへと戻り、わたしは正面口から外へ出る。あてもなく歩き、やがて長方形の池にたどり着いたので、その煉瓦《れんが》の縁に腰かける。そこはとても静かで、岸にぶつかって砕ける波の音もかすかにしか聞こえない。浅い水のなかを金魚が滑らかな動きで近づいてきて、わたしの足の指のすぐ下をまわりながら泳いでいる。

　とつぜん、静けさが高級車の低いエンジン音で破られる。屋敷の横から出てきたのは、車体が長く車高の低い大きな車で、ふたりの人間が乗っているようだ。ひとりはルーカスで、車が少しカーブを曲がったとき、もうひとりはニーナであることがわかった。

　いったいどこへ行くのだろうという疑問が一瞬よぎるが、べつに自分が気にすることではないと思い、肩をすくめる。そして、もう長いこと持ち歩いている気がするタオルを手に取る。

　入江に続く小道はすぐに見つかり、波の音に胸を躍らせながら歩いていく。わたしは白波に身体を洗われる感覚が好きだ。波に押し倒されてようやく立ちあがったところで、また次の波がぶつかってくるのがたまらない。水は冷たいだろうけど、それが心地いいのだ。

　小道は緩やかな下り坂だったが、少し進むと土手を下るために傾斜が急になり、わたしは蔦《つた》に覆われたキイチゴの茂みのあいだを進んでいく。木製のゲートが先のほうに見え、蝶番《ちょうつがい》がひとつ外れているため、妙な角度に曲がっている。その先には石段があり、入江まで降りていくことができる。夜露で石段が濡れているし、生い茂る草木のせいで陽光も届かないために滑りやすい。そのとき、ふと誰かの視線を感じて不安になる。肩越しに振りむいてみるが、小道のカーブの先をのぞきこんでも、誰の姿もない。

何を気にしているのだろう。ここに来ているのは友人ばかりだ。背後に誰かがいたとしても、不安になる必要はない。

そう思ったとき、小石が転がる音が聞こえてくる。

「誰かいるの？」呼びかけてみるが、返事はない。

背筋が寒くなり、わたしは薄暗い小道を急ぎ足で進む。滑りやすい石段に気をつけながら、ようやく入江へと出てみると、そこには息を呑《の》むような光景が広がっている。海の色は目の覚めるような美しいアクアマリンで、波は真っ白に泡立ちながら、淡いグレーの砂利でできた小さな浜へと打ち寄せている。入江の両端には黒い滑らかな巨岩が連なり、湾のずっと先まで張りだしている。岩の上のほうには緑の大地が広がり、サウスウェスト・コースト・パスという歴史ある歩道が見てとれる。

左手に百メートルほど行ったところに、ボートハウスと海面にまっすぐのびた桟橋がある。ボートハウスの二階にはガラスとステンレスのレールでできたバルコニーが見え、その向こうに床から天井までの掃き出し窓がついていて、室内はおそらくアパートメントになっているものと思われた。少しだけ窓が開いていて、薄いカーテンが潮風に揺れている。誰かが住んでいるようだ。

先ほどまでの不安はすっかり吹き飛び、こんなにひらけた場所で誰かに襲われるはずがないと思いなおす。振りむいて小道のほうに目をやると、誰かの脚が見えて、急な石段を降りてくるのがわかる。どうやら、わたしひとりの貸し切りというわけにはいかないようだ。

張りだした枝の下からアンドリューの顔が見える。イヤホンを耳につけ、手に持ったスマートフォンで何かを聴いているのがわかる。わたしを見ると微笑んで手を振り、イヤホンを耳から外す。

「やあ、ジェマ。今朝の気分はどう？」

「飲みすぎてゲンナリって感じだけど、冷たい海で泳げば吹き飛ぶわ。あなたは音楽が聴けるくらいだから、元気そうね」何かを聴くなんて、考えただけでぞっとする。

「いや、これは音楽じゃないんだ。スペイン語の勉強をしていてね。クルーザーに乗るときに必要だから」

　そういえば、昨夜皆がアンドリューのクルーザーのことを話していた。

「ああ、そうだったわ。イザベルが昨日話していたわよね」

「イザベルは口が軽いからなあ。ちょっと誇張する癖もあるから、あまりまともに受けとめないでくれよ。おれたちが彼女の後ろ暗い過去を持ちださなかったのは、賢明な判断だったよ」

　どういうことなのか訊《き》きたかったが、アンドリューはタオルを浜に放り投げ、その上にスマートフォンを置いて、わたしに笑顔を向ける。

「よし、見てて。うだうだ悩んだり、ためらったりしてちゃだめだ。言っておくけど水はかなり冷たいから、おれはこうやって入ることに決めてる」

　そう言ってアンドリューは浜辺の端まで走っていき、岩に飛びあがると、次から次へと岩の上を渡っていって先端までたどり着く。それから嬉々《きき》として雄《お》叫《たけ》びをあげ、美しいフォームで海面へと飛びこみ、ほとんど飛沫《しぶき》をあげずに水中に吸いこまれていく。

　わたしは心臓が口から飛びでるような思いで海を見つめ、陽射しを避けようと額に手をかざして海面を見わたす。アンドリューの姿はどこにもない。

海中には岩が隠れているかもしれないのに。もしも飛びこんだときに衝突していたら?

　そのときようやくアンドリューが浮きあがってきて、わたしは胸を撫《な》でおろす。ギリシャ神話のトリトンを思わせるような力強い肩と長い髪に圧倒され、思わず視線をそらしてしまう。

　入江を見まわしているとボートハウスが目に入り、ゆったりとした黒い服を着た誰かがバルコニーに立っているのが見える。

　アレックスだ。わたしたちを見ている。こちらの視線に気づくと、アレックスは踵《きびす》をかえし、掃き出し窓から室内に姿を消してしまう。

9

みずからを守るために築いた砦《とりで》が危機にさらされている。見たもの、嗅《か》いだ臭い、聞いた音すべてが迫ってきて、あのときの惨《むご》たらしい残像とともにわたしを取りかこみ、激しく攻めてくる。もうこれ以上闘えそうにない。真の意味で癒《いや》されるためには、すべての記憶を受けとめ、あらゆる瞬間を反芻《はんすう》し、どの現実とも向きあわねばならない。そうすることで初めて、何もかもを心の奥の暗がりに閉じこめ、二度と取りだすことなく生きていけるのだ。わかってはいるけれど、そうすることはずっと拒絶してきたし、とてもできる気がしない。

昨夜はいつもよりずっと遠くまで、ずっと長いこと泳いでいた。そうすれば疲れて眠れるだろうと思ったし、実際に多少は眠れた。けれども早朝に落ちつかない気分で目覚めてしまった。今日はルーカスのために働くことができない。今週は財団の業務はすべて休みだと言われてしまい、仕事がないので途方に暮れてしまう。やるべきことが何もなく、苦しい記憶を遮ることができない。どうにかして、いつもどおりの日常を送ろうとはしている。ルーカスの家政婦であるイヴァナがとても美味《おい》しそうなペストリーを持ってきてくれて、いつもながらわたしを太らせようと躍起になっている。こうやって何事もなかったかのように過ごしていれば、いつも胸に渦巻いている混乱が消えるのかもしれないと少しだけ期待する。でも、だめだった。

本を読もうとしても頭に入ってこないので、バルコニーに出て、海を眺めて気持ちを落ちつかせようとする。するとアンドリューの姿が見え、派手に海へ飛びこむところをマットの奥さんに見せつけていた。アンドリューはどうしても女性にいいところを見せたいという願望に抗《あらが》えないみたいだけれど、昨夜の様子を見る限り、どんなにアンドリューが魅力的であってもジェマのマットへの愛は揺るぎないようだ。そしてマットはいつだって、わたしにとっては特別な存在。たとえあの出来事について、彼を責める気持ちがわずかながら心の奥底にあるとしても。

部屋に戻って窓を閉め、無邪気に海を楽しむふたりの姿を意識から締めだそうと、コーヒーを淹《い》れることにする。

昨夜のディナーで耳にした会話の断片が、まだ頭から離れない。言葉《ことば》尻《じり》を深くとらえすぎなのだろうか。はっきりと何かがわかったわけではないが、首の後ろに冷たい風が吹きつけるような寒気を覚えた。単なる軽口を深刻に受けとめすぎなのか、杞憂《きゆう》にすぎないのか。それを確かめなくてはならない。

わたしはあの記憶を無理やり辿《たど》っていく。そうすることで、心のなかの最後の砦が崩れ落ち、十二年前に起きた出来事のあらゆる瞬間に向きあうことになる。当時のわたしはたったの十四歳。あんな家に生まれず、ちがう人生を歩みたいと願っていた少女だった。ストゥールを引き寄せてキッチンカウンターの前にすわり、目を閉じる。

わたしは寝室にいて、窓に張りついては流れるみぞれ越しの景色を眺めている。一階からの怒鳴り声は止《や》んでいたので、どうかこれで終わりになってほしいと願う。ところが階段をのぼってくる大きな足音が聞こえ、寝室のドアが乱暴に開けられる。

「無視するとはいい度胸だね、このクソガキ！ 買い物に行ってきな。ウォッカが切れたんだよ」ドアがバタンと閉められ、わたしはまたひとりになり、震えだす。怯《おび》えているからではなく、憎悪と嫌悪のせいで。これがわたしの人生だなんて。

言われたとおりにするのであれば、わたしは手持ちのお小遣いをほとんど使い切って酒を買わねばならないし、来週は歩いて登校しなければいけなくなる。けれども、言いつけを守らないという選択肢は取れなかった。今日までは。言われるままに出かけるけれど、ウォッカを買うためではない。今日こそは、この家を出ていって二度と戻らない。ベッドの下からリュックサックを取りだし、服を適当につかんで詰めこむ。

行き先を探られたくないので、友達の家に泊まるという書き置きを残していく。詳しいことは書かなくても問題ない。わたしがいなくなっても誰も困らない。

足音をひそめ、いまにもドアが乱暴にひらいて早く行けと怒鳴られるのではないかと思いながら、階段を降りていく。あるいは、出かけるのが遅すぎると言って強烈な平手打ちのひとつも飛んでくるかもしれない。

階段を降りきる。玄関まであと数メートル。廊下をそっと歩いていくと、携帯電話が目に入る。ラッキーだ。わたしの携帯電話は部屋から勝手に持ちだされて売られてしまったから、それを持っていくことにする。充電はなくなりかけているし、充電器も見あたらないけれど。

振りむいて居間のドアを見張りながら、慎重に玄関の鍵《かぎ》を開け、音を立てないようにドアをひらき、冷えきった夜気のなかへと出ていく。凍りつきそうなほど冷たいみぞれが降りかかり、肌に細かい短剣が刺さってくるみたいだ。身体は濡《ぬ》れ、震えがとまらないけれど、行くところはある。わたしが逃げこむことのできる、たったひとつの場所。わたしを守ってくれる、唯一の行き先。

10

新たにまた一日、ゲストたちとおしゃべりし、料理と酒を堪能《たんのう》する怠惰な時間を過ごすうちに、それぞれの人となりや関係性がつかめてくる。まあ、わたしはこの日は酒ではなくソーダで我慢したけれど。

ルーカスは魅力的で優しい男性だが、力関係では友人たちよりも圧倒的に上にいて、そのことを自覚しているかどうかは定かでない。ニックが何かを話すたび、承認を求めるようにルーカスの顔をたびたび見ていることに気づいているのだろうか。マットは間違いなく気づいている。ニックが派手に騒ぎだすたびに、困惑気味に目を細めるから。

イザベルはやたらとマットに近づこうとしている。煙草を喫《す》うために席を立ち、マットの近くを通るとき、身を寄せて何かを耳打ちしながら、マニキュアの塗られた指で肩に触れていた。マットは首をまわしてイザベルのほうを向いてしまったので、表情は見えなかった。けれどもわたしの視線には気づいたようで、一瞬だけ笑顔を向けてきた。この場にいる全員のなかで、イザベルはいちばん好きになれない。

一度だけ、ニックがあの陽気さを失って怒りをあらわにした時があったが、その相手は不思議なことにルーカスだった。そのときわたしはチャンドラと一緒にいたのだが、会話を続けるのがむずかしく、沈黙が流れるなかで何を話そうかと思案していた。右側にルーカスがいて、そこへニックがやって来ると、わたしとのあいだの椅子に腰をおろして話しはじめた。

「おれが送ったEメールだけど、どうだった？　興味ある？」身体を軽く弾ませながら言う。

「読んでないかな、悪いけど」

ニックはさっと身を引いて言う。「どういう意味だ？　プライベート用のアドレスに送ったのに」

「そうなんだろうけど、ニック、ぼく宛てのものはすべてアレックスが仕分けしているんだ。郵便物も、Eメールも。アレックスは秘書の仕事をしてくれていて、ぜんぶ目を通している」

「マジかよ！　あれって本当に個人的な内容だったんだぜ、ルーカス。おまえだけに読んでほしかったのに。悪用されたりしたら困るんだ」ニックは必死に声を殺している。

ルーカスの声は穏やかだが、冷たかった。「アレックスは真正直な人間だ。不適切なEメールが届いたりしたら、きちんと対処してくれているよ」それから立ちあがり、テーブルの上に身を乗りだして、ボウルに置かれたボトルを手に取る。「ワインのおかわりがほしいひとは？」

ニックも立ちあがり、自分の席に戻っていったが、それまでとはちがって沈鬱《ちんうつ》な顔をしていた。そのあとはいつものように陽気にはしゃごうとしていたが、ぎこちなさは否めなかった。

誰もが隠そうとしているけれど、皆がルーカスの虜《とりこ》になっていて、彼の注意を惹《ひ》こうと躍起になっている。なぜだろう。単に大富豪だからというわけではあるまい。マットに関しては、それは当てはまらない。ブレア・ジャレットの息子であることを教えてもくれなかったのだから。きっとルーカスがまとっている威厳は、親から受け継がれたものなのだろう。まわりの人間を、自分の取り巻きに入れるか外すかを決めるだけの力がルーカスにはある。

アンドリューだけは、この状況を愉快そうに眺めている。上半身は裸のまま、椅子に寄りかかり、かすかな笑みを口もとに浮かべ、言葉少なに過ごしている。

チャンドラは無言ですわったまま人々を見つめ、落ちつかない様子をしている。アンドリューの視線が自分に向けられていないとき、じっと彼を見つめているようだ。かなり熱をあげているのだろう。このふたりは異色の組みあわせと言ってもいい。ギリシャ神話のアドニスを思わせる、小麦色の肌と大らかな性格のアンドリュー。一方のチャンドラは、神秘的な雰囲気をまとった女性で、物静かで思慮深い。午後になると、それぞれが思い思いの過ごし方をしはじめた。わたしの場合は、日陰での読書だ。マットはどこかへ出かけていった。きっと散歩に行ったのだと思うが、わたしには何も告げず、一緒に行こうと誘ってもこなかった。ただふらりと姿を消すというのは、夫にしては珍しいことだ。

アレックスの姿は、今朝入江で見かけて以来目にしていない。ボートハウスの二階にあるアパートメントに住んでいると聞き、心底羨《うらや》ましく思う。あんなところに住むなんて最高だ。毎日のように、窓越しに様々な表情を見せる海を眺められるのだから。

わたしは部屋に戻り、シャワーを浴びて、夜のためにたっぷりと時間をかけて身支度をする。部屋があまりにも暑いので、両開きの窓を開けに行く。マットはいつも窓を閉めてエアコンをつけろと言うのだが、わたしは外の風を入れて海の音を聞くのが好きだ。バルコニーに歩みでてみると、素晴らしい景色は残念ながら、建設中のガゼボの白い屋根で完全に遮られている。

右のほうに視線を向けると、浜辺に続く小道がちょうど目に入る。するとＴ木立のあいだからマットが姿をあらわし、腕を振りながら早足で歩いてくる。手を振ろうとしたとき、夫の背後に誰かがいることに気づく。小道の終わりまでついてきて足をとめ、腰に手を当てて何かを叫んでいる。それから笑いだす。

マットは相手のほうを振りかえらず、うつむいたまま歩き去っていく。

屋敷に入っていくまでマットをずっと見送り、そのまま立ち尽くしているのはイザベルだった。

自分でも理由はわからないが、わたしが見ていたことを夫には知られたくない。これまではわたしの知る限り、夫婦のあいだで隠し事をしたことはない。けれども、今回はマットがイザベルとのことを話してくれるかどうか、様子を見てみたかった。

夫が部屋に戻ってくるころには、わたしはベッドに横になって目を閉じていた。マットは部屋に入り、やや大きな音を立ててドアを閉める。目を開けて見てみると、マットは頬を紅潮させている。

「おかえり、ダーリン。午後は寂しかったわ」

「うん、ごめん。散歩に出てみたくなってね。浜辺から上がったところに歩道があるんだ。何キロも続いていて、ずっと歩いていたら、戻るのにかなり時間がかかることに気づいてさ」

「ビーチには誰かいた？」

マットはわたしに背を向け、夜に向けての着替えを取りだしながら答える。「いたとしても、この家に来ている誰かだろう。いちばん近い町も、駐車場も、かなりの距離を歩かないとないからね」

賢い返事だ。嘘はついていないけれど、答えることは避けている。

「手持ち無沙汰《ぶさた》な女性はわたしだけみたいだったから、外で過ごすのは男性だけがいいのかなと思って、部屋にいたの。ニーナは準備で忙しそうだし、チャンドラは瞑想《めいそう》をしているみたい。イザベルはどこにいるのか知らないけど」

もう一度話すきっかけを与えてあげたつもりだけれど、マットは黙ったまま替えの下着を取りだして、抽斗《ひきだし》を閉める。

「さあ、夜の準備をしないと」

11

マットの機嫌はあまりよくなさそうだし、イザベルとなんの話をしていたのかは教えてくれなかったが、それでも今夜のことを考えるとわたしの心は浮きたってしまう。夫が何を気に病んでいるのかはわからないが、きっとそれもすぐに吹き飛び、楽しい時間を過ごせるはず。

髪のセットに時間をかけ、ゆるいカールが動いたときに弾むように巻く。そしてハンガーから今夜のドレスを取って身に着ける。選んだのは深みのあるピンク色で、シルクを使ったオーガンジー製のロングドレスだ。

わたしの身支度が整うころ、マットは淡いグレーのリネンのスーツと、白いピンストライプ入りのライラックのシャツを身に着けていた。わたしは夫に歩み寄り、腰に手をまわす。

「キスすると口紅をつけちゃうからしないけど、あなたとっても素敵」わたしは笑みを浮かべて言う。

マットも笑みをかえしてくれたが、作り笑いのように見える。「そのドレス、すごくいいね。

綺麗《きれい》だよ」まるでこの場にふさわしい言葉をどこかから引っぱりだしてきたような言い方だ。

わたしは夫の顔を両手ではさみ、親指で目尻《めじり》をさすって、顔のこわばりを解こうとする。どうしてそんなに浮かない顔をしているのかと、訊《き》いたところで無駄だろう。〝そんなことないよ〟と言って、こちらを安心させるように精一杯の笑顔を見せるだけだろうから。

いずれにせよ何も話す時間はないまま、ルーカスから前もって知らされていたディナーの時刻を伝える鐘の音が響きわたる。昨日より早めのスタートなのは、ニーナが明日に備え、片づけを早く終わらせておきたいからだ。部屋のドアを開けるとともに、わたしはとびきりの笑顔をマットに向ける。ほかの部屋のドアがひらき、アンドリューとチャンドラがわたしたちと同時に廊下へ出てくる。

アンドリューがこちらを見やり、わたしと目が合う。「今夜は誰もが素晴らしい装いだね」その言葉は全員に向けたものだけれど、わたしだけに言われているような気がする。チャンドラもこちらを見ているが、黙ったままだ。

廊下を歩いていくと、ふたつのドアがひらき、イザベルとニックがまるでタイミングを合わせたかのように、同時に姿をあらわす。銀色のタイトなワンピースを着たイザベルは目をみはる美しさで、褐色の髪を片方の肩に流している。ニックはこの二日間ずっと、派手な色使いのシャツやショートパンツといったラフな格好で過ごしていたが、いまはまっさらなクリーム色のリネンのスーツに白いオープンカラーシャツという姿で、別人のようにエリート然としている。

全員が足をとめ、それぞれの装いをしばらくのあいだ褒めあう。誰もが普段着を着てきたはずなのに、とニックが冗談混じりに言うと、皆が笑う。

マットの様子が気がかりなことを頭の隅に押しやりながら、ディナーの席へと向かう。喉《のど》が鳴りそうなほどの匂いが漂ってきて、今夜も豪勢な料理が並ぶことを思わせる。わたしがいちばん最後を歩いていると、たまたま隣にアンドリューがいて、腕がかすかに触れあう。

今夜のディナーは室内で供されるようで、奥行きの広いダイニングルームに入っていくとき、わたしは思わず戸口で足をとめ、その光景に目を奪われる。暗褐色のオークのテーブルには、中央を走るように白と明るいグリーンの花が飾られていて、向かいあったときの会話を邪魔しないよう、ちょうどいい高さになっている。壁際にはアンティークのチェストが並び、その上にはたくさんのキャンドルが灯《とも》されていて、柔らかく揺れる明かりを室内に投げかけている。

テーブルには九人分の席が用意されていたので、アレックスも来るのだとわかって嬉《うれ》しくなる。もっとたくさん話をしたいと思っていたのに、なかなか会えなかったからだ。今朝耳にしたチャンドラとの会話を思いかえす。アレックスによれば、彼女に起きたことについて、ここにいる誰かが何かを知っているらしい。いったいどういうことなのか。

それぞれの席には名前の書かれたカードが置かれていて、アレックスの席はわたしの向かい側で離れていたのでがっかりする。アレックスの隣はマットの席になっていて、夫の顔を見てみると、左側の席がイザベルなのを見て眉《まゆ》をひそめている。そのイザベルは笑顔だが、それは反対側の隣がルーカスの席だからなのだろう。

新郎新婦とアレックスの姿だけが見えなかったが、ほどなくしてルーカスとニーナは腕を組んでやって来る。わたしたちは歓声と拍手で出迎える。ルーカスは間もなく妻となるニーナを見おろし、笑みを浮かべる。

「とても素晴らしいディナーの席だね、ニーナ。きみも本当に美しい」

ルーカスの言葉どおりだ。ニーナの優美さには圧倒される。黒いシルクのクレープ生地のドレスは、正面に花柄の布地が走っている。黒髪のショートヘアと黒い瞳《ひとみ》も相まって、目をみはるほどの美しさだ。

アレックスの姿はまだない。

12

ニーナは部屋を見まわし、手間暇かけて完成させた花のアレンジメントやキャンドルの揺れる炎をひとしきり眺め、それからようやく椅子の後ろに立って微笑んでいるゲストたちに目を向ける。誰もがテーブルの向こう側で、自分とルーカスが席につくのを待っている。安堵《あんど》で身体が震える思いだった。このひとときは特別な夜として、思い出に残るものにしたいと願っていた。そして皆がこうしてお祝いの気持ちをあらわしてくれている。ただ、今夜は結婚式の前夜祭であるだけではない。ふたりにとって、もっとずっと重要な意味を持つ夜だったのだが、ニーナとルーカスはその点については秘密にしておくと決めていた。アレックスに対しても、それは同じだ。

席につこうとすると、ルーカスが口をひらいた。「アレックスの席はどこなんだい、ニーナ？」

「わたしの隣よ」かすかに挑むような響きが声に出てしまう。今夜のふたりの親密なムードに水を差さないことを願いながら。

ルーカスはしばらくのあいだニーナを見据え、それからうなずいた。「そうか。じゃあ、皆で席につこう。すぐに来るだろうから」

全員が腰をおろすころ、テラスに続くドアが開いてアレックスが姿をあらわし、部屋に入って静かにドアを閉めた。物音ひとつ立てずに動くのだが、そのせいでかえって注目を集めている気がする。ルーカスは背を向けていてもアレックスが来たことに気づいていて、肩越しに振りむき、テーブルの端のほうのニーナとマットのあいだの席へすわるよう、首を振って示した。

今夜もやはりアレックスは丈の長いゆったりとした服を着ていて、昨日とちがうのは色が紺という点だけだった。あいかわらず青白い顔を長い髪で覆って隠している。今夜は少しでも楽しんでくれるといいのだが。ルーカスの友人たちは、アレックスとほどよい距離感で接している。明るく声をかけつつ、孤立しすぎないように気を遣っていて、ニーナは自分も同じようにできたらいいのにと思う。アレックスがとても傷ついていることはわかっているし、いつだって彼女は礼儀正しく、何かしてもらったときにはきちんと感謝の気持ちをあらわしてくれる。そんなアレックスに対して、ニーナは世話を焼きたい気持ちになったり、ルーカスに依存しすぎていることに苛立《いらだ》ったりと、落ちつかない気分にさせられる。時々、アレックスの肩をつかんで揺さぶりたい思いにかられてしまう。この先の人生は長いのだから、あれほど熱心に救いの手を差しのべているルーカスを受けいれ、前へ進むべきだと言ってやりたい。こうやって自分の殻に閉じこもることで、アレックスはみずからを苦しめているだけなのだと。けれども、あの子の気持ちが自分にどれだけ理解できるというのか。どれほどの傷を負っているのか、本当にわかってあげているとはとても思えない。心にも身体にも、そして魂にも受けてしまった傷を。

　アレックスはマットが近くにいると安心するようなので、隣の席にしてあげられてよかったと思う。マットはアレックスに顔を向けて小声で話しかけ、優しく手に触れ、眉をひそめながら返事を待っている。アレックスは顔をあげて微笑み、うなずいた。

　そのとき聞こえたマットの言葉は、聞き間違いだったのかと一瞬思うようなものだった。アレックスに、自分を許してくれるかと訊いていたのだ。いったいマットが何をしたというのだろう。ルーカスによれば、マットを含め全員が、アレックスとは十二年間会っていなかったそうだし、昨日到着してからもマットとアレックスはほとんど話していないはずだ。少なくとも、ニーナの知る限りは。とはいえ、アレックスが満足そうな顔をしているので、余計な心配はしなくてもいいのかもしれない。

　まだ出会ってたった一日しか経っていないこの人々について、ニーナはしばらく思いを馳《は》せる。ニックは道化役を演じているが、ふだんは銀行で管理職に就いているらしい。アンドリューはいつでも好きな場所でクルーザーを乗りまわし、ルーカスが言うには、ほとんどその日暮らしのような生活を送っているとか。マットは美容外科医で、かなりの名声を手にしているそうだ。最初は二日もまえから招くことに抵抗があったものの、全員が招待を快く受けてくれたことが嬉しかった。ルーカスはどれだけ喜んでいることだろう。

　弾む会話とともにワインが減っていくなかで、ニーナはマットがイザベルのすわっている左側をほとんど見ないことに気づいた。けれどもイザベルはまったく意に介していない。ジェマとアンドリューが話しこんでいるため、ルーカスをひとり占めできるからだろう。

　マットのほうに目を向けると、アレックスの小さな声を聞きとろうと耳を寄せている。それから眉根を寄せ、さっと身体を引き、戸惑った表情を浮かべている。アレックスがゆっくりとうなずく。何を聞いたのかはわからないけれど、マットにとって驚くべきことだったようだ。それも、いい意味ではなさそうだ。

13

「ここにいる誰かなのよ、マット。わかっているの」そうささやいたとき、マットは信じられないというように、ショックをあらわにする。けれども、その誰かはいまの言葉を聞いているはずだ。わたしの知る誰かであるのは間違いない。部屋の雰囲気でわかる。その雰囲気が黒い影のようにわたしに迫り、覆いかぶさり、絡みついてきて息が詰まりそうだ。

　あの日の記憶に正面から向きあうことは、まだできずにいる。わたしの人生が一瞬で壊されてしまったあの日のこと。けれどもなぜそれが起きたのかを知り、ルーカスの友人たちがどんな秘密を抱えているのかを知れるのなら、向きあわなければならない。

傍観者になってただ眺め、あのときの気持ちも痛みも感じないようにすればいい。幼いわたしをただ見おろし、玄関のドアから外に出て、みぞれの降る冷たい夜に出ていくのを見ているだけ。そう自分に言い聞かせたけれど、やっぱりできない。見るものも感じるものも、自分から切り離すことができず、気づけばわたしはあの夜にいる。暗い田舎道を歩きながら、自宅を照らすオレンジ色の街灯からどんどん遠ざかっていく。

わたしはあまりにも幼く、無力な存在だ。それでも力がみなぎっているのは、目指すべき場所があり、自分を気にかけてくれて、優しく労《いた》わってくれる居場所があると知っていたから。あまりにも無垢《むく》だったために、悪しき者は自宅の壁のなかだけに住んでいると信じていた。そして、その家からは逃げだしたのだ。

昂《たかぶ》った気持ちが引いていくまで、時間はかからなかった。一時間以上歩きつづけているが、寒くて暗い夜だったせいで、日中よりもずっと遠い道のりに感じる。でも、着いたら温かく迎えてもらえると思い、必死に足を動かしていく。

田舎道を急ぎ足で行きながら、針で刺すようなみぞれの冷たさを頬に感じ、車のエンジン音が聞こえるたびに茂みに飛びこんで隠れる。見つかったら、車から降りてきた誰かにきっとさらわれてしまう。けれども、先のほうに堂々たる門構えが見えてくると、怯《おび》える気持ちも消えていく。やっと着いた。もう安心だ。

門を押しあけ、やっと長い道のりが終わったことを喜び、息を整える。ところが私道を曲がっていくと、恐ろしいことに家は真っ暗だった。明かりはひとつも点《つ》いておらず、鼓動が激しくなるのを感じる。家に誰もいないなんて、予想もしていなかった。

玄関まで歩いていき、わずかな期待をこめて呼び鈴を押してみる。その音は家が無人であることを示すように、虚《むな》しく響きわたる。こんなに広い家と敷地に、誰ひとりいないのだ。

ふらふらと歩きながら家の裏にまわり、書斎から大音量の音楽が聞こえることを期待する。ZZトップやエアロスミスの曲が流れてくれば、いつだってわたしは笑顔になる。けれども、誰もいないことはわかっている。七〇年代や八〇年代のロックのビートは聞こえてこない。ルーカスが不在なのはわかっていた。でも、父親のブレアまで、どこへ行ってしまったのだろう。テラスにうずくまって泣きながら、車のヘッドライトが闇夜を貫き、私道を走ってくることを切に願う。だが、そんなことは起きないとわかっている。そして身体は刻一刻と冷えて濡《ぬ》れていく。

そのとき、サマーハウスのことが思い浮かぶ。わたしの隠れ家。この夏にあれだけの想いをぶつけあったあの場所のことを、どうして忘れたりしたのだろう。

鍵《かぎ》の隠し場所は知っている。いつも、ドアの右側にある三つ目の石の下に置いてある。なかに入り、上掛けを見つけて身体を覆い、横になる。どれだけ待つことになろうと、ここにいるつもりだ。

ここなら安全だから。

そう思った矢先、べつの思いが頭をもたげたが、それは漠然としてつかみどころがなかった。

不安が胸をよぎり、暗闇が追ってきて、悪意に満ちた毛布のようにわたしを包んでしまう気がする。その感覚を必死に振りはらう。

大きく深呼吸をして、手足から力を抜く。きっと誰かが来てくれる。間違いなく。

そして、たしかに何者かがやって来る。三人の人間が、このサマーハウスに。

ただ、わたしを救うためではない。連れ去っていくために来るのだ。

14

ディナーはニーナの圧倒的な勝利と言ってよかった。料理は目も舌も楽しませる絶品で、誰もがこのひとときを満喫している。表面上はそうなのだが、わたしはどうしても水面下で何かが起きているような気がしてしまう。きっとそれは、結婚式前の緊張感がひそかにわたしたちに忍び寄ってきているだけなのだと思いたい。

マットがアレックスと話す時間を取れたことが嬉《うれ》しかった。アレックスが少しだけ顔をあげたとき、はっとするようなグリーンの瞳《ひとみ》が目についた。それから長い黒髪を耳にかけると、スクエアカットのダイヤモンドのピアスがキャンドルの炎を受けてきらめくのが見えた。そのあと、自分の顔をさらしすぎてしまったと感じたのか、アレックスはまた長い髪で顔のほとんどを隠してしまった。あんなに愛らしい子が人目を忍ぶように過ごすなんて、あまりにも悲しい。そのあとアレックスは黙りこんでしまい、閉じこもっている殻から引きだすことはマットにもできなかった。

　ディナーのあと、ルーカスが屋外で食後の酒を楽しもうと提案してくる。わたしたちはどうにかテラスまで歩き、満腹で動くのも大儀だというように、ソファに崩れるようにすわりこむ。陽は沈みかけ、世界が夜を迎える準備をしているかのように、静かで心地のいい時間が流れている。わたしたちは声をひそめ、笑い声も抑えて、満たされたお腹を休める。ニーナだけは屋内にとどまり、明日のために片づけを終わらせてから出てくるとのことだった。いくら手伝いを申しでても、頑《かたく》なに拒否されてしまった。

　わたしはマットに顔を向け、気だるげな笑みを見せて、あとで部屋で愛しあいたいというシグナルを送ってみる。けれどもマットは椅子にすわって背筋をのばし、どこかあらぬ方を見つめていて、何かを考えているようだ。

「音楽をかけようぜ」ニックがワイヤレスのスピーカーをコーヒーテーブルの上に置き、スマートフォンの画面をタップする。「この曲、誰か覚えてるかい」

　ネリー・ファータドの〈マンイーター〉が流れはじめて静寂が破られると、ルーカスが頭をのけぞらせ、うめき声をあげる。「おいおい、ニック。勘弁してくれ」

「おまえの家で過ごした夏のこと、覚えてるだろ。ずっとこの曲を流していたよな。さて、誰が踊るかな？」ニックが期待をこめて全員を見わたすが、誰も動こうとしない。

　イザベルが煙草に火をつけてソファにもたれ、夏のことを思いかえすように、抑えた笑みを浮かべながら煙を上へ向けて吐きだす。いまは誰も、余計なおしゃべりはしたくないようだ。チャンドラは両手を膝《ひざ》の上で組みあわせ、物思いにふけるような表情を浮かべている。アレックスは背中を丸めてうなだれ、ソファの端で、肘掛《ひじか》けに痩《や》せた身体を押しつけるようにすわっている。よほどこの場にいたくないのだろう。でも、去ろうとはしない。

　プレイリストで曲が変わるたびにニックが騒ぎだすが、流れるたびに「変えろ」という野次がルーカスかアンドリューから飛ぶ。十八歳のころに喜んで聴いた音楽も、この年齢になると不快にしか聴こえないらしい。マットは何も言わず、口もとに笑みを浮かべている。

「ねえ、スマホ貸してよ、ニック。あんたには任せておけない」イザベルは兄の選ぶ曲がかれこれ十分も拒否されつづけたところで、そう言った。コーヒーテーブルの上で手をのばし、指を曲げて合図する。

「皆、わかってないなぁ」含み笑いとともにつぶやきながら、ニックはスマートフォンを手渡す。

　イザベルはプレイリストをスクロールし、眉《まゆ》をあげ、全員を見まわしながら口もとにかすかな笑みを浮かべる。「これがいいよ。懐かしいでしょ、誰か覚えてる?」

最初の二音が響き、それが繰りかえされ、なんの曲かすぐにわかった。イザベルは立ちあがり、ルーカスに目を向ける。「あたしと踊って」スノウ・パトロールの〈チェイシング・カーズ〉が流れるなかで言う。

　わたしがどれだけこの曲が好きかマットはよく知っているので、夫に目を向けたかったけれど、いまはイザベルとルーカスに視線が釘《くぎ》づけになってしまう。あれだけ自信に満ち、余裕のある男性だというのに、ルーカスは落ちつかない様子だ。明らかに踊りたくないのに、どうやって断ればいいのかわからないかのように。イザベルはゲストだし、頼みは聞いてやるべきなのだろうが、どういうわけか一緒に踊るのには抵抗があるらしい。その気持ちはイザベルにも伝わったようで、気づまりな沈黙が流れるなか、拒絶に怯えるイザベルの思いが伝わってきた。

「新郎なんだから休ませてやろうぜ、イザベル」アンドリューが声をかけ、ソファから立ちあがる。「明日は新婦に尽くさなきゃいけないからな。さあ、相手ならおれがしてやるよ」

　イザベルはひとしきりルーカスを見据えてから、広げられたアンドリューの腕のなかに滑りこみ、ややきつすぎるほどに抱きついて、首筋に顔をうずめて隠す。アンドリューはイザベルの頭越しにチャンドラにウィンクして、イザベルを連れてゆっくりとテラスを横切っていく。

「ジェマ、こっちへ来て」ニックが立ちあがって手を差しだす。「どうやら旦那《だんな》は乗り気じゃないみたいだから、おれと踊ってくれよ」

　マットはニックが作ってくれた酒をあおり、虚《うつ》ろな顔で肩をすくめる。いかにも心ここにあらずといった感じなので、わたしは手を握られて引っぱられるがまま、抱き寄せられてニックの鼻歌を耳もとで聴く。ニックは乗りのいい動きで笑いを誘い、ステップを踏み、つないだ手の下でわたしの身体をくるくるまわし、また抱き寄せる。

　曲が終わるとニックはわたしの手を握ったまま、中世の廷臣さながらのお辞儀とともに、お礼を言ってくれた。

　誰もが席に戻ったものの、どことなく気まずい雰囲気が漂っているとき、アンドリューのスマートフォンが鳴る。画面を見てアンドリューが席を立ち、屋敷の脇のほうへと向かっていく。

それから方向を変えて、電波のよく入る果樹園に向かうのが見える。

アンドリューが席を外したことが解散の合図だったかのように、すぐにアレックスがマットと小声で言葉を交わし、席を立った。マットはアレックスの顔を見てうなずく。アレックスは自分の住まいがある入江に続く小道には行かず、アンドリューと同じように屋敷の脇へと向かっていく。そのときニックが飲み物を取るために立ちあがって視界が遮られ、アレックスも果樹園に向かったのかどうかは見ることができなかった。

「アレックスは早めに休むのかしら」わたしは彼女が去ったほうへ顎《あご》をしゃくりながらルーカスに訊《き》く。もしかすると、明日の結婚式に備えて今夜は屋敷で寝るということかもしれない。

「アレックスはまだ寝ないよ。暗くなって、ビーチに誰もいなくなってから泳ぐんだ。魚みたいに泳ぎが得意なんだけど、どうしても夜に泳ぐほうがいいらしくて。正直心配なんだが、もう大人だし、危ないと言っても聞いてくれなくてね。困ったものだよ」

「そうだとしたら、賢明ね。わたしも見習おうかな」

「真っ暗だと岩にぶつかったりしそうだけど、怖くないのかしら」

ルーカスは微笑み、闇に包まれた景色を見わたす。「その点はだいじょうぶさ。妹はグリーンの瞳でなんでもよく見ている。視力は平均よりもかなりよくて、検査では確か一・六以上あったんじゃないかな」ルーカスは椅子を引いて立ちあがる。「ちょっと失礼するよ、ジェマ。ニーナの様子を見てくる。そろそろ出てきていいころなんだけどね。ぼくたちと一緒に少しはゆっくりしてほしいから」

そう言って、ルーカスは身を乗りだしてわたしの頰に軽くキスし、グラスを手にしたままダイニングルームに続くドアへと向かっていく。

アレックスが星を眺めながら夜に泳ぐ姿を思い浮かべる。そのあと、今朝岩の上から海に飛びこんだアンドリューの姿が、期せずして頭に浮かんでくる。とても危険に見えたけれど、潮が満ちていれば安全だとルーカスから聞いていたそうだ。

踊りが終わったあとは静かな雰囲気になり、ニックも自分のプレイリストを流すのは諦《あきら》めたようだ。落ちついたトーンのジャズが静かに流れ、イザベルが新たな煙草に火をつけるが、今夜はもうおひらきになりそうなムードだ。チャンドラが小声でおやすみの挨拶《あいさつ》をして、屋敷の正面の庭園に向かっていく。そこにある小さな噴水の近くにすわるのがお気に入りらしい。穏やかな水音を聞いていると心が安らぐのだとか。

まだそれほど遅い時間ではないけれど、わたしも部屋に戻ろうと決める。マットとふたりきりで過ごしたかったので、夫に歩み寄って隣にすわり、顔を寄せて耳もとでささやきかける。ニックが試しに作ったカクテルをイザベルに勧める声に搔《か》き消されて、わたしの言葉が誰にも聞かれないことを願いながら。

「早めにベッドに入りましょうよ、マット」

マットが向かいのソファにすわっているイザベルに目をやったのがわかる。にやりとしたイザベルの顔つきから、聞こえてしまったようだ。マットはわたしのほうをちらりと見て言う。

「先に行っててくれ。これを飲んだらすぐ行くから」そう言って持ちあげたグラスはほとんど空だ。一口で飲みおえてしまいそうなのに。

いま反論するのは賢明ではないと感じながらも、ふと思う。何もかもを終わりにして家に帰り、日常生活に戻れたらどんなに嬉しいだろうかと。


ダイニングルームのドアの前を通ったとき、ニーナの声が聞こえてくる。明らかに怒っているようで、フランス語なので何を言っているのかはわからない。わたしはそそくさとその場を去り、部屋のバルコニーに続く石段へと向かう。部屋にたどり着くと、軽くシャワーを浴びて気持ちを落ちつけることにする。

さっぱりとした気分になってベッドに横たわり、バルコニーから聞こえてくるであろう夫の足音を待つ。けれども、何も聞こえてこない。マットはどうしたのだろう。

ベッドから身体を起こし、掃き出し窓からバルコニーへと出ていく。マットはもう部屋に向かっているのだろうか。それとも誰かと話しこんでいるのだろうか。残っていたのはニックとイザベルだけのはずだが、どちらの声も、音楽も聞こえない。

最初は大きなガゼボの白い屋根しか目に入らなかったが、テラスのずっと先にニーナの姿がちらりと見える。日中見たとき、そこは日本庭園に続く階段で、石の上を流れゆく水が鯉の泳ぐ池に流れこみ、美しい植栽に囲まれた場所から、小さな橋が向こう岸へと架けられていたのを覚えている。

ほかには誰もいないようだ。ため息をついて室内に戻ろうとしたとき、入江につながる小道が目に入る。地面に沿って光るライトが小道を照らし、さらには浜辺に向かう人影をも照らしていた。アレックスかと思ったが、人影の歩き姿は男性のようだった。部屋に入るとき、遠くからかすかに門のところのブザー音が聞こえてくる。もう夜なので、日中のように門を開け放してはいないのだ。いまは深夜というわけではないが、明日の式のために資材を持ちこむ時間にしては遅すぎる。

　ベッドに横になると眠気が襲ってくるが、マットが戻るまでは寝たくない。なぜか直感的に、夫の無事を確かめないと気がすまない。

　階下から話し声が聞こえてきて、ふと頭がはっきりする。誰の声かわからないけれど、マットではない。わたしは足音をひそめてバルコニーに出ていく。声はガゼボの下から聞こえてきて、分厚いビニールの屋根のせいでくぐもっている。男性の声と、それに答える女性の声。訛《なま》りがあるが、ニーナの声ではないので、きっと家政婦のイヴァナだろう。そのあと足音が聞こえ、おそらく男性のほうが歩き去っていったようだ。わたしは空を見あげる。月は見あたらないが、多くの星が輝いている。なんて美しい夜だろう。

　浜辺に続く小道を行けば、ボートハウスやその二階にあるアレックスのアパートメントにもたどり着ける。マットはそこへ日中行っていたのだろうか。アレックスと話をしていたのだろうか。いまもそこにいるのだろうか。

　小道が木立のなかへと消えていくあたりに目をこらす。わたしはその場所から夫があらわれることを望んでいるのか、いないのか。自分でもよくわからない。

15

ニーナはハンモックで眠るつもりはなかった。それに、よりによって今夜ルーカスと喧嘩《けんか》をするつもりもなかったのだ。けれども、ディナーのあとにルーカスがキッチンに来て開口一番に訊いてきたのは、アレックスのことだった。

「アレックスはマットに何を言ったんだ？　あいつ、ショックを受けたような顔をしてた。きみは聞いていたのか」

その言葉で、怒りが爆発してしまった。どうしてアレックスの言ったことがそんなに大事なのか。今夜の主役は彼女ではない。ルーカスだって、今夜くらいニーナだけに目を向けてくれてもいいのではないか。ところがその思いをぶつけてみても、ルーカスは困惑顔になるだけだった。

とうとうニーナは口論も中途半端なまま、その場を去っていった。さらに悪いことに、馬鹿馬鹿しい伝統に則《のっと》らねばならないせいで、今夜ルーカスはべつの寝室で寝ることになっていた。明日まで関係を修復するチャンスは訪れない。どうしてこんな提案を受けいれてしまったのだろう。だいたい、誰にも知らせてはいないけれど、今朝ふたりでペンザンスまで行って役所に婚姻届を出してきたのだから、ふたりはもう夫婦なのだ。明日の式は形式上のものであって、ゲストへの披露のために行なうものだ。その日を前にして、苛立《いらだ》ちを抑えきれなかった自分が腹立たしい。こんな夜になるはずではなかったのに。

家のなかにいると息が詰まりそうだったので、日本庭園に行って新鮮な空気を吸い、気持ちを鎮めることにした。それだけのつもりだったのに、ハンモックに惹《ひ》かれて身体を休めていたら、ささくれだった思いも消え、いつの間にか眠りに落ちていた。

誰かの泣き声で目が覚める。木立の奥のほうから聞こえてきて、どうやら浜辺に続く小道のあたりに誰かがいる。

ニーナはハンモックから足をおろして立ちあがり、木々のあいだをそっと歩いていってみるが、真っ暗で何も見えなかった。進むにつれて声は大きくなっていき、言葉もところどころ聞きとれる。激しくしゃくりあげ、その合間に吐き出される言葉。

「いやよ、やめて、無理だわ。お願いだから、そんなことをさせないで。ねえ、ルーカス」

〝ルーカス〟

懇願するような声を耳にして、どうするべきかと迷う。立ち聞きをしていたことはルーカスに知られたくないが、この状況を放っておくこともできない。

前方にルーカスの白いシャツが見えてきて、誰かを肩に担ぐようにして抱えているのがわかるが、それが誰なのかはわからない。

「どうかお願いを聞いて、ルーカス。ねえ、そんなのは無理よ」

恐ろしいことに、ルーカスは担いでいる女性を乱暴に揺すり、脅すような低い声で話しだした。

「いいかげんにしろ、アレックス。落ちつくんだ。ヒステリーを起こすんじゃない。そんなに大声を出されると、考えられないだろ。きっと何かの間違いだ」

「間違いじゃない！　それはたしかよ。あなたならわかってくれると思ったのに。結局、わたしのことなんかどうでもいいのね。当然だわ。わたしは長いあいだずっと、あなたのお荷物だったんだから」

それに対するルーカスの答えは聞きとれなかったが、低く刺々《とげとげ》しい声が響いていた。

さらなる泣き声が響き、ルーカスはアレックスの身体の向きを変え、ほとんど引きずるようにして小道の先へと連れていく。

「いいから来るんだ、文句を垂れるな。言うとおりにしてくれ」

小道のライトが消えていたので、間もなくふたりの姿は影にしか見えなくなり、妹を引きずりながら遠ざかっていくルーカスを、ニーナはただ見つめていた。

16

何かがおかしいことはわかっていた。あのひとたちが着いた日に、ずっと昔と同じような感覚を抱いたのだ。暗闇が追いかけてきて、何か恐ろしいことが起きようとしていると。それはわたしの力など及ばないものなのだ。あの感覚は知っているから、間違いようがない。直感はやはり正しかった。

それでも、脅威がどこからやって来るかはまだわからない。いまだにわからないのは、それが微風《そよかぜ》にのって流れてくるささやき声も同然で、耳もとをかすめていく〝いまに捕まえてやる〟という小さな声にすぎないからだろう。

　今夜はひとりひとりのことをじっくりと観察した。ルーカスの友人たちは誰もが、こんな厄介者のわたしを受けいれてくれる。けれどもそのなかの誰かが、わたしの口を封じたがっている。それはいったい誰なのか。

　ルーカスがなんと言おうと、どんなにわたしの言い分を否定しようと、怯《おび》えながらまたこんな一日を過ごすことなどできるはずがない。ただ手をこまねくだけで、何も行動を起こさなければ、この身に何かが降りかかるにちがいない。だったら動くしかない。

　ほかに選択肢はないのだ。

17

　悲鳴が響きわたり、目が覚める。それは空気を切り裂き、早朝にさえずる鳥たちを静まらせる。けれどもそれが現実なのか、悪夢の残滓《ざんし》として耳に残る響きなのかがわからなくて、わたしは横たわったまま、悲鳴がふたたび聞こえてこないかと待ちかまえる。

　昨夜はマットを待っているうちに眠ってしまったようだ。いったんベッドから出て、階下へ降りていって夫を捜そうかと思ったけれど、見てはいけないものを見てしまうのが怖かった。だからまたバルコニーへと出ていき、夫が友人たちと飲みながら談笑している声が聞こえることを期待してみたが、外は静寂に包まれていた。ガゼボの屋根の向こうに目をやると、小道を誰かが歩いていた。さっき見た人影とはちがう。もっと背が低い。マットなのだろうか。その人物はカーブを曲がって見えなくなったが、戻ってくるかもしれないと思って見ていると、ふいにライトが消えてしまった。アレックスだったのかもしれない。そうであれば、ほかの皆はもう部屋に戻って寝ているのだろう。ただひとり、マットを除いて。

夫が部屋に戻ってきた記憶はない。わたしは浅い眠りに落ちたり醒《さ》めたりを繰りかえしながら、ずっと夢を見ていた。出てきたのはキャンドルや花、黒い岩、アプリコットの香り、紫煙、ウィスキー。それから音楽、怒声、車のエンジン音、砕け散る波の音なども聞こえ、それが現実のものなのか、朦朧《もうろう》とした意識のなかでリアルによみがえった記憶なのかはわからなかった。やがて背中にマットの身体の温《ぬく》もりを感じ、ようやく戻ってきたことを知ると、わたしは深い眠りに落ち、夢を見ずに眠ることができた。

いま小さな鼾《いびき》をかきながら隣で眠っているマットには、さっきの悲鳴は聞こえていないようだ。ということは、夢だったのだろう。起こしたくなかったので、わたしは横になったまま夫を見つめ、完璧《かんぺき》に整った穏やかな寝顔を堪能《たんのう》する。腕をのばし、引き締まった腹に手を触れようとしたとき、また耳をつんざくような悲鳴が聞こえ、今度こそ現実のものだと確信する。ベッドから飛びおり、掃き出し窓を開けてバルコニーの端まで駆けていくと、わたしは石の手すりからできる限り身を乗りだす。浜辺に続く小道の端が遠くに見え、三度目の悲鳴が朝の空気を揺るがす。恰幅《かっぷく》のいい家政婦が小道を走ってくるのが見える。

「アユート、アユート！」

イタリア語は片言しかわからないけれど、〝助けて〟と言っているにちがいない。わたしは階段を駆けおり、テラスを走る太いケーブル類につまずきながら、昨夜ケータリング業者が運んできた椅子を押しのけて先を急ぐ。グラスや皿の入った青いプラスティックの箱をよけ、タイル張りのテラスを裸足《はだし》で走りながら、その先の芝生に降りていく。

着替えもせず、靴も履いていなかったので、わたしはパジャマにしているショートパンツとタンクトップという格好で、水撒《みずま》きがすんだばかりの芝生を横切り、小道へと駆けていく。

皆はどうしたのだろう。あれだけの悲鳴が聞こえたのに、誰も部屋から飛びだしてこないなんて。

芝生の端まで来ると、砂利敷きの小道に慎重に足を踏みだし、尖《とが》った小石で足を切らないように気をつける。家政婦はわたしに向かってイタリア語で何かをまくし立てたが、さっぱりわからないので首を振ると、入江のほうを指さされる。下り坂の小道をゆっくりと進み、生い茂った蔦《つた》のトンネルをくぐって石段を降り、入江にたどり着く。そのとき耳にした声は、一生忘れられない。手負いの動物の咆哮《ほうこう》のように低く深い声で、臓腑《ぞうふ》から絞りだされ、身体を這《は》いあがり、抑えきれずに口から出ていく叫びだ。それでも人間のものだとわかる叫び。聞こえてくる言葉はひとつだけ。

アレックス。

時がとまったような光景がある。ルーカスが浜辺にひざまずき、腿《もも》まで波に洗われながら、首をのけぞらせて苦痛のうめきを漏らしている。

かたわらには若い女性が浅瀬のなかにうつぶせに倒れている。長い黒髪が小さな波に揺れながら、大きな円のように広がっている。

アレックス。

18

ステファニー・キングは三階建てのアパートメントが並ぶ路地裏を全力で走っていた。息はあがっているし、シャツは肌に張りついている。前方に見えるコソ泥を追っているのだが、逃げられつつあった。いったい、部下のジェイソンはどうしたのか。とっくに追いついていてもおかしくないのに。

「ああ、もう！」足をとめて身体を折り、膝《ひざ》に手を置いて荒い息をつく。数カ月まえに刑事部で短期間仕事をしたせいで、体力が落ちてしまっている。「ジェイソンったら、どこにいるのよ」そう口に出すと、息を切らしたジェイソンが駆け寄ってくる。

「すいません、先輩。なんだか気分が悪くて。昨日の夜食べたケバブのせいみたいです」

「またなの？　いいかげんに学びなさいよ。どうしてお腹を壊すのにいっつもケバブを食べるわけ」

そう言って部下の顔を見やると、確かに青ざめていた。それを見て口をひらこうとしたとき、無線から雑音が聞こえる。

「キングです」応答して相手の言葉を聞く。「了解しました。十五分ほどで着くと思います」

無線を戻し、大きく息を吸いこんでから車に戻っていく。ステファニーとジェイソンは、車で走っていたときに若者がアパートメントの部屋に侵入するのを見かけたのだ。すぐに捕まえられたはずだった。ジェイソンが「警察だ！　動くんじゃない」などと叫ばなければ。その若者はもちろん呼びかけを無視して、一目散に逃げだした。

「どこへ行くんです、先輩。ちょっとコーヒーが飲みたいんですけど」

「無理よ。ポルスキリンの入江で若い女性が溺死《できし》したの」

「じゃあ、行く途中でどこか寄れません？　二、三分くらい遅れたって差しつかえないでしょ」

「いいえ、差しつかえるわ。亡くなった女性のお兄さんは今日、ポルスキリンで結婚式を挙げる予定だったの。そんな状況なら、少しでも早く駆けつけてあげるべきだと思わない？」

「えっ、じゃあ急いで駆けつければ、そのあと結婚式を挙げられるってことですか」

　ステファニーは引き結んだ唇のあいだから大きく息をついた。「そういう意味じゃないけど。そのひとたちがどうするつもりなのか、わたしが知るわけないでしょ。ともかく早く駆けつければ、彼らも段取りを進められるだろうから。式を中止するなり、決行するなり」

「マジか」ジェイソンがつぶやく。

　落胆したような顔つきを見て、一瞬だけ気が咎《とが》める。ジェイソンにはいつも苛立《いらだ》ちをぶつけてばかりだ。根は悪い人間ではない。ただ、もう少し仕事に真摯《しんし》に向きあう姿勢が必要なのと、たびたびケバブで体調を崩すのをやめてほしいだけだ。聞いたところによると、ケバブは〝飲みすぎ〟の隠語ということらしいが。

　この日ステファニーは特にきつく当たってしまったが、理由はわかっている。気が立っているからだ。今日は刑事部への正式な異動願いが通ったかどうか、その結果が出る日であり、ステファニーにとって運命の日なのだ。ここのところ、制服組のままだと職務の範囲に制約があることを実感していて、なんとしてでも刑事になりたいと思っていた。

　落ちつかないのは、その結果がまだわからないからだけではない。驚いたことに、リーズに三カ月間出向していたアンガス・ブロディ警部がこの日に戻ってくることになっていた。こうした大きなニュースは、ひとつずつなら冷静に対処できたはずなのに、ふたつ同時はとても無理だ。お願いだから、彼は溺死の現場に来ないでほしい。再会するなら身支度が必要で、フルメイクを施し、髪を完璧に整えなくてはいけないのだから。コソ泥を追いかけた汗だくの身体と、べったりと頭に張りついた髪で会うわけにはいかない。

　アンガス――ガスとは、かつて恋人同士だった。絶対に別れることはないと信じていた。ところが、悲しいことにそれは間違っていた。破局以来、ガスが連絡を取ろうとしてきても、ステファニーは頑《かたく》なにそれを拒んできた。心の奥底で、また傷つくことを恐れていたから。

　異動で離れているあいだに、今後のことを決めてほしいとガスは言ってきた。そばにいないことで相手の大切さに気づけば、やり直す価値はある。けれども会わないことで気持ちが離れてしまうなら、それがふたりの答えなのだろう。

　ステファニーの気持ちはもう決まっている。心配なのは、毎晩ベッドのなかで眠れないまま身をよじらせ、隣に大柄な彼の身体を感じたいと願っていることを、率直に伝える勇気が自分にあるかどうかということだ。

いまはひとまず、誰かの身に起きた不幸のことを考えねばならない。愛する者の死はどんなタイミングであっても悲劇だが、それが結婚式の当日に起きたとなると、遺族の打ちのめされようは想像以上だろう。

19

ルーカス・ジャレットの屋敷の私道に入っていくと、ジェイソンが文字どおり、あんぐりと口を開けているのがわかる。圧倒されるような光景を見て、ステファニーでさえ平静を保つのがむずかしいくらいだった。大型、小型、多種多様の車のまわりを大勢のスタッフが歩きまわり、私道や芝生にさまざまな向きでとめられた車から次々に箱をおろしていく。どこもかしこも、足の踏み場がないほどの箱で埋めつくされている。

「びっくりですよ。本当に結婚式をやるつもりなんですかね」

「そんな感じね。というか、業者にはまだ事態が伝わってないんでしょ」

車をとめられる場所を探したが、駐車スペースは埋まっていたし、屋敷の裏手は二台の大型トラックでふさがれていた。そのうちの一台からは、スタッフが箱に詰められた食材を次から次へと運びだしている。ハーブの葉でいっぱいになった箱や、牛フィレ肉の大きな塊がぎっしりと詰められた箱。もう一台のトラックの後部ドアが一瞬だけ開いたが、誰かが大声で呼びかけ、すぐに閉じられてしまう。それでもステファニーは内部を見逃さなかった。ワインの入ったケースが大量に積みあげられていて、少なくとも百個は下らないように見える。それ以外にも、棚に納められたさまざまな酒のボトルがあり、特殊なメッシュ状のホルダーに固定されていた。ステファニーが車を降りると、トラックの冷蔵装置から響く低いうなりが聞こえてくる。屋敷の正面には梯子《はしご》にのぼっているスタッフが何人もいて、白いシャクヤクのあしらわれたガーランドを飾っている。さらに、さまざまな色合いのバラで溢《あふ》れかえった箱が家の裏手に運びこまれていた。

ひとりの男性が歩み寄ってくる。肩までの髪に、ストライプのショートパンツを穿《は》いていて、肌は小麦色だが顔は青ざめていた。

「アンドリュー・マーシャルといいます。結婚式のためにここに泊まっています。ルーカス・ジャレットの友人です」

「ステファニー・キング巡査部長です。ポルスキリンの入江で遺体が見つかったということですね。現場まで案内していただけますか。間もなく、ほかの捜査員も加わると思います」

「入江に続く小道は教えてあげられますが、ルーカスはおれたちに彼女の姿を見せたくないそうなんです。だから一緒には行けません」

アンドリューという男性は困惑顔でそう言う。

「それなら仕方ないですね、ミスター・マーシャル」

アンドリューがかすかに肩をすくめる。「おれたちはアレックスをよく知っているのに。海から引きあげるのを手伝うことだってできます。それなのに、あいつは自分の妻すら近寄らせないんです」

「お兄さん以外は遺体に手を触れないほうがいいです。ところで結婚式はどうなるのか、ご存じですか」

「ルーカスが式をやるとはとても思えません。ニーナはどうでしょう。彼女はちがう意見かもしれないですね」

「わかりました。そういった話はまたあとでおうかがいしますので、ひとまず小道の場所を教えてください」

アンドリューは先頭に立ち、ステファニーとジェイソンを屋敷の裏手に案内した。グラスを詰めた箱がのったワゴンを押すウェイターや、梯子を抱え、肩にコイル状のワイヤーを何本もかけた作業員などの合間を縫って歩く。これだけ大規模な式を中止するのは、相当な損失になることだろう。

狭い小道が見えてきたかと思うと、入口に数人の男女が立っていて、誰もがショックを受けたようなこわばった表情をしていた。黒髪のショートヘアで小柄な女性が、やや背の高いブロンドの女性に向かって何かをまくし立てている。泣くのをこらえるように声が割れている。

「あなたは関係ないでしょう、ジェマ。彼はわたしの夫なのよ。会いに行かせてちょうだい」

「ニーナ、悪いけどルーカスから言われているの。あんな姿の妹は誰にも、特にあなたには見てほしくないそうなのよ。現場には警察と救急隊しか通さないでほしいって」

どういうことなのだろう。ニーナという女性は新婦のようで、〝夫〟と呼ぶのは少し気が早いとはいえ、この場を仕切るのは彼女であるべきではないのか。

「救急隊ですって？　馬鹿《メルド》な！　マット、あなたは医者なんでしょう。何かできるはずだわ」

中背でやたらと歯の白い男性が、片手をあげて褐色の短い髪を撫《な》でつける。

「救急隊を呼んだのは、死亡を確認するためだと思うよ。助けることはもうできない」

ステファニーは歩み寄っていった。

「お話し中にすみません。わたしはキング巡査部長といいます。現場に行く必要がありますので、通していただけますか。救急隊は必要ないかもしれません。状況を確認次第、こちらの巡査が——」そこでジェイソンを指さす。「また戻ってきて、お伝えすべきことを話しますから」

フランス人らしき黒髪の女性は腕組みをして言う。「あの子が亡くなったのを確認したらってこと？　だったらわたしも行きます」

ブロンドの女性が反論しようとしたところで、医者だという白い歯の男性が、手を差しだしながら言う。「ジェマ、きみはよくやってくれた。あとはもう、ルーカスとニーナの判断にまかせたらどうだい」

ステファニーが小道を歩きだすと、背後から男性の声が聞こえてきた。「ニーナ、結婚式のスタッフとはぼくが話してこようか」

ニーナはステファニーの二歩ほど先を歩いていたが、その声に振りかえることはなかった。

小道を歩きながら、ステファニーは両側の地面に目を走らせる。手がかりを探っているわけではないが、気になるものがないかどうか、いつでも警戒するように心がけているのだ。壊れかけた木製のゲートを過ぎ、陽射しを遮るほどの濃い茂みに覆われた石段を降りていくと、ようやく視界がひらけて太陽に照らされた光景が目に入ってくる。

ポルスキリンの入江に出るには屋敷の敷地を通らなければならないが、ステファニーは海沿いの歩道を歩きながら、何度もその景色を見たことがあった。ガスと別れてから毎日のように、歩道を散歩する習慣がついていたのだ。

景色に見とれたのは一瞬のことで、浜辺の砂利の上に膝《ひざ》をついていた男性がさっと立ちあがるのが見えた。二メートル近い長身で、かたわらには若い女性がうつぶせに倒れている。男性はこちらに駆け寄ってくる。

「ニーナ、戻れ。来るんじゃない！」

ニーナが足をとめたので、ステファニーは声をかける。

「それ以上先には進まないほうがいいですよ。犯罪現場でないことを確認しなければいけませんので、遺体に近づかれてしまうと困るんです」

一歩下がり、ニーナは手で口を覆う。

「犯罪現場ですって？」

「どのような状況だったのかを確認しなければなりません。それまでは、近づかないようにお願いします。ご理解ください」

砂利を踏んで走る足音が近づいてきて、ルーカス・ジャレットがすぐ背後まで来たことがわかる。

「こっちへ来ないよう、ジェマに言っておいたんだ。来るんじゃない、ニーナ。家へ戻っていろ」ルーカスが声を荒らげる。

背を向けさせようとルーカスが腕をつかむと、ニーナはそれを振りはらった。

「あなたのそばにいたかったのよ、ルーカス。力になれるかと思って」

なんという状況だろう。いったい誰にいちばん同情するべきなのか。海で妹の水死体を見つけた男性なのか、それとも結婚するはずの男性から、もっとも悲しいときに追い払われてしまう女性なのか。

「聞いてください」ステファニーが口をひらく。「誰にとっても大変な状況だと思います。ニーナ、あなたにこれ以上近づかれては困るし、わたしはすぐに現場に行かなければならないんです。現場検証には巡査のジェイソンも同行させたいところですが、どうしてもこの場からあなたが去りたくないのでしたら、彼と一緒にいてもらいます。力になりたいという気持ちはわかりますが、正直に言って、あなたにできる最善のことは家に戻ってご友人たちと待機することなんです。このような日に、とてもおつらい思いをされているとは思いますが」

ニーナは打ちのめされたようにうなだれ、ルーカスから目をそらす。そのとき、ふと横に目をやって息を呑《の》んだ。「あの子の服だわ」小声で言って、紺色の布の塊に歩み寄ろうとする。

ステファニーが手で制する。「触らないでください。アレックスの服なんですか」

ニーナは服を見据えたままうなずく。

ルーカスが怒りをたぎらせた目を向ける。「帰れ、ニーナ。行くんだ」

さっと前を向くと、ニーナはルーカスに目をこらし、挑むように顎《あご》をあげる。介入したほうがよさそうだ。

「ジェイソン、家までニーナに付き添ってもらえるかしら。そのあと、できるだけ早く戻ってきてちょうだい」

ニーナはこちらを見やり、気丈さを取りもどして言う。「付き添いはいりません。お気遣いをどうも。ひとりで問題ありませんから」そう言って踵《きびす》をかえし、ニーナは大股《おおまた》で小道を戻っていき、茂みの向こうに消えていった。

ステファニーはルーカスと向きあう。

「ミスター・ジャレット、この度はお悔やみ申しあげます。ご遺体は妹さんで間違いないのですね？」

ルーカスはニーナの去ったほうを見つめていて、ステファニーの言葉に反応するまでしばらく間があいた。こちらを向いたとき、その瞳《ひとみ》は暗澹《あんたん》としていた。

「はい」

「確認のために現場まで行きます。あなたはここに残っていても結構ですけど」

「いいえ、一緒に行きます」首を振りながら言う。

浜辺に誰も入れさせないようジェイソンに指示してから、砂利でできたビーチをゆっくりと歩き、遺体に近づいていく。若い女性で、黒いショーツ、白いブラジャー、黒いブレスレットしか身につけておらず、うつぶせに倒れ、黒髪が広がっている。どう見ても息絶えているが、一応頸動脈《けいどうみゃく》に触れてみる。遺体はとても冷たかった。

「死んでいます」ルーカスが口をひらく。

「ミスター・ジャレット、申しわけないですが確かめる必要があるんです。発見したときから、このような状態でしたか？」

「海でうつぶせに浮かんでいました。引き潮だったので、沖に流されてはいけないと思ったんです。海へ入っていって、顔を水からあげて、まだ助けられるかどうか確かめました」そう言って、涙をこらえる。「でも、だめでした。だから手をつかんで、潮が引くのを待っていたら、こうして浜に下ろすかたちになりました。海から引っぱりあげようとは思えなくて。そうしていいのかどうかもわかりませんでした。向こうにある岩に、流されてぶつかったみたいです。頬に傷がありましたから」

ステファニーは女性の髪を軽く持ちあげ、頬についた傷を確かめ、すぐに髪をおろした。

「その対応は間違っていませんでしたよ。名前はアレックスでいいんですね？　アレックス・ジャレット？」

「ええ、ただ名字はローレンスといいます。父親がちがうので。ふたりとも他界していて、母親も同様です。妹の家族はぼくしかいません」ルーカスは妹の後頭部を見つめる。「いつも夜遅くに泳ぐ習慣があったんです。五月から十月は毎晩でした。ぼくは泳いでほしくなかった。妹もそれはわかってました」

ステファニーは振りむいて、ジェイソンに向かって首を振る。救急隊は不要である旨の連絡を入れてほしいと伝えたつもりだ。ふと、屋敷からここへと降りてくるとき、茂みに囲まれた細い小道を歩いてきたことを思い、背筋が寒くなる。べつに歩くぶんには危ない道ではないが、気分的にどうかというと別問題だ。真っ暗闇のなか、たったひとりであの道を歩いてくるのは、かなり勇気のいることだ。

「いつもアレックスは、ここにひとりで降りてくるんですか」

「自宅がここにあるんです」ルーカスがボートハウスに向かって顎をしゃくる。

質問を続けようとしたとき、背後で砂利を踏みしめる音が聞こえ、ステファニーは振りかえる。

「おはよう、キング巡査部長」

大柄なアンガス・ブロディがこちらに近づいてくる。再会するなら心の準備が必要だったのに、あまりにも唐突だ。ステファニーはうつむいて顔をアレックスの遺体のほうに向け、紅潮した頬を見られないようにした。

20

ガスが手を差しだすと、ルーカスは立ちあがって歩み寄ってきた。

「ミスター・ジャレット、わたしはアンガス・ブロディ警部です。この度はお悔やみを申しあげます。身内の方を亡くされるのは大変なご心痛でしょうし、ご自身で発見されたのならなお、おつらいものとお察しします。もうひとり、警部のウィルコックスもこちらに向かっています。状況の判断がつくまでのあいだは、ひとまずわたしが監督役をさせていただきます」

ステファニーには言外の意味が伝わった。これが事故か自殺なら、地元の警部が担当することになる。もしも殺人事件ということになれば、重犯罪捜査部が担当となり、ガスが指揮を執ることになるのだ。

　立ちあがり、ステファニーはふたりのほうへ歩み寄っていく。浜辺に倒れている女性にしてやれることはないし、発見現場にはできるだけ立ち入らない方がいい。

「おわかりとは思いますが、捜査員を数人立ち入らせて、写真撮影や妹さんの死と関連のありそうなものを採取させていただくことになります。作業中は、どこかべつの場所でお待ちいただいて結構ですよ」

　ルーカスはわずかに困惑顔になる。「写真撮影？」

「状況が確定するまでは、現状をすべて残しておかないといけないんです」そう言ってから、ガスは後ろを見やる。五十代なかばで背の低いでっぷりとした男性が、顔を真っ赤にして砂利に足を取られながら、ゆっくりとこちらに近づいてくる。「ウィルコックス警部、ルーカス・ジャレット氏です。故人のお兄さまです」

　ステュアート・ウィルコックスはステファニーに会釈してからルーカスと握手を交わし、ガスと同じようなお悔やみの言葉をかけた。

「なぜこのようなことになったのか、心当たりはありますか」ウィルコックスが訊《き》く。

「溺《おぼ》れたか、暗闇で岩に頭をぶつけたんでしょうか。足がつったのかもしれないし、ぼくにはわかりません。妹は毎晩泳いでいました。ひとりで泳ぐのは危ないと言ったのに。海は容赦なくひとを襲いますし、このあたりが凪《な》いでいることはめったにありません」首を振りながら浜辺を見わたし、ルーカスはひとりごちるように言った。

「妹さんのご遺体は、あそこの捜査員が検《あらた》めることになります」ウィルコックスはこちらに向かってくる科学捜査班の面々を指さして言う。「きちんと調べさせてもらってから、検死局が手続きを取って、ご遺体を安置所に移送します。ですので、いまはいったんお引きとりください」

「どうして残ってはいけないんですか。何か情報をお伝えできるかもしれないし、妹を残していきたくないんです。ちゃんと……」

「それじゃ、あちらへ移動されたらどうでしょう」ガスは入江の端に見える黒い岩を指さし、ルーカスをできるだけ遠ざけようとする。アレックスの遺体はいずれ、あおむけにしなければならないのだ。

「今朝の状況を教えてください。どうやって遺体を発見されたのですか」ガスが訊く。

ルーカスが首を振る。「ぼくが見つけたんじゃありません。家政婦のイヴァナが見つけたんです。毎朝早い時間に、焼きたてのパンやクロワッサンなど、ぼくたちと同じ朝食をアレックスに届けているので。イヴァナは妹にとてもよくしてくれて、もっと太らないといけないと言っていました」

ステファニーは振りかえってもう一度遺体の体型を確認したい思いにかられたが、ぐっとこらえた。

「アレックスが海に浮いているのを見て、イヴァナはできる限り速く走って戻ってきたようです。悲鳴をあげていました。ぼくは朝の挨拶《あいさつ》をするために妹のところに向かおうとしていたので、悲鳴を聞いて、走りだしました」そこで顔をゆがめ、涙をこらえる。「髪でわかったんです。それが妹だと、一瞬で。浮かんでいたのは、水中の魚を眺めているだけであってほしいと願いました。でも、海に入っていって、触れた瞬間にもう死んでいるとわかりました。少しだけ浜のほうに身体を引っぱりました。ちょうど満潮に達して、引きはじめていたからです。ぼくが行かなければ、妹は沖に流されてしまっていたでしょう。どうして死んでしまったのかはわかりません。ともかくぼくは巡査部長に話したように、妹の手をつかんで潮が引くのを待ちました。そして浜に身体をおろしたというわけです。もう助けられないとわかっているから、引っぱりあげようとは思いませんでした」

「適切な行動をされましたね、ミスター・ジャレット」

ガスの肩の向こうで、ウィルコックスが遺体から一歩下がり、ステファニーを手まねきした。ステファニーは悲嘆に暮れるルーカスをガスにまかせることにし、ふたりに一声かけてから離れる。

「それで、調べはどんな感じだ？　ステファニー」

「まだあまり進んでません。わたしも着いたばかりなので。ルーカス・ジャレットは故人と父親ちがいの兄で、今日は彼の結婚式が予定されていました」

「あれだけ大がかりな準備をしてるから、そういうことじゃないかと思った。なんとも気の毒だな。本人も、新婦の女性も。かなりの規模の式になるはずだったようだし。身元は間違いないんだな？」

「ええ、アレックス・ローレンスです。ルーカスが唯一の身内です」

「なるほど、了解だ。安置所に呼ばなければならない親族はもういないってわけだな。その旨を記した書類にサインをもらう必要がある。それは頼んでいいか」

うなずいて言う。「もちろんです。新婦はかなり取り乱しています。ジャレット氏を慰めようとしたのに、彼にもアレックスにも近づくなと言われていました。そのうえ盛大な結婚式の準備が無駄に終わりそうなんて」

「かわいそうだな。悲劇はどんな日に起きたって辛《つら》いものだが、よりによって今日とは……」

「誰かが力になってくれるとは思いますけど。結婚式のために、泊まりにきているゲストもいるようですし。友人みたいです」

ウィルコックスはうなずき、浜辺を指さして言う。「あれはアレックスの服なのか？」

「新婦のニーナによれば、そうだということです。遺体が下着しか身に着けていないので、間違いないでしょう」

「わかった」ウィルコックスは小道の出入口に目をやる。「ああ、よかった。モリー・トレッドウェルが来た。彼女の意見を聞いてみよう」

法医学者のモリーは時おり軽いウィットに富んだ発言をする人物で、死者を前にしてもそれは変わらない。立派な体躯《たいく》を大きな防護服に包み、ビーチをよろけながら歩いてきて、お団子にまとめていたのであろう銀髪は崩れてくしゃくしゃになっている。

「今日は精鋭部隊が集結してるのね、ステュアート」荒い息をつきながら、モリーは五十メートルほど離れたところにいるガスへ向かって顎《あご》をしゃくる。「若手のアンガスはいつ見ても目の保養だわね。ところで、事件性がありそうなわけ？」モリーはアレックスの頭の近くにかがみこむ。「あらまあ、かわいそうなお嬢さんだこと」

「事件か事故かはまだ確定しておらんよ、モリー」ウィルコックスが答える。「でも、用心に越したことはないからな。念のため、確定するまでガスに来てもらっている。いまは故人の兄貴と話をしてもらっているよ」

　モリーが検視を始めると、ウィルコックスはステファニーに声をかけてきた。

「ざっと見たところ、岩に当たって顔に切り傷ができていたから、遺体をあおむけにする前にあの兄貴を遠ざけておきたい。ガスと一緒に話をしてくれないか。明日からは、きみの担当になるかもしれんからな」そう言ってにやりと笑みを向ける。ウィルコックスは刑事部への異動願いの結果を、もう知っているのだろうか。

　うなずいてから、ステファニーは浜辺を歩いてガスのほうへと向かう。ルーカスと話しているガスの姿を見つめ、その大柄な身体と短い巻き毛を目に焼きつける。わずかにのばした髭《ひげ》も以前のままで嬉《うれ》しかった。とても似合うのだ。

　ふたりに近づいていき、ステファニーは憔悴《しょうすい》したルーカスに目を向ける。

「ミスター・ジャレット、ウィルコックス警部からの指示で、ブロディ警部とともにお話をうかがわせていただきます。もう少し科学捜査班から離れたところへ移動しましょう。捜査に差しつかえるといけないので。よろしいですか」

ルーカスは地面に視線を落として黙っている。ガスはそれを同意と受けとり、ボートハウスのほうを手で示して歩くように促す。

「妹さんは夜遅くに泳ぐ習慣があったそうですが、何時ごろだったかわかりますか」ガスが尋ねる。

「陽が沈まないと泳ぎませんでした。そうするのが好きだったみたいですが、この時期はかなり遅くならないと暗くなりませんよね。家のほうでディナーに参加していましたが、十時前には席を立ったので、その少しあとだと思います。十二時はまわっていないかと」

「いつもひとりきりで泳ぐんですか」

ルーカスがうなずく。「ええ、いつもです」

「家政婦が朝食を運んでいったそうですね。妹さんは、屋敷のなかでは朝食をとらないんですか」

ルーカスが戸惑いをあらわにしたので、ステファニーが口をはさむ。「すみません、警部。アレックスはあそこで暮らしているそうです。ボートハウスの二階で」

ガスは上を見あげ、ビーチを見わたせるガラスの掃き出し窓に目をやる。ステファニーはふと、アレックスは部屋から駆けおりてきて、誰にも見られていないと信じて下着姿になったのだろうかと考える。

「ミスター・ジャレット、のちほど妹さんのご自宅も見せていただきます。もう戻られて結構ですが、キング巡査部長を付き添わせましょうか」

「いいえ。妹の部屋に入るなら、ぼくも立ち会います」その口調には抗議のトーンが含まれている。

身近な者を亡くした人間がどんな振る舞いをしようと、ステファニーは驚きも動揺もしない。泣き崩れる者もいれば、憤りをぶちまける者もいるのだが、ルーカス・ジャレットの場合は静かな怒りだった。こんな行ないを選んだ妹に向けるものなのかもしれない。

「では、鍵《かぎ》をお貸しください。同行はもちろん構いませんし、ご説明いただければ助かることもあるかもしれません。ですが、妹さんの死の経緯がはっきりするまでは、どこにも一切手を触れないでほしいのです。その点はおわかりいただけますね」

ルーカスは頭をそらし、何か言おうとしたものの、思いとどまった。うなだれ、小声でつぶやく。「数分でいいので、ひとりにしてもらえませんか」

「ええ、わかりました。われわれは近くにいますので」

ガスはステファニーを手まねきして歩きだした。岩に腰をおろして膝《ひざ》に腕をのせ、うつむいているルーカスから離れていく。

「なんとも気の毒な若者だ」ガスは静かに言う。それからステファニーを見やり、その視線がまるで射貫《ぬ》くようだったので、思わず息をこらえてしまう。「会えて嬉しいよ、ステファニー」

ガスはその言葉で、こちらの気持ちを尋ねているのだ。それに応《こた》えるには、何も言わずに笑顔を見せるだけでいい。けれども、こんなときにこんな場所で伝えたくはない。こちらの思いを打ち明けるなら、ガスの反応をしっかりと受けとめて応えたい。

「こちらこそ」表情を変えずに言う。

その答えの意味をとらえきれず、ガスは目を細めてから、ボートハウスのほうを見あげる。

「あそこに住んでいるのなら、どうして服を着たまま降りてきて、下着で泳ぐんだろうな」

「それって、なぜ水着を着ないのかってこと？　どうしてそう思うの。ほかに誰もいないのなら、わたしだってわざわざ着ないと思うわ」

「まあ、そうだろうね」ガスの瞳《ひとみ》がきらりと光り、ステファニーは顔をそむける。きっとガスは、人気《ひとけ》のないビーチに夜遅くにふたりで行って何度も泳いだことを思いだしているのだろう。そのときは、下着すら身に着けていなかった。「タオルも見あたらない。海水はかなり冷たいだろ。なんだか奇妙だと思ったんだ」

「ひとの行ないはそれぞれだから。きっと、いつもそうしていたんじゃないかしら」

ガスはうなずき、海のほうを見やった。

「どうやら、泳ぎだしたころは潮の満ちはじめだったようだね。だから沖のほうではなくて、浜の近くで発見されたんだ」

「そうだと思うわ。いまはまた引いているけど、ついさっきからなのよ」

ふたりは海を眺める。いまは穏やかで、あの若い女性の命を奪ったとは思えないほど静かだった。

「ジャレット氏は妹の遺体が運びだされるまで、ここにとどまるつもりだろう。それが終わったら、わたしが担当すべきかどうかをステュアートに確認しよう。ところで今日は、刑事部への異動願いの結果が出るんじゃなかったのかい」

　そう言われて驚きはしなかったが、どうして誰も彼もがそのことを知っているのかと辟易《へきえき》してしまう。

「そのうちわかるでしょ」さらりと答える。

「きみらしいな」ガスはルーカスに背を向け、見えないようにして微笑む。「楽しみであろうと怖かろうと、顔色ひとつ変えないんだから」そう言ってから、検視中の遺体のほうへ向かって首を傾げる。「きみの直感はなんと言っている？」そう訊《き》きたい気持ちはわかる。これが不運な事故である可能性は高い。溺死《できし》する人々の多くは、意外にも泳ぎが得意だったという事実もあるし、昨夜はパーティがひらかれていたそうだ。アレックスはかなり酔っていたのかもしれない。

　いずれにせよ悲劇にはちがいないが、事故だけに絞って考えるわけにはいかない。どんな可能性もまだ排除できない。殺人すらも。

21

　ようやく遺体を搬出する準備が整った。ウィルコックスとガスはアレックスのアパートメントをすぐにでも調べたかったが、急な登り坂になっている小道を使って遺体を運びださねばならないので、ルーカスが搬出に付き添うことになり、終わって戻ってくるのを待つことになった。ステファニーもルーカスに同行することにする。

「ミスター・ジャレットは婚約者に事情を伝え、そのあと諸々の決断をしなければいけませんね」ステファニーはそう言いながら、これから数時間はさぞかし混乱した状況となり、悲しみに暮れることもできないだろうと想像する。

　数人がかりで小道をのぼりながら、アレックスの遺体が入った黒い収納袋を粛々と運んでいく。モリーによれば、今日じゅうに遺体は司法解剖にまわされ、ウィルコックス警部が立ち会うことになるそうだ。正直、この役回りだけは羨《うらや》ましいと思えない。

　小道の入口に集まっていた男女は、まだ外に出ていた。三人の男性と、現場から人々を遠ざけていたブロンドの女性、そして褐色の長い髪に背の高い、目をみはるほど美しい女性。そして少し離れたところのベンチにもうひとり、アジア系の女性がすわっている。深い物思いにふけっているかのように、目を閉じている。新婦の姿はどこにもない。

　遺体が通るときは全員が一歩下がり、黙禱《もくとう》を捧《ささ》げるように頭を垂れる。ルーカスが通りかかると、まるでお悔やみの思いを伝えるかのように褐色の髪の女性が手をのばしたが、結局届かなかった。木々の上で小鳥のさえずる音が場違いに響き、今日が結婚式を行なうには最高の天気であるのは間違いなかった。

　ステファニーは男女が立っている場所を過ぎてから足をとめ、遺体が車に積みこまれるのを見届ける。そっと車のドアが閉じられると、ルーカスは頭を垂れ、妹の遺体を乗せた車が走り去るのを見送る。ステファニーの背後で誰かのうめき声が漏れたかと思うと、女性が静かに声をかけるのが聞こえる。

「マット、言葉も見つからないわ。あなたは彼女と親しかったものね。気持ちはわかるわ」

「わからないよ、ジェマ。きみは何ひとつわかっていない」

　さっきのうめき声に反し、その言葉は淡々としている。足音が聞こえ、医者だと言われていたマットという男性が去っていった。男女の一団のほうを見やると、ブロンドの女性は夫を追いかけようとしていたが、長髪でストライプのショートパンツを穿《は》いた、確かアンドリューという男性が静かに声をかける。

「ジェマ、おれだったらしばらくそっとしておくよ」

　ブロンドの女性は眉根《まゆね》を寄せ、夫の落ちこみ方を見て戸惑いをあらわにしている。アンドリューが隣に歩み寄る。

「おれたちは全員アレックスに同情していたけれど、マットは特別だったんだ。いちばん親しくしていたし、あのころも力になろうと手を尽くしていた。けれども、アレックスは心を閉ざしてしまった」

「あなた、お名前はジェマでしたか？」ステファニーが尋ねる。

　ブロンドの女性がうなずく。「ジェマイマ・ハドソンです。皆はジェマと呼んでいます。わたしが目撃したことについてお聞きになりたいんですよね」

「ええ、そうです。ウィルコックス警部とブロディ警部はビーチにいますが、ふたりのどちらかが戻ってきたら、あなたに声をおかけして今朝のことをお尋ねすると思います」そう言ってから、ほかの男女を見まわす。「それだけでなく、皆さん全員からお話をうかがうことになるかと思います。ですから、まだあと二、三時間はとどまっていただけるとありがたいです」

「われわれはどこにも行きません。ルーカスとニーナに出ていけと言われない限りはね。言われても、責めることはできません」

ステファニーが巨大なガゼボに目を向けると、いまだに結婚式の準備は続けられている。背の高い花瓶からは、深紅から黄色に至るまで色とりどりのバラが溢《あふ》れ、それが十数卓の円いテーブルの中央に置かれていく。ふたりのスタッフが困惑顔で視線を交わして立ちすくみ、準備をやめるべきか進めるべきか迷っているようだった。まだ誰からも、なんの指示も出ていないのだろう。

アレックスの遺体を乗せた黒いヴァンが見えなくなり、ルーカスがこちらへ戻って来る。友人たちには目もくれずに小道のほうへ歩いていく。妹のアパートメントへ行くつもりなのだろう。

ダークブロンドの髪に派手なアロハシャツを着た男性が口をひらく。「ルーカス、おれたちに何かできることはないか？」

ルーカスは右手をあげ、会話を拒絶するかのように掌《てのひら》を見せ、友人たちの前を通りすぎていく。視線は右にも左にも動くことはなく、ただ前を見据えて浜辺を目指している。

ステファニーは友人たちをもう一度見まわしてから、ルーカスを追って歩きだした。

ガスとウィルコックスは科学捜査班長と話をしていたが、ルーカスとステファニーが小道から出てくると、こちらへ向かってきた。

「本当に同行されるんですね、ミスター・ジャレット？」ウィルコックスが訊く。

「ええ、もちろんです」歩みをとめずに答える。肩を落としたまま、ルーカスは粗い砂利を踏みしめながらゆっくりと歩きつづけ、ボートハウスに着くとドアを押しあけた。鍵《かぎ》はかかっていない。

ステファニーたちは使い捨ての手袋をはめる。犯罪現場であるとは思っていないものの、用心に越したことはない。

ルーカスに続いてアレックスのアパートメントに入っていき、室内を見まわす。狭いものの、綺麗《きれい》に片づいている。淡いブルーやグリーンを使った内装に白っぽい床板が、心地よさを感じさせる。携帯電話が白塗りのデスクに置かれていたので、それを指さして言う。

「これは妹さんのものですか」

ルーカスがうなずく。「ええ。ほとんど使っていませんでしたが」

「あなたが妹さんを発見されたあとは、誰もここに立ち入っていませんよね」ウィルコックスが訊く。

「はい」

「質問ばかりで恐縮ですが、妹さんを海で発見した家政婦のほかに、妹さんに近寄られた方はいましたか」

「ぼくが大声を出したのでジェマが駆けつけてきましたが、近寄らせませんでした。あんな姿を人目にさらすのは耐えられません。あの子だって望まないはずです」

「ジェマは妹さんと親しかったのですか」

「いえ、まったく。ぼくもジェマとは二日前に初めて会ったばかりです。ここに来たのは、彼女のご主人がぼくの付添人を務める予定だったからです。彼とは十代のころからの友人なので」

ガスが部屋を横切り、入江を見わたす。屋外に出られるドアが開いていて、バルコニーから石段を降りればビーチに出られる。アレックスは毎晩、そこから泳ぎに行っていたのかもしれない。

携帯電話の横にはラップトップのコンピューターがあり、完全に閉じられていなかった。電源がきちんと落とされていないようで、何やら緑色の光が端から漏れている。

「警部」ステファニーはラップトップを指さしてウィルコックスに声をかける。

「調べてもよろしいですか」ウィルコックスが訊く。

「どうぞ」

ラップトップをひらくと画面が明るくなり、動画の冒頭の場面が映っていて、三角形の再生アイコンが表示されている。ランプの光が当たっているので、夜に撮った動画だということがわかる。映っている顔は暗がりに隠れ、白い歯がかすかに見えるのと、涙を浮かべた目と濡《ぬ》れた頬が光を反射しているだけだった。それが誰なのかは明らかだ。浜辺に倒れていた女性の頭のまわりで輪を描いて広がっていた長い黒髪が、いまは画面のなかの顔を覆い隠すように垂れている。

ルーカスの顔を見ると、暗澹《あんたん》とした表情で画面を見つめている。

「アレックスですか?」ステファニーが訊《き》く。

何も言わず、ルーカスはただうなずく。

「あなたはご覧になる必要はありませんよ、ミスター・ジャレット」ウィルコックスが言う。

きっとメッセージを撮影した動画で、その意図はひとつしかなさそうだ。ルーカスは明らかに恐れを抱いていたが、それでも首を振る。

「ここにいます」

ステファニーは手袋をはめた手をのばし、再生アイコンをクリックする。

洟《はな》をすする音と咳《せき》が聞こえたあと、声を出そうとして咳払いが聞こえてくる。片手をあげ、アレックスは涙を拭《ぬぐ》っている。

「ルーカス、結婚式の朝にこのメッセージを見ていたとしたら、ごめんなさい。あなたはいつも、毎朝わたしが元気にしているかどうか見に来てくれるから。でも、正直に言うと、わたしはもうだめなの。元気ではないの」

声は割れていて、アレックスが必死に感情を押し殺し、言葉を探しながら話しているのがわかる。

「わたしが苦しんでいることはあなたも知っているけれど、この苦しみはとても伝えきれないほど大きいの。何度も立ち直ろうとしたけれど、ここ数日にあのひとたちがやって来たせいで……まさかここまで過去がよみがえってしまうなんて、想像していなかったわ」声が高くなり、アレックスは叫びださないようにこらえながら話しているようだ。それから二、三回深呼吸をして、口から息を大きく吐きだす。「もう耐えられないの。記憶が洪水みたいに襲ってきて、とめられそうもないわ。この長い年月、ずっと絶望感を振りはらおうと精一杯闘ってきた。だって神様は見てくれているから。わたしが暗黒の洞窟《どうくつ》みたいな絶望のなかに、戻りたくないと願っていることを。それなのに、いまわたしはそこへ落ちていってる」

アレックスは髪を掻《か》きあげようと片手をあげたが、思いなおして手をとめ、ティッシュを取って洟をかんだ。肩のあたりを照らしている明かりのなかで何かが光り、それがブレスレットだとわかる。浜辺に倒れていたとき、アレックスの手首にあったものだ。

少しの間のあと、アレックスは話しはじめる。

「ずっと長いあいだ、あなたはわたしをいちばん大事にしてくれた。心配してくれて、ずっと見守ってくれていたけど、あなたが見守るべきなのはニーナだったはず。もうすぐあなたの奥さんになるひとは、もっと大切にされていいはずだわ」

すすり泣きでは収まらず、アレックスはうなだれ、声をあげて泣きだし、言葉が聞きとりにくくなる。自分の言葉に耐えられないかのように、早口で語りだす。

「あなたは素晴らしいひとだけど、わたしはもうここにいられないし、結婚式に出ることも無理なの。だからどうか、ニーナにごめんなさいと伝えて。とても親切にしてくれていたのに、わたしは頑《かたく》なな態度ばかり取ってた。どうしても、誰のことも信頼できなくて。いまはただ、この世界から逃げだしたいだけ。海へ泳ぎに出て、そのまま戻りたくない。力尽きるまで泳ぎつづけて、水にゆっくりと吸いこまれていきたい。明日と向かいあうことはできないけれど、心はいつもあなたのそばにいる。たとえ身体は離れていても。本当にごめんなさい、ルーカス」

画面が真っ暗になる。

駆けだす足音が聞こえた。

ルーカスの姿がなかった。

22

ステファニーたちはルーカスを追わなかった。そんな必要はないし、そっとしておくほうがいいと思えたからだ。あらゆる事実を聞きだしたかどうか確認するため、あらためてルーカスから故人の身元確認も含めた話を聞かなければならないが、いまはルーカスがいないうちにアパートメントを調べておくのがよさそうだった。

寝室を見てくるように言われてステファニーが作業していると、五分ほどしてからガスが戸口から顔を出した。

「何か見つかったか」

「いいえ。特に何もない。あのメッセージにはとても胸が痛んだわ、ガス。あの女性はどうして、あそこまで追いつめられたのかしら」

「わからないな。携帯電話はロックがかかっていなかったから、履歴を調べてみたんだけど、若い子にしてはかなり寂しいものだったよ」そう言って片手をあげ、首の後ろをさすっているのは、ストレスを感じたときの癖だ。歩み寄っていって、この手でさすってあげたかった。

「バルコニーから撮った写真も入っていて、荒れた海とか、入江でアザラシが二頭泳いでいる写真なんかが入っていたけど、友達とか家族の写真はほとんどなかったな。ルーカスの写真が一、二枚だけで、アレックス本人の写真は一枚もない」

「ＳＮＳのアカウントは？」

「何も持っていないようだ。どうやらこの件はスチュアートの担当になりそうだな。あるいは、今日からはきみの担当か。だから、好きなように進めるといい。スチュアートがＩＴ班に調べさせるだろうが、インターネットの履歴を一見したところでは、故人の人となりも関心事もわからなかった」

　アパートメントを出ていくとき、ガスが腕に手を触れてくる。「ずいぶん物静かになったんだな。だいじょうぶか」

　ステファニーはガスの顔を見なかった。その代わり海に目を向け、浜辺を穏やかに撫《な》でる波を見つめる。

「ええ。命を落とすことの悲しさが身に沁《し》みてしまってね」

「そうだな。自殺は本当にやりきれない。殺人のほうがましだと思ってしまうのは、怒りをぶつける相手があり、闘う相手がいるからだろう。自殺を前にしたときは、無力感しかない」

　そのとき、なぜこのひとを手放してしまったのだろうという思いが心をよぎる。ステファニーはガスに顔を向け、精一杯の笑みを浮かべる。

「屋敷のほうに戻ってみるわ。ジェイソンが何か調べているかもしれない」

ガスがこちらを見据えて言う。「待ってくれ。今夜会いに行っても構わないか？　きみの刑事部への異動を祝おうじゃないか」

それだけではないはずだ。ステファニーの心の準備が整い、ふたりがもう一度やり直せるのかどうか、ガスは知りたいにちがいない。

「励ます会になるかもしれないわよ。異動が決まったわけじゃないんだから」

笑い声があがる。「まったく、きみって奴は。そうやって悪いほうに考えておいて、悪い結果が出たときに〝やっぱりね〟ってまわりに言えばいいと思ってるんだろ。もっと自分を信じて、いい結果が出ると思えよ」

「じゃあ、悪い結果ならどうするの」

会話は仕事から離れつつあることに、ステファニーは気づいていた。

「目的地に着くよりも、期待を胸に旅するほうがいい。誰の言葉だったか忘れたが、わたしと一緒に期待を胸に旅してみたらどうだろう、ステファニー？」

誰の言葉であるかステファニーは知っていたが、いまは知識をひけらかすときではない。それに、ガスの言葉はもっともだ。

「わたしの家に来るなら、ワインを持ってきたほうがいいかも」

ガスの目が輝き、ステファニーの望む想いがそこにあることを物語っていた。

23

ニーナは寝室を歩きまわりながら、胸をふさいでいる大きな苦悶《くもん》に息を詰まらせないため、必死に心を落ちつけようとしていた。

いったい何があったのか。なぜアレックスは死んだのか。

両手をあげて頭を強く抱えこみ、部屋を行きつ戻りつしながら、さまざまな思いが衝突とせめぎ合いを繰りかえすのをとめようとする。

アレックスにはできる限り寄り添ってあげたし、これ以上ないほど手を尽くした。それなのに、あの子は何をしても崩せない壁を自分のまわりに築いていた。親しくなろうとしていたのに、ルーカスが財団の仕事でたびたび留守にしたときも、屋敷にはほとんど寄りつこうとしなかった。

「気長に付きあってくれ」ルーカスは言ったものだ。「ひとりでいるのが好きなんだ。ひとを信頼することを怖がっている。でも、きみのことは好いているよ、ニーナ。ぼくとお似合いだと思っている」

そう言って微笑んでくれたが、ニーナはアレックスがそう思っているとはとても信じられず、本当は兄をひとり占めしたいのだろうと考えていた。

アレックスが十四歳のときに巻きこまれたという事件について、詳しいことは何も聞いていない。誘拐されたということしか知らない。そのトラウマはいかばかりだろう。そしてその日以来、ルーカスはアレックスを守ることが自分の責務だと決めて生きているようだった。

それなのに、こうなった。アレックスは死んだ。よりによって今日。

低いうめき声が漏れる。今日が結婚式なのだという事実は、考えることすら不謹慎だ。ルーカスはあんなに打ちひしがれているのに、どうして自分を頼ってくれないのか。慰めさせてくれないのか。

頬を涙が伝い、顎《あご》から滴り落ちる。ニーナはそれを乱暴に手の甲で拭《ぬぐ》った。

結婚式は中止するしかない。それ以外の選択肢はないが、ルーカスの目に浮かぶ愛と誇りを心待ちにして、これまで必死に手を尽くしてきたことを思うと、嗚咽《おえつ》をこらえきれなかった。洗練された完璧《かんぺき》な式をアレンジすることは一生の記念になるはずだったし、すべては彼のためだった。ふたりのためだった。

昨晩アレックスとあんな言い争いをしていたことを思うと、ルーカスがいまどんな思いでいるのかは想像もつかなかった。いまでもアレックスの声が耳に残っているし、取り乱し、怯《おび》えた様子も忘れられない。そしてルーカスはアレックスを揺さぶり、小道を無理やり歩かせながら、大声を出すなと言い聞かせていた。妹に対して声を荒らげるルーカスを見たのは初めてだった。

いったい何を揉《も》めていたのかと訊《き》こうと思っていた。が、あの言い争いのあとすぐにアレックスが死んでしまったことで、ルーカスはとてつもなく心を痛めているはずだ。だから、自分が見たことや聞いたことは絶対ルーカスに知らせまいと心に決めた。もし彼がその話を切りだしてきたら、たった一度の言い争い程度で、妹に注いできた長年の愛情が否定されるわけではないと伝えてあげればいい。

　ようやく、階段をのぼってくるゆっくりとした足音が聞こえてきた。ニーナは戸口を向き、前を見据え、ドアが開くのを待った。

ルーカスの顔は青ざめ、目の縁《ふち》は真っ赤だ。そばに行きたかったが、ルーカスは両腕でみずからを強く抱きしめていて、誰にも触れられたくないという気持ちが滲《にじ》みでている。

ニーナは何も言わず、ルーカスが口をひらくのを待つ。

「ぼくはひどいことをしてしまった、ニーナ。とても許されないことを」

崩れるように膝《ひざ》をつき、ルーカスは両手で顔を覆って泣きだした。

第二部

24

一年後

心臓の鼓動を感じながら、わたしは村を抜けてルーカスの屋敷へと続く道を車で走り、その先に何も見えてこないことを願っている。同じ道のりをちょうど一年前に走ったときの記憶が、望んでもいないのによみがえる。ふたりとも浮かれていて、わたしはマットの友人たちと会うのを心待ちにし、ルーカスが大富豪だと聞いて少しばかり気後れしていた。それでもひとつだけたしかだったのは、お互いへの愛情があったこと。ふたりの絆《きずな》は揺るぎないものだった。

いまマットとわたしは同じ道を走っているけれど、何もかもが変わってしまった。笑いあい、喜びや夢を分かちあっていた夫婦の姿は遠い過去のものだ。運転を交代したのは、マットが自転車に接触しそうになり、それに気づいてもいなかったから。そしていまは助手席でスマートフォンの画面を見つめ、何かに夢中になっているそぶりを見せている。昨年機械オンチだとからかわれたことをかなり根に持っていたようで、いまはもっとも高価な最新のｉＰｈｏｎｅを持っていて、めったに手放さない。本当は、画面上のものに注意など払っていないのだろう。わたしに話しかけられるのを避けるために見ているだけで、効果はてきめんだ。家を出てから、わたしと夫は二言程度しか言葉を交わしていない。

　それでも沈黙を破りたくなる。

「マット、少しでいいからスマホを置いて話をさせて。去年あんなことがあったのに、同じ場所を訪ねていくのはいい気分じゃないわ。また集まるにしても、どうしてルーカスは同じ週の同じ日付まで指定してきたのかしら。なんだかおかしいわよ」

「結婚記念日を祝いたいそうなんだ。それはべつに変なことじゃないだろ」スマートフォンをいじりながらマットが答える。いったい何をそんなに忙しく作業しているのか。ここに来ることで、顧客へ請求できたはずの勤務時間がどれくらい減ったのか、計算でもしているのだろうか。かつては絶対にそんなことはしなかった。それもあれ以来夫が変わった点のひとつで、金を稼ぐことに執着し、少しでも多くの時間を仕事に充てるようになった。マットの身体はこわばっていて、夫もここに来ることを望んでいないのは明らかだ。

「変だと思うわ。だって、結婚式はやらなかったんだもの。婚姻届は出したんでしょうけど、それなら記念日はべつの日のはず。ねえ、去年みたいにいったん車をとめて、少し話をしない？」

　何を馬鹿なことを、とでも言いたげな視線がかえってくる。「遅刻するぞ」

　苛立《いらだ》ちがつのり、ため息をつく。もともと夫は無口なほうだが、いまはすっかり自分の殻に閉じこもるようになり、それを破ることは容易ではなさそうだ。

　マットが変わったのは、アレックスの死による悲しみのせいだと当初は思っていた。昨年アンドリューから話を聞いて、どれだけ親しくしていたのかを初めて知ったのだ。ポルスキリンの屋敷の門の前にふたりですわり、盛大な結婚式に参列しようと訪れてくる大勢の来客を帰らせる仕事をしながら、そんな話をアンドリューから聞いた。

「マットはいつもアレックスに親切にしていた。おれやニックよりもずっとね。きっとアレックスは十代初めのころ、マットに惚《ほ》れていたんじゃないかな」

わたしは夫の気持ちを汲《く》み、しばらくそっとしておこうと思った。けれどもマットは時間が経っても元に戻るどころか、日ごとに口数が減って心を閉ざすばかりだった。いまやその沈黙は、わたしの理解が及ばない感情に支配されている。時おりマットは、わたしを悲しげな目で見つめていることがある。けれども目を合わせようとすると顔をそむけ、あれ以来飲む習慣がついたウィスキーのグラスを傾けるのだった。

夫婦仲がぎこちなくなったのは、ポルスキリンに行ったことがきっかけなのだとずっと感じているけれど、まだわたしは諦《あきら》めるつもりはなく、なんとか修復したいと思っている。きっと何か打つ手はあるはず。今日まではそれを信じてきたのだが、ポルスキリンが近づくにつれ、去年といまのわたしたちの落差を突きつけられている気がした。マットの愛を失ってしまったことは認めざるを得ず、一度消えてしまった炎をふたたび灯《とも》すことができるのかどうか、自信はない。

目頭が熱くなり、まばたきをして涙をこらえ、夫のことから気をそらそうとする。なんであれ、マットやわたしを苦しめている事実からも。

わたしはアレックスについて話をしたい。兄の結婚式の当日に自殺するなんて、ひどく悲しいことだ。いまだに理解することはできない。自殺する者の心理について多少読んだことはあるが、それによれば、きっとアレックスは苦《く》悶《もん》と痛みに満ちた人生を終わらせる唯一の手段を取ったということだろう。

　アレックスのいないポルスキリンを訪れるのは奇妙な気分だろう。たとえ日中はほとんど姿を見せず、会うのはディナーだけだったとしても。顔を見せなくても常に存在感があり、誰もがアレックスのことを気にかけながら、名前を口にするのを避けているみたいだった。本当に不思議なのだが、陽光の下でわたしたちと一緒にすわるわけでも、会話の中心となっているわけでもないのに、アレックスは存在感が強かったのだ。じつは誰にも言えないけれど、わたしは時々アレックスに怒りすら感じていた。あの日海へ泳ぎだしていった彼女が、わたしの幸せな結婚生活を奪っていったような気がして。

　何も口に出せないまま、ポルスキリンが前方に見えてくる。今回は車をとめて景色を眺めたりはしない。門へ向かって黙ったまま車を走らせ、横目でマットを見てみると、夫はこの先に起きることへの覚悟を決めるように、目を細めていた。わたしの視線に気づくと、またスマートフォンに目を落とす。

　門に着いたとき、ルーカスの屋敷がいかに大規模であるかを思いだす。建物だけでなく、離れや庭園も含めるとかなり広大だ。両開きの門の前で車をとめ、去年は魔法がかかったように門がひらき、わたしたちを迎えいれてくれたことを思いだす。いまは閉ざされ、門は立ち入りを拒絶しているかのようだ。このまま来た道を帰りたい衝動にかられる。いったんなかに入って門が閉じたら、二度と出られないような気さえしてしまう。敷地を囲む錬鉄製の柵《さく》に目をやる。装飾的なデザインではあるけれど、二メートルもの高さがあり、刑務所のフェンスを思わせる。尖《とが》った先端が、乗り越えようとする人間の肉を切り裂きそうだ。

窓をおろして呼び鈴を押そうとする。ところが車が遠すぎて届かなかったので、ドアを開けて降りていく。うだるような暑さは去年と変わらないが、今年はいっそう重苦しい気がする。

インターホンからは歓迎の挨拶《あいさつ》も聞こえず、カチッとスイッチ音が鳴っただけで、門がゆっくりと低い音を立てながら開いていく。気持ちが沈んでいるせいで、無機質な鉄が人間の手を借りずに動いていくさまが不気味に感じられてしまう。

「しっかりしなくちゃ」わたしはつぶやきながら車に戻る。

「どうした？」マットが無愛想に言う。

「なんでもない」車を正面口まで走らせる。「ほら、ルーカスがいるわ」

背の高いルーカスが正面口のドアから姿をあらわす。わたしが車をとめると、こちらに向かって歩いてくる。マットはようやくスマートフォンをチノパンのポケットにしまう。

車のドアを開けたとたん、むっとするような熱気に包まれる。

「灼《や》けるかと思うような暑さね」マットに向かって言う。

「だったら泳ぎに行って身体を冷やせばいい」

思わず振りかえって夫の顔を見たが、マットは車から降りてルーカスに手を振っている。どれだけここに戻ってくるのが不安だったか、つい口に出してしまいそうだった。ましてやアレックスがまさに命を落とした海で泳ごうなんて、一度たりとも考えたことはない。わたしにはとても無理だ。そう思ったものの、マットはルーカスのほうに行ってしまう。

　マットが砂利道を歩いていってルーカスと握手し、肩を抱くのを見守りながら、わたしは車から降りていく。大きなサングラスで顔を隠しつつ、わたしはしばらく木陰に立ち、夫とルーカスにふたりだけの時間を少し与える。それからようやく、ルーカスの待つ場所へ歩み寄っていく。

「ジェマ」身をかがめ、ルーカスは礼儀正しく両頬にキスする。「変わりないね、よかった」

　気遣いの感じられる言葉だが、真実ではない。わたしは太ったし、髪形を変えたら似合っていないし、目の下には隈《くま》ができている。いまはサングラスで隠しているけれど。

　じつはルーカスとは三カ月前に会ったばかりだ。わたしはアレックスの死因審問に出席したのだ。ルーカスと家政婦を除けば、警察が到着する前にアレックスの遺体を目撃したのはわたしだけだった。あの場にいたほかの人々に出席の義務はなかったものの、ニーナが来ていないのには驚いた。ルーカスが来ないでほしいと伝えたのだそうだ。ニーナであれ誰であれ、強制されない限りは、あのような場に耐える必要はないと。

　マットはその言葉を額面どおりに受けとった。来てくれたほうが、わたしもルーカスも心強かったにもかかわらず、仕事の忙しさを言い訳にして来なかった。

　幸いにも全員がそうしたわけではなく、アンドリューが隣の席についてくれたときは嬉《うれ》しかった。

「少しでも心の支えになればと思ってね」アンドリューはささやき、わたしの向こうにいるルーカスに手をのばして腕をつかんだ。ルーカスはちらりとアンドリューに目をやっただけで言葉のひとつもかけなかったが、責めることはできない。どれほどつらい一日だったことだろうか。打ちのめされた様子のルーカスは、身ごなしもぎこちなく、明るい琥珀色《こはくいろ》の瞳《ひとみ》に何かをたぎらせ、拳《こぶし》を握りしめていた。

検死官が遺体の状況と、アレックスが鬱《うつ》状態であったことや動画の内容について説明する。ルーカスの心痛はいかばかりかと思っているうちに、死因は自殺と断定された。

今日のルーカスはあのときとも異なり、一年前の温厚だった彼とはまったくの別人に見える。視線は鋭いし、笑みを浮かべても口は閉ざされている。以前はなかったはずの刺々《とげとげ》しい雰囲気をまとっているが、それも仕方のないことだろう。

「ルーカス、元気にしていたの？」心から案じる思いでわたしは言った。

「元気だ。死因審問に来てくれたことに、きちんとお礼を言っていなかったね、ジェマ。遠いところまで足を運んでくれたのに、まともに話もしなかった。申しわけないよ。さあ、暑いだろうから入ってくれ。ニーナも会いたがっているんだ。スーツケースをひとつ運ばせてくれ」

マットとルーカスが荷物を運びながら先を歩き、夫は空いている手をルーカスの肩にのせる。低い話し声を響かせながら、ふたりは三段の階段をのぼり、開け放たれた正面口のドアをくぐっていく。

わたしは足をとめ、あたりを見わたす。ふたりが室内に入っていったので、静まりかえった景色のなかで時おり聞こえてくるのは、田園地帯によくある音だけだ。鳥のさえずり、遠くを走るトラクター、波の音。こんな楽園のような場所で、あのような悲劇が起きてしまったことに胸を痛めずにはいられない。

25

ニーナはベッドに腰をおろし、うなだれていた。ルーカスがあの日の全員を呼びあつめることには反対だったが、まったくもって聞いてもらえなかった。「どうしてもやらなきゃいけないんだ、ニーナ。そして、きみの助けがいる」

だから、頼まれたことをやった。自分にできることであれば、夫の頼みを断ることはめったにない。笑顔を取りもどしてほしい一心だったし、いつもこわばっている身体から力を抜いてほしかった。ところがあれから時間が経つにつれ、ルーカスの目つきは険しさを増し、張りつめた雰囲気を身にまとうようになり、そのことがニーナを怯《おび》えさせた。いつかルーカスが真っぷたつに折れてしまうような気がして、とにかく少しでも夫の気持ちを和らげられるように手を尽くした。

昼間の様子も心配だったが、夜はさらに悪かった。ルーカスはベッドの上で身をよじらせ、時にはひどくうなされる。単なる悲しみだけではなく、それ以上の何かがある気がした。こんなことは考えたくないが、ルーカスは罪悪感に苦しんでいるのではないかと思わずにはいられない。

　アレックスの遺体が見つかった朝のことをたびたび思いかえす。暗澹《あんたん》とした顔つきで、許されないことをしてしまったと言う夫の姿が忘れられない。どういう意味なのかと後日訊《き》いてみたものの、まともに答えてもらうことはできなかった。あのときは悲嘆に暮れるあまり、おかしなことを口走ったのだと言われただけだ。

　その言葉を信じるのはむずかしかったが、ニーナにできることはただ、ルーカスが仕事に没頭し、以前よりも遠方への出張を増やしていくのを見守るだけだった。家に帰ってきてもすぐに外へ出てしまい、来る日も来る日も、海沿いの道を歩いたり浜辺にすわったりして、ひとりきりで過ごしていた。

　ルーカスが自責の念にかられているのはたしかなので、自殺の直前にアレックスと口論するのを見たことは絶対に言わないつもりだ。必要なら嘘をつくのだって厭《いと》わない。

「ニーナ、あの夜のことなんだが。アレックスが死んだ夜、きみはどこにいたんだ？」来客がすべて去り、ようやくふたりだけになった日に、ルーカスはそう訊いてきた。

「わかってるでしょう。次の日のために早く寝たかったから、片づけが終わったら、すぐにベッドに入ったわ」

　ルーカスはニーナが居心地の悪さを感じるほど、長々と妻の顔を見据えてから、踵《きびす》をかえして部屋から出ていった。それ以来、その話を持ちだすことはなかった。

　本当のことを話すなら、あのときがチャンスだったのかもしれない。見てしまったことを伝えれば、ルーカスに寄り添い、自分を責める必要などないと言ってあげられたのに。けれども、そのチャンスは逃してしまった。

ため息をついて立ちあがる。もういまごろは、全員が到着して部屋に入っているはずだ。あのひとたちはいったい何を思い、これから数日間に何が起きると予想しているのだろう。

いずれにせよ、彼らの予想はすべて外れることになる。

26

今回は荷物を運んでくれる係がいないので、ルーカスが大きいほうのスーツケースを持ち、外の石段をのぼっていってくれる。それがいちばん近道なのは明らかだ。両開きの窓のところまで来てから荷物を置き、落ちついたら階下のテラスに来てくれとルーカスが言う。

「六時にカクテルでも飲もう」

去年この部屋に入ったときは感激したものだ。アンティークの素敵な家具、プライベートのバルコニーに続く掃き出し窓、甘いアプリコットの香り。そう思っていたら、まったく同じ場所に置かれたアプリコットが、まったく同じ香りを放っている。まるでわたしがタイムトリップをしたかのようだ。

できれば同じ部屋ではないほうがよかった。懐かしい気持ちを抱いてしまうと、あのころといまの差が際立ってしまう。マットはベッドに腰をおろし、靴を脱いで、唐突にしゃべりだした。「同じ部屋にしてもらえてよかった。ルーカスとニーナの寝室を除けば、ここがいちばんいい部屋なんだ。それはさておき、ルーカスによればぼくたちが一番乗りらしいから、ほかの奴らが来るまえに泳いでくるよ。アンドリューとチャンドラはあと一時間くらいで着くそうだ。チャンドラはあいかわらず、変わり者なんだろうか」

わたしはチャンドラが好きだ。まったく悪意のない人間だと思っている。それからアンドリューのことを思い、彼と一緒にいると心地よかったこと、死因審問のあとの夜が楽しかったことを思いかえす。その日はホテルに泊まる予定だったので、レストランで夕食をともにしたのだ。わたしはマットとの結婚生活がうまくいっていないことを悟られないよう、取りつくろっていた。それでも憂鬱《ゆううつ》な気分は伝わってしまったようで、レストランからアンドリューの車まで送っていくとき、抱きしめられた。

「元気でいてくれよ、ジェマ。きみは今日よく頑張った。とてもつらかっただろうにね」

少しだけ余分に彼の腕のなかに身を置き、広い胸の温かさを感じていると、こわばった身体から力が抜けていった。

そんな記憶を頭から追いはらう。「チャンドラが変わり者って、どういうふうに？」かつてのマットはめったに他人を悪く言わなかったのに。

「わかるだろ、ジェマ。ちょっと神経質そうじゃないか。アンドリューもよくわからない奴だな。いや、そんなことはないか。あえてああいうタイプを選んだんだろうな。でも、あいつには合わないよ」

マットはこちらを見据えたが、わたしが何も答えないと眉根《まゆね》を寄せた。アンドリューとチャンドラを擁護するようなことをわたしが言うと思っていたのだろうが、そんなことになんの意味があるのか。いまのマットはまるで、世界じゅうを敵にまわしているみたいだ。しばらくすると、マットは立ちあがってチノパンを脱ぎはじめる。

「まあいいや。ぼくの水着、どこにあるかわかるかい。荷ほどきはあとできちんとやるから」

わたしはスーツケースを開け、衣類を探ってマットの水着を探しだす。入江で泳ぐことに抵抗があるのは自分だけなのだろうかと思いながら。

マットは部屋の真んなかに裸で立っているが、それを見たとき、自分がどれだけ多くのものを失ったかを痛感する。夫の身体に触れてみたらどうなるだろうかと思いつつも、怖くて試すことができない。愛しあうことはめったになくなり、たまにするときは激しいけれど、互いへの思いやりに欠けている。終わったあとは悲しみと後悔で胸が痛くなる。

バスルームに向かい、水風呂《みずぶろ》でくつろぐことにする。暗い気持ちを振りはらい、皆に会うまえに心を落ちつけたい。フォーミング・ジェルのボトルの半分をバスタブに注ぐと、芳香があたりを包み、それと同時に涙が溢《あふ》れてくる。泡の下に深く身体を沈め、流したいだけ涙を流す。いつでも表に出てこられるほど、悲しみは身近なものだった。

泳ぎに行ったマットはずっとまえに部屋に戻ってきていたが、わたしは寝たふりをしている。それにも構わず、マットはやかましい足音を立て、スーツケースから荷物を出し、抽斗《ひきだし》を開けたり閉めたりして、今夜着る服を選んでいる。時々、夫はわざとわたしに憎まれるように仕向けているのではないかと思ってしまう。

マットが部屋を去るとすぐに、わたしはバルコニーに出ていき、ほかの友人たちの姿を捜す。テラスは見えるものの、大型のグレーのパラソルに隠れていて、ひとの姿は見えない。

六時をまえにして男性陣はもう集まっているようで、ルーカスの深みのある話し声が聞こえてくる。マットが笑ったようだが、その声はぎこちない。この場にいることに不安を感じているのが伝わってくる。

身支度に二十分かけ、ピーチ色のリネンのワンピースと、細いシルバーのネックレスを選ぶ。とうとう時間がやって来た。これ以上引きのばすことはできない。わたしはまたバルコニーに出ていく。すると階下で誰かが裏口のドアを開け、ボトルを二本持って出てくる。ショートパンツとアロハシャツ、それに短く逆立てた髪から、それがニック・ウォレスだとわかる。ニックとルーカスはまるで写真のポジとネガを見ているかのように対照的だ。ルーカスは漆黒の髪にスタイリッシュな短い髭《ひげ》、明るい琥珀色《こはくいろ》の瞳《ひとみ》に鋭い視線をたたえている。一方ニックは髭を綺麗《きれい》に剃《そ》りあげ、髪はダークブロンド、瞳は深いブルーだ。そして、じっとしているのが苦手なのだ。

アンドリューが親しげに挨拶《あいさつ》をしているのが聞こえたので、イザベルが男性陣に加わったことがわかる。去年は彼女がどうしても好きになれなかった。ただその理由は、マットにやたらと馴《な》れ馴れしくて、たびたび意味ありげな視線を投げてくるからなのか、それともふたりが揉《も》めているのを目にしたからなのかはわからない。

わたしは深く息を吸いこみ、階段を降りていく。ちょうどいいタイミングだったらしく、ニーナが去年とは異なる家政婦とともに、美味《おい》しそうなカナッペをのせたトレーをキッチンから運んでくる。

見た目も美しい前菜がテーブルに置かれたとき、アンドリューが顔をあげる。

「ジェマ！」勢いよく立ちあがり、アンドリューはテーブルの脇をまわってきて、頬にキスしてくれる。顔が赤くなるのを感じながら、わたしは腰をおろし、ナプキンを手でもてあそぶ。

ニックが片手をあげて挨拶する。「立ちあがらなくてごめんよ、ジェマ。おれは早くから飲んでいて、いまマティーニを二杯腹に入れちゃったから、美味しいものでも食べて一休みしないと――」ローストしたパプリカの細切りがのったクロスティーニを手に取って言う。「腰をあげられそうもなくてね。けど、会えて嬉《うれ》しいよ。キスはあとに取っておく」クロスティーニを丸ごとほおばり、ニックがウィンクする。

「飲み物を持ってくるよ」ルーカスが言う。

わたしはお礼代わりに笑顔を向ける。

ようやくマットに目を向けてみると、わたしを見てもいなかった。視線はイザベルに据えられ、その目つきの鋭さは尋常ではない。まるでふたりのあいだの空間が燃えだしてしまうのではないかと思うほどに。

わたしは首をまわし、顔をそむける。

27

ディナーのまえの時間はぎこちなく流れていく。誰もが明るく振る舞っているけれど、それは表面上のものに過ぎず、楽しげにしていることが参加の条件であるかのようだ。無理やり出される笑い声、こわばった身体。そして誰も、誰ひとりとして、アレックスの名前を口に出さない。わたしはこの張りつめた空気を打ち壊したかった。そうすれば、とてつもない悲劇がこの場で起きたことを全員が認められるのに。そのあと初めて、わたしたちは肩の力を抜くことができるはず。

アレックスに思いを馳《は》せる。ゆったりとした服で身体を隠し、黒髪で顔を覆い、いつも言葉少なだったことが思い浮かぶ。浜辺に倒れていた姿は忘れられない。大きく広げられた両腕、真っ白な肌、そして砂利の上で頭のまわりに光輪のように広がっていた黒髪。記憶から追いはらってしまいたい光景だった。

ルーカスがグラスをナイフで軽く叩《たた》く音が響き、わたしは現実に引きもどされる。

「少しだけ話をさせてほしい」笑顔で一同を見まわしているが、ルーカスの視線は鋭い。「皆がもう一度ここに足を運んでくれたことに感謝している。この一年は大変だった。皆その理由をわかっていながら、気遣いから口に出さないでいてくれた。去年ここで悲劇が起きたということをね。それに、なぜ今日を選んで全員を招いたのか、皆疑問に思っていることだろう。きちんと報告していなかったが、ニーナとぼくは正式に結婚したので、結婚記念日であるのは間違いないんだ」テーブルについている数人が曖昧《あいまい》な返事をする。まるでどんな反応をするのが正解かわからないまま、ルーカスの言葉を聞いていることをアピールするかのように。ニーナに目をやると、口もとは微笑んでいるものの、それとは裏腹に眉間《みけん》にしわが寄っている。「この地では教会の結婚許可証が得られないので、ぼくたちは式の前日に役所へ行って手続きし、夫婦になった。だから明日はアレックスの命日だけでなく、結婚記念日であるのも確かなんだ。この大事な日に悲しい出来事があり、ニーナには我慢を強いることになってしまった。だから、この機会にアレックスを偲《しの》ぶとともに、ぼくたちの結婚一周年を祝いたいと思う」

　あの日、ルーカスとニーナが朝に出かけていくのを見かけたことを思いだし、行き先は役所だったのかと合点がいく。ルーカスが言葉を切ると誰もがグラスをあげたものの、お祝いの言葉を述べるべきか否かわからず、沈黙している。ただ、これでこの場の重苦しい雰囲気が和らいだので、ほっとしたのはたしかだ。

　視界の端で、ニックが気遣わしげな視線をイザベルに向けている。そのイザベルは歯を見せて大きな笑みを浮かべているが、目はどこか虚《うつ》ろだ。

　ルーカスが話を続ける。「明日はぼくたちの結婚記念日だから、アレックスの命日というより、祝うことを優先させたい。だからパーティで行なうゲームの準備をしておいた。いまのところ、知らせるのはそれだけだ。明日のランチには詳しい説明をすべてするから。ひとりひとりに役割を演じてもらうので、ニーナに全員分の衣装を用意してもらった」

　ルーカスから視線を受けると、ニーナはうなずいて話しはじめる。まるで練習した台詞《せりふ》を棒読みするかのような口調だ。「全員、衣装のサイズは合っていると思うけど、ジェマだけは事前に少し調整が必要かもしれません。皆さんがキャラクターになりきるのに、衣装がとても役立つと思います。だから、ぜひゲームに参加して楽しんでください」

わたしは顔が赤らむのを感じながら、テーブルに目を落とす。ニーナは去年のわたしの体型をもとに衣装を用意したにちがいないだろうが、いまのわたしには合うはずもない。

「心配しないで、ジェマ。ちょっと丈が長すぎただけだから」

感謝をこめてニーナに微笑みかける。あまり話したことはないけれど、優しい心の持ち主のようだ。

説明はそれで終わりらしく、ルーカスは椅子の背にもたれ、ほかの面々はゲームを心待ちにしているような態度を取りつくろっている。マットも明るく振る舞おうとしていて、ニックの話を聞いては大声でしつこいほど笑っている。大げさな笑顔は、自分が楽しくてたまらないことをまわりにアピールしているかのようだ。

わたしはまわりの様子をうかがうのをやめる。いったい明日はどうなるのか、記念日を楽しんでいるふりなどできるのだろうかと考えずにいられない。アレックスの霊があたりを漂い、こちらを見ているような気がするのに。

「ジェマ、何をぼうっとしている？」

マットが笑顔で話しかけてきたが、声には刺《とげ》がある。まわりを見ると、誰もが立ちあがってテラスを歩き、ディナーのための丸テーブルに向かっている。軽口を叩きあうのも聞こえるが、わたしの耳には空々しく響く。いったいどんなゲームをルーカスはわたしたちに用意しているのか。それでアレックスの霊を追いはらうつもりなのか。

わたしは目の前に並ぶ豪華な料理をつつく。見た目も匂いも素晴らしいけれど、食欲が湧かない。ずっと笑顔を取りつくろっているので顔が痛くなってきたが、それでもマットと自分が一年前と変わらないふりを続ける。笑うべきところでは、きちんと笑っていると思う。ただそれは、会話を聞いているからではなく、どっと歓声があがるのに合わせているだけだ。

一度だけ笑わなかったときがある。トリュフのパッパルデッレをつつきまわしていると、イザベルが身を乗りだして笑顔を向け、こう言ったのだ。

「ぜんぜん食べないのね、ジェマ。まさかダイエット中？」そして軽く笑う。

去年の様子から、イザベルは他人を見くだすようなジョークで笑いを取るのだと知っていた。あの物言いをうまくかわす方法は結局身につけられなかったのだが、アンドリューが助け舟を出してくれる。

「そんなわけないよ。今夜も綺麗だよ、ジェマ」

アンドリューの顔を見やると、イザベルを睨《にら》みつけていた。イザベルはわたしとアンドリューを交互に見やってから、やがて口もとにゆがんだような笑みを浮かべる。そして、それ以上は何も言わずにルーカスのほうへと向きなおる。

「ありがとう」わたしは小声で言う。

「どうしてお礼を言うんだ。本当のことだよ。それから、イザベルとまともにやりあおうとしちゃいけない。彼女はいつも気を張っているからね。きっと、どこからカネが入ってくるかわからない生活をしているからさ」

「それってどういうこと？」そういえば、イザベルがなんの仕事をしているのか訊《き》いたことはないし、話してくれたこともない。

「イザベルはディーラーやトレーダーとして、どんなものでも扱っている。投機目的で商品をタダ同然で仕入れ、それに利益を上乗せしてオンラインで売っているんだ。そういう商売をしている輩《やから》はたくさんいるけど、ほとんどはもっと良心的だ。イザベルの場合、取れるだけカネを取って逃げるという感じで、顧客は二度と戻ってこない。あれでどうやって生活できているんだろう。霞《かすみ》を食ってるわけじゃあるまいし。ニックが養っているのかな」

「なんだか、すごいことをしてるのね。それって仕入れるのもリスクがあるのに」

「カネを得ることに必死なんだろうな。長いこと、イザベルはさまざまな種類のディーラーをやっていたんだが、詐欺まがいの商売はずっと前にニックがやめさせたはずだ。少なくとも、あいつはやめさせたと思ってる。本当のところはわからないけどね。妹の身を案じるより、自分の評判が傷つくのを恐れているのが実情だから。ニックは他人からの評価ばかり気にしていて、イザベルのこともルーカスに知られるのをずっと恐れていたよ」

「ルーカスは知らないのに、あなたはどうして知ってるの」

笑い声があがる。「ルーカスとは住む世界がちがうからさ、ジェマ」

アンドリューの言うとおりなのだろうが、イザベルの過去の話を聞いて、どういうわけかこれまで以上に彼女とかかわるのが不安になる。マットも知っているのだろうか。

食事が終わってブランデーが運ばれてくると、わたしは長旅で疲れたことを言い訳に部屋へ戻っていく。たかだか二、三時間の旅路だし、車も乗り心地がいいのであまり説得力のない言い訳ではあるが、疲れているのは移動のせいではない。テーブルを囲む人々が生みだす緊張感のせいであり、いまや頭痛すら始まっている。こんなふうに感じているのはわたしだけなのだろうか。

眠れそうにないので、わたしはバルコニーに出ていって夜空を見つめる。温かい石の手すりにもたれ、耳をすます。まだ飲んでいる者たちは、屋敷の脇にあるテラスに移動したようで、時おり笑い声がどっとあがるのが聞こえてくる。波が浜辺の砂利を洗う音が聞こえ、頭のなかにアレックスの姿が浮かぶ。下着だけになって海へと入っていき、泳ぎだすのが見える。

まるで一年前の結婚式前夜そのものだった。月は出ておらず、浜辺に続く小道を囲んでぼんやりと照らす地面のライト以外に明かりはなく、星は見えるものの、あたりは暗闇に包まれている。あの日もここに立って、夫はいつ部屋に戻るのだろうかと考えていた。そしてイザベルに向けるマットの視線がどうしても気になり、不安になったものだ。いま、不安はさらに増している。マットの目つきには何かがある。まるでイザベルの褐色の髪と鋭く青い瞳《ひとみ》に魅入られているかのようだ。けれども、そこに温かみはまったくない。

夜の雰囲気に浸っていると、小道のライトがふいに消えてあたりが真っ暗になり、とつぜんあの夜の記憶がよみがえってくる。まさにこの場所に立って、わたしは夫を捜しに出かけようかと考えたのだが、思いとどまったのだ。きっと見てはいけないものを見てしまう気がして、怖かったから。

あの夜、マット以外は全員がベッドに入ったように思えたのに、わたしは誰かが小道を歩いていくのを目にした。そしてついさっきと同じように、ライトが消えた。あれがもしアレックスだったとしたら。自殺しようと思いつめていて、わたしが追いかけていって話を聞けば救えたのだとしたら。もちろん、いまさらそんなことを考えても無駄だとわかっている。そこまで悩んでいたと知る由もなかったのに、わたしに何ができたというのだろう。

おやすみの挨拶《あいさつ》をする小さな声が聞こえ、わたしは現実に引きもどされる。部屋に戻り、ベッドの上掛けの下にもぐりこむ。もし階段をのぼってくるマットの足音が聞こえてきたら、寝ているふりをすべきなのだろうか。

しばらくすると、完全な静寂が訪れる。けれども、マットが戻る気配はない。

28

石段の温かさを裸足《はだし》に感じながら、気づけばわたしはひっそりと階下に向かっている。足音をひそめるのは、誰にも知られたくないからなのだろうか。行かないほうがいいとは思いつつ、どうしてもマットの居場所を突きとめたい。ひとりで外にいるとは考えにくく、誰と一緒にいるのかが気になる。イザベルのことが頭から離れない。

片手にビーチサンダルを持ち、そっとテラスに足を踏みいれる。半分ほど来たところで、どこかから視線を感じる。足をとめてさっと振りかえるが、誰もいない。

忍び足で敷石の上を歩き、屋敷の脇にあるテラスに向かっていく。そこはさっきまで皆が飲んでいた場所で、片づけもされていない。半分酒が残ったボトル、汚れたグラス、ばらばらに置かれた椅子。

マットの姿はない。

心臓が高鳴るのを感じながら、わたしは向きを変え、テラスを縁取っている芝生の上を歩いていく。これまで一度も、アレックスの死んだ夜にニーナが向かっていった日本庭園をきちんと見てみたことはない。そこは周囲から見えない位置にあり、木々に囲まれていて、芝地やテラスからはほとんど目が届かない。人目を忍ぶには絶好の場所だ。マットはそこにいるのだろうか。階段へ向かって、足音をひそめて歩いていく。何も聞こえない。話し声はしないけれど、だからといって誰もいないことにはならない。

屋敷からだいぶ離れたこの場所に来ると、明かりは太陽光発電の小さなキューブ型ライトが芝生の端に据えられているだけで、その鋭い光は下のほうに見える林や庭まで届き、さらに日本庭園へと続く小道をも照らしていた。わたしは振りむいて自分の部屋のバルコニーを見る。マットが部屋に戻っていれば、わたしを捜してバルコニーへ出てきてもおかしくないのだが、開けたままの窓から見える明かりのなかに人影はない。

砂利敷きの階段のところで足をとめ、ビーチサンダルを履く。ゴムのソールと足の裏が当たるパタパタという音が響き、それが不安をあおる。マットがここにいるとしたら、近づく足音は聞こえるはずだ。夫はおそらく、ひとりではない。

　小道はジグザグを描きながら下っていき、頭上に張りだしている木々のせいで暗闇がますます濃くなっている。最後の角を曲がる。誰もいない。人影はまったくない。

　庭園は想像以上に広く、細い小道が完璧《かんぺき》に刈りこまれた低木や岩のあいだを縫っているのが、地面近くのライトの光でかろうじて見てとれる。細い小川の上に架かった太鼓橋を渡ると池があり、向こう岸には小さな塔が見える。この安らぎの空間の先は漆黒の闇で、都会で光の洪水に慣れているわたしにとって、夜がもたらす真の暗闇に包まれるのは驚くべき体験だった。もし木々のあいだに誰かがひそんでいたとしても、まったく見えないだろう。

　わたしはゆっくりと池に近づいていく。聞こえてくるのは、小川のなかにある石の上を流れる水音だけ。石造りのベンチがあり、そこに腰をおろす。いったい自分はここで何をしているのだろう。いったい何を見つけたかったのか。もしかすると、何かを見つけることを恐れていたのかもしれないけれど、ともかく深呼吸をして落ちつこうとする。

　いつから恐れを抱きはじめたのかわからない。それは背筋をのぼってきて、気づくよりも先に身体が反応していた。理由もわからないまま、腕の産毛が逆立っている。そして、音が聞こえてくる。誰かが背後で草のあいだを歩いてくるかのような音。音は数秒のあいだ消えたが、しばらくするとまた聞こえ、より大きくなっている。

　誰かがいる。けれども木々は暗闇に包まれていて、何も見えない。息が詰まりそうだ。どこを向けばいいのか、音がどこから来るのかわからない。するとまた音が消えたが、しばらくすると聞こえはじめる。わたしは立ちあがって逃げるべきか、この場にとどまるべきか迷う。静かにしていれば、見つからずにすむかもしれない。どうしてこんなに怖いのだろう。怖がるような相手など、ここにはいないはずなのに。

逃げたかったが、どこへ向かえばいいのかわからない。池の端のほうを見てみたが、誰の姿もない。立ちあがり、屋敷へ全力で走って戻ろうと思ったとき、小さな光が揺れながら階段を降りてくるのが見える。

声が聞こえる。

「ジェマ！　きみがここに来るのが見えた気がしたんだ。夕食で皆が飲み残したワインをテーブルから持ってきた。赤だけど、一緒にどうだい。白はぬるくなっていたから」

アンドリューだ。ほっとため息をつく。

「いいわね。ありがとう。飲みたい気分なのよ」

スマートフォンのライトを消し、アンドリューはグラスを観賞用の石造りのテーブルに置く。そしてグラスにワインを注いで差しだしてから、隣に腰をおろす。

「どうかしたのかい」心配そうな顔をしている。きっと隣にすわっていても、わたしの心臓が暴れているのが伝わるくらいなのだろう。

「だいじょうぶ。ここにすわっていると、無防備な気がしちゃって。誰かに見張られているかもしれないと思って」

笑い声があがる。「いったいどうして、誰かがきみを見張ったりするんだい」

顔が赤らむのを感じ、わたしはグラスに視線を落とす。アンドリューは立ちあがって小さな塔のなかに入り、入口からわたしに声をかけてくる。

「こっちに移動しよう。心地よさそうなソファがあるし、停電用のキャンドルが二個ある。火をつければ、お互いの顔が見えるからね」

初めて会ったときから、アンドリューには好意を抱いていた。穏やかな人柄だし、ほかの友人たちとちがってルーカスを畏《おそ》れてもいない。力強い身体つきは頼もしく、わたしは一瞬、その腕が自分を抱きしめてくれるところを想像する。死因審問の日の夜と同じように。

ワインを大きく一飲みすると、アンドリューが隣に腰をおろす。明かりは揺らめくキャンドルの炎だけだ。

「それで、どうしてこんな時間にここへ来たんだい」

その問いにはどう答えていいかわからない。

「こっちも同じことを訊《き》いてもいいかしら」

「ああ、おれにはまっとうな理由があるよ。奴らと離れて考え事をしたかったのさ。皆の騒がしい馬鹿話にはもううんざりしていたからね。あっ、ごめん。もちろんマットは例外だよ」

わたしは微笑む。「でしょうね。マットが騒がしいおしゃべりをするなんて、まずありえないから」

アンドリューは黙っている。じっと見つめられるのを感じ、わたしはグラスをまわしながらワインに視線を落とす。

「もしこの話をしたくないなら、そう言ってほしいんだけど……このあいだ会ったときにきみが話したことや、話さなかったこと、それと今夜のマットのよそよそしい様子が気になっていてね。もしかして、あいつはきみにひどい態度を取ってるんじゃないのか」アンドリューはわたしの手にそっと触れ、グラスを持つ手が揺れないようにしてワインを注ぐ。

　わたしは何も答えず、ただひたすらグラスのなかの液体を見つめる。アンドリューはそれ以上何も言わず、わたしに時間を与えている。とうとう沈黙に耐えきれなくなって、わたしは口をひらく。

「ひどい態度を取っているのがどっちなのか、正直に言ってわからないの。マットかもしれないし、わたしなのかもしれない。彼はわたしに苛立《いらだ》っているようなんだけど、その理由がわからないから解決のしようがなくて」

「マットは自分がどれだけ幸せ者か気づいていないんだな。きみはこんなに素晴らしいひとなのに、そのことをきみ自身が自覚していないなんて。マットがきみを傷つけたりするなら、ひどい奴であるのは間違いない。もちろん、ニックとはまたちがう意味でだけどね。あいつは問題外」

　にやりとするアンドリューを見て、わたしは笑う。こうやって誰かと本音を話せるのは嬉《うれ》しいことだ。

「ねえ、自分の友達のことをそんなふうに言うなんて……」わたしは眉《まゆ》を吊《つ》りあげる。

「べつに、完璧な人間じゃないと友達として付きあえないわけじゃない。全員が同じように、ずっと品行方正だったらおかしいだろ。そのほうが不気味だよ」そこで笑みが消える。「気づいているだろうけど、ルーカスがいるときしかおれたちは集まらないんだ」わたしはうなずく。その点をマットに訊いたことがあるのだが、のらりくらりとかわされてしまった。「ジェマ、若いころのルーカスはひとを集めるのが好きだったんだ。おれは貧しかったからあいつに惹《ひ》かれ、ほかのふたりは人間的に惹かれたってところか。イザベルを入れるなら三人だな。皆がルーカスに魅了されてしまったのさ。そして、おれたち同士の付きあいも断つことはできなかった。仲間の誰かを拒絶したら、それはルーカスを拒絶するも同然だったから。だからこうして付きあいが続いている」

しばらく沈黙が流れたあと、わたしの口からひとりでに言葉が飛びだす。

「マットはイザベルと浮気しているんだと思う？」

アンドリューは手をのばし、わたしの手首を優しくつかむ。「ジェマ、イザベルは色恋沙汰《ざた》に手を出すタイプじゃない。彼女はいつだって、なんらかの策略を立てて動いている。もしマットに手を出しているのなら、イザベルかニックのどちらかがマットを利用しているんだろう。それでも、長きにわたって付きまとうことはないだろうし、マットは去年以来イザベルに会っていないのは確かだと思う」

「どうしてそう言いきれるの？」

「言いきれるわけじゃないが、おれはふたりをよく知っている。イザベルもそろそろ行きづまって、自棄《やけ》になっているのかもな。だから、おれの言葉を信じていいと思うよ」

「じつは、それほど気にしてるわけでもないの」わたしは小声で言う。「一年前だったら、きっと胸が張り裂けるような思いをしていたんだろうけど。いまは気づいたことを仕方なく考えている感じなのよ」

　下のほうからかすかな葉擦れの音がする。また誰かが近くにひそみ、耳をそばだてているような気がしてしまう。

「もうわたしとマットの話はよしましょう。あなたとチャンドラのことが聞きたいわ。彼女、素敵なひとよね」

　アンドリューはわたしの手首を放し、ウェーブのかかった長い髪を指で搔《か》きあげる。彼の指が触れていた手首に、わたしは急に寂しさを覚える。

「チャンドラは素敵な女性だ。きみの言うとおりに。優しくて聡明《そうめい》で、おれよりももっといい相手がいるはずだ。おれたちはあまり合っていないと思う」

「そんなの、愛しあっていれば関係ないわ。結婚をためらっているの？　立ち入ったことを訊くようだけど」

「おれはきみの旦那《だんな》を二度もけなしてしまった。きみにはそれぐらい訊く権利はあるよ」アンドリューは笑みを浮かべたが、目をそらして少し黙りこんでから、口をひらく。「本当のところを言うと、おれは惹かれるがままに動いてしまって、深みにはまり、どこにも出口を見つけられなくなっている」

　アンドリューはソファにもたれかかって頭の後ろで手を組み、天井を見あげる。

「それって、どういうこと？　何事にも出口はあるはずでしょ」

「普通に考えればそうだよ、確かに。でも、誰かを傷つけずにすませるのは無理だ。おれの場合はチャンドラをね。だから動けずにいる」

　そこでアンドリューは黙りこむ。わたしはワインを飲み、次の言葉を待つ。ようやくアンドリューは身を起こし、掌《てのひら》を上に向けて両腕を広げる。

「おれから始めた関係だってことは、取り消せない。ひとつだけ言えるのは、おれのしたことは褒められたことじゃなかったってこと。さて、何かほかの話をしよう。ややこしい人間関係とは無縁のことがいい」

　わたしもそれ以上訊くつもりはない。アンドリューの不安げな様子が見てとれるので、話題を変える。

「わかったわ。ルーカスがどうしてわたしたち全員を招いたのか、理由がわかるなら教えて。とても奇妙なことなのに、誰もが来ることに同意したのが不思議なの」

　アンドリューの身体のこわばりが解け、この話題が安全であることがわかる。

「ルーカスはいつだって、自分の望むように人々を動かそうとする。信念を貫く姿勢があり、それにまわりは魅了されていくんだ。ルーカスの望みを拒むのは、ひどくよからぬことだと思えてしまう」

　アンドリューはすぐ近くにすわっていて、その身体の熱がわたしの薄いリネンのワンピースを貫いて伝わってくる。この夜が終わらなければいいのに。彼の視線を感じるし、わたしが顔を向けるのを待っているのもわかる。それに応《こた》えたいけれど、応えてはいけない。そういう流れになるべきではないから。たとえどんなに、誰かに求められることに飢えていたとしても。

　長すぎる沈黙を埋めるため、わたしはふたりのあいだに流れる熱い空気を冷ますような話題を持ちだす。

「アレックスのことを話したいの。いいかしら？」

　悲しげに首が振られる。「かわいそうな子だよ。過酷な経験をしたそうだ」

「わたしはアレックスのことを何も知らないし、マットも話してくれないの。いったい何があったのか、教えてもらえる？」

「詳しいことはルーカスしか知らないんだ。おれたちは新聞で報道された程度のことしか知らない。アレックスは当時、十四歳になったばかりだった。当時ルーカスは海外を転々としていて、クリスマスのころにニュージーランドに行っていた。そして父親のブレアも息子のところに行っていて不在だった。それを知らずに、アレックスは自分の家を飛びだしてブレアの家に駆けこんだ。ルーカスの妹なので、ブレアはアレックスにたびたび親切にしていたそうだし、ブレアは元の妻であるアレックスの母親がひどい女だということを知っていたから。ところが家に着いても誰もいなかった。そのあとアレックスは誘拐されたんだが、母親は娘がいなくなっても何もせず、五日後にようやく通報したらしい。発見されたときは悲惨な状態だったそうだ。しばらく入院したそうだが、誘拐されていたあいだに何が起きたのか誰からも教えてもらえなかった。おれたちの知っていた、快活で陽気なアレックスは失われた」

幼い子になんてことを。アレックスが感じたであろう恐怖を想像してみる。ひどく恐ろしい経験だろう。

「犯人は捕まったの？」

「悔しいことに、捕まっていない。捜査の結果、警察はアレックスが尾行されたものと考えたそうだ。ブレアの家に行くことは誰も知らなかったはずだし、アレックスも計画していたわけではない。去年、あの子がどんな気持ちでいるのかを知っていたらと思うよ」

「わたしも。今夜バルコニーから外を眺めていたら、ビーチに続く小道の入口に誰かがいたことを思いだしたの。アレックスだったんだろうけど、小道に入ったとたんにライトが消えたから、歩きにくかったと思うわ。きっとタイマーで切れるようになっているのね」

「それ、何時だった？　覚えているかい」

「変な話だけど、ちゃんと覚えてるの。マットが戻らないので、どうしたんだろうと思って腕時計を見たから。十一時二十分前だったわ」

アンドリューは黙っている。

「どうかしたの？」わたしは訊《き》く。

「いや、たいしたことじゃないけど。タイマーをセットする場合、ふつうは何時ぴったりとか、せめて三十分とか十五分刻みでセットするものだろ。小道のライトをタイマーで消えるようにセットするのに、どうして十一時二十分前なんて中途半端な時間にするんだろう」

「誰かが手で消したとは思えないのよね。スイッチの近くには誰もいなかったから。テラスの端にあったでしょ」

「ああ、たしかに。ただ、スイッチがあるのはそこだけじゃない。もう一箇所あるんだ。ルーカスが場所を教えてくれた。時々、おれはボートで出かけて帰りが遅くなることがあるからね」

わたしはアンドリューを見据えて訊く。「どこにあるの？」

「ボートハウスの壁にある。アレックスの部屋の下さ」

29

寝るのが遅くなったのに早く目覚めてしまう。あまりよく眠れず、頭のなかは日本庭園で過ごしたときのことと、今日ルーカスが何を計画しているのかという思いが渦巻いている。

マットがわたしに無関心だということは、昨日部屋に戻ったときにいっそう明らかになった。そのとき、マットはベッドで身を起こして本を読んでいた。

「どこへ行ってたんだ」本から一瞬だけ目をあげて言う。

「ちょっと話してたの」

しばらくマットの視線がわたしにとどまり、誰と一緒だったのかと訊かれるのかと思ったが、どうでもいいというように肩がすくめられただけだった。そしていま、マットは軽い鼾《いびき》をかきながら、あおむけで眠っている。わたしは首をまわして夫の顔を見つめる。

「あなたはどこへ行ってたの、マット？」わたしはそっとささやく。

上掛けを引きあげ、マットを起こさないように気をつけながら、ベッドを抜けでてバスルームに行く。昨夜のことが頭から離れず、どれだけアンドリューに身をまかせ、彼の腕に包まれたかったかと思う。ほんのわずかに身体を寄せるだけで充分だったし、そうなればお互いに、とめることはできなかったはず。

でも、そんなのはわたしらしくない。その場の雰囲気に流されてしまうのは間違いだ。現実逃避にしかならない。

ポルスキリンに戻りたくなかったという思いも強いが、それと同じくらい、わたしにはルーカスとニーナのために力を尽くしたいという思いがある。ふたりはこの機会を大切な記念日にしようとしているし、それがどんなに奇妙なことに思えても、わたしは自分の役割を果たしたい。手早くショートパンツと鮮やかな柄のトップスに着替えると、わたしは階下へと降りていく。

テラスにはチャンドラだけしかおらず、わたしの胸は罪の意識でちくりと痛む。彼女の未来の夫となるひとに、妄想を抱くなんてどうかしている。チャンドラは歓迎するような笑みを向けてくる。

「おはよう、ジェマ。よく眠れた？」

わたしはうなずき、クロワッサンに手をのばす。

「ええ。あなたは？」

「アンドリューが遅くに戻ってきて、ようやく眠れたわ。皆、真夜中まで起きておしゃべりしていたのね」

　わたしは並べられた朝食に魅入られたふりをしながら、テーブルにじっと視線を注ぐ。

「ルーカスが今夜皆にやらせようとしているゲームって、どんなものだと思う？」話題を変えようと訊いてみる。

「わからない。ルーカスはニーナと車で出かけてしまったの。一時にランチにするから、全員集まってほしいと言われたわ。そのときに説明するらしいの」

　チャンドラの顔を見ると、眉根《まゆね》を寄せている。「どうしたの、チャンドラ？　何か心配なことでもあるの」

「ルーカスが今夜、ゲームをやろうとしていることが不思議なの。悲しみは自然な感情だし、それは前向きに迎えいれるべきものなのに、ルーカスとニーナは胸の痛みを賑《にぎ》やかな雰囲気で覆い隠そうとしていて、きちんと向きあっていないみたい。苦しみだって人生の一部だということを、受けいれなくてはいけないのに」

　なんと答えていいのかわからなかったので、わたしは共感するような笑みを浮かべるだけにとどめ、それから口をひらく。

「ねえ、ルーカスたちが何を望んでいるのであれ、わたしたちはそれに備え、協力したほうがいいわよね。それまでは、日本庭園まで散歩に行って日陰で休んでこようと思うの。またあとで会いましょう」

　どうしてそこへ戻りたいのか、はっきりとはわからない。昨夜の思い出に浸りたいのかもしれない。

ここに来ようと思ったのはわたしだけだったらしく、誰もいないことに安堵《あんど》して、わたしはベンチに本を置いて歩きだす。庭園を囲む林に近づいていき、どこまで続くのか歩いてみるつもりだった。急に下り坂になっているところを見ると、ずっと先の浜辺の近くまで続いているようだ。

右側に目をやると、それまで目に入っていなかったものに気づく。林の奥のほうに、二本の木のあいだに吊《つ》るされたハンモックがある。午前中を過ごす場所としては最高だ。わたしは戻って本を取ってくると、ハンモックに歩み寄って靴を脱ぐ。

「いたっ！」

何か尖《とが》ったものを素足で踏んでしまい、足もとを見てみる。ピアスが一個落ちていて、ポストが上向きになっている。わたしはそれを拾いあげると、ハンモックに乗り、前のめりになって足の裏をさすりながら、ピアスをよく見てみる。

シルバーかプラチナの台に嵌《は》めこまれたダイヤモンド。昨夜このピアスを誰かがつけていただろうか。イザベルか、ニーナか、チャンドラか？　結局思いだせず、もしかしたらずっとまえから落ちていたものかもしれないと考える。

昨夜、林のなかから誰かが見つめ、聞き耳を立てているような気がして不安になったことを思いだす。アンドリューとわたしのあいだには何も起きなかったけれど、話を聞かれていたらと思うと、ぞっとして不安になる。

ハンモックに寝ていても、リラックスすることができない。林のなかにひそんでいた人物が、わたしの結婚生活や、アレックスが死んだ夜のことについて話すのを聞いていたのではないかと考えてしまう。とうとう諦《あきら》めて、わたしは塔に向かい、リクライニング・チェアに腰をおろす。

いつの間にか眠りに落ち、はっとして目を覚ます。夢を見ていたようで、何か恐ろしいことが起きたようなのだが、記憶の断片を集めようとすればするほど、次々に消え去っていってしまう。

立ちあがって目をこする。頭をはっきりさせるための何かがほしい。コーヒーとか。屋敷のほうへ向かっていくと、車のエンジンの低いうなりが聞こえてくる。ぼんやりとした記憶がよみがえり、わたしは足をとめる。この音は結婚式の前夜に耳にしたものなのだろうか、それともあれは夢だったのだろうか。記憶は押し寄せたときと同じくらい素早く引いていき、わたしは車から降りてくるルーカスとニーナに笑顔を向ける。ニーナが小さく手を振ってくる。

「ジェマ、五分だけ時間をもらえないかしら。今夜の衣装のことで相談があるの」

わたしはふたりに歩み寄る。「もちろんよ。ただ、先にコーヒーを一杯淹《い》れてきてもいいかしら。あなたもどう？」

ニーナはコーヒーは不要だと言ったものの、わたしたちは一緒にキッチンへ向かっていく。そこでは新しい家政婦のアドリアンナがランチの準備をしている。またしてもイタリア人なので、どうやって話しかければいいのかわからない。

「前の家政婦さんはどうしたの、ニーナ？　明るくていいひとだったのに」

「イヴァナのこと？　あなたが帰った日に辞めてしまったの。あんなことがあったから、ここでは働けないって」背中を向けているのでニーナの表情は見えないが、肩がこわばっているのがわかる。「さあ、コーヒーを持って一緒に上に行きましょう」

ニーナに続いて階段をのぼっていくと、予備の寝室らしき部屋に連れていかれ、そこにはかなり大きなクローゼットがついていた。ニーナがそれを開け、いくつもの衣装袋を探りだす。

「そうだわ、ニーナ。今朝、このピアスを見つけたの」わたしはショートパンツのポケットを探りながら言う。「これなんだけど」

ニーナがわたしの目を見据える。「どこで見つけたの？」

「林のなかよ。あなたのかもしれないと思って。とりあえず、渡しておいてもいいかしら」

長いことピアスを見つめてから、ニーナはようやく手をのばしてくる。「ええ、ありがとう。どこへ行ったのかと思ってたの」抽斗《ひきだし》を開けてピアスを入れる。「さあ、この衣装を着て、わたしに見せてちょうだい」

ニーナが袋のファスナーを開け、衣装を取りだす。

息を呑《の》み、わたしはそれを凍りついたように見つめる。そんな、まさか。ゆっくりと、ニーナのほうに顔を向ける。ニーナの視線はわたしには向いておらず、深みのあるピンク色で、シルクを使ったオーガンジー製のロングドレスに注がれている。

「去年、ここで着ていたドレスにそっくりだわ、ニーナ」わたしはささやく。

「ええ、似ているでしょ。あなたがとても綺麗《きれい》だったから、今夜も似たようなものを着るのがいいんじゃないかってルーカスが考えたの」

いや、似ているわけじゃない。そうではない。これはまったく同じものだ。細かいところまで完全に同じだ。

ドレスを持ちあげてわたしに合わせるとき、ニーナが身体を硬くしていることがわかる。生地も色も裁断も、わたしが結婚式の前夜に着ていたものとぴったり一致しているのだが、そんなことは些細《ささい》なことだと言わんばかりに振る舞っている。

ふたりは本当にこんなものを着てほしいのか。これでは、あの夜の記憶を呼び起こしてしまうのではないか。それはふたりにとって耐えがたいことではないのか。

ニーナの表情を読みとろうとしたが、明るい笑顔の下に隠されているものをうかがうことはできなかった。わたしは咳払《せきばら》いする。

「これ、着てもいいのかしら。素敵だけど、あなたやルーカスにあの夜のことを思いださせたくないわ」

「いいの、気にしないでちょうだい。とにかく着てみて、直しが必要かどうか見てみましょう」

やや気恥ずかしい思いをしながら、わたしはショートパンツとトップスを脱ぎ、頭からドレスをかぶる。少し窮屈だった。

「緩める必要はなさそうね」ニーナはわたしの後ろに立ち、目を細めてドレスを見据える。

「腰のあたりのラインが綺麗に出ているわ。でも、ちょっと丈が長すぎるから、三センチほど裾《すそ》上げしましょう。出来あがったら、アドリアンナに部屋まで持っていかせるわ」

わたしは困惑を抑えられずにいたが、ニーナはてきぱきとそつなく動いている。ベッドにドレスを置き、クローゼットへと戻って、肩越しに振りむいて声をかけてくる。

「マットの衣装も渡しましょうか？」

マットは着るものについて指図されるのを好まないが、相手がルーカスであれば間違いなく要望に応《こた》えるだろう。ニーナはガーメント・バッグのひとつのファスナーを開け、ハンガーを引っぱりだす。わたしがどんな反応を見せるのか、待ちかまえられているような気がする。

何も言葉が出てこない。淡いグレーのリネンのスーツとシャツを見て、わたしはただ息を呑む。結婚式の前夜、マットは白いピンストライプ入りのライラックのシャツを着ていた。ニーナが見せているシャツもスーツも、細かい点に至るまで、何もかもが同じだった。

部屋は暑いのに、腕を氷の針で刺されるような感覚がする。ニーナとルーカスは、いったい何をしようとしているのか。

30

ガーメント・バッグに入れたマットのスーツを手に部屋へ戻っていくとき、わたしの頭のなかでは思考が渦巻いていた。マットが水着姿で階段に向かっていくのが見える。入江へ泳ぎに行くようだ。

「マット、少しだけ部屋へ戻ってきてくれない？」

「泳ぎに行くところなんだ。あとじゃだめなのか」

「だめなの」

大げさにため息をつき、マットはわたしのあとについてくる。

「なんなんだい」開けたドアに寄りかかってマットが言う。

「なかに入って、ドアを閉めてもらえないかしら」

マットは首を傾げ、何か言おうとする。が、わたしの目に浮かぶものを見てとったのか、言われたとおりにする。

「どうしたんだ、ジェマ」

バッグのファスナーを開け、スーツを取りだす。「これが今夜あなたの着る衣装なの」

眉《まゆ》が上がったので、夫はわたしの不安そうな態度のわけを悟ってくれたのかもしれない。

「へえ。さすがニーナだね。ぼくの好みにぴったりだ。こんな感じのシャツ、持っていなかったっけ？」

どうやら覚えていないようだ。

「ええ、持っていたわ。ちょうど一年前、結婚式の前夜に着ていたものなのよ」

笑みが広がる。「そうか。覚えているなんて、ニーナらしいね。なんて親切なんだろう」

わたしは耳を疑った。

「親切なんかじゃないわ、マット。おかしいわよ。わたしに用意されたドレスも、あの夜に着ていたものの完全なレプリカなの。まったく同じものを用意されているのは、わたしたちだけじゃないはず。ぜんぶ見たわけじゃないけど、ニーナがあなたの衣装を探しているとき開けた袋に、チャンドラが着てたようなターコイズブルーのスカートが入っていたわ」

マットが眉をひそめる。「それがどうかしたのかい。何をそんなに心配してるのかわからないけど」

「何を言ってるのよ、マット！　こんなの気味が悪いわ」わたしはどさりとベッドに腰をおろす。「いったい、わたしたちは何をするの？　あんなもの着たくないわ。あの夜のことも、そのあとに起きたことも思いだしたくない。あなたはどうして平気なの？　全員があの日と同じ格好をして顔を揃えるけど、ひとりだけいないのよ。亡霊を呼ぶとでもいうのかしら。こんなこと、やりたくない。自分で持ってきた白いドレスを着ることにするわ」

マットが顔色を変える。「やめてくれ！　ルーカスがぼくたちに頼んだことは、全員やらなきゃいけない。意地を張らないでくれ、ジェマ。やりたいようにやらせてあげろよ。きっと、こうすることで傷を癒《いや》しているんだ」

マットの顔を見据え、昨夜アンドリューから聞いた話を思いだす。ルーカスは望んだとおりに人々を動かす。けれどもわたしは夫とちがって、そこまでルーカスのことを強く崇拝していない。

「どうして嫌な気分になることをやらなくちゃいけないの。なぜルーカスの言いなりにならなきゃいけないの。こんなの、間違ってると思うんだけど」

わたしの言葉を無視して、マットは部屋を行きつ戻りつしはじめる。しばらくすると、マットは慣れない武器を取りだすかのように、怒りを向けることを選んだ。

箪笥《たんす》の上を平手で強く叩《たた》く。「どうしてそうやって、ややこしい態度を取るんだよ、ジェマ？　なんで悪意があると決めつけるんだよ。誰も彼もが腹黒い理由で動くわけじゃないだろ」

怒りをぶつけられてもなんとも思わないし、わたしは折れるつもりはない。

「そもそもどうして全員がここにいるの、マット？　アレックスの死を悼むためにパーティをやるわけじゃないでしょ」

マットは背を向け、大きな足音を立てて部屋から出ていく。あの怒りは見せかけだけだという気がしてならない。何か知られたくないことを、わたしから隠そうとしている。

31

何が起きつつあるにせよ、懸念を抱いているのはわたしだけのようだ。ランチのときにテラスに集まってみると、誰もが笑顔を浮かべている。昨日よりも皆リラックスしているみたいだけれど、きっと衣装のことはまだ知らないのだろう。

マットがニックに言った言葉を聞いてイザベルが笑いだし、彼の太腿《ふともも》をぴしゃりと叩く。触られた瞬間にマットの唇が引き結ばれるのを見て、わたしは視線をそらす。

アンドリューの視線を感じる。わたしは目に浮かんでいる困惑を見られたくなくて、まわりの光景を眺め、どこを見るでもなく視線を泳がせる。チャンドラはいつものように物静かで、ニーナは気を張っているようだ。ルーカスと過ごしたこの一年は、どんなものだったのだろう。きっと、相当つらかったにちがいない。

　この日の暑さはかなりのもので、風はそよとも吹かない。わたしの前のテーブルの上には、冷たい白ワインがグラスの縁《ふち》近くまで入っている。今回もバーテンダー役を買って出てくれたニックが注いだもので、グラスは結露に曇り、水滴が流れおちている。ワインを大きく一飲みしたとき、ルーカスが屋敷から出てきて近づいてくるのが見える。両手で木箱を持っていた。

　ルーカスがテーブルの中央に箱を置いて席につくあいだ、全員が静まりかえる。ルーカスはひとりひとりに目を向け、それぞれと二秒ほど視線を合わせてから、隣の者へと目を移す。それから長い沈黙が流れたあと、ルーカスが口をひらく。

「昨日も言ったとおり、皆がここに来てくれたことに感謝している。それで、ぼくは今夜の記念として行なうゲームの準備をしておいた」そう言って、古めかしい葉巻入れのような木箱を指さす。「このなかには封筒が人数分入っている。ひとり一通だ。封筒のなかに、今夜皆に演じてほしい役柄を説明したものが入っているが、まだ開けないでほしい。ランチが終わるまでは。食べおわったら、まわりに誰もいない場所へ行って、それぞれのキャラクターの説明を読んでほしい。この手のゲームの設定に倣って、ひとりひとりに秘密が与えられることになる。それが今夜暴かれるかどうかは、どれだけ上手《うま》く役割を演じられるかにかかっている。ただし、パーティを成功させるために、どういった秘密を与えられたかは誰にも話してはいけない。自分のパートナーにもね」

ルーカスの表情を見ていると、嫌な予感しかしなかった。なんだか刺々《とげとげ》しくて、笑みを浮かべてはいるけれど、唇が妙にゆがんでいるのだ。

「無駄な混乱を避けたいので、キャラクターの名前はそれぞれの本名にしてある。そこは現実に則しておこう。役割をよく理解して、その封筒は今夜持ってきてほしい。このゲームを成功させようじゃないか」

急に、不安を抱いているのはわたしだけではないことに気づく。ニックはルーカスに酒を注ぐのを忘れているし、イザベルはテーブルの中央を虚《うつ》ろな目で見つめている。マットがこちらを向いてくれれば何を思っているかわかるのに、向いてくれない。心ここにあらずといった笑みを浮かべているが、そこからは何も読みとれない。目を合わせてみないとわからない。

誰ひとりとして、ルーカスに何かを問う者はいない。

ルーカスは箱を引き寄せて開け、八通の黒い封筒を取りだす。どれも表に銀色の美しい文字で名前が書かれている。それを無言でテーブルについている面々に配り、ルーカス自身とニーナの前にも一通ずつ置く。ニーナが封筒に手をのばすとき、指がわずかに震えているのが見える。彼女は夫の計画のことをどれだけ知っているのだろう。

咳払《せきばら》いをし、ニーナが口をひらく。「お話ししたとおり、皆さんには衣装が用意されています。ディナーの前には、必要なものをすべてお部屋に整えておきます」誰とも目を合わせずに話す。

封筒を開けてみたくて仕方がなかったが、それはわたしだけではないはずだ。水の入ったグラスに封筒を立てかけたけれど、どうしてもそこから目を離せないので、手に取ってショートパンツのポケットに突っこみ、視界から隠す。さきほどまでの空白を埋めるかのように、皆が一斉に話しはじめる。テーブルは熱に浮かされたような妙な雰囲気に包まれ、鋭く張りつめた笑い声があがる。

誰もが陽気に振る舞おうとしていて、数分前の緊張感がなかったことのようにされている。チャンドラだけが黙りこんだまま、キムチに合うようにとアドリアンナが出してくれたサラダを皿に取りわけている。視線をあげてテーブルを見まわしたとき、ルーカスがわたしをじっと見つめていることに気づく。まるでこちらの思考を見透かしているかのような目だ。わたしは笑顔すら取りつくろわず、まっすぐ視線をかえす。そのまま数秒が過ぎてから、ルーカスは片方の口角をあげ、ほとんどわからないほどかすかにうなずく。あたかも、知らぬ間に受けさせられていたテストにわたしが合格でもしたかのように。

永遠に続くかに思えたランチもようやく終わりに近づいたとき、アドリアンナがまた姿をあらわし、イチゴのセミフレッドを運んでくる。その下に敷かれたラズベリーのソースが、血だまりに見えて仕方がなかった。

32

コーヒーを飲みおえるころには午後もなかばになっていて、いつもなら休日でいちばん好きな時間帯のはずだった。足を高くして横になり、パラソルの下で田園地帯の長閑《のどか》な音を聞き、訪れる眠気に身をまかせる。けれども今日は一刻も早く、誰もいないところへと退きたい。

　ようやくルーカスが椅子を引いて立ちあがる。

「そろそろ皆眠くなるころだろうし、ベッドや長椅子やハンモックが恋しい時間帯だろうから、引きとめはしない。封筒は忘れずに持っていってくれ。シェイクスピアやシャーロック・ホームズの言葉を借りるなら、〝獲物《ゲーム》は動きだしている〟」

　乾杯するようにグラスが持ちあげられるが、ルーカスがいまのフレーズをわたしたちに繰りかえしてほしいのかどうかわからない。ニックはルーカスを喜ばせようと必死なのであとに続くが、マットとアンドリューは気乗りしない様子でグラスをあげただけだ。イザベルはワインの残りを口に流しこんでいる。

　マットはまだ席を立たないようだったので、わたしは屋敷の正面のほうへと日陰を歩いていく。私道の左側に位置し、屋敷からだいぶ離れたところに、小さなコテージが見える。あそこにはまだ行ったことがなく、ドアが開いているのが見えた。ルーカスは誰もいない場所で封筒を開けるようにと言っていたので、わたしは肩越しにあたりを見まわしてから、急ぎ足で戸口からなかへと駆けこんでいく。

　しんと静まりかえった室内でわたしは立ち尽くす。梁《はり》を見せる造りの天井に、奥行きの深い一部屋だけの空間。壁は白い石造りで、小さな窓が高い位置についている。外からのぞくことはできないし、見える景色は空だけだ。床も石造りで、家具はローテーブルが数台のみ。その上にガラス瓶に入った白くて太いキャンドルが置かれている。ヨガマットや積みあげられたブロックを見て、このコテージの用途がわかった。かすかに残っている香りから、誰かが最近スパイシーなアロマキャンドルを焚《た》いたことがわかる。

ドアを閉め、ヨガマットを広げて腰をおろし、部屋の静けさを感じて尖《とが》った神経を鎮めようとする。そうやって封筒を開けるのを先のばしにしていることに気づいてはいるが、なぜかはよくわからない。中身は単なるキャラクターの説明なのだろうが、わたしはひそかに、ルーカスが偏屈なおばあさん役でも割りあててくれないだろうかと願う。とはいえ、あの衣装でそれは考えにくい。例のドレスがどんな役を暗示しているのか、考えたくもない。

「まったく、しっかりしなさいよ、ジェマ」わたしはつぶやき、ポケットから封筒を取りだす。

封筒の蓋《ふた》の裏に親指を入れ、破って開ける。なかには折りたたんだ一枚の紙が入っている。


〝この説明については自身のパートナーも含め、今夜まで誰にも明かさないこと。それ以降は自分の心持ち次第で、どの程度明かすか、隠すかを決めてよい〟

キャラクター名　ジェマ・ハドソン

キャラクターの説明
ジェマは三十二歳の言語療法士で、仕事に誇りを持っている。夫のマットとは三年間連れ添っている。

結婚生活は危機に立たされているが、ジェマにはその理由がわからず、終止符を打つのをどうにかして避けたいと思っている。少なくとも、まだ当面は。このゲームによって、何が問題なのかを突きとめられるかもしれない。

ジェマは一年前に出会って三カ月前に再会したアンドリューに惹《ひ》かれている。その想いがどれだけ深まっているのか、たしかなことは誰にもわからない。

今夜、真実——あるいは真実と思《おぼ》しき説——が明らかになるだろう。マットは誰を信じるのか。二十年前に、自分の父親の過大なプレッシャーから救ってくれた友人か。それとも知りあってからたった四年余りの、マットがみずから距離を置こうとしている女か。

仕事で成功しているにもかかわらず、マットは情緒不安定だ。妻がアンドリューに惹かれていると知ったら、裏切りだと思うことはジェマにもわかっている。そして真実がどうであれ、ふたたび信頼を得るのがむずかしいということも。

だが、マットの秘密についてはどうなのか。マットは何を隠しているのか。この一年でなぜあれほど変わってしまい、ジェマとの幸せな結婚生活が崩れつつあるのか。

このゲームにおけるジェマの役割は、マットが妻に何を隠しているのか突きとめることだ。

チャンスはこの一度きりかもしれない。

〝ジェマ、ゲームに参加するんだ。気が進まないかもしれないが、きっときみなら、ほかの誰よりもわかってくれると思っている――今夜になれば〟

胸が悪くなる。いったいルーカスはどういうつもりなのか。これは適当にあてがわれたキャラクターなんかではない。わたしたちは自分自身を演じるのだ。少なくともわたしの場合は。もう一度読みかえす。さらにもう一度。それから組んだ脚の真んなかに紙を置き、両腕で腹を抱えこむ。

なんてサディスティックなゲームなのだろう。

ただ、マットとのことは当たっている。どんなに否定しようとしても、わたしは夫に不誠実な心情を抱いているし、特に夫婦仲が冷めつつあるいまは、夫から疑われても仕方がない状況だ。

涙が溢《あふ》れだし、わたしは身体をそっと前後に揺らして心を落ちつけようとする。このコテージに入ってきたときに感じた穏やかな空気はどこかへ消えてしまい、身体を丸めてしまいたくなった。マットの秘密とはどういうことなのだろう。ルーカスはわたしよりもずっと事情を知っているようだけれど、いまは夫の秘密を知りたいのかどうか、自分でもわからない。

ここにすわって、これから何が起きるのかと怯《おび》えていても仕方がない。マットに会って、わたしはルーカスの指示に従うことはできないと伝えなければ。頬の涙を拭《ぬぐ》い、わたしは立ちあがる。

戸口に向かおうとすると、ドアがゆっくりと内側にひらく。背後から陽に照らされた人影が見え、それは背中を丸めたニーナだった。うなだれてすすり泣いているので、急いで歩み寄っていく。

「ニーナ、何があったの？」

手をのばして肩を抱いてあげると、ニーナは目をあげてこちらを見る。

「ルーカスよ。あのひとのしたことが信じられないわ。どうしてわたしにこんなことをするの」

わたしだって、信じられないと言いたい。こんなことを全員に対してやっているなんて。ただ、衣装を用意させられたニーナなら、ある程度のことは知っていたのではないか。そう思っているわたしの困惑顔に、ニーナは気づいたようだ。

わたしを押しのけ、ニーナは部屋の奥へと歩いていき、踵《きびす》をかえしてこちらを見据える。まだ涙を流しているが、怒りのほうが勝《まさ》っている。

「ゲームを計画しているのは知っていたわ。準備を手伝わされたけど、なんのためなのかは教えてくれなかった。いずれわかるだろうし、それまでは知らないほうが面白いと言われたの。わたし自身のキャラクターの説明もあった。ゲームにはわたしも参加するのよ、ジェマ。どうしてこんなひどいことをするのか、わからないわ」

「ゲームには全員が参加するんだと思っていたわ。ルーカスも含めて」

「そうだけど、こんな形だとは思わなかった。わたしの秘密が今夜、暴かれると言われたの。意味がわからないわ。わたしは何をやったと思われているのかしら」

寒気が背筋をのぼってくる。

「ルーカスはあなたを故意に傷つけたりしないわ。さあ、ここから出ましょう。ルーカスを捜しだして、事情を聞いてみましょうよ」

ニーナが首を振る。「ルーカスは出かけたわ。皆から質問攻めに遭うことを避けて、今夜まで何も答えたくないからですって」

ルーカスは何をするつもりなのか。計画がなんであれ、これは普通のゲームではない。楽しむためのものではない。ルーカスは何かを引き起こそうとしている。皆の秘密を明るみに引きずり出し、なんらかの思惑で作った曲に合わせ、わたしたちを踊らせようとしている。その思惑とは、なんなのだろう。

33

ニーナをなだめようと手を尽くしたものの、怒りと嘆きを繰りかえすばかりで、ゲームについて詳しく聞きだすことはできそうもない。だからわたしはニーナと一緒に屋敷に戻り、ふたりの寝室に続く階段の下まで送っていく。

「もう、だいじょうぶ？」わたしは訊《き》く。

全身をこわばらせたニーナの答えを聞いても、わたしは驚かなかった。「いいえ、だいじょうぶじゃない。今夜を迎えれば、取り憑《つ》かれたようなルーカスの様子も元に戻ると思っていたのに、ちがうのかもしれない」

「取り憑かれた？」

ニーナは顔をそらし、階段をのぼりはじめる。「すぐにわかると思う。話しすぎてしまったわ」

追いかけていってその言葉の意味を問いたかったが、きっと答えてはもらえない。

歩きはじめると、例の封筒がポケットのなかでカサカサと音を立てる。この封筒をどうすればいいのかわからないが、マットに見られてはいけない。燃やしてしまいたいが、そんなことをすればルーカスにすぐ気づかれてしまいそうだ。

すぐにマットのところへ急ぎ、封筒の中身について訊きたいという思いにかられたけれど、マットだってわたしに同じことを訊きたいだろう。そしてあの内容を知ったら、夫は真実よりもルーカスの言葉を信じてしまいそうだ。

どこへ行ったらいいのか。裏のテラスに続くドアへ近づいていくと、誰かの話し声が聞こえる。誰にも会いたくないので、出ていくのをやめて戻る。脇の出入口を使おうとしたら、ビーチから戻ってきたアンドリューが、ショートパンツから水をしたたらせながら歩いてくる。日焼けしたその身体から目をそらし、向きを変えて正面口に行き、外の空気を求めて逃げるように出ていく。敷地の端に沿って歩いていけば、林のなかを抜け、日本庭園に出る道を探しだせるはず。

着いてみると運よく誰もいなかったので、陽射しを避けて塔のなかに入り、床に置かれた柔らかいクッションにすわって、壁に背をあずける。頭のなかを整理したいところだけれど、いったい何をまず考えたらいいのか。ルーカスのことか、マットか、ニーナか、それともキャラクターの説明に書かれていた言葉か。

思案にふけりすぎていたせいで、戸口に誰かが立っていることにしばらく気がつかずにいた。その人物が、いちばん話したくない相手だということにも。

「ここに隠れてるつもり、ジェマ？」イザベルが腕組みをし、ドアの枠に寄りかかりながら言う。

「そうよ」

「ふうん、見つけて悪かったわね。話がしたいんだけど」

イザベルは床にあったクッションを蹴《け》って寄せ、そこに腰をおろして、陽に焼けた長い脚を前にのばす。

「ジェマ、彼は何をしようとしてると思う？」

「彼って？」誰のことかはわかっているが、イザベルの口から言うべきだ。

「ルーカスのことよ、もちろん。どうしてこんなに最低なことをするんだろう」

わたしは驚きを隠す。イザベルがルーカスの行ないを批判するとは思わなかった。

「ねえ、皆でやめさせよう。どんなゲームなのか知らないけど、ちっとも面白くない。あなたがなんとか言ってやってくれない？」イザベルが言う。

「わたしが？　どうしてわたしなら説得できると思うの」

「だって、ルーカスと過去の付きあいもなく、なんの恩も感じていないのはふたりだけだし、あなたたちは彼を崇拝していないもの。あたしたちは長年のあいだルーカスにへつらってきて、まるで彼が全能だと信じているみたいでしょ。残ったふたりのうちなら、あなたのほうがまし。チャンドラは浮世離れしすぎて、何考えてるのかわからないし」

褒められているのか貶《けな》されているのかわからないが、どうでもよかった。「ルーカスは出かけてしまって、ディナーまで戻らないそうよ。質問攻めにされたくないからって」

「そうでしょうね。ひどい奴。なんで皆にこんなことするの。よりによって、あたしにまで」

どういう意味なのだろうと思ったが、そう訊かれたくて言っているのは明らかだ。わたしは黙ったまま膝《ひざ》にとまった小さな虫に目を向け、親指でそっと撫《な》でる。すると思ったとおり、イザベルは何も訊かれなくても勝手に話しはじめる。

「あたしたち、十八歳のときに恋人同士だったの。ルーカスがまわりに知られたくないと言うから、人目を忍んで会っていたんだ。ずっと一緒にいられると思ってたのに」遠い目をしていたイザベルの視線が、ふいに険しくなる。「そのうち、お父さんのブレアに関係がばれてしまって、認めないと言われた。そしてあたしと別れさせるために、ルーカスは世界各地をまわる長期の旅行に送りだされたの。お父さんに告げ口したのはアレックスだった」

淡々とした口調だったが、顔にはそれと裏腹の表情が見てとれる。

「アレックスはルーカスを独占したがっていて、ほかの誰かが近づくことに耐えられなかったの。だから、ニーナが結婚までこぎつけたと知って驚いたわ。それでも、あと少しでアレックスに引き裂かれるところだったね。もう結婚してたってことは知らなかったんでしょ」

なんとも冷たい言い方だと思い、わたしはなんの言葉もかえさなかったが、イザベルは構わずに話を続ける。

「皆が話題に出すのを避けてる例の誘拐事件が起きたとき、ルーカスは当然ながら、地球の裏側から飛んで帰ってきて妹の世話をするようになった。あたしと会う時間はなくなってしまったの」

ルーカスはイザベルを傷つけたことを自覚しているのだろうか。いまの口ぶりからすると、イザベルはまだ失恋を引きずっているようだ。わたしはようやく口をひらく。

「あなたはどうして今回来たの。いいえ、去年だって。そんな気持ちを抱いているのなら」

力ない笑みが浮かぶ。「ルーカスの言うとおり、ニーナとの仲は本当に揺るぎないものなのかどうか確かめたくてね。それにどうせ、彼に呼ばれたらあたしたちはいつでも駆けつけるから。あなたもわかってるでしょ」

わかっていたが、今日までは、それは深い友情があるからだと思っていた。ルーカスは生まれながらにしてリーダー気質を持つのだろうが、今回のゲームに関しては、友人たちの敬意を利用しているように思える。それにしても、イザベルがルーカスに想いを寄せているなら、マットと彼女の関係をわたしが疑っている事実とはどう関係してくるのだろう。イザベルの行動は、本当にルーカスを嫉妬《しっと》させたいだけなのか。

考えていることが顔に出てしまったようで、イザベルが口をひらく。

「あなたとマットはどうなの。去年と様子がちがうのは、皆気づいてるよ」

「悪いけど、それはわたしと夫だけの問題だから」

「あたしは十四歳のころからマットを知っているの、ジェマ。マットはあたしに隠し事はできない」

頭に血がのぼる。「それ、どういう意味で言ってるの？」

イザベルはゆっくりと首を振る。「自分の夫なんだから、訊いてみたら。でも、あなたって短絡的に考えすぎ。上辺だけを見てわかることなんて、ほとんどないのよ」

何かを匂わせるような物言いに辟易《へきえき》し、わたしは立ちあがる。

「あなたにはどんな言葉をかければいいのかわからない、イザベル。ルーカスのゲームも意味がわからないけど、あなたの行動も同じくらい意味がわからない。ルーカスもあなたも、言いたいことをはっきりと言わないのはなぜなの？」

「だって、それじゃ面白くないでしょ」

ゆがんだ笑みが浮かぶ。ルーカスのゲームのせいで、イザベルも動揺していることがうかがえる。

「またあとで会いましょう」かろうじて失礼のない態度を取りつくろい、わたしは言った。

屋敷に戻ることはせず、わたしは林のなかを進んでいき、おそらく浜辺までつながっているであろう木々のなかを歩いていく。きっといま自分に必要なのは、海を眺めて悠久の自然に思いを馳《は》せることなのだろう。

道は見つからないけれど、急な坂を下っていくと波の音が聞こえてくる。誰とも出くわさなかったことに安堵《あんど》しつつ、ボートハウスの裏をまわって浜辺におりていく。ここに来るのは、砂利の上で手足を広げて横たわるアレックスの遺体を見つけた朝以来のことだった。わたしは浜辺を見つめ、またアレックスが姿をあらわしてくれないかと願う。そうすれば、駆けつけて助けてあげられるのに。

狭い入江を区切っている黒くて高い岩の上に行きたくなり、わたしは端のほうまで歩いていって、平らで滑らかな乾いた岩に腰をおろす。そこは一年前にアンドリューが海に飛びこんだ場所だ。水面を眺めながら、アレックスが泳ぐ姿を思い浮かべる。海水が身体を冷やしてはいても、泳ぐ力によって血は巡っている。ついに力尽きたとき、そして海が自分を飲みこもうとしていると知ったとき、いったい何を感じたのだろう。

アレックスはなぜ、みずからを救えなかったのか。子どものころに母から最初に教わったのは、あおむけで浮く方法だった。「もし溺《おぼ》れたり、力尽きそうになったりしたら、ただ上を向いて浮きなさい。泳ぐ力が戻ってくるまで」と言われた。アレックスはなぜ、それができなかったのか。どうして力尽きるまま、海に深く沈んでいったのだろう。

チャンドラとアレックスの会話を思いだす。あのとき、自分の身に起きたことを探ろうと決意を固めていたアレックスと、数時間後に命を投げだして倒れていた女性が同じ人物とはとても信じられない。

わたしの視線はボートハウスの上にあるアパートメントに据えられる。閉ざされた部屋は、窓辺に白いカーテンがかけられている。

じっと目をこらす。右側のカーテンが動いた。間違いない。誰かがあそこにいる。

どうすればいいのだろう。もう一度見てみると、動きは何もない。

ゆっくりと岩から降り、窓から目を離さないまま、わたしは浜辺を横切っていく。窓に動きはない。坂をのぼり、ボートハウスの大きな両開きのドアに歩み寄ってから、建物の脇にまわって階段を静かにのぼっていき、アパートメントのドアへ近づいていく。

ハンドルをまわしてみたが、ドアには鍵《かぎ》がかかっている。

裏にまわり、窓からなかを覗《のぞ》きこんでみる。薄手のカーテン越しに見えるのは、物影らしきものだけだ。なんの気配もなく、静まりかえっていて、誰も住んでいないのは明らかだ。

脇にまわって窓から室内を見る。ベッドしか見えず、誰も寝ていない。それなのに、何者かがいるような気がする。感覚でわかる。

とつぜん肩に手が置かれ、背筋を冷たいものが走りぬける。

34

「ここで何をしているんだ、ジェマ」ルーカスだった。

「何かを見たような気がしたの」

「何を？」

「カーテンが動いたの。誰かが忍びこんでいるのかと思って、確かめていたの」

じっとこちらを見据えるルーカスの目は冷たい。張りめぐらせている警戒の糸を感じとれるような気がする。「誰もいるはずがない。鍵がかかっているし、一年前からそのままだ。誰も入らせないことにしている。だから家に戻ってくれないか。また今夜会おう」

あんなゲームに参加するつもりはないと伝えるなら、いまだ。それなのに何も言えない。言葉が出てこない。そびえるように背の高いルーカスは、背後から陽に照らされ、顔は影になっている。わたしの心臓は高鳴り、本能が逃げろと告げている。ライオンのように光る瞳《ひとみ》を見ていると、ただ彼から逃れたい気持ちになる。とにかくここを去りたい。

わたしは駆けだして屋敷に戻っていき、息を切らして部屋に飛びこむ。マットはベッドに横になっていて、頭の後ろで手を組み、空《くう》を見つめている。視線をさげてわたしを見たとき、一瞬だけ心配そうな顔つきになる。けれどもすぐに無関心そうな表情をまとい、わたしが息を切らしている理由を訊《き》きもせずに、口をひらく。

「言われる前に言っておくけど、何も訊くな。ぼくは自分のキャラクターについては教えない。それだけだ」強気な口調で言っているが、声が震えている。例の説明に何が書かれていたにせよ、マットも動揺しているのだ。

「訊くつもりもなかったわ」ようやく息が整いつつある。「でも、わたしは今夜のディナーには行かない。こんなふうに弄《もてあそ》ばれるのは嫌だし、ルーカスが何をしたいにせよ、これってすごく失礼なことだと思う。もう帰りたいわ」

マットはベッドの上で慌てて身を起こし、愕然《がくぜん》とした顔で激しく首を振る。

「だめだ、行かなきゃいけない。選択肢はないんだよ、ジェマ。かならず出席しないと」

「どうして？　なぜルーカスの言いなりにならなくちゃいけないの。あのひとの思惑なんて知ったことじゃないわ、マット。悲しみを乗り越える手助けをするのはいいけど、だからといってこんな奇妙なことに付きあう義理はないでしょ」

「やめてくれ」マットがベッドから出てくる。こちらへ歩み寄ってわたしを揺さぶるのかと思ったが、途中で足をとめ、またベッドに腰をおろす。肩を落とし、力ない声で言う。「やるしかないんだよ、ジェマ。ルーカスの頼みなんだから。ぼくたちはこの家に招かれて、無料《ただ》で休暇を過ごさせてもらってる」わたしは思わず嘲《あざけ》るような声をあげてしまうが、マットは構わずに話す。「食事も出してもらっているし、ワインも飲ませてもらっている。だから、ルーカスがゲームをやりたいと言っていて、キャラクターも説明してくれているなら――」

「あれは脅迫だわ、マット。キャラクターの説明なんかじゃない」

　マットの視線が横にそれる。「きみは脅迫と感じたかもしれないが、ほかの全員にもそうしたとは限らない。そこまで言うなら、ルーカスがどんなことを書いていたのか教えてくれないか」

「その話はしたくないんじゃなかったの？　あなたはどうなのよ。こんなおかしな要求に従うくらいだから、よほどのことが書かれていたんじゃないの」

　そう言ったあと、急に怒りや苛立《いらだ》ちが引いていく。これ以上立っていられないような気がして、わたしはくずおれるようにベッドの端に腰をおろし、夫に背を向ける。

「わたしたち、何をやっているのかしら、マット？　何が起きているの。どうして話しあいすらもできないの」

　首をまわし、肩越しに夫を見てみる。また視線がそらされたが、マットがどれだけ傷ついているかは見てとれる。一瞬、希望が胸に湧いてきたところで、マットが口をひらく。

「今夜は参加する。ぼくたちふたりで。帰ったりはしない。だから、今回だけでいいから、意地を張って抵抗するのをやめてくれないか」

　どういう意味なのだろう。マットはわたしが意地を張っていると思っているのか。実際、そうなのだろうか？

　次の言葉を待ってみたが、マットはベッドに横になって、頭の後ろで手を組んで目を閉じてしまう。何を考えているのか、わたしに知られたくないのだ。

35

ステファニー・キング部長刑事がデスクライトを消そうとしたとき、電話が鳴りだした。

「まったく」明日は休みで、ガスと一緒に過ごしたいと思っていた。きちんと向きあって話をしたいと思い、今日くらいは定刻どおりに退勤して何か食材を買っておくつもりだった。料理でもすれば、多少なりとも和らいだ雰囲気で話せると思ったのだ。

　ため息を漏らし、受話器を取る。

「先輩、ジェイソンです。こんな時間にすみません。明日はお休みだと聞いて、ほかの誰かに連絡しようかとも思ったんですけど、内容からして、たぶん聞いておきたいと思うんじゃないかと」

「ジェイソン、いったいなんの話なの」もう部下ではなくなったとはいえ、話すとすぐに軽い苛立ちを覚えてしまう。

「一年前の件に関わられていたので、この件も担当なさりたいかどうか、お聞きしようかと」

「何を担当するの？」口調がさらにきつくなる。受話器の向こうからは、大きく息を吸う音が聞こえてくる。まるでステファニーがすべてお見通しで、わざととぼけていると思っているかのようだ。

「十カ月前、ルーマニア人の若い女性が行方不明になりました。女性の母親は英語が話せませんでしたが、通訳などを介して聞いたところによると、娘がイギリスに渡ったあと、連絡が取れなくなっているそうです。ひとまず型通りの調査をしましたが、女性は病院にもかかっておらず、薬の服用もしていないようで、病気や怪我は考えられませんでした。ホステルを渡り歩く生活をする、よくいる若者だと思われました。ですから、身の危険に晒《さら》されているわけではないと一度は判断しました」

「ところが、そうではなかった？」

「ええ……おそらく。ですから電話したんです。ポルスキリンに関係しているので」

36

間違いだと知りながらも、わたしは今夜のゲームに参加することを決めた。ルーカスの友人や彼らの過去とは距離のあるわたしが加わることで、事態がこれ以上悪化するのを防げるかもしれないと思ったから。

ルーカスと友人たちの人生は、強すぎるほどに結ばれている。そこにあるのは親愛の情のようであり、同時にそれだけではない何かがある。嫉妬《しっと》、蔑《さげす》み、渇望——そうした感情が蔦《つた》のように絡まりあい、わたしたちを取りかこんでいる。そこはかとなく漂う危険な空気を、無視することはできない。

ニーナが直してくれた美しいドレスを身にまとったとき、少なくとも髪形は去年とちがうことに奇妙な喜びを覚える。たとえ小さなことでも、ちがいを出せれば勝ったような気になれる。マットはすでに着替えており、部屋の隅の椅子に力なくすわってわたしを見ている。

震える手でリップグロスを軽く塗ろうとしているとき、鐘の音が聞こえてきた。ダイニングルームへの集合を促す合図だ。わたしがマットのほうを向くと、ランチのとき以来初めて目を合わせてくれた。

その顔つきから読みとれるものはひとつだけ。マットも怯《おび》えている。

わずか三秒ほどでその表情を消し去ると、マットは椅子から勢いよく立ちあがり、貼りつけたような笑みを浮かべる。

「行こう。料理が美味《うま》いのは間違いないんだし。封筒を忘れないで」

上辺だけの陽気な言葉には答えず、わたしは廊下に出ていく。それと同時に奥のドアがひらいてイザベルが姿をあらわす。昨年着ていたものとまったく同じ、銀色のタイトなワンピースに身を包んでいた。小ぶりのイブニング・バッグを持っている指先がそわそわと動いている。

すぐ後ろにはニックがいて、べつの部屋から出てきたアンドリューとチャンドラが歩いてくるのも見える。

誰もが口を閉ざしているが、アンドリューだけはわたしのほうを見て、戸惑いの表情を見せる。わたしはごくわずかに首を振り、彼と同じように自分も事態を把握しきれていないことを伝える。チャンドラはうつむいている。誰のことも見ておらず、きっとわたしと同じくらい混乱しているにちがいない。

ダイニングルームに近づいていくと、キッチンから料理の匂いが漂ってくるが、どんなものが出されるかはもうわかっている。そう思うと胸がむかついた。

イザベルが先頭で部屋に入っていき、息を呑《の》む音が聞こえる。わたしもあとに続いていくと、その理由がわかった。あの日と同じキャンドルが同じホルダーのなかで灯《とも》されているし、テーブルの中央に飾られた花の細部に至るまで、驚くほど正確に一年前を再現している。吐き気がこみあげる。

踵《きびす》をかえし、走って部屋に戻ろうかと思ったとき、キッチンのドアが開いてニーナが入ってくる。泣いていたのか顔は赤く、目も血走っている。わたしは歩み寄っていって腕に手を触れる。

「だいじょうぶ？」

涙がみるみる溢《あふ》れ、ニーナは首を振る。どんな言葉をかけたらいいのかと思っていると、アドリアンナが静かに入ってきて、ニーナに向かってうなずきかける。

悲嘆に暮れたニーナが、震える声で全員に告げる。

「皆さま、どうぞご着席いただき、ディナーをお楽しみください」

誰も何も答えないが、名前のカードを見ている者がいた。とはいえ、わざわざ確かめるまでもないことは全員がわかっている。すわろうと椅子を引いたときに初めて、空いている椅子がテーブルの端にあるルーカスの席だけでなく、マットとニーナのあいだにもあることに気づく。

アレックスの席だ。

37

気づまりな沈黙が、廊下からこちらに迫ってくる足音によって破られる。年代物の床板が重みにきしんでいる。ルーカスが姿をあらわし、硬い笑みを浮かべながら、例の木箱を手にしている。

「皆、よく集まってくれた。今夜来てくれたことを本当に嬉《うれ》しく思っている」

ルーカスはテーブルに歩み寄って箱を置くが、席にはつかずにいる。

「始めるまえに、乾杯をさせてほしい」ルーカスがグラスを持ちあげるのを見て、全員が椅子を引いて立ちあがる。「ぼくの妻に。結婚一周年を記念して」

グラスを少しあげ、ルーカスはニーナのほうを向くが、涙を浮かべた妻の目を見ることはできずにいる。つらい思いをさせているのは自覚しているはずだし、そのことで自分も傷ついているのだ。それなら、どうしてこんなことを？

背筋をのばし、ルーカスはわたしたちを見おろす。近くにいるわたしは、首をのばさないとルーカスの顔が見えない。

「第一段階を始める前に、きみたちにまた封筒を渡しておきたい」

ひとりひとりにルーカスが笑顔を向けてくる。そしてまたしても、ほかの面々よりも長くわたしを見据えてくる。けれどもわたしはしっかりと目を合わせ、決してそらさない。ルーカスに威圧されるつもりはない。

「今日の昼、皆にキャラクターの説明を渡した。今夜演じるキャラクターについての秘密が書かれていたと思う。それをどこまで明かすのか、誰に明かすのかはそれぞれにまかせる。ただし、ひとつルールがある。嘘をついてはいけない。答えることを拒否するのは構わないが、もし情報を差しだすなら、それは真実でなければならない。嘘をついたことがわかれば、キャラクターの秘密をひとつずつ暴露させてもらう」

木箱を開け、ルーカスはまたしても銀色の文字が書かれた黒い封筒を取りだす。

「全員に一通ずつ、新たに封筒を渡す。そこには、各キャラクターの行動目標が書かれている。ほかの参加者たちに訊《き》くべき質問や、差しだすべき情報などだ。質問はゲームの進行中、動きまわったり、雑談したりするときにいつでも訊いていい。それと、食事中は目と耳をしっかり働かせること。うっかり口を滑らせる者もいるかもしれないから」

ルーカスはカジノでカードを配るかのように封筒をそれぞれに渡していく。わたしは自分の呼吸が速く、浅くなるのを感じる。誰もが黙ったままルーカスを見つめている。ニックだけは口をひらく余力があるようだったが、その上辺だけの朗らかさはもはや虚《むな》しかった。

「なんのゲームなんだよ、ルーカス？」

「とっくにわかっていると思ってたけどな、ニック。昔、ディナーの席でよくやったゲームをこれからやるのさ。殺人ゲームをね」

38

テーブルを取りかこむ静寂は、キッチンから聞こえてくる音によっていっそう際立っている。鍋《なべ》を置く音、時おり響くアドリアンナの笑い声、手伝いの娘の朗らかな声。ダイニングルームにいるわたしたちは誰ひとり、声も出さないし動くこともない。ルーカスは立ったまま鋭い目つきを保ち、テーブルの端にいるニーナの向こうにある壁の一点をじっと見つめている。

　誰が最初に口をひらくのかわからないが、わたしでないことは確かだ。ルーカスの行ないに憤りを覚えてはいるものの、まだ何かを問いただすだけの心構えはできていない。きっとニックが口火を切るのだろう。いつものように。

　ところが驚いたことに、静寂を破ったのはチャンドラの穏やかな声だった。

「ルーカス、この部屋にいる誰もが、去年の出来事にどれだけあなたが打ちのめされているのかを知っているわ。あなたの感じた衝撃や絶望は計りしれない。けれどもわたしは、このなかのひとりとして死にまつわるゲームを行なうことに抵抗があるの。たとえ架空のものであっても、あの悲劇の一年後にやるべきものではない。悲しみはひとを毒すのよ。手放さない限り、それは暗くて重いものでありつづける。あなたはいま、事実を受けいれるべき段階に来ているんだと思うわ」

ルーカスの視線が素早くチャンドラに向けられる。わたしはアンドリューの向こうにすわっているチャンドラを見ようと、前に身を乗りだす。表情は落ちついているチャンドラだが、乾いた唇を舌で湿らせている。

意外にも、ルーカスは笑いだす。

「それじゃ、何が起きようときみは甘んじて受けいれるのか、チャンドラ？　それとも時には、自分の望みどおりの流れを作ろうと、裏で手をまわすのか」

チャンドラはルーカスと目を合わせつづけることができなかったが、そこでアンドリューが助け舟を出したので、わたしは安堵《あんど》する。

「そんな言い方はよそうぜ。チャンドラは誰のことも傷つけていないし、いちばん誠実な人間だってことは明らかだろ」

「そうだろうか？　もしかすると、チャンドラのキャラクターの秘密を最初に暴くことになるかもしれない。どう思う、チャンドラ？」

「落ちつけって、ルーカス。まったく、どうしちまったんだよ」ニックがいつもルーカスをなだめるときの丸めこむような口調で言う。

「たかがゲームなんだろ？　皆も、どうしてそんなにビビッてるんだ。動揺しすぎだって。この手の殺人犯を捜すゲームを、誰ひとりやったことがないわけじゃないだろ」

イザベルが前に身を乗りだし、手をルーカスに向かってのばす。

「あたしは参加するわ、ルーカス」そう言ってテーブルを見まわす。「ねえ、皆、ルーカスは友達でしょ。今夜これをやることが彼の望みなら、付きあってあげようよ。ちょっと面白そうじゃない」

昼間にわたしに言っていたことと相反する言葉だったので、どうしてイザベルがルーカスの肩を持つ側にまわったのか理解しかねた。ルーカスに脅されているせいだとしたら、それはどんなことなのだろう。

わたしはマットを見やる。目もとがひどく険しい。夫もゲームに参加したくないはずなのに、やらなければならない理由があるのだ。

「あたしがゲームのやり方を説明しましょうか」イザベルはそう言って、ルーカスの返事も待たずに、堰《せき》を切ったように話しだす。「普通のやり方を説明するけど、何か間違っていたら指摘してね、ルーカス。全員が与えられた役を演じるの。すでに説明が配られたキャラクターを演じるってこと。そしてほかのキャラクターの秘密を暴いたり、証拠やアリバイを探しあてたりするわけ。犯人の役だったとしても、最初のうちはわからない。ゲームを進めるなかで情報が与えられていくから、まずは全員、自分が犯人ではないという前提で動くの。けれども、被害者の役のひとは最初からそれを知っていて、どこかの段階で殺されることになる。そのあとはゲームから抜けて、ほかのメンバーが犯人を捜しあてるのを見守るのよ」

ニックとマットは精一杯、楽しそうなふりをしている。アンドリューは椅子の背にもたれて遠くを眺めているので、わたしからはチャンドラの姿がよく見える。頬は紅潮し、片手でブレスレットを撫《な》でていて、それはアレックスに渡したものと似ていた。ニーナは夫の顔から視線をそらさずにいる。

イザベルがようやく言葉を切る。そしていまの内容に承認を求めるかのように、ルーカスを見つめる。ルーカスはあいかわらず立ったままで、椅子の背を両手で強く握りしめている。関節が白くなっていた。

「一点を除けばすべて合っているよ、イザベル。今夜は、参加者のなかに被害者は出ない」

「それは失礼、ルーカス。ゲームをやるには死体が必要ね」

ふいに、もしかしてイザベルはとぼけているのかと思ってしまう。このゲームの意図には、さすがにもう気づいているはずだ。

「わたしは参加しない」椅子を引いてわたしは立ちあがり、膝《ひざ》の上にあったナプキンを握りしめてテーブルの上に放りだす。アンドリューの視線を感じたが、口をひらいたのは夫のマットだった。

「すわるんだ、ジェマ」静かな声。「ルーカスに付きあうんだよ。ここはルーカスの家だ。ルールに従わないと」

これまで夫にはいろいろな感情を抱いてきたが、知性を疑ったことは一度もない。けれども連れ添ってきた数年間、ずっとわたしは間違っていたのかもしれない。あるいは、ルーカスが夫に及ぼしている影響力が想像以上に大きいのだろうか。

わたしはルーカスに向きあい、一歩近づく。怯《おび》えるつもりもないし、言いなりになるつもりもない。

「これはゲームじゃないんでしょう。被害者の役が不要なのは、もうすでに存在するからってこと。そうでしょ、ルーカス？」

　こちらをまっすぐに見据えるルーカスの顔は無表情そのものだ。わたしはテーブルを囲む者たちの顔を見わたす。アンドリューのように、これからわたしが言うことを察している顔もあるが、そうでない者は戸惑いを浮かべている。

「被害者はアレックス。そうなんでしょ、ルーカス。あなたは妹が殺されたと思っているのね」

39

　両開きのガラスのドアを開けてダイニングルームを出ていくと、風のない暖かな空気に包まれる。蔓棚《つるだな》の柱に絡まっているジャスミンの香りに、なんだか落ちつかない気分になる。

　息の詰まりそうなあの部屋にそれ以上耐えきれず、席を立って出てきたときは、水を打ったようにその場が静まりかえっていた。けれどもいまは、背後のガラスのドア越しに歓談が聞こえてくるし、言葉が交わされるたびに声の大きさも調子も高まり、盛りあがりそうな雰囲気だ。誰が何を言っているのかまではわからないし、知りたくもない。

　心臓は早鐘を打ち、鳥肌が立っている。ルーカスはアレックスが殺されたと考えているようだが、それだけではない何かがある。あの脅しのような内容やキャラクターの説明は、悲しみが強すぎたせいで常軌を逸した行動に出たのだとしか思えない。わたしは口のなかに溢《あふ》れだす唾《つば》を飲みこむ。ルーカスはどうして警察に通報しないのか。それに、アレックスが遺書のような動画を残していたことはどう考えるのか。

これからどうするかを決断できないうちに、誰かがダイニングルームから出てきて背後に近づく足音が聞こえる。

「勇気ある行動だ、ジェマ」

わたしは振りかえらない。いつも思っていたのだが、ルーカスの瞳《ひとみ》はひとを吸い寄せるような、まるで催眠術にかけるような力があるので、いまは目を合わせたくない。

「本当にアレックスが殺されたと思っているのなら、とてもつらいでしょうね。でも、あんな方法でそれを伝えるなんて。あのひとたちは友達のはずでしょ。ゲームを計画したり、衣装を揃えたり、去年とまったく同じ料理を出したり——胸が悪くなるわ」

後頭部に視線を感じるが、それでもわたしは振りかえらない。

「ぼくの友達を〝あのひとたち〟と呼ぶとはね。きみは入っていないということかな」

嘲笑《あざわら》うような声を出してみたけれど、実際に出た声は泣いているみたいだった。「あなたたちは二十年近くもの長い付きあいがあるんでしょ。イザベルも仲間のようなものよね。あなたと彼女が恋人同士だったとは知らなかった。マットも教えてくれなかったから。わたしはあなたの過去を知らないし、抱えている秘密も把握していない。部外者だもの」

「あいつがそう言ったのか？」ルーカスの声はほとんどささやきに近い。

「誰が何を言ったの？」

「イザベルさ。ぼくと恋人同士だったと言ったのか？」

「そうよ」

わたしはようやく振りかえり、ルーカスの行ないに対する怒りを見せてやろうと決める。

「別れた原因については？」ルーカスが言う。

どうやらわたしの発言のどこかが気になっているようだが、ルーカスの恋愛話などに興味はない。過去であろうと現在であろうと。

「言わせてもらうけど、そんなことどうだっていいわ。わたしは何ひとつ知らないんだから。アレックスが十四歳のときに起きたという事件のことも、ほとんど知らない。自殺の原因になったと皆が思いこんでいる事件のことよ。そう、わたしはあなたの友達じゃない。ここにいると、まるで衛星になった気分だわ。空からずっと眺めているだけで、地上に招かれることは決してないみたい」

わたしは胸の前で腕をしっかりと組む。

「どうしてアンドリューとわたしの仲をでっちあげて、マットにばらすと脅してくるの？　そんなことをして、どんな得があるのよ」

「なぜなら、きみには残ってもらわないと困るからだ。帰ると言いだしたら、マットも一緒に去ってしまいかねない。きみたちがうまくいっていないのは知っているが、マットはきみを愛してる」

「だとしたら、愛情の示し方がおかしいんじゃないの」嘲《あざけ》るような声を出し、心の痛みを隠そうとする。

「そうかもしれない。マットは精神的に不安定で、きみに愛される価値が自分にはないと思いこんでいるから、きみとアンドリューの仲を信じてもおかしくない」

「それなら、あなたはわたしが思っていたよりもずっと最低な人間よ」

「きみが嫌がる気持ちはわかるし、悪いことをしているとは思っている、ジェマ。それでも全員にゲームをやってもらわないといけないんだ。真実が明らかになったら、たったひとりだけ、ぼくを許してくれるひとがいるから」

　恐怖が湧きあがる。疑ってはいたけれど、ずっと考えないようにしてきたことをルーカスがたったいま明らかにしたのだ。

　ルーカスは、ここにいる誰かがアレックスを殺したと思っている。

40

　ニーナはダイニングルームを出ていくルーカスのあとをひそかに尾《つ》けていった。あんな考えをルーカスがずっと抱いていて、それをまったく知らされていなかったことに動揺を抑えられない。どうして話してくれなかったのだろう。

　ジェマは必死に、ルーカスに冷静さを取りもどさせようとしている。

「そんなはずはないわ、ルーカス。何かの間違いよ。殺されたとしても、疑わしいひとはほかにいくらでもいる。ガゼボを建てていた作業員とか、ウェイターとか、そういった赤の他人かもしれない」

ニーナが見つめていると、ルーカスは手をのばしてジェマを引き寄せ、キスをするのかと思うほど顔を近づけていく。

「ジェマ、残念ながら、ぼくは疑う余地は一切ないと断言できる。ここに来ている誰かが、ぼくの家でぼくのテーブルについている誰かが、妹を殺したんだ。それがいったい誰なのかをぼくは突きとめる」

ニーナは口を手で押さえ、悲鳴をこらえた。アレックスが死んだあの朝、そしてルーカスが〝自分は許されないことをした〟と言ったあのとき以来、ニーナはルーカスがアレックスと口論したことで自分を責め、憔悴《しょうすい》しているものと思いこんでいた。死因審問の日が来るまでのあいだ、ルーカスは不安げで落ちつかない様子だったが、当日が過ぎてしまえばきっと傷も癒《い》えるのだろうと思っていた。ところがそうではなく、ルーカスはこのイベントを計画することに執着しはじめ、細部に至るまで完璧《かんぺき》にしようと、異様なまでに力を注ぐようになった。

ルーカスがニーナに頼んできたのは、まず全員に同じ衣装を仕立てることだった。それから予想していたとおり、部屋も同じように飾りつけ、料理も一年前とまったく同じものを出すようにと言われた。当然ながら、なぜそこまでするのかと尋ねてみたけれど、すべてゲームのためであり、質問は一切しないでほしいと言われるだけだった。その意気込みがあまりにも強すぎて、決意の固さは鬼気迫るものがあったので、言い争おうとも思えなかった。それだけ夫婦仲は脆《もろ》くなりつつある。

初めのうちは、ルーカスがアレックスの死を誰かのせいにしたいだけなのだと思っていた。あの夜を再現して、誰かが冷酷で悪意のある言葉を吐いたことを突きとめ、それが若く傷つきやすいアレックスを追いつめたのだと。そう思っていた矢先、ニーナは自分に渡されたキャラクターの説明を読んで、自分も夫の友人たち同様に信用されていないのだと悟った。

これまで一瞬だって、ルーカスが妹の死を殺人と信じているなどと考えたことはない。それなのに、ルーカスがジェマに話した内容からすると、妻であるニーナも容疑者のひとりなのだ。そんな可能性を少しでも夫が考えたのかと思うと、それまでの憔悴が熱い怒りに変わっていく。あまりにもひどすぎるではないか。

「ルーカス、話があるの」ニーナはできる限り冷静な声で言った。

「あとにしてくれ、ニーナ」ルーカスが低い声で言う。「いまはジェマと話している」

ジェマが両手をあげ、掌《てのひら》を前に突きだす。「いいえ、ルーカス。話は終わりよ。奥さんと話して。そうするべきよ」

そう言ってジェマは踵《きびす》をかえし、歩き去っていった。ダイニングルームではなく、角を曲がって北側のテラスのほうに。

「ニーナ、時間がないんだ。ぼくはゲストのところに戻らないと」

「はぐらかそうとしないで、ルーカス・ジャレット」怒りに声が震えるが、怯《おび》えだと思われないことを願う。「わたしに疑いをかけるなんて、よくもできるわね。そんな権利があなたにあるの？　そうやってわたしのことをずっと疑っていたなら、どうして何も言わずに平然と過ごせたの？　あなたは最低《テアン・バター》よ」

　ルーカスは唇を引き結んでニーナを見おろす。「きみは嘘をついた。そんなことはすべきじゃなかった」

「何を言っているの。わたしがいつ嘘をついたというの？」

「アレックスが死んだ夜にきみがいた場所だよ。部屋にいたと言っていたけれど、実際はいなかった」ルーカスは人差し指でニーナの顎《あご》を上に向けるが、ニーナは素早く振りはらう。「あの夜、ぼくはきみを捜しに来た。寝室にはいなかっただろう？」

　ニーナが答えたり説明したりする間も与えず、ルーカスはその場を歩き去ってダイニングルームに戻っていった。

　遠ざかっていく夫の背中をニーナは見つめる。この一年間ルーカスは、妻が嘘をついたのは何かを隠すためだと思いこんでいたのだろう。そして、それは間違っていない。ニーナは夫とアレックスの言い争いを見たという事実を隠していた。

　湧いてきたときと同じ速さで怒りが引いていき、代わりに悲しみがニーナの胸に広がる。急に力が抜け、ガーデンチェアの背もたれをつかんで身体を支える。自分は何をしたと思われているのだろう。嘘をついたことだけを怒っているのか。それとも、もっと大きな疑いをかけられているのか。喉《のど》が絞めつけられる気がして、唾《つば》を必死に飲みこむ。もう泣くのはこりごりだ。いまは夫の手助けをしつつ、自分がなぜ嘘をついたのか理解してもらわなくては。

このまま寝室に行ってベッドにもぐりこみたい気分だった。けれども、そんなことは絶対にしない。ダイニングルームに戻り、ルーカスに何を手伝えばいいか訊《き》かなければならない。

41

わたしはひとりきりになれて嬉《うれ》しかった。屋敷の北側は影が長く、外気も涼しく感じる。ルーカスは悲しみのあまり正気を失ったとしか思えない。アレックスはポルスキリンをほとんど離れなかったそうだし、ここの暮らし以外の生活を送っていたとは考えにくい。それなのに、彼女が殺されたなどと考えるのはどうかしている。だったら、どうして死にたい理由を説明するような動画を残しておくのか。ルーカスは死因審問のとき、死因への疑いは一言も口にしなかった。なぜいまさら、そんなことを言うのか。

疑問はかぞえきれないほど湧いてくるが、答えはひとつも見つからない。

二通目の封筒を右手に握りしめたままだということに気づく。ゴミ箱を探すべきか、それとも読むべきか。なかにはさらなる脅しの文句があるのか。わたしやマットについて、もっと暴露すべきネタを持っているのか。いずれにせよ、中身は確認しなければいけない。

それはゲームの指示が書かれたリストだった。壁際のアンティークのライトに近寄り、薄明かりのなかで読んでみる。

●ステージ1の行動目標

キャラクター名　ジェマ・ハドソン

あなたは一年前の今夜に聞いたこと、見たことを思いださなければならない。わたしたちは同じ部屋で席につき、同じ服を着て、同じ料理を食べている。当時の会話や様子を思いだし、配られたメモ帳に書きしるすこと。

ひとりずつ、全員の動機を考えること。

誰が何をしていたか、誰が誰と話していたかを思いだすこと。
あの夜、あるいはどの時点でも、何かおかしなことを聞かなかっただろうか。それが動機を示すものとならないだろうか。

あなたはアンドリュー・マーシャルの隣にすわっている。どんな会話をしただろうか。今夜、アンドリューが当時どこへ行き、何をして、誰と会ったのかを訊いてほしい。そして、彼の話が真実なのか、嘘で塗り固めてあるのかを見極めよう。

嘘はメモすること。

ゲームは今夜だけでは終わらない。明日、あなたたちは自分が見たこと、聞いたことを報告する。

この方法によってのみ、われわれのなかの殺人犯を捜しだすことができる。

わたしは椅子を壁際の暗い影のほうに引いて、どさりと腰をおろす。喉の奥の灼《や》けつくような感覚とともに、ルーカスがとことん本気であることを実感する。わたしたち全員が、本当に容疑者とみなされている。

アレックスを殺した犯人をわたしたちのなかに見つけたら、ルーカスはどうするつもりなのだろう。

とつぜん、夫もほかのゲストもいない場所にひとりですわっていることが怖くなる。わたしは殺人犯に都合の悪い事実を知っているのだろうか？

そんな考えを振りはらう。きっとルーカスの考えすぎだ。本当に確信を持っているのなら、警察に知らせているはず。

話し声が聞こえてきたので、皆がテラスに出てきたようだ。ルーカスが声を張りあげ、わたしがもうすぐ戻ってくると告げている。あんな会話をしたあとで、どうしてそんな考えになるのだろう。

　とはいえ、ルーカスは間違っていない。

　足音が近づいてくるのが聞こえ、鼓動が速まる。角を曲がって姿をあらわしたのがアンドリューだったので、わたしは安堵《あんど》する。そして、はっとした。このひとのことだって、わたしは何も知らないではないか。立ちあがって明るいほうへ行きたかったが、テラスの手前にアンドリューが立っている。不安な気持ちが伝わったのか、それ以上は近づいてこない。

「捜していたんだ。だいじょうぶかい」

「いいえ。あなたはどう？　ルーカスにあんなことをされて、だいじょうぶなひとがいるのかしら。あなたは気づいていたみたいね。彼がわたしたちのなかから犯人捜しをするために、ゲームをするってこと」

「なんとなく予想はしていたけど、それでもひどく驚いてる。ただ、あのルーカスだからな。いつもあいつは自分なりの計画を立てるタイプで、子どものころからそれは変わらない」

「たとえば、どんなふうに？」

　アンドリューはゆっくりと長いため息をつく。「一言では言えない。ルーカスは優しくて思いやりもあるけど、時々おれたちを観察しているような気がするんだ。まるで、おれたちを使って実験をしているみたいに。だから皆、望まれたことにはいっそう力を入れて応《こた》えようとしちまう。そうしなければ家に招待されなくなる気がして」

「なんだか、それってひどい」

　アンドリューが首を左右に振る。「皆、あいつを喜ばせたい一心でやっている。そのせいで、普段ならやらないことまでやってしまう。あいつがおれたちを鼓舞してくれるから、むしろいい影響を受けている気がしてしまう。あいつのお蔭《かげ》で成長できているような」

「あなたたちにどんな影響があろうと、わたしは喜んで彼に抵抗するわ。今後二度と家に招待されなくたって構わない。ゲームはやらないとルーカスに伝えてある。まさか、あなたまで彼の言いなりになるつもりじゃないわよね？」

　アンドリューは黙りこんだままわたしを見据えたあと、うなだれる。

「嘘でしょ、アンドリュー。こんな話を信じているわけじゃないでしょ。アレックスが殺されたなんて」

「参加をやめればいいとか、そういう簡単な話じゃないんだ」

「どこからどう見ても簡単でしょ！　どうして皆がルーカス・ジャレットという男に踊らされなくちゃいけないの。少なくとも、わたしは降りる」

「でも、おれたちのなかにはほかに選択肢のない者もいる」アンドリューの声には、それまでに聞いたことのない苦々しい響きが含まれている。「ともかく、皆は家のなかに戻っているから、おれたちも行って何か食べよう。食事が喉を通るならね。おれは無理そうだけど」

　おそらくはささやかな抵抗がしたくて、わたしは黙ったまま腰をあげずにいる。するとアンドリューが手をつかんできたので、わたしは渋々立ちあがる。

42

ジェマとアンドリューがダイニングルームに戻ってきたので、ニーナは顔をあげる。好戦的な雰囲気をまとっているところを見ると、ジェマはゲームをやめさせようとするつもりなのだろう。ルーカスの望みに応える義理のない人間なのだから、当然かもしれない。ニーナには、ほかの友人たちが応えてしまう理由がわかる。ルーカスに従う習慣がついてしまっているのだ。それでも、アンドリューだけはちがうと思っていた。ほかの者たちより自信に満ちているし、ルーカスの計画を妨害する者がいるならアンドリューだろうと予想していた。けれども、もしかすると失うものが最も大きいのがアンドリューかもしれない。ルーカスはその人脈の広さで、アンドリューの顧客になりうる著名人や富裕層を数多く紹介している。そういった人々にとって、熟練した腕を持つ操縦士つきのクルーザーは需要が高い。ルーカスの一声で、アンドリューの生活の糧はいとも簡単に失われる。

ニーナは料理の皿がひとりひとりの前に並べられるのをただ見つめる。いつもなら誇りを持ってその様子を見守るのだが、今日はちがう。昨年とは異なり、今夜はナイフやフォークのぶつかり合う音がしない。誰もフォークすら持とうとしないけれど、グラスのなかのワインは驚くほどのハイペースで飲み干されていく。

ルーカスがひとりひとりを順番に見据えていく。ほとんどが視線をそらしていたが、最初に口をひらいたのはジェマだった。

「いったいわたしたちに何をさせたいの？　わたしがあの夜にアンドリューと話していたのは、ほとんどが仕事のことよ。そんなことがなんの役に立つのかしら」

　ルーカスはテーブルを指で叩《たた》きながら、こわばった声で言う。「さっき渡した行動目標に、すべてわかりやすく書いてあったはずだ。ひとりひとりにメモ帳を渡す。それを使ってくれ。ほかにわからないことがある者は？」ニーナは立ちあがり、部屋から飛びだしてしまいたかった。こんな夫を見るのは耐えられない。何を意図しているにせよ、このような行ないで夫は自分を追いつめているも同然ではないか。「食事が終わったらテラスへ移動する。そのあとひとりずつ、あの夜と同じように動いてほしい。そうすれば、空白の時間がある者を見つけられる。これでいいかな、ジェマ？」

「そんなことをしても、なんの証明にもならないわ」ジェマが声を張りあげる。「このなかに、あの夜の居場所を説明できないひとがいたとしても、アレックスを殺したことにはならないわ。動機は？　それに、どうして警察に連絡しなかったの？」そこで間を空けるが、ルーカスは答えようとしない。「アレックスが自殺をほのめかす動画を残していたことはどう説明するの。死因審問にはわたしも出席したけど、死因が自殺だと断定されても、あなたはなんの声もあげなかったわよね。どうしてなの」

「ぼくなりの理由があるからだ」ルーカスが言う。そしてジェマを鋭い目で見据えてから椅子を引くと、勢いでそれが床に倒れてもまばたきもせず、立ちあがって腰に手を当てる。「ぼくの頼みは嫌なことかもしれない。こんな要求をされるのは不合理だし、面倒で理不尽かもしれない。罪のないひとを付きあわせるのは、心から申しわけないと思っている。絶対に、あとで埋めあわせはすると約束する。だから協力してほしい。この部屋のなかに、アレックスが死んだ経緯や理由などどうでもいいと思う者がいたら、立ちあがってそう言ってくれ」そこで言葉を切り、ルーカスはジェマからアンドリューに視線を走らせる。まるでそのふたりが、この計画のいちばんの脅威であるかのように。「ぼくの妹の死が本当にどうでもいいことなら、それはそれでいい。席を立ち、出ていってくれ。けれども、まだ若かったあの子が、きみたちのよく知っているあの子が命を落としたことを重く受けとめる者は残ってくれ。一年前に、このテーブルについている誰に殺されたのか。それを突きとめるこのゲームに協力してくれ！」

最後の言葉は叫びになっていた。部屋の空気はとてつもなく重く、誰も口をひらかない。

静寂はとつぜん、門のブザー音によって破られた。

これもルーカスが仕掛けたのだろうか。そう思ったが、ニーナは夫の顔をひと目て、そうではないことを悟った。邪魔が入ったことに、憤懣《ふんまん》やる方なしといった顔をしている。

ニーナは立ちあがって言った。「わたしが見てくるわ」部屋から逃げだせる口実ができて、胸を撫《な》でおろす思いだった。

43

ステファニー・キング部長刑事はアンティークの外灯の近くに車をとめた。まだすっかり暗くなったわけではないのに、外灯はすでについている。静まりかえったポルスキリンの地に足を踏みだしながら、明かりがあることにほっとする。ルーカス・ジャレットの自宅の敷地は美しいのだが、どことなく恐ろしげな雰囲気がある。屋敷の窓から明かりは見えず、陽の翳《かげ》りつつある空を映しているだけだ。とはいえ、向かって右側の部屋からは揺らめくような光が見える。キャンドルの炎のようだ。今日訪ねていくことが、何かの妨げにならないことを願っていた。明日がどんな日であるかは、こちらも重々承知しているのだ。

　正面口に近づいていくとドアが開き、小柄なニーナが出てきた。約一年前、ルーカスと結婚式を挙げるはずだった女性だ。戸口に立ち、背後からランプで照らされている。ステファニーは近づいていって初めて、ニーナが泣き腫《は》らした目をしているのに気づいた。こんな夜に訪ねていくのはよくないとわかっていたが、明日まで放置しておくよりは多少はましだろう。明日になれば、ステファニー以外の捜査員が担当になることもあり得る。トータルで考えれば、まったく事情を知らない者が来るよりもいいはずだ。少なくとも、ここで何があったのかステファニーは把握している。

「こんばんは。こんな遅い時間にすみませんが、少々お聞きしたいことがあって来ました。覚えていらっしゃらないかもしれませんが、わたしは去年も来た者です。ステファニー・キング部長刑事です」

　ニーナの腫れた目がみひらかれる。「刑事さん？」

「ええ。刑事部に異動しました。こんな日にお訪ねするのもどうかと思ったんですけど、お話をうかがうのであれば、わたしがいいかと思いまして。よろしいでしょうか、ミス……」

「ミセスです」ニーナは答える。「ミセス・ジャレットです。ルーカスとわたしは結婚しましたから。お入りください。ルーカスにはまだ知らせていません。来客と一緒にいるので」

「お客さまが？　申しわけありません。お邪魔して悪いのですが、ご主人に少しだけ顔を出していただいて、お話しさせてもらえませんか。おふたりのどちらにもお聞きしたいことがあるんです」

　そのときドアが開き、キャンドルの炎とテーブル上の白と緑の花がちらりと視界に入った。ひとりの女性が部屋から玄関ホールに出てくる。ステファニーとニーナを目にすると、軽く会釈した。

「お話し中にごめんなさい、ニーナ。すぐにすむわ。ルーカスに、わたしはゲームはやりたくないと伝えたの。だから部屋に行くわね」女性が言う。

　ニーナは戸惑ったような視線をステファニーに向け、それから女性を見る。

「すみません、もしかしてあなたって、去年の……お祝いに来ていませんでした？」ステファニーは結婚式という言葉を控え、そう言った。

「ええ。チャンドラ・トランです」

「そうですか。でしたら、あなたにもお話をうかがわせてください。ほかに、あの日に来ていた方はいらっしゃいますか」

　ぎこちない沈黙が流れたあと、ニーナが口をひらく。「はい。去年と同じお客さまが全員いらしてます」

ステファニーは驚きを顔に出さないよう努める。いまさら通夜のようなことをやっているのだろうか。チャンドラ・トランが言っていたゲームとはなんなのか？

「それでしたら、皆さんご一緒にお話しさせていただけませんか。お時間は取らせません」

チャンドラがダイニングルームに戻っていき、ステファニーとニーナがすぐあとに続く。ドアが開けられたとき、なんの音もしないことにステファニーは驚く。これだけの人数がいるのに、会話のざわめきもなく、ナイフとフォークのぶつかり合う音すら聞こえないのだ。

ニーナに続いて部屋に入っていき、さりげなく部屋全体の様子を観察する。奇妙な光景だった。客人たちは誰もが祝いの場に出席するかのように着飾っていながら、ひとりとして笑顔を浮かべていない。

それぞれの席にはメモ帳とペンが置かれている。ステファニーのところからいちばん近い者のメモ帳を見てみたが、何も書かれていない。

「ルーカス、こちらはステファニー・キング部長刑事よ。覚えているかしら」ニーナが言う。

ルーカスの表情からは何も読みとれないが、ステファニーの訪問が喜ばれていないことは間違いない。険しい視線がニーナに向けられている。

「ミスター・ジャレット、遅い時間にお邪魔して申しわけありません。じつは、ポルスキリンと関係する可能性がある件について、調査をしているんです」

「ということは、ぼくの妹の自殺と関係はないんですね」

その声には驚きが含まれており、部屋の張りつめた空気がわずかに緩んだような気がした。

「ええ。じつは十カ月前、リディア・ダルカという若い女性の捜索願が出されました。ルーマニア出身のその女性は、去年のいまごろイギリスに入国したばかりで、仕事を探していたそうです。そして行方不明になったようです」

「それはお気の毒ですが、十カ月前のことでしたら、なぜいまごろ調べているんでしょうか」

「もちろん過去に、できる限りのことは調べました。ですが、最近になって新しい情報が入ってきたんです。リディアの家族がお金を出して、英語の話せるリディアの従姉《いとこ》をコーンウォールに送りこみ、失踪《しっそう》事件のことを調べさせたのです。最後に母親がリディアと話したのは、ちょうど一年前の今夜ということでした。そのときの話によれば、リディアは翌日に大規模な結婚式が行なわれる屋敷があると聞いて、そこへ向かったというのです。仕事がもらえないかと思ったようで。だいぶ遅い時間だったということですが、ちょうど一年前の今日、ポルスキリンを訪ねてきた可能性があるかもしれないと思って、おうかがいしているわけです」

ルーカスが眉根《まゆね》を寄せる。「去年いらしたならわかると思いますが、ここにはかなり大勢の人々の出入りがありました。夜遅くまで残っていた作業員もいましたけれど、誰が応対したのかはわかりません。十カ月まえというと、なぜ二カ月も捜索願が出されなかったのでしょう」

「どうやらリディアと母親は口論になったようでして。遅い時間に、見知らぬ土地で人気《ひとけ》のない道を行くのは危ないと言われたみたいです」

「まあ、お母さんの言うことはもっともですね」

そう言ってルーカスは哀れむような表情をするが、それが取りつくろったものであることはステファニーに見てとれた。

「リディアの母親は数日間娘から連絡が来なかったので、きっとヘソを曲げているのだと思ったそうです。ですが、電話をかけてみても応答がなかったとか。われわれも当然ながら彼女の携帯電話を調べましたが、プリペイドのＳＩＭを購入していて、もう使えなくなっていました」

「刑事さん、すみませんけれど、ご覧のとおりディナーの最中なんです。それだけ時間の経っている事件でしたら、また明日お話しさせてもらうわけにはいきませんか」

　表面上は慇懃《いんぎん》さをかろうじて保っているが、ルーカス・ジャレットは明らかにステファニーを追いはらおうとしている。しかし、簡単に引きさがるわけにはいかない。

「お時間は取らせません。誰かが訪ねてきたのを覚えていらっしゃらないかと思いまして。どなたか、その女性を見かけたり、話したりした方はいませんか。これがいま入手している写真なんですが、もっと最近のものを取り寄せているところです」ステファニーはスマートフォンを差しだし、解像度の低い写真を全員にまわして見てもらう。下から撮った自撮り写真で、顎《あご》が顔のほかの部分よりも大きく写っている。「リディアは二十二歳で痩《や》せ型、中背で、英語はほとんど話せません。少なくとも当時は。母親によれば、仕事を探していたなら髪はアップにして、お団子にまとめていたはずだそうです。この写真のように」

　その場にいる男女の顔を見まわしてみるが、誰もがあまりステファニーに注意を払っていない。何も言葉には出されていないが、ここでは何かが起きている。そんな空気を感じた。全員が口を閉ざし、ステファニーが去ることを望んでいる。とはいえ、それぞれが互いに信頼しあっているような印象はまったくない。誰かと目を合わせている者がひとりもいないのだ。花を見つめていたり、向かいの誰かの頭上の壁を見つめていたり、グラスのなかのワインを見つめていたり。チャンドラと、ステファニーの記憶が正しければジェマ・ハドソンという女性のふたりだけは写真をきちんと見てくれたが、ほかの者たちは一瞥《いちべつ》しただけでろくに見ていない。

「こんな顔の女性を見た覚えがあるひとはいませんか。今夜このようなことをうかがうのは大変心苦しいんですが、どうしてもお訊《き》きする必要があるんです」

そう話しながら、ステファニーの視線が目の前にある空席をとらえる。名前のカードがシルバーの皿にのっている。

アレックス。

思わずルーカスの顔を見あげるが、いたって冷静な視線がかえってくるだけだった。ステファニーは自分がどういう場に踏みこんでしまったのか、まったく見当もつかない。やはりべつの捜査員を送りこむべきだったのだろうか。

44

刑事はわたしたちの名前を書きとめて帰っていった。なかには気乗りしない様子で名のる者もいた。警察のコンピューターに自分の情報が保存されるのは、いくらやましいところがない人間でも、嬉《うれ》しくはないだろう。

あの刑事のことは覚えている。当時もいまも感じたのは、友人や味方だったら心強い女性ではあるが、敵にまわすと怖い相手という印象だ。刑事は名刺を炉棚の上に立てかけて置き、あの夜に何か聞いたり見たりしたことがないか、考えてほしいと言い残していった。まさにそれが今夜のわたしたちにとって、唯一の話題だということも知らずに。その名刺がわたしを見つめ、手に取って電話をかけろと呼びかけてくるような気がする。

ここで何が起きているのか、そしてルーカスが何を疑い、わたしたち全員に何をさせているのか、刑事に伝えたかった。誰かがアレックスを殺したとなれば、それが真実かどうか定かでなくとも、ルーカスはなんらかの復讐《ふくしゅう》をしかねない。もしルーカスの疑念が本当だとしたら、このなかの誰が危険にさらされているのだろう。

キング刑事が去ってからは、誰も口をひらいていない。皿に盛りつけられた料理が目の前に置かれているが、わたしたちはそれが礼儀であるかのようにフォークでつついているだけだ。そんなことをする必要はないのに。

ルーカスは唇を固く引き結んでいる。刑事が来たせいでゲームが中断させられ、張りつめていた糸が切れてしまい、いまはそれを張りなおそうとしているかのようだ。

またチャンドラが立ちあがり、ドアのほうに向かう。

「アンドリュー、きみのフィアンセに席に戻るよう言ってくれ。全員に、ぼくのやり方でプレイしてもらう必要があるんだ」

ゆっくりとアンドリューが椅子を引き、立ちあがってチャンドラに歩み寄る。一瞬、ルーカスに言われたとおりにするのかと思ってぞっとしたが、ちがった。腕をのばし、アンドリューはチャンドラの両肩に手を置く。その頬は、かろうじて怒りをこらえているかのように紅潮している。

「いいかげんにしろ、ルーカス。チャンドラはおれの奴隷じゃない。好きなように行動する自由がある」

　ゆがんだ笑みがルーカスの顔に浮かぶ。「ほう？　チャンドラ、ぼくはディナーのあとに誰がアレックスと会ったり話したりしたのか知る必要がある。きみが部屋を去るとなると、パズルの一ピースが欠けてしまうから、誰かが謂《いわ》れのない責めを受けるかもしれない。それでもいいのか？」そこで言葉を切り、チャンドラとアンドリューを交互に見やる。「もしかすると、そろそろ最初の秘密を暴く時間なのかもしれないな。どうだ、アンドリュー。きみから始めようか」

　チャンドラがアンドリューの顔を見あげ、下唇を噛《か》んでから言う。「あなたが望むなら、部屋に残るわ」

　アンドリューがうなだれる。「ありがとう」やっとのことで声が絞りだされる。またしてもルーカスの勝ちだ。

　チャンドラが静かに席へ戻ってきたので、わたしは身を乗りだし、チャンドラの腕をそっと握る。やがてアンドリューがわたしたちのあいだに戻ってくる。

　ルーカスが両肘《りょうひじ》をテーブルについて前のめりになる。「全員がぼくの意図を理解してくれているだろうね。もちろんひとりは不在だが、この部屋にいる全員が、アレックスを殺した犯人をぼくと一緒に捜すことになる。何をするかは行動目標に書いてある」

　そう言って、ルーカスは椅子の背にもたれる。

　マットがイザベルのほうを向く。何を話しているのか知りたかったが、ささやくような小声なので聞きとれない。マットは指を鉤爪《かぎづめ》のように丸め、それからのばし、それを繰りかえしている。イザベルは皮肉な笑みとしか言いようのない表情を浮かべている。それでも頬は赤らんでおり、強気な態度を必死で保っていることをうかがわせる。

　あの夜マットがどこにいたのかは知らないが、帰りが遅かったことをルーカスに伝えるつもりはない。夫から直接話を聞くまでは。

　そのときふと気づいた。部屋にいる人間それぞれが、愛するひとが罪に問われるような情報を隠すことに決めたなら、ルーカスは目的を達成できないのではないか。

「メモを取ってくれ、さあ」わたしの思考を遮るように、ルーカスが声をかける。「また明日集まったときに必要になるから」

　わたしはアンドリューのほうを向く。

「わたしたち、どうするべきかしら。こんなことはやりたくない。あなたや皆を問いつめるようなことは」

「ジェマ、きみに隠すようなことがあるとは少しも疑っていないし、おれだって同じだ。だったら、言われたとおりにしてもいいんじゃないか」

　罪の意識で胸が痛む。わたしには隠していることがある。夫があの夜部屋にいなかったこと、居場所すらわかっていないことを隠している。

　そんな思いを悟られまいと、わたしは最初に質問をする。

「あなたはどこにいたの。誰と会ったの」

　アンドリューの頬から赤みが消え、日焼けした肌から血の気が引く。

「おれたちはニーナを除いて皆、テラスにいた。覚えているかもしれないが、踊ったりしている者もいたけど、音楽が変わったあとは全員すわっていた。そのあと電話がかかってきたので、おれは電波のいい果樹園のほうに向かった。アレックスを見かけることはなく、おれは電話が終わったあと部屋に戻ってベッドに入った。チャンドラはすでに戻っていた」

　そういえば、アレックスはアンドリューのすぐあとに去っていった。もしかして、果樹園までついていったのだろうか。

「どうやら動機も調べなきゃいけないようだから訊くけど、その電話で、誰かに聞かれると困るような話をしたってことは？　それを聞かれたとしたら、動機にはなるわよね」

　アンドリューは手をのばしてワイングラスを取り、ゆっくりとまわしながら赤黒い液体を見つめる。「そんな話はもちろんしていない」

　ストロベリーブロンドの髪に真っ赤な口紅を塗った若いメイドが入ってきて、ほとんど手のつけられていない料理の皿をさげていく。この異様な光景や、素晴らしい料理が手つかずのまま捨てられるのをどう思っていることだろう。

紙のように薄く切った牛肉の生ハム《ブレザオラ》に、細かく切ったオレンジ、セロリ、パルメザン・チーズがあしらわれた皿がさげられる。昨年は夢中になって食べた料理だというのに、いまは血のように赤い肉を目にすると吐き気をもよおしそうだ。

　意外にも、チャンドラがアンドリューの向こうから顔を出し、わたしに声をかけてくる。

「アンドリューの話が聞こえたわ、ジェマ。彼はわたしに気を遣って、余計なことを言わないの。電話の相手はわたしの父よ。わたしたちが結婚するにあたって、ある提案をしてきたの。内容はわたしも知っているんだけど、アンドリューが受けいれてくれて嬉しく思うわ。ルーカスが脅しをかけている秘密の内容は、それだと思う」

　チャンドラが優しげな笑みを向けるが、アンドリューは啞然《あぜん》としている。その提案がなんであれ、それをチャンドラが知っているとは思わなかったようだ。なぜかルーカスは知っていたわけだけれど。

　驚いたことに、チャンドラの話にはまだ続きがあった。

「それと、アンドリューはわたしを守ろうとして、部屋に戻っていたと言ってくれた。でも、本当は戻っていなかったの。いまになって言うのは、わたしが見たことが重要かもしれないと思ったから。ほかのひとの話の内容にもよるけど」

　アンドリューが後ろめたそうな視線をわたしに向けてくるが、どうして責められるだろう。わたしだってマットのことをかばおうとしていたし、チャンドラがいなかったことを隠したい気持ちはよくわかる。

わたしの居場所についてアンドリューに話そうとしたそのとき、ニックが初めて口をひらく。

「ルーカス、おれたちは誰もアレックスが殺されたとは思っていない。もちろんおまえの力にはなりたいと思うけど、正直途方に暮れているよ」

ルーカスの琥珀色《こはくいろ》の瞳《ひとみ》がニックを見据える。

「ニック、きみには妹がいる。もし、このなかの誰かが妹を殺したのだと思ったら、きみはどうする？」

ニックの顔つきを見ると、いまにも妹をだしにして不謹慎なジョークを言いだしそうだったが、思いなおしたらしく、ただ口を閉ざしている。

もう黙っていられず、わたしは切りだす。「きっとニックは分別のある人間のすべきことをやるわよ。警察に連絡するの。つい三十分くらい前に刑事が来ていたというのに、あなたは何も言わなかった、ルーカス。どうしてなの？」

自分が計画を妨害していることは自覚しているし、ルーカスはきっとわたしを呼ばなければよかったと思っていることだろう。わたしに容疑がかけられることはまずない。一年前のあの日より前に、アレックスに会ったことはないのだから。

「誰かがアレックスを殺したと確信する理由がなんなのか、教えてよ」わたしは食いさがる。

ルーカスと目が合い、その瞳の燃えるような感情に圧倒される。怒りをたぎらせているが、それはわたしに対するものではないようだ。

「ぼくの知っていることは話せない。犯人に有利になってしまうから。パズルのピースがひとつ足りないんだ」顎《あご》をあげ、ルーカスは胸を上下させながら呼吸を整えている。「アレックスは死んだ日の昼間にこう言っていた。このなかの誰かが、危険な秘密を抱えているのだと。おそらくは、アレックスが過去に巻きこまれた事件に関係している。妹はそれを暴こうとしていた」

誰もが凍りついたように動かない。少しでも動いて、空気を乱すのを恐れるように。けれどもわたしは気にしない。まだ言いたいことがある。

「じゃあ、どうして遺書のような動画を残したの」

「あのメッセージの受けとめ方はひとつだけじゃない。これだけは言っておこう。アレックスは死ぬことを望んでいなかった。望んでいたのは復讐《ふくしゅう》だ」

「それなら、一年も待ってからこんなことをするのはなぜ？　行動を起こすなら、すぐにやればよかったじゃない」

「ぼくは待っていたんじゃない。準備していたんだ。この計画を。今夜のために」

45

ポルスキリンからの帰路につきながら、ステファニーは戸惑いを抑えられずにいた。いったいあの場所では何が起きていたのか。故人を偲《しの》んで集まっていたとも考えられるが、一年前の印象からすると、アレックス・ローレンスと彼らが特別に親しかったとは思えない。もちろん兄のルーカスはべつとしても。友人たちは彼女の死に驚いてはいただろうが、心底悲しんでいる様子は見られなかった。それなのに今夜、あのなかの数人は目をみひらき、茫然《ぼうぜん》とした体《てい》であらぬ方を見つめていた。

行方不明のリディア・ダルカには誰も心当たりがなさそうだったが、一度だけ、ジェマ・ハドソンが何かを言おうとしていた。ところが思いとどまったらしい。

ルーカス・ジャレットの言っていたことは、おそらく正しい。結婚式が中止になったとはいえ、その準備のために大勢の出入りがあったのだから、たったひとりの若い女性に目がとまらなくても仕方がない。けれども母親によれば、リディアの到着は夜遅かったはずなので、来ていたなら覚えているはずではないか。ただし、門からなかに入れなかったとすれば話はべつだ。応対したのが家政婦で、門前払いされたのかもしれない。その可能性は充分ある。

それにしても、あの部屋のただならぬ雰囲気はなんだったのか。全員の席にメモ帳がひらいて置いてあったのも妙だが、もっと気になることがあった。ページ上に〝殺人ゲーム〟と書かれていたのだ。ディナーの席で殺人犯捜しのゲームをやるにしても、それを妹の命日にやるとはどういうことだろう。さすがに不謹慎ではないのか。

ステファニーはため息をつき、自宅の私道に車を入れる。これがポルスキリン以外の場所であればよかったのに、と思わずにいられない。あの場所の記憶が複雑に絡まりあっているのは、ちょうど一年前に浜辺で、ガスと数カ月ぶりに再会したからだった。

若い女性がみずから命を絶つほど追いこまれたことに悲しみを感じ、人生に希望が持てないことがどれだけ苦しいことかと考えた。自分もその前年に起きたことで、二度と立ち直れないような気がした。ガスと別れたこと、授かった新たな命を喪《うしな》ったこと。そんな経験をしたにもかかわらず、自分は生きのびていけるということを知った。そのあと、とつぜんガスがあらわれて自分の隣に立ち、その夜に会いたいと言われ、彼が自分を求めていることを知った。あのときの身体いっぱいに広がる温かい想いや、こぼれ落ちそうな涙、そしてもう強がらなくていいと知ったときの安堵《あんど》は一生忘れられない。

　ガスは一度も強がらなかった。数ヵ月前から復縁したいと言われていたのだが、ステファニーは自分の気持ちを認めることを恐れていた。一度彼を失ってあれだけ苦しんだというのに、もう一度失うリスクを負うことなどできるだろうか。けれどもアレックス・ローレンスの死んだ夜、ガスの腕のなかで心の動揺や痛みについて語り、そして何よりも互いへの愛を確かめあった。このとき、もう二度とガスを手放さないとステファニーは心に決めたのだ。

　明日で復縁してからちょうど一年となり、あれから状況は大きく変わった。ふたりの職場は数十キロも離れている。ガスはニューキーにある重犯罪捜査部に所属し、ステファニーはペンザンスで刑事となったので、通勤に時間はかかるし、休日を丸一日ともに過ごせることも、一晩じゅう一緒にいられることもめったにない。それなのにますます忙しくなりつつあり、ステファニーの不安は募るばかりだった。

　車を降りると、キッチンに明かりが見えた。ガスが帰宅している。顔を合わせられるのは嬉《うれ》しいが、もしかすると何か知らせがあるのかと思い、ドアを開けるのが怖くなった。ステファニーが聞きたくないような知らせが。

「ただいま」バッグを廊下の床に置き、ガスから目をそらしたまま言う。

「おかえり、ステファニー。そんなに身構えるな。べつに異動の知らせがあったわけじゃない。おいで」

ガスに歩み寄っていき、彼の腰に腕をまわし、首に顔をうずめて肌の匂いを吸いこむ。「帰ってきてくれて嬉しい」

「わたしもだ」ステファニーの髪に埋もれ、くぐもった声で言う。「食事は？」

「まだよ。あなたもまだなら、簡単にマカロニチーズでも作るけど」ゆっくりと身体を離し、キッチンに入っていく。

冷蔵庫のドアを開け、顔を見られないようにしながら気持ちを落ちつける。まだ異動はない。少なくとも今日はこれから一緒にいられるし、もしかすると明日もそうかもしれない。ステファニーは深く息を吸いこむ。

「どこへ行っていたか聞いたら驚くわよ。ポルスキリンなの。訪ねたのはあの屋敷で、ビーチではないけど。なんという偶然かしら」

ガスの顔に物問いたげな表情が浮かぶ。

「ほら、一年前のちょうど明日に自殺があった場所よ」

首を左右に振り、ガスが笑みを浮かべる。「わたしが忘れているわけがないだろう。ただ、どういう事情で行ったのかと思ったんだ」

「ジェイソンから連絡が入ってね」

ガスがうめき声を漏らす。

「そんな顔しないで。そこそこまともな警官になってきたわよ。わたしが刑事部に異動になって、毎日顔を合わせなくなったら、結構うまくやれるようになったわ。それはさておき、ジェイソンが今日デスクで仕事をしていたら女性が訪ねてきて、十カ月前に失踪《しっそう》したルーマニア人の女性について訊《き》かれたそうなの。当時は身の危険はなさそうだと判断して、どこかで暮らしているだろうという結論になった。それがいまになって、その女性はルーカス・ジャレットの結婚式の前夜に仕事を探しに出かけて、それを最後に失踪したということがわかったの。ポルスキリンを訪ねたかもしれないから、わたしが調べに行ったというわけ」

　ふたつのグラスにワインを注ぎながら、ガスが目をあげる。

「で、どうだった？」

「誰もその女性を見ていなかったから、収穫なしだったわ。でも、なんだか妙だったの。ルーカス・ジャレットのところにはお客さんが何人も来ていて、全員が着飾っていて、キッチンからは素晴らしい料理の匂いが漂っていた。まるでパーティをひらいているみたいだったけど、このタイミングでそれは変だと思わない？」

「たしかに、自分だったら妹の命日にパーティはまずやらないな。けれども、わたしの祖父はこう言っていたよ。〝人間ほど不可解なものはない〟ってね。死因審問も終わったことだし、何かの記念に集まっていたのかもしれないな」

「その可能性はあるわね。ただ、さらに奇妙なのは、去年と同じゲストが全員集まっていたということなの。式のまえの晩に泊まっていたひとたちね。その彼らが、なんとなく怯《おび》えているように見えたの。控えめに言っても、何かに戸惑っていたのは間違いないわ」

ガスはワイングラスをひとつ差しだして言う。「べつに穿《うが》った見方をしなくてもいいだろう。きっときみが訪ねていったとき、あの女性の自殺のことや、子ども時代の思い出なんかを語っていたのかもしれない。理由はいろいろ考えられるよ」

「だったら、去年も来ていたチャンドラ・トランというアジア系の女性が、皆でゲームをやるとか言っていたのはどういうことかしら。全員がメモ帳を前に置いていて、ひとりはそこに〝殺人ゲーム〟って書いていたのよ」

ガスはアイランド・キッチンに置かれたストゥールに腰かけ、カウンターに両腕を置いた。

「なるほど。それは確かに妙だと認めざるを得ないな」

「それだけじゃないの。テーブルには空席も用意されていて、〝アレックス〟という名札まで置かれていた」

目が大きくみひらかれる。「本当かい。それはちょっと変だな。大切な故人のために席を用意するという話は聞いたことがあるが、名札まで置くなんて。それでも、失踪した女性の件と関係はなさそうに思える。その女性はポルスキリンの門に着いたかどうかも定かでないし、目撃者もいないんだろう。もう一度彼らに話を聞きたいところだが、訪ねていく口実がないな」

「たしかにそうなんだけど、なんだかとても嫌な予感がするの。テレビ番組で、毎年同じ日の夜に集まって殺人を犯す集団があるっていうのを見たわ。もしもリディアが犠牲者だったらと考えてしまうの。次は誰が狙われるのかと」

ガスはうなだれ、額に手を当ててうめいた。「おいおい、ステファニー。それはさすがに妄想じゃないのか」

「まあ、いまのは極端すぎたかもしれない。だけど、女性がひとり亡くなり、ひとりが失踪している。どちらもポルスキリンという同じ場所で。どうしても気になるわ」

顔をあげ、ガスはステファニーに同意するような笑みをにやりと浮かべた。「それじゃ、これからどうするつもりだい」

「まだわからない。当時の家政婦を捜しだそうかとは思っている。アレックスの死後すぐに辞めてしまったんだけど、リディアを見ているかもしれないし。家に入らせたのか、追いはらったのかはわからないけど。いずれにせよ、訊いてみればわかるでしょう」

ステファニーはワインをひと口飲む。ポルスキリンでは奇妙なことが起きている気がするものの、正式な聞きこみをするには、もっとたしかな情報が必要だ。ただ、少なくともこの件について考えていれば、そのうちガスを失うのではないかという怯えを忘れられる。

46

家政婦と手伝いの娘がキッチンから次の料理を運んでくるが、誰も食べようとしない。ルーカスですらフォークでつつきまわしているだけで、ニーナは皿をただ見つめている。

流れる沈黙に耐えられず、わたしは自分が話すしかないと心を決める。

「言いたいことがふたつあるわ、ルーカス」そう言うと、マットが驚いた顔でこちらを見るが、構わずに続ける。「ひとつめは、アレックスが殺されたと断定しているのに、どうやって死んだと考えているのか、あなたが教えてくれていないこと。溺死《できし》したのは間違いないし、殺人の痕跡《こんせき》もなかったというのに。ふたつめは、アレックスの死が十二年前――いえ、いまはもう十三年前の事件に関係しているとあなたは考えているけれど、わたしの知る限りでは、アレックスの身に何があったのかは誰も知らないということ。誘拐されたということは知っているし、それだけでも悲惨なことではあるけれど。あなたはわたしたちに、何もかも話せと要求しているのに、あなたがすべてを話さないのはおかしいと思うわ」

ルーカスは両手をテーブルに置いて立ちあがり、前のめりになってわたしたちを見おろす。

「きみの言うことはもっともだ、ジェマ。ぼくはアレックスがどうやって死んだのかを知っているが、いまはそれを明かすつもりはない。犯人が誰であるか明らかになるまではね。情報を明かしすぎれば、真実を隠すチャンスを与えてしまうことになる。だが、アレックスの身に起きたことについてはこれから話そう」

ルーカスは壁際に用意されていたラップトップＰＣに歩み寄る。何度かクリックすると、壁に掛けられているテレビの電源が入る。わたしはよく見えるように身体をひねり、ほかのゲストに背を向ける。画面と皆の顔を同時に見ることができたらいいのに。

「アレックスはもう何年も、写真を撮られることを避けていた。それでも、去年の夏に一、二枚ほど撮っておいたものがある。だが、まずは子ども時代のアレックスを見てほしい。覚えている者もいるとは思うが」

この部屋で過去を知る者は、ルーカスの声に含まれる苦しげな響きに気づいたのだろう。それ以上ルーカスは何も言わず、スペースキーを叩《たた》く。画面に少女の写真が映しだされる。誰かが息を呑《の》む音が聞こえたが、すぐに口を手でふさいだようだ。

「十三歳の誕生日のアレックスだ」ルーカスの声がかすかにうわずっているが、無理もない。

顔にはあどけなさが残り、長い黒髪はポニーテールに束ねられ、顔に対してやや大きすぎる歯は真っ白で、わたしもよく覚えているグリーンの瞳《ひとみ》は美しかった。頬にはまだぽっちゃりとした子どもらしさが残っていて、満面の笑みが浮かんでいる。とても愛らしい。

「きみたちのなかには知らない者もいるが、アレックスの母親、そして悲しいことにぼくの母親でもあるひとは、酒飲みだった。アレックスの父親は五歳のときに他界してしまい、それ以来ぼくの妹は、ろくに世話もせず娘をこき使うばかりの、ひどい女のもとで暮らしていた。ぼくの父は耐えきれずにその女と別れることを選び、それから数年経ってアレックスが生まれた。父はなんの義理もないのに、不憫《ふびん》なアレックスに時々お小遣いをあげていたんだ。アレックスがぼくの妹であることは間違いなく、かわいそうに思っていたから。なのに、あの母親はそのお小遣いを奪ってはウォッカを買うのに充ててしまった」

わたしはアレックスの顔をもう一度見つめ、そんな悲惨な生活の翳《かげ》を探してみる。けれどもその顔に浮かぶのは若々しいエネルギーだけで、兄と一緒の時間を過ごすことへの喜びが伝わってくるだけだ。

「このときから約一年後、十四歳の誕生日の直後に、アレックスは家出することを決め、ぼくの父の家へ逃げこもうとした。けれども当時ぼくはニュージーランドに滞在していて、クリスマスを一緒に過ごすために父もそこに来ていた。それをアレックスは知らなかった。家には誰もいなかったので、濡《ぬ》れて冷えきっていたアレックスはサマーハウスに身を寄せた。そこをとても気に入って、よく隠れていたんだ。そして、なぜ妹の居場所がわかったのかは謎のままだが、疲れはて、濡れて冷えきったアレックスを奴らが見つけた」

　ルーカスがキーボードを叩く。一見、誰だかわからない少女の写真が画面に映しだされる。背後からいくつもの息を呑む音が聞こえ、今度は誰も抑えようとしない。

「これは、救助されてから二カ月後のアレックスだ。最初に見せた写真の、わずか十五カ月後の姿だ。これを撮ったことをアレックスは知らないが、ぼくは妹を襲った相手への憎しみを忘れないために残しておいた」

　画面上の少女は痩《や》せ細っている。ぽっちゃりとしていた頰はやつれ、目のまわりは隈《くま》で真っ黒だ。ひどく虚《うつ》ろな目をして、髪は乱れている。

「何があったのかようやく知ったのは、アレックスが死ぬ数カ月前のことだった。当時警察には話したそうだが、ぼくが知ったらあまりにも傷ついてしまうから、言えなかったそうだ」

　ルーカスの声が割れる。この二十四時間で初めて、わたしは彼に心から同情していた。

「アレックスは縛られ、猿ぐつわを嚙《か》まされ、頭に袋を被《かぶ》せられてヴァンに放りこまれ、ソールズベリー平原にある使われていない陸軍の演習場に連れていかれた。そしてそこにいるあいだ、身の毛もよだつようなレイプを受けつづけた」画面から顔をそらし、ルーカスはグラスを手に取ってワインを口にするが、飲みこむことすら苦しそうだった。写真から離れた視線は、反応を見せる者がいないかと部屋の隅々にまで向けられている。「妹をレイプしたのは、さらっていった連中だけじゃない。カネを払ってまで来た者もいた。さらった連中が、処女を奪わせるのにいくら取るかと言い争っているのを、妹はぜんぶ聞いていたそうだ。十四歳になったばかりの少女だ。カネを出す価値はあると思われたんだろう」

　胸がむかついて吐きそうになり、涙が溢《あふ》れてくる。背後から泣き声が聞こえてくる。おそらくニーナだ。ここにいる誰もが、こんなに幼い少女がレイプされることは衝撃的で、それがいかにおぞましい犯罪であるのかを当然知っている。けれども、ここまで身近に感じたことは一度もなかった。愛らしい小さな顔に、残忍な男たちひとりひとりの蹂躙《じゅうりん》の痕《あと》が刻まれている。

　見るのが怖かったが、あえて肩越しにマットの表情を見てみる。涙を浮かべた目は怒りに燃えている。

「アレックスは五日間拘束され、顔に袋を被せて縛られていたので、犯人の顔を見ることもできなかった。そしてようやく、あの最低な母親が何日も娘が帰っていないことに気づいて通報し、アレックスが行方不明となった事件が大々的に報道された。ぼくと父は当然ながら、ニュージーランドから飛んで帰ってきたんだが、着くころにはアレックスはすでに発見されていた。誰かが公衆電話からアレックスの居場所を知らせたようだったが、連中は見つかるまえに、アレックスの身体を過酸化水素水で洗い、ＤＮＡが一切残らないようにしたという。アレックスの身体には傷がたくさん残り、消えるまでに何年もかかった。犯人はひとりも捕まっていない。

その事件以来、アレックスはぼくの家で暮らすようになったんだ。その一年後に母親が死んで、ぼくの父が正式な保護者となった」

ルーカスは画面をクリックする。「そしてこれが去年のアレックスの写真で、死の一カ月ほど前に撮ったものだ。ぼくが近くにいることに妹が気づかないうちに、素早く一枚だけ撮ったんだ」

大人になったアレックスの顔をここまではっきりと見るのは初めてだ。昨年は一度も顔をきちんと見ることができなかった。長い髪がいつも両頬をほとんど覆っていたからだ。けれどもこの写真では髪は後ろに流されていて、かすかな鷲鼻《わしばな》が尖《とが》った顎《あご》のラインとよく合っている。とても印象深い顔立ちだ。表情は平静を保っているが、悲しみをたたえているのがわかる。

室内の誰もが息をこらしている。わたしは幼いアレックスへと思いを馳《は》せる。飲んだくれの母親から逃げだし、安全だと信じている場所へ逃げこんだはずが、そこには誰もおらず、ひとりきりだった。どれだけのパニックと恐怖に襲われたことか、その後に起きた事件を考えなくとも胸が痛む。

ルーカスは画面にアレックスの写真を映したまま、部屋をまた見まわす。沈黙が流れ、それを破ったルーカスの静かな声が、脳内に侵入してくるかのようだ。

「これで妹がどんな苦しみを抱えていたか、わかったか。どうしてぼくが、妹の死にざまについて知りたいのかわかったか」ルーカスはテーブルを平手で思いきり叩く。「妹は誘拐された夜、気になったことがひとつあったそうだ。そして結婚式のために全員が集まったとき、あの事件が起きた経緯について、ヒントになるようなことを聞いたと言った。それから警察に訊《き》かれた質問を、何度も何度も自分自身に問いかけた。どうして赤の他人が三人も、偶然父の家の庭にあらわれて、隠れていたアレックスを見つけたのか。そう考えて、妹は答えを見つけたかもしれないと言っていたんだ」

「警察がアレックスに質問をしていたのなら、結論は出ていたんじゃないのかい」ニックがそう言ったが、いままで聞いたことがないほど自信のなさそうな口調だった。

「警察は、アレックスが尾行されていたと結論づけたんだ。それが捜査の限界だったらしい」

「確かに、それが妥当な答えだろうな。なあルーカス、飲み物を取ってきてやるからすわっていてくれよ」

どうやらニックはなんでも酒で解決するタイプらしいが、ルーカスにその手は通用しないようだ。

ルーカスは両手の拳《こぶし》をテーブルに置いて言う。「ぼくは長い時間をかけてこの計画を立ててきたんだ、ニック。だから脱線させるようなことをしないでくれ。料理には誰も手をつけないようだから、去年と同じように、テラスに移動してみたらどうだろうか。そして、あの夜とまったく同じように行動してみてほしい。ダンスは除いて構わないが。そして、誰と会ったか、何時に会ったか、どの場所だったか、相手はどこへ行こうとしていたかをメモしてほしい。明日もゲームを続けて、それぞれの証言の食いちがいを検証したい。ここまでで、何か質問は？」

質問などない。ただひとつ、部屋へ帰っていいかどうか訊きたい気持ちはあったけれど。

「それでは移動しよう」ルーカスは腕をのばし、わたしたちが彼の先に立ってテラスへ出るよう促す。

ひとりひとりがドアを抜け、うなだれたまま外へ出る。アレックスの過去を聞いて胸を痛めなかった者はいないはずだ。だからこそ、全員がばらばらに散っていき、幼いアレックスの苦しみに思いを馳せるのがこの場にふさわしい気がする。それなのに、ルーカスはそんなことを許さず、全員を去年と同じ場所にすわらせ、自分の望みどおりに動かそうとしている。ニーナは加わらなかったが、去年もニーナは室内に残って片づけをしていたのだ。ダンス、音楽、そしてニックが場を盛りあげようとしていたことを覚えている。だが、しばらくしてそれも終わった。

夜が訪れるまえのわずかな時間帯は、夕暮れが影をより長く、暗く見せ、陽が落ちたあとよりも気味の悪い雰囲気になる。全員がここにそろっているあいだは安心していられるが、もうすぐアンドリューが去るし、ルーカスも去っていく。わたしもほどなく部屋へ戻ることになり、裏のテラスを通り、部屋のバルコニーに直結していて、人目につきにくい石段をのぼっていく。ルーカスの居場所も、アンドリューの目指していた場所もわたしにはわからない。アンドリューが怪しいのだろうか。暗がりのなかを歩いて部屋に戻ることがとつぜん怖くなり、マットがベッドに来るまで何時間もひとりで過ごすのが耐えがたくなってきた。

皆がルーカスの要求どおりに動き、チャンドラがテラスを出て屋敷の正面に向かったときにわたしは気づいた。昨年とまったく同じ衣装を今夜着るという考えに愕然《がくぜん》としたものの、効果があるのはたしかだ。まるで昨年の自分の目を通して物事を見ているようだ。わたしはマットのそばで身をかがめ、早くベッドに入ろうと誘ったのを覚えている。

　マットに目をやり、どうしようかと迷ったものの、そろそろわたしが去る時間が来ている。歩み寄っていくと、マットは一瞬怯《おび》えたような顔になり、わたしが何かとんでもないことを言いだすのではないかと身構えている。身を寄せてわたしは静かな声で語りかける。

「アレックスがここを去るまえ、あなたに話しかけていたのを覚えているわ。彼女はなんと言ったの、マット？」

　こちらを素早く向き、マットが言う。「アレックスに話しかけられたことなんて覚えていないよ、ジェマ。頼むから、変に勘ぐるのはやめてくれよ」

「忘れたとは思えないわ。それはともかく、去年と同じように、わたしはもうベッドに入るわね。今日はあなたを待ったりしないから」

　わざわざそう言ったのは、マットがわたしとの約束を守らず、すぐ寝室に戻ってこなかったことを覚えていると知らせたかったから。実際、夫が戻ってくる音は一切聞こえなかった。

47

　角を曲がってがらんとしたテラスに立つと、わたしは足をとめ、あたりを見まわす。誰の姿も見あたらないが、石段の手前にはアーチ状の屋根がついた暗い通路があり、何者かが潜んでいてもおかしくない。ダイニングルームのドアは開け放たれていて、キャンドルがすべて消えたいまは、ただ真っ黒な空間が広がっているだけだ。そこに誰かが潜んでいて、わたしが通るのを待ちかまえていたとしたら。昨年とはちがって、ニーナとルーカスが言い争う声は聞こえてこない。

　そこから石段までは二十メートルもないはずだが、一キロにも感じられてしまう。わたしは靴を脱ぎ、温かい敷石の上を裸足《はだし》で歩き、何者かの足音が聞こえてこないかと耳をすます。部屋に続く石段の下にたどり着く。両開きの窓から明かりが漏れているので、安堵《あんど》のため息をついて駆けあがっていくが、のぼりきったところでふと足をとめる。鍵《かぎ》はずっとかけていなかったので、誰でも出入りできることに気づいたのだ。何者かが忍びこんだかもしれない。いまも潜んでいるかもしれない。

　窓を開けて室内の様子を見てみると、誰もいなかったのでようやく息ができる気がした。念のためにバスルーム、クローゼット、そしてベッドの下まで調べてみたが、やはり誰もいない。抽斗《ひきだし》を開けてみる。部屋を出たときと変わりないだろうか。何者かが忍びこんで、持ち物を探ったりしていないだろうか。わからない。痕跡《こんせき》らしきものは何もない。

　部屋にいると息が詰まりそうなので、バルコニーに出ていく。神経が昂《たかぶ》り、ざわつき、事態はルーカスの言葉どおりなのかと考えずにいられない。わたしたちのなかの誰かが、きわめて重要なパズルのピースを握っているのだろうか。

　氷のような寒気が背筋を走る。アレックスの顔を思いうかべ、哀れな少女が怪物のような男たちにどれだけ虐げられたかを思う。そしてアレックスは命を落とした当日まで、誰かに怯えていた。わたしたちのなかの誰かに。

ここに立ち、誰もいないテラスを見おろしている自分に身の危険があるのかどうかはわからない。石段を誰かがのぼってくれば足音は聞こえるだろうし、姿も見える。けれども寝室から何者かがやって来たら、背後なので気づけないだろう。不安な気持ちで肩越しに後ろを見る。やはり部屋には誰もいないし、廊下側のドアも閉まっている。あそこにも鍵があればいいのに。

林の向こうに見える海に目をやる。暗い海はどことなく恐ろしげで、誰かを呼び寄せ、待ちかまえているようだ。まるで今夜の餌食《えじき》となる者を求めているみたいに。風はそよとも吹かないので、響くのは浜辺を洗う波のリズミカルな音だけで、葉擦れのざわめきは聞こえない。話し声も、笑い声も聞こえない。皆はどこへ行ったのだろう。

わたしの頭の片隅には何かが引っかかっていて、不安すらも押しのけつつあったが、その正体はつかめない。ルーカスが昨年撮ったというアレックスの写真が気になるのだが、その理由がわからない。

なんと落ちつかない気分なのだろう。寝る準備を整え、ベッドの上掛けの上に横になり、ヘッドボードに頭がつくように横たわる。こうすれば二箇所のドアを同時に見張れるので、マットではない何者かが侵入してきたら悲鳴をあげるつもりだった。

廊下に面したドアを見つめながら、部屋の様子がどこかおかしいことに気づく。なぜなのかはわからない。バスルームに続くドアを見る。閉まっている。クローゼットのドアは少しだけ開いているが、おそらく自分のせいだ。マットによれば、そうやって閉めきらないことがよくあるらしい。箪笥《たんす》の抽斗、その上にある手つかずのアプリコットが入ったボウル。小さな本棚には昨年と同じようにペーパーバックが並んでいるが、隙間が一箇所ある。一冊だけ抜きだされている。

　サイドテーブルに目をやる。抜きだされた本はそこにあったが、わたしが取って置いたのではない。それはロマンス小説だったので、いまのような夫婦仲でそんなものを読む気にはなれないから、わたしが手に取るはずがない。

　本を手にする。誰が置いたのだろう。マットだって手に取るはずはない。

　ページのあいだから栞《しおり》のようなものが飛びでていたので、そこをひらいてみる。挟まれていたのは少女の白黒写真で、ログハウス風の建物の戸口に立っている姿を見て、誰なのかすぐにわかった。ここがルーカスの言っていたサマーハウスなのだろう。少女はカメラに向かってポーズを取っておらず、撮られたことには気づいていないようだ。

　顔をじっくりと見てみる。ルーカスが過去の写真を見せてくれなければ誰だかわからなかったと思うが、いまなら間違いなくアレックスだとわかる。口角がさがっていて、泣いている。戸口にもたれ、支えてもらわないと立てないかのようだ。わたしはさらに写真に目をこらす。アレックスの背後に誰かが立っていて、暗がりのなかでうなだれている。その姿は暗くてはっきりしないが、誰であるかは疑いようがない。マットだ。

　夫がアレックスを泣かせたのは、なぜなのか。そしてこの写真が、なぜここにいま置かれていたのか。

写真を裏がえす。そこには一言だけ書かれている。

〝動機？〟

いますぐにでもマットと話したかったが、居場所はわからないし、寝間着で捜しに行くわけにもいかない。この写真の意味はわからないが、誰かがアレックスの死にマットを結びつけようとしている。それが何者であれ、この部屋に忍びこんだことは間違いない。

室内を行きつ戻りつしながら、きっとこれは単なる嫌がらせの類《たぐい》だろうと自分に言い聞かせる。それからアレックスの死んだ夜のことを必死に考える。ルーカスの問いに答えることができれば、この場所から、この毒された空気から抜けだせるのだから。

写真のことを頭から締めだし、わたしは椅子をドアの前に押しつける。それでドアが開かなくなるわけではないが、開けたら椅子が倒れて音がするので、侵入者に気づくことはできる。何もしないよりはましだ。

あの夜の出来事の順序はすぐに思いだせない。部屋に戻ってきてすぐに、誰かが浜辺に向かっていくのを見かけた。そのあと、もうひとり向かっていくのが見え、それはアレックスにちがいないと思った。あるいは、そう思いこんだだけかもしれない。しばらくしてライトが消えた。

ほかにも覚えていることはある。どこかの時点で、インターホンのブザー音が響くのを聞いた。門のところに誰かが訪ねてきたのだ。もしかしたら、それが刑事の言っていたルーマニア人女性なのかもしれない。

　少しずつ、あの夜の記憶がよみがえりつつある。思いだしたこともある。ガゼボの白い屋根の下から、話し声が聞こえてきたこと。声の主はふたりいた。男性と、外国語の訛《なま》りがある女性。スタッフの誰かだろうと当時のわたしは考えた。イタリア人の家政婦とか。けれども、イヴァナは五十代後半のぽっちゃりとした女性で、声は低く、話し方もゆっくりのはずだ。聞こえてきた声は高く、快活な感じだった。

　もしかすると、あれが失踪《しっそう》したルーマニア人女性だったのか。

　そうだとしたら、その女性はどこへ行ったのか。誰と話していたのか。そして、なぜ誰もそれを刑事に伝えなかったのか？

　黙っていた人々の理由がなんであれ、この事実をなかったことにするつもりはない。刑事に連絡を取って、不確かな情報かもしれないけれど伝えなければならない。電話番号を知りたいが、名刺は階下のダイニングルームにある。この巨大な屋敷内をひとりで歩きまわることを考えると、ぞっとする。

　気持ちを奮いたたせる。わたしが誰かに狙われるはずはない。ここにいる人々と親しいわけでもないし、たとえ殺人犯が潜んでいたとしても、わたしの存在が邪魔になることはないはずだ。

　なんとなくではあるが、外よりも室内のほうが安全な気がしたので、わたしはスマートフォンを手にして屋敷内を歩き、名刺の写真を撮って現物はその場に置いておこうと決める。警察と連絡を取ろうとしていることは、誰にも知らせる必要はない。

椅子をどけて、ドアをゆっくりと開ける。廊下に人影はなく、どの部屋のドアも閉まっている。真っ暗で静まりかえった屋敷内を、足音をひそめて歩き、誰かに出くわすことを恐れながら進んでいく。誰かがいたとして、その相手が信頼できるのかどうかもわからぬまま。

ダイニングルームのドアは閉まっていたので、誰もいないことを願いながら、慎重に押しあける。

キャンドルは完全に消えていて、蠟《ろう》の濃厚な匂いが部屋に漂い、ルーカスが消し忘れたテレビの画面がぼんやりと光っている。人影が動くのが見え、わたしの心臓が飛びはねる。壁際に若い女性が立っていて、画面上のアレックスの写真を見つめている。驚いて息を呑《の》むと、それに気づいた女性も怯《おび》えた顔でさっと振りむく。ディナーの席で給仕をしていた、ストロベリーブロンドの髪のメイドだった。こちらを一瞬見つめ、まるでわたしに襲われるとでも思ったかのように、ドアに向かって全力で走りだす。ルーカスがあの子にも自分の仮説を話したのかもしれない。ちょうど片づけが終わったところで、ゲストはすべて床についたと思っていただろうに、そこへわたしが音もなく部屋に入ってきたのだ。ひどく怯えたにちがいない。

わたしはもう一度アレックスの写真を見て思う。ルーカスのやり方がどんなに常軌を逸していても、わたし自身も昨年の事件の真相をなんとしても知りたかった。アレックスが自殺したのであれば、なぜなのか。そうでないなら、誰が殺したのか。

考えている時間はない。刑事の名刺を見つけなければ。確か炉棚の上に立てかけてあったはずなので近づいてみるが、見あたらない。部屋の明かりをつけたら自分の居場所を全員に知らせるようなものなので、スマートフォンのライトをつける。

炉棚の上、ドレッサーの上、テーブルの上も探してみたが、刑事の名刺はどこにも見あたらない。

誰かが持ち去ったのだ。

48

ニーナは寝室で待っていた。ルーカスの指示に従うつもりはない。あの夜、家を出て日本庭園に行きはしたが、ルーカスとアレックス以外は誰の姿も見ていないし、声も聞いていない。だから、今夜わざわざ外に出ていく必要はない。

こわばった頬を手でマッサージしながら、ルーカスが戻ってくることを願う。アレックスの誘拐とレイプについて聞かされたことは衝撃的で、ニーナには夫の胸の痛みが我が物のように思えた。あの話を聞けば、こんな計画を立てたことも理解できなくはない。それでも、自分が夫に故意に嘘をついたと思われるのは心外だった。

ニーナはベッドの端に腰かけ、両手を太腿《ふともも》の下に押しこんで、ルーカスがドアを開けて入ってくるのを待った。

ふいに、ジェマが林のなかで見つけたピアスのことを思いだし、ニーナは立ちあがる。あれをルーカスに見られてはいけない。見たら夫はどうなってしまうことか。ひと目見てすぐに、アレックスのものだとわかった。死んだ日のディナーで身につけていたもので、きっとルーカスと揉《も》めていたときに外れて落ちたのだろう。

抽斗《ひきだし》を開けてピアスを取りだす。少し汚れてはいるが、長いあいだ野ざらしになっていた割には綺麗《きれい》で、軽くティッシュで拭《ふ》いたら新品同様になった。もしかすると、一年も外にあったにしては綺麗すぎるのかもしれない。アレックスのものではなく、あれに似ているだけなのだろうか。

ふいにニーナは胃のむかつきを覚える。綺麗なピアスが落ちていた理由を否応なく考えてしまったのだ。新婚一年目の夫婦仲は良好とはとても言えなかったし、ルーカスはほとんど家を空けていた。まえの年よりもずっと長い期間だ。帰ってきたときは、決して冷たいわけではなかったものの、近寄りがたい雰囲気をいつもまとっていた。そうやって距離を置かれる理由は、べつのところにあったのかもしれない。ピアスはルーカスからアレックスへのプレゼントで、大切なものだったはずだ。もしもアレックス亡きあと、それをルーカスがほかの誰かに贈ったとしたら。ニーナよりも大切な相手がいて、それがいまこの家にいる誰かであったとしたら。

ピアスを抽斗に放りこみ、力をこめて閉める。考えすぎだ。きっと最初に思ったとおり、一年のあいだ林にずっと落ちていたのだろう。最悪の事態を思い浮かべてはいけない。とはいえ、ピアスのことをルーカスに告げるべきか否か、ニーナにはわからない。

時間は遅々として進まない。ルーカスはおそらくゲストを見張り、彼らの行動や行き先を観察しているにちがいない。ニーナは窓に歩み寄った。寝室は東側に面していて、窓からは何も見えない。下に広がるテラスには誰もおらず、なんの音も聞こえない。

ふいに家の奥にあるダイニングルームから明るい色の服がちらりと見え、誰かが走って出てきたようだった。誰なのだろう。家の裏を照らすランプの下を通ったとき、誰なのかがわかった。メイドのエシーだ。ルーカスが来客中のアドリアンナの仕事を手伝わせるために雇ったのだ。勝手に決められたことに一瞬腹が立ったものの、ニーナが料理をしている際にはキッチンに立ち入らせないことを条件に、受けいれることにした。そして、エシーはその取り決めを守ってくれた。

ドアがカチャリと鳴り、ニーナは驚いて振りむいた。ルーカスが戻ってきたのだ。ドアを開けたところで立ちどまり、唇を引き結んでいる。怒りが熱のように伝わってきて、ニーナの心臓が跳ねる。

「ここにいるべきじゃないだろう、きみは。どうして一年前の今夜いた場所に行かないんだ」

信頼されていないことに苛立《いらだ》ち、ニーナはわめきだしたくなった。そのとき、アレックスの話をしていたルーカスの顔が思い浮かび、深い同情に怒りが掻《か》き消されていく。

「部屋に入って、ルーカス。あなたと話がしたいの。どうして嘘をついたのか伝えたいの」

ルーカスは言いかえそうとしたようだったが、結局何も言わず、一歩前に出てドアを閉める。そこに寄りかかって腕を組み、ニーナが話しだすのを待った。その態度を見て、ニーナはふたたび湧いた怒りをぐっと押さえつける。

「アレックスが亡くなってすぐ、あなたがあの夜のわたしの居場所など訊《き》く余裕もなかったとき、こう言ったわね。自分はひどいことをしてしまったと。〝とても許されない〟ことをしてしまったと」そこでニーナは夫の顔に目をやる。その目を見ると、この会話を望んでいないことだけは見てとれた。「ひどいことっていうのがなんなのか、わたしにはわかる。だからわたしはあの夜のことを一度も話さなかったの」

　しばらくのあいだ、ルーカスは身じろぎもせずにいた。それから大きく二歩進んでニーナに迫り、両肩に手をずしりと置いた。

「きみは何もわかっていないんだ、いいな？　何ひとつだ」

　ニーナは歯向かうように顎《あご》をあげる。「アレックスと喧嘩《けんか》していたでしょ。あの子は泣いて、あなたにすがりついていた。理由はわからないけど。あなたはあの子を揺さぶっていたわ、ルーカス。あなたがそんなことをするなんて信じられないけど、でも揺さぶっていた。それからアレックスを無理やり前に向かせて、小道を歩かせていった。あなたは自分が原因でアレックスが自殺したと思っているんじゃないの」声がうわずっていき、ニーナはそれをなんとか抑えようとする。「あなたは自分を責め、それに耐えきれないのよ。だから誰かほかのひとのせいにしたいんでしょう」

　驚いたことに、ルーカスはがくりと肩を落とした。身体からこわばりが抜けたような体で、ルーカスはニーナを抱き寄せる。

「ああ、そんな単純な話だったらどんなによかったか」そう言って、しばらく黙ったままニーナを抱きしめる。「聞かせてくれ、ニーナ。あの日に見たのはそれがすべてなのか。ぼくたちを尾《つ》けていたのか」

　ニーナは顔を引いてルーカスを見あげる。「尾けたりするわけないわ。そのあとはまっすぐ部屋に戻ってきたけど、あなたは事前に決めたとおり、別室で寝ることになっていた。だからこのことを話す機会は、アレックスの死がわかるまでなかったの。あなたが〝許されないことをしてしまった〟と言ったときよ。そして、あなたの顔を見たらとてもじゃないけれど話せなかった。もうすでに重すぎるほどの罪悪感を抱えていたあなたに、喧嘩を見てしまったことなど伝えられなかった」

　意外にも、ルーカスは安堵《あんど》したようなため息をついた。「ニーナ、きみは素晴らしい女性で、ぼくの愛しいひとだ。きみを疑ったりして本当にすまなかったよ。ぼくなんかはきみに釣りあわないし、一緒にいても不幸にするだけだ。こんなことになるはずじゃなかったのに」

　ルーカスにいっそう強く抱き寄せられ、ニーナは夫の胸に顔をうずめる。不幸にするだけとはどういうことなのか。さきほどの勘が正しかったのか。夫には誰かほかに女性がいるのか。そのことは考えたくなかった。リネンのシャツ越しに夫の肌の熱が伝わってきて、ボタンを外し、その肌を味わいたくなる。

　手をのばしていちばん上のボタンにかけようとしたとき、ルーカスが口をひらいた。「もうすぐ何もかも終わる。きみが許してくれることを願うばかりだ」

　ニーナの手がとまり、鎖骨のところにとどまる。「どういう意味？」

「どうか何があっても、きみが見たことは、ほかの誰にも話さないでくれ。話したらすべてが台無しになるし、ぼくはなんとしても友人の誰が犯人なのか突きとめたい。ゲームは続けなくてはいけない」

その言葉にショックを受け、ニーナはうつむいて顔を隠す。こんな愚かな茶番はもう終わりにして、ルーカスは自分の罪悪感から暴走していたのだと認めるかと思っていたのに。

アレックスとの喧嘩が原因でないのなら、なぜこれほどルーカスは自責の念にかられたような様子なのだろう。〝ひどいことをしてしまった〟と言っていたのは、いったいなんのことなのだろう。

49

ろくに眠ることもできずに夜が明け、わたしはベッドから出るときにもまだ、警察にどうやって連絡を入れるべきか決めかねていた。皆に声をかけるにしても、誰が刑事の名刺を持ち去ったのかと訊いてしまったら、電話をかけたいと思っていることをルーカスに知られてしまう。いったい誰のことなら信頼できるのだろう。夫であるマットさえも、信じていいのかどうかわからない。

マットが戻ってきたのは深夜零時過ぎで、一年前の同じ日よりもずっと早かった。わたしはベッドに腰かけてドアを見据えていたので、マットはドアを開けると一瞬びくりとしていた。

「脅かさないでくれよ、ジェマ」マットは両手をあげ、わたしに先んじて話しだした。「今夜のことで言いたいことが山ほどあるのはわかるけど、いまは話をする余裕はない。ぼくだって訳がわからないんだ」

そう言ってバスルームに向かおうとするので、わたしは急いで立ちあがってマットの前に立ちはだかる。

「これを見てほしいの」写真をマットの顔の前に差しだす。この状況では、いきなり本題に入るしかない。

マットはわたしと目を合わせ、それから写真に視線を戻し、受けとるべきかどうか迷うようなそぶりを見せた。

「いいからしっかり見て、マット。そして裏がえして」

渋々ながら写真を受けとり、マットは視線をアレックスの顔に落とす。そして裏がえし、そこに書かれた言葉を読む。明かりはベッドサイドのランプしかなかったけれど、マットの顔から血の気が一気に引いていくのがわかった。しばらく黙りこんだあと、やがてマットは写真をベッドに放りだした。

「こんなのは誰かの嫌がらせさ」

「誰かって、ルーカス？」

「わからない。そうかもしれない。あいつはこうやってぼくたちを刺激して、望むとおりの反応を引きだしている。苛立たせ、ぼくに対する疑念をきみに抱かせて、きみが知っていることをすべて暴露するように仕向けている。この写真を見てきみが何を思ったのか知らないけど、アレックスはまだ十代前半で、こんなふうに感情を昂《たかぶ》らせて泣くような年頃だった。どういう状況だったかは覚えていない。たぶんぼくは、慰めようとしていたんだと思う。だから気にしないでくれ。いいな」

「いいえ、よくないわ。どうして誰かが、あなたにアレックスを殺す動機があると考えたりするわけ？　一年前の今夜、あなたはどこにいて何をしていたのか、どうして話してくれないの？　どうして隠し事ばかりするの？」

「馬鹿なことを言わないでくれ！　ぼくがアレックスを殺すなんてありえない。あの日は散歩に出ていただけだから、あれこれ勘ぐるな。この話はこれで終わりだ」

　そう言ってマットはわたしを押しのけ、バスルームに入っていった。わたしはベッドにすわり、膝《ひざ》を指で叩《たた》きながら待った。ところがバスルームから出てきたとき、マットは耳に何か白いものをつけていた。それはノイズを遮断するという最新式の睡眠用イヤホンで、もちろんわたしが声をかけても一切聞こえない。

　マットを揺さぶり、イヤホンを無理やり外して話をさせたかった。けれどもマットの閉ざされた口もとを見れば、これ以上は何も聞きだせないことがわかる。それでも話を強要すれば、そのうち怒鳴りあいになり、結局は何も得られない。

　マットが眠っているので、わたしは起きだそうと決める。そっと物音を立てないように着替え、いずれマットから真実を聞くことに怯《おび》える気持ちを抱きながら、部屋を出ていく。

キッチンへ向かい、ニーナの姿を捜す。Wi-Fiのパスワードを教えてもらい、インターネットで警察署の番号を調べようと思ったのだが、そこには家政婦しかいなかった。たどたどしい英語で説明してもらったところによると、どうやらいまはWi-Fiにつながらない状況らしい。スマートフォンを見てみると、確かに何も表示されていない。苛立ちにため息をつき、ポケットに戻す。

家政婦が親切にもコーヒーを淹《い》れてくれたので、わたしはそれを持って外へ出て屋敷の正面にまわり、池を囲んでいる煉瓦《れんが》の縁にすわる。誰とも話したくないと思っていたのだが、運悪くアンドリューが向かってくるのが見える。「だいじょうぶかい」アンドリューはわたしの隣に腰をおろしながら言う。「ディナーのときはだいぶ、緊迫した雰囲気だったな」

「そうね、かなり」

「誰か収穫のあった奴はいると思う？」

「収穫というか、アレックスがまだ幼いころに恐ろしい経験をしたってことを知ったわ。ルーカスは妹のためにどれだけつらい思いをしたのかしら」コーヒーを一口飲んでから、頭に浮かんだ質問をいったん飲みこもうとする。ところが言葉が口をついて出てしまった。「ルーカスの言うとおりなのかしら。アレックスは殺されたと思う？　わたしたちは死因審問に出席したけど、死因は自殺で間違いなさそうだった。だから、ルーカスはきっとこうすることでしか妹の死を受けいれられないのよね。誰かに非があると信じたいの。でも厄介なのは、全員が真実をすべて明らかにしたら、何か新たな事実が出てくるような気がすることよ。それがなんなのかは、まったくわからないけど」

アンドリューが狼狽《ろうばい》したような表情になり、わたしと同じ考えを抱いていたことがうかがえる。「チャンドラにも知っていることがあるようだ。彼女を守るための嘘は、二度とつかないでくれと本人から言われている。でも、ルーカスが脅したところでチャンドラを傷つけるほどの力はないはずだ。彼女は見た目よりもずっと強い」

それはそうだろう。チャンドラには自分の信念がある。わたしもあんなふうに強い人間であれたらいいのに。

「ひとつだけ知らせておきたいことがあるの」これをアンドリューに伝えていいのかどうか、迷いながらも切りだす。「わたしのキャラクターの説明によれば、あなたとわたしが不倫関係にあって、ルーカスはそれをマットに伝えると脅しているの」

「なんて汚いことを！　なぜそんなことをするんだ」

「彼はわたしたち全員を操って、命令に従わせたいのよ。それに、マットの性格は知っているでしょ。情報の真偽は重要じゃないの」

「相手がおれでなければ、これほどややこしくないのに」

「それってどういう意味？」

アンドリューは空を仰ぎ、わたしと目を合わせることを避ける。「おれは、かわいい女の子をぜんぶモノにする男だと思われてきた。友達が好きになった女の子でもね。ガキっぽい自己顕示欲だったんだ。裕福な家の出じゃなくたって、男としては負けないと示したくて。とても自慢できることじゃないが、マットがおれたちの関係を疑うことはありうる」

たしかにそのとおりだ。

「もしルーカスがマットの性格を利用してわたしを操ろうとするのなら、ほかの皆にどんな手を使っているのかわかったものじゃないわね」

「ああ。おれにどんな手を使っているか教えてあげるよ。自慢できない話がまだあるんだ」アンドリューはどこか自虐的な笑いを漏らす。「チャンドラの父親はとんでもない大富豪なんだ。韓国のオンラインゲームで財を成してね。チャンドラ本人は、必要がない限りその話はしたがらないけど。母親はネパール出身のヒンドゥー教徒で、両親はチャンドラが幼いころから別居していた。それでチャンドラは長いこと、異なる宗教と異なる文化を行き来する生活を送っていたんだ。だから彼女がいま唯一望んでいることは、ひとつの国にとどまって暮らし、ひとりの男性と一緒になることなのさ。その相手として、チャンドラがなぜおれを選んでくれたのかはわからないが、父親は娘との結婚を承諾するならクルーザーを買ってくれると申しでてきた。チャンドラ本人には内緒だという話だったんだが、ルーカスはその秘密をばらすと脅してきた」

「ひどいことをするのね」

アンドリューはうめき声を漏らす。「結局その脅しは無意味だったけどな。昨日、チャンドラはぜんぶ知っているとおれに言った。まったく、自分で話していても本当に信じられないよ。きみもおれに幻滅しただろう」

アンドリューの眉間《みけん》に刻まれた深い皺《しわ》を見て、先日〝深みにはまった〟と言っていたことの意味がわかった。

「わたしがどう思うかなんて気にすることないでしょ？　それにしても、どうしてルーカスが知っていたの」

「おれが迂《う》闊《かつ》にも話してしまったからさ。誰にも言わないという約束でね。ともあれ、いちばん腹立たしいのは、脅しなんかなくてもおれはゲームに参加していただろうということだ。なぜなら、あいつのことを大事に思っているから」

わたしは足の指を冷たい水に浸しながら、言葉を選ぶ。

「チャンドラはどうして平気でいられるのかしら」

「平気どころか、たいした度胸だよ。すべてを自分なりに受けとめている。ただ、きみとあらためて話をしたいと思っているようなんだ。きみさえよければ」

「もちろんよ。ぜひとも話したいわ」

「それじゃ呼んでくる」アンドリューはわたしに身を寄せて頬にキスすると、立ちあがって屋敷を見あげた。チャンドラが戸口のところに立ち、合図を待つかのようにこちらを見ている。わたしたちが視線を向けたことに気づくと、歩み寄ってきた。

「あとはまかせたよ」そう言ってアンドリューはテラスに向かう。

「今朝の気分はどう、ジェマ？」チャンドラがやって来て隣にすわる。

「元気だと言いたいところだけど、無理ね。混乱してるし、不安だし、少し怖い気持ちもある。起きていることのすべてに対して。あなたはどう？」

「わたしはだいじょうぶよ。アンドリューはわたしの父とどんな会話をしたのか、あなたに話したのかしら」チャンドラはわたしが返事をする隙も与えずに、言葉を継ぐ。「わたしの母の宗教も含めて、多くの文化では、新婦の側からの贈答品によって決まる結婚があるの。だから、アンドリューが何かを受けとる代わりに結婚を決めたことに、特に抵抗は覚えないわ。父にはお金があるし、アンドリューはいいひとだし。子どもにもたくさん恵まれるでしょう」

そう言ってチャンドラはいつもの穏やかな笑みを見せる。けれども、静かな調子の声を聞いたところで、わたしの心のざわつきは治まらない。

「ルーカスのせいで、あなたたちの仲にひびが入らなくてよかった。アンドリューはあなたの言うとおり、いいひとだわ」

「彼はあなたが好きみたいね。あなたは、彼と一緒にいると自分に自信が持てるんじゃないかしら。いまはそういう気持ちが必要なのよね。マットにはあなたの内面の輝きが見えていないから。マットは自分の心の混乱のせいで、真実が見えなくなっている。なんらかの問題を抱えているのよ。アレックスにかかわることのようだけど、それがすべてじゃないかも」

わたしは目をあげてチャンドラを見る。「あなたは何を知っているの、チャンドラ？　夫は何をしたの」

チャンドラがわたしの手に手をのばしたとき、内側に石がひとつ嵌《は》めこまれたブレスレットが目につく。それを見て、わたしの記憶が揺れ動く。

「何も知らないわ。マットが何かに苦しめられていることと、アレックスが彼にとって大事だということだけ」

　わたしは心ここにあらずで聞いていた。

「チャンドラ、あなたはアレックスにブレスレットをあげていたわよね」

　視線が合う。「ええ、彼女を守るためにね。どうして知ってるの」

「ごめんなさい。あの日の朝、ふたりが話しているところを聞いてしまったんだけど、邪魔したくなくて声をかけなかったの。渡すところを見たわ」

「そう。効果がなかったみたいで、本当に残念よ」

　わたしは目を閉じ、集中して考える。それが何か重要なことに思えるのだが、その理由がわからない。

「なぜそのことが気になるのか、わかるわ」チャンドラが優しい声で言う。

　どういう意味なのかと訊こうとしたところで、とつぜんわたしたちは影に覆われる。ルーカスがすぐ隣に立っていた。その目を見たとき、わたしたちの会話をすべて聞いていたことがわかる。

50

　ルーカスがダイニングルームに集まるように言ってきたので、わたしはそれに従い、チャンドラも黙ってついてくる。テーブルの上にはフルーツやペストリーの盛られた大皿や、蓋《ふた》の被《かぶ》せられた温かい料理などがずらりと並んでいる。まるで歴史もののドラマから抜けてきたような光景で、言いようのない違和感がある。誰もが押し黙り、何も食べようとしていない。

　マットも沈んだ表情をしていて、目つきは硬い。

「おはよう」ルーカスがしかつめらしい顔で言う。「きみたち全員が、昨夜よく考えてくれて、その結果をこの場で話してくれるものと信じている。ゲームは続けなければならない。誰が最初に話してくれる？」

　アンドリューが壁にもたれ、気だるげにクロワッサンを細く引き裂きながら言う。「なあ、ルーカス。おまえとニーナが最初に話すのはどうだ？　おれたち全員が隠し事をしていると思っているようだが、まずはおまえたちふたりの話を聞かせてもらいたいよ」

　ルーカスは旧友の顔を見据える。

「いずれは話す。全員が参加だからな」

　ニックがテーブルに両肘《りょうひじ》をつく。今朝は疲れているようで、いつもの陽気さは鳴りをひそめている。「ルーカス、これって意味があるのか？　去年のことなんて、たいして思いだせないよ。おまえの寛大な計らいのお蔭《かげ》で、アルマニャックをしこたまテラスで飲んだからな。覚えていないんだよ、正直言って」

　その瞬間、わたしの脳裏に記憶がよみがえる。浜辺に続く小道を誰かが歩いていく。ニックだったような気がする。

　ルーカスはニックの言葉に答えずに話しだす。「アンドリューが電話していたことは皆が知っているが、チャンドラ、きみはどこにいたんだ？　ジェマ、そんな目でぼくを見ないでくれ。

チャンドラを疑っているわけじゃないが、全員がどこにいて何を見たかを把握しないと、嘘をついている者を見つけられない」

わたしは首を振りながら、こんなことに付きあっていいのかという迷いを拭《ぬぐ》えない。けれども、ここに来た理由はある。マットが何を話すのか聞きたいのだ。

「わたしは瞑想《めいそう》していたわ」チャンドラが言う。それ以上は何も話さないし、ルーカスも問いつめることはしない。が、おそらくそれは一時的な留保なのだろう。

ルーカスがマットを見据えると、夫はちらりとわたしの顔を見てから話しだす。「ぼくは散歩に行っていた」

「どこへ？」

「海沿いの歩道をずっと進んでいった」

「ひとりで？」

視線が落ちる。「いや。イザベルと一緒だった」

ルーカスの口角が片側だけあがり、嘲《あざけ》るような笑みが浮かぶ。けれどもわたしは、チャンドラの様子に気を取られていた。不思議そうな顔をしているのだ。マットの言葉を信じていないようで、それでもわたしと同様に口を閉ざしている。

「イザベル？」ルーカスが声をかける。

「マットの言ったとおり。散歩に行ってた」

しばらくイザベルを見据えてから、ルーカスはわたしに顔を向ける。

「ジェマ？」

「わたしは部屋にいたわ」

夫を待っていたのだと言いたかったが、皆から同情されるのはごめんだった。ニックらしき人物が浜辺に向かう小道を歩いていたことや、誰かの話し声を聞いたこと、ニーナを見たことなどは、本当ならルーカスに伝えるべきなのだろう。何もかも話してしまいたいけれど、それでもわたしは口を閉ざす。わたしの知る真実が、マットの嘘を暴いてしまうような気がして。

ルーカスはマットからイザベル、そしてわたしに目を向ける。

「少なくともひとりは嘘をついているな。そろそろキャラクターの秘密をひとつかふたつ、暴くとしようか。まずはきみからだ、マット」

マットがルーカスを見据える。激しい鼓動が首で脈打っている。

「おまえが先だ、ルーカス」アンドリューが口をはさむ。この期に及んで、助け舟を出す役割を捨てていない。「友人を破滅に追いこむまえに、自分があの日にいた場所をここで話したらどうなんだ」

ルーカスが冷ややかな視線を向けるが、アンドリューは微動だにしない。

「いいだろう。ぼくは三十分ほど外で用事をすませていた。戸締りを確認し、特にその日に搬入しておいた酒や飲料がきちんと保管されているかを見た。ニーナは寝室にいた。おやすみの挨拶《あいさつ》に行ったから、それは間違いない」

嘘だ。ニーナは日本庭園に向かっていった。わたしはかっとなって言う。

「わたしたちに真実を話せと言っておきながら、よくも堂々と嘘をつけるわね、ルーカス？ニーナは寝室になんていなかったし、どうせあなただっていなかったんでしょ。ほかの誰かならまだしも、あなた自身が本当の居場所を認めないなら、こんなのはすべて茶番だわ。本当に殺人だと思うなら、いいかげん警察に連絡したらどうなの。しないなら、わたしが電話する」

　わたしは足早にテラスへと歩き去っていく。自分の部屋へ行って荷物をまとめ、出ていくつもりだ。

　ここを去りたい気持ちは強かったが、バルコニーに続く石段に向かいながら、出ていくまえにマットと話すべきだとわたしは思った。お互い、あまりにも長いあいだ現実と向きあうことを避けてきたせいで、ふたりのあいだのわだかまりを無視することに慣れてしまった。でも、このままではいけない。石段のいちばん下に腰をおろし、ダイニングルームに戻ろうかと逡《しゅん》巡《じゅん》する。わたしに対して怒り心頭であろうルーカスと、正面から向きあうのは避けたい。

　身体からアドレナリンが引いていくにつれて震えが走り、わたしはうなだれる。ここにずっと隠れているわけにはいかない。しばらくしてから立ちあがり、マットのもとへ向かおうと決める。テラスを横切り、ドアが開いたままのダイニングルームに近づくと、いたって穏やかな話し声が聞こえてくる。のぞきこむと、ルーカスとニーナの姿がない。マットがこちらを見たので、わたしは首を傾げ、話をしたい旨を伝える。

　芝生の上にベンチがある。そこなら屋敷まで話し声が聞こえない程度に離れていて、かつマットが出てきたとき、すぐ目につくだろう。夫はかならず出てくる。わたしを永遠に無視しつづけることはできないのだから。

二、三分が経ち、やはり夫は来ないのかと思いはじめたころ、石造りのテラスを重い足取りで歩く音が聞こえ、やがてそれが芝生に移ってかすかな音となる。

「ほら、飲んで。カプチーノ持ってきたから」マットがカップを差しだしてきたので、わたしは驚きのまなざしで夫を見つめる。

「ありがとう」カップを受けとると、夫はわたしの左側に腰をおろす。

「なんだか、変な気分だよな」

それは夫婦仲のことを言っているのだろうか、それともこの状況のことを言っているのだろうか。

「ひどい話だけど、それよりもわたしたちの関係がもっと心配だわ。いったいどこから話せばいいの、マット。去年ここに来たとき、わたしたちは幸せだった。それなのに、たった一年で夫婦仲が壊れかけている。わたしたちの心の距離は一キロも離れてしまったみたいで、どうしてこうなったのか、どうすれば戻れるのかわからないの」

マットは黙りこんでいる。わたしたちは互いの顔から目をそらしていて、視界の端で夫がわたしと同じことをしているのが見える。コーヒーカップと、前方に果てしなく広がる海を交互に見つめているのだ。

「戻りたいと思っているのかい」マットが静かな声で訊《き》く。

じつを言うと、もはやよくわからない。この一年はあまりにも苦しく、あらゆる努力を跳ねかえされてきた。これ以上、実りのないことに力は尽くせない。

「どうしてこうなったのか、話してくれない？　わたしが何かしたの？　あなたの視点でいいから、何が悪いのかがわかれば、今後のことを少しでも考えられる。ここにいるあいだに起きたことが原因なんだろうけど、それがなんなのかわからないの。イザベルとあなたのあいだに何かあるなら、話してほしいわ。正直に言って。彼女を愛してるの？　それとも、単なる情事の相手？」

　マットはげらげらと笑いだし、どことなく安堵《あんど》したような表情を見せる。まるでわたしがハズレのくじを引いたことを喜ぶかのように。

「そんなわけないだろ。なんでまた、そう思ったりしたんだ」

「思わざるを得ないでしょ？　あの夜はイザベルと一緒で、明け方近くまで帰ってこなかった。四時間近く彼女と過ごしたとなれば、それ以外考えられないわ」

　マットがわたしを見据える。瞳孔《どうこう》がひらき、鋭く研ぎ澄まされた感情が垣間《かいま》見える。夫はいったい何をしたのだろう？

「あの夜、あなたを引きとめていたものは何？　本当のことをすべて教えてくれたら、わたしたちにもまだやり直せる可能性があるかもしれない」

「これだけは言っておくよ。ぼくはイザベルが大嫌いだ。ずっと昔に、あいつはルーカスの人生をめちゃくちゃにしようとした。アレックスがとめなければ、あいつの思いどおりになっていたかもしれなかった」

「それってどういうこと？　いったい何があったの」

マットは肩越しに振りむき、誰も聞いていないことを確かめる。

「イザベルがルーカスにどんな態度を取っているか、見ただろ。昔からずっと、ああやって付きまとってる。ルーカスはあいつに、ある程度は親切にしていた。誰に対しても分け隔てなく親切にする奴だったけれど、それでもイザベルとだけはできるだけ距離を置こうとしていたんだ。十九歳の誕生日まではね。ルーカスが酔っぱらっているのを見たのは、あれが最初で最後だ。ぼくたちはしょっちゅう酔いつぶれていたけど。十代のガキはどういうわけか、酔っぱらうことがすごいことだと思っているからな。ともかく、ルーカスはいつも理性を働かせていたのに、どうしてあの夜ああなったのかはわからない。ぼくたちも、気づいてやれる状態じゃなかったし」

マットはカプチーノを一口飲み、顔をしかめる。すっかり冷めていたにちがいない。

「ぼくは完全につぶれていたから見ていなかったけど、イザベルはルーカスをサマーハウスに誘いこんだらしい。そのあと起きたことはイザベルの話でしか知らないんだが、彼女によれば、ふたりはセックスしたらしい。ルーカスは優しいから、真偽を確かめることも、否定することもしなかった。あるいは覚えていなかったのかもしれない。それ以来、イザベルはルーカスにべたべたとくっつくようになり、恋人みたいに振る舞いだしたんだ」

「ルーカスはイザベルが好きだったの？」

「まさか！　でも、当時のルーカスはニックと仲がよかった。いまはどうか知らないけどね。だから、邪険にできなかったのかもしれない。ここ数日の言動はべつとして、ルーカスはいつだって人格者だったからな。それで一カ月ほど、ルーカスはなんとかイザベルを避けようと試みていたんだが、とうとう腹をくくってきっぱりと拒絶したのさ」

　何かがおかしいような気がしてならない。「ルーカスが人格者なら、どうしてそんな話をあなたにしゃべってしまったの？　こういう類《たぐい》の話を言いふらすなんて、ちょっとひどすぎる」

「ルーカスから聞いたんじゃない。アレックスだ。イザベルを嫌っていたから」

「それじゃ、ルーカスは去年の結婚式にどうしてイザベルを招いたりしたのかしら」

　マットがため息を漏らす。「招いてないよ。ニックと同伴者ひとりってことだったんだ。当日までイザベルが来ることは知らなかった。これもアレックスから聞いた話だ」

　もっとアレックスのことを聞きたかった。そういう会話をどんなふうにしたのだろう。だが、マットの話はまだ終わっていなかった。「それから二週間ほどすると、イザベルが妊娠したと言いだした。ルーカスの子で間違いないと言い、ルーカスもそれを信じた。父親のブレアは、イザベルと子どもにはいくらでも支援するし、望むものはなんでも与えると言った。ただし、ルーカスと一緒になるのは許さないと。息子が〝ろくでもない女〟――実際にそう言ったらしい――に尻《しり》に敷かれるのを、見すごすわけにはいかないってね。ブレアはアレックスの母親とルーカスの三人で暮らしていたときに、すでに散々な思いをしていたから、息子に同じ経験をさせたくなかったんだ。だけど、イザベルはたとえ一文無しになったとしても、ルーカスと結婚したいと言い張った」

　なるほど。この手の話はよく聞くし、世の中でこういった修羅場はどれだけ繰りひろげられていることだろう。イザベルはどうせ妊娠などしていなかったのだろうから、その後の展開は予想できる。

「幕を引いたのはアレックスだった。ある日、イザベルがルーカスの家の部屋で抽斗《ひきだし》を探っていて、そこにアレックスが入っていくと、イザベルは慌てて背後に何かを隠した。当時のアレックスは母親との暮らしに耐えていたせいか、とても気が強かった。そしてイザベルに迫っていって、揉《も》みあったすえに、隠していたものを突きとめたのさ。それはタンポンだった。妊娠なんてしていなかったんだ」

「イザベルはどうするつもりだったのかしら。いつまでも妊娠したふりなんてできないのに」

「そりゃそうさ。でも、そのあとは流産したと騒ぎだして、悲嘆に暮れて泣きわめいていた。ルーカスは信じることにしたみたいだが、ブレアは当然信じなかった。それで息子を一年間の遊学生活に送りだしたんだ。そのあいだに、アレックスに悲劇が起きてしまった。ルーカスは帰国したあと、他人に構っている余裕はなくなり、妹の面倒を見るのにかかりきりの生活を送るようになった。そのころには、ルーカスはあのときのパーティの飲み物に何かを混ぜられたのだと確信していた。ほとんどコークしか飲んでいなかったのに、完全につぶれてしまったからね。もちろんイザベルの仕業だ。そうするしかルーカスを手に入れる方法はなかったから」

　わたしは何も言わずにいたが、飲み物についてはマットの説を疑っていた。イザベルは双子の兄を説得して、協力させたような気がしてならない。

マットがこれほど饒舌《じょうぜつ》に話してくれたことはない。ただ、これは自分たちのことではなく、他人の人間関係だ。そのことがどうわたしたちに影響するのかわからないし、イザベルとマットの関係も不透明だ。戸口にたどり着けたような気はするが、もっと先に進まないといけない。

カプチーノのおかわりを取ってくると申しでて、夫に一息入れる時間を与えることにする。戻ってきたときには、もっと話してくれることを期待して。

「どこにも行かないでね、マット。まだ話のさわりの部分しか聞いてないんだから」

優しく夫の腕を握ると、マットは悲しげな目を向けてくる。この話題を掘りさげるのは、自分にとってもわたしにとっても荷が重すぎるとでもいうように。わたしは立ちあがり、陽光のなかに夫を残して歩きだす。


ダイニングルームはがらんとして静まりかえり、昨日わたしが驚かせてしまった若いメイドがキッチンにひとりでいるだけだった。

「カプチーノのおかわりを二杯もらいたいの。マシンの使い方を教えてもらえるかしら？」わたしは声をかける。洒落《しゃれ》たイタリア製のマシンで、扱える自信がなかったのだ。

「ええ、もちろんです」メイドはグレーの瞳《ひとみ》をこちらに向け、にこやかに微笑む。「わたしがお淹《い》れしますけど、説明しながらやりますね」

ボタンの操作の仕方を説明するときの強い訛《なま》りから、メイドは北欧出身であることがうかがえる。わたしは昨夜驚かせたことを謝りたかったが、内気そうな子だったので、余計なことは言わずに微笑んでお礼を言うにとどめておく。外に出てみると、ベンチにはマットの隣にチャンドラがすわっている。テラスの敷石の温かさを足の裏に感じながら、わたしは音もなく近づいていく。チャンドラにも飲み物がいるかどうか訊こうとしたとき、話し声が聞こえてくる。

「何も言わなかったのは、これ以上事態をややこしくしないためだったの。でも、イザベルと一緒じゃなかったのは知っている。瞑想《めいそう》するためにコテージに向かう途中で、テラスにいるあなたの話し声を聞いたのよ。アレックスと話していたんでしょう？」

まるで第六感が働いたかのように、マットは首をかすかにまわし、両手にカップを持ったわたしの姿をとらえる。

チャンドラもこちらを向き、穏やかな笑みを浮かべる。「ルーカスをなんとかしたいのなら、わたしたち全員が真実を話すべきだと思わない、ジェマ？　今朝ダイニングルームにいたとき、もっと言いたいことがあったんでしょう。身体を硬くしているのがわかったもの。全員が本当に起きたことをすべて話してしまえば、ルーカスはアレックスがみずから命を絶ったのだと受けいれられるんじゃないかしら」

なんと答えればいいのか。まるでどの出来事も、たいしたことではないかのような考え方だ。わたしはマットがアレックスと話していたことを、どうして隠したいのか知りたい。

「マット、チャンドラの言うとおりなの？　アレックスと一緒だったの？」

マットは首を左右に振り、わたしたちを見ようとしない。「そうかもしれないし、ちがうかもしれない。まったく覚えていない」

わたしはコーヒーカップを小さなテーブルに叩《たた》きつけるように置く。熱い液体が飛び散る。

「何を言っているのよ、マット。アレックスと話したのなら、彼女が生きているのを最後に見たのがあなたってことよ。覚えていないわけがないでしょ。どうして何があったのかを話せないのよ。いったいどんな話をしていたの」

マットは唖《あ》然《ぜん》としている。必死に言葉を探しているようだが、先にチャンドラが穏やかな声で話しだす。

「覚えていないかもしれないけれど、あなたはこう訊《き》いていた気がするわ。アレックスが誰かに何かを話したのか、話していないのか。ふたりには秘密でもあるのかしら？」

このとき初めて、これまで見えなかった一面がチャンドラにあるような気がした。いまの訊き方はまったく悪気のない口調だったけれど、かなり核心を衝いている。マットはごくりと唾《つば》を飲みこみ、チャンドラに向きあう。「そんなことは言ってない、チャンドラ。思いあたる節はまったくないよ」

「わたしは聞いたのよ、ふたりの声を。正直に話してくれれば、ジェマだってあなたが何に悩んでいるのか理解できる。わたしたち全員に対して、正直になってもいいんじゃないかしら」

マットの顔から目を離すことができない。夫が視線をあげてわたしと目を合わせたとき、そこには怯《おび》えがあった。マットは心から怯えている。

「チャンドラ、マットとふたりで話をさせてくれない？」わたしがそう言うと、チャンドラはその目に哀れむような色を浮かべ、立ちあがって軽くうなずく。思わず揺さぶってやりたい気分になり、そんな自分にショックを受ける。わたしは荒っぽいことをする人間ではないのに。ルーカスの計画したゲームのせいで、誰もが心に傷を負い、おかしくなっている。わたしはチャンドラのすわっていた場所に腰をおろす。

「マット、話はきちんとしなくちゃいけないけど、わたしは何よりもここから出ていきたい。明日とかではなく、いますぐに。なんとなく、ルーカスの言うことはそこまで突拍子もないことではないように思えるの。いろいろなことが水面下で起きていて、いろいろな嘘がつかれている。もしルーカスの言うとおり殺人犯がここにいるのなら、知りすぎてしまった誰かが身の危険にさらされているのよ」

マットは口が渇いて話しにくいかのように、舌で唇を湿らせる。「出ていくことはできないんだ、ジェマ。少なくともぼくは。きみは行ってもいいけど、一緒に来てとは言わないでほしい」

「だったら、アレックスとのことを話してちょうだいよ。どうして一緒にいたことを隠していたの？　彼女にどんな秘密を守らせたかったの。そして、イザベルと一緒にいたようにわたしに思いこませたのはなぜなの」マットは何も答えない。わたしは勢いよく立ちあがり、夫を睨《にら》みつける。「いいかげんにして。わたしはここを出ていくわ、マット。あなたが一緒に来ないのなら、タクシーでも呼ぶから！」

踵《きびす》をかえし、わたしは屋敷に向かっていく。ニックとイザベルが外に出てきたが、どちらの顔もとても見ることができない。ニックはいまだに派手なシャツを着ていて、お祝いに集まっているように振る舞っているけれど、目もとがこわばっているのは明らかだ。イザベルはいつものように、訳知り顔でせせら笑いを浮かべている。本当に食えない相手だ。

虚ろに空《くう》を見つめているマットを置きざりにして、わたしは早足で部屋へと戻っていく。夫はまったくあてにならないけれど、ステファニー・キング刑事ならきっと力になってくれる。

51

ステファニーは昨晩ガスと一緒にベッドに入ったとき、前向きな気持ちでいっぱいだった。復縁して一周年の記念日は、まず朝寝坊して、それから朝食に新鮮なフルーツ、スクランブル・エッグ、スモーク・サーモンを食べ、それでも足りなければアーモンド・クロワッサンも加える。そんな楽しいことを考えようとしても、もう一度ガスを失うかもしれないという不安は拭《ぬぐ》いきれない。大切な一日を怯えた気持ちで台無しにしたくはない。

ガスの隣で目覚められる喜びをふたたび感じるようになったものの、忙しい日々のなかにあって、それは稀《まれ》なことだった。だからこそ、ステファニーはできるだけガスの腕のなかでくつろごうとしたが、やはり気持ちの硬さは伝わっていた。

「ステファニー、今後のことはまだ何もわかっていない。すべてが決まるまでは、不安になっても仕方がないよ」

ステファニーはガスに身を寄せ、胸に頭をのせて、眉間《みけん》の皺《しわ》を見られないようにする。たしかにそのとおりだ。ガスがキャリアに別れを告げない限り、決断はほかの者たちに委《ゆだ》ねられていて、自分たちにはどうすることもできない。

　一年前にリーズへの出向からガスが戻ってきたとき、彼がまだステファニーを愛していると知った。そのときの安堵《あんど》が、自分の気持ちを囲んでいたはずの壁をすべて打ち砕いた。ガスはどんなリスクがあろうとも、一緒にいるだけの価値がある存在だ。ふたりの行く先が穏やかな航路であれと願うのは、高望みすぎるのだろう。

「伝えておきたいことがある」ガスは一緒に過ごした最初の夜に言った。「わたしは警部としてかなりの年数を過ごしてきた。もしあと一段階昇進できるとしたら、それはいまだと思っている。ただ、そのことがわたしたちの関係に影響するようなら、すぐにでも話しあっておきたい」

　ガスには野心があり、もしステファニーが昇進を諦《あきら》めさせたりすれば、どんなにガス本人が否定したところで恨む気持ちが残るはずだ。ただ、昇進することの意味もステファニーは理解している。希望通りに役職があがれば、上から指示された勤務地にかならず赴任しなければならず、それがたとえ百キロ離れた土地であっても、デヴォン・コーンウォール警察の管轄地であれば行かねばならない。これがほかの職業に就いているふたりなら、関係を続けることは可能だろう。金曜の夜に帰宅して、週末をともに過ごし、月曜の朝早くに出発すればいい。だが、警察の仕事はそうはいかない。とても無理だ。

　ステファニーはここ数カ月、別れを恐れる気持ちを頭の隅に追いやっていたが、そろそろ限界だった。いよいよ決断のときが近づいてきている。どこであろうと、彼の行く先へついていくべきか否か。行くとなれば、キャリアを犠牲にすることは避けられない。しかも、捨てるものはそれだけでない。ステファニーはコーンウォールの地で生まれ育ってきた。ここが故郷なのだ。美しい田園風景、海岸、断崖《だんがい》といった風景をこよなく愛している。友人も、家族もすべてこの土地にいる。彼と一緒にいるためには多くのものを捨てなければならないのに、またふたりの仲が以前のように壊れてしまったとしたら？

「だいじょうぶかい」隣で落ちつかない様子のステファニーに、ガスが優しく声をかける。

「心配するなと言っても無理だろうけど、最悪のシナリオを思い描くのはやめたらどうだ。いまより近い勤務地になる可能性だってあるんだ」

　そう、もう考えてはいけない。今日が台無しになってしまう。

「そのことじゃないの、ガス。ポルスキリンのことを考えていたの」ステファニーはあおむけになる。いまの言葉は真実ではないが、昨夜のことは確かに気になっていたし、気持ちをそらすにはうってつけの出来事だ。「気にしすぎかもしれないけど、昨晩のあのひとたちの様子は本当に変だったの。なんだか、不気味な儀式をやっている光景が頭に浮かんでしまって。女性を生贄《いけにえ》として殺すような」

「馬鹿を言うなよ。そんな突拍子もないことがあるか。ルーマニア人の女性がそこへ行ったかどうかも定かじゃないんだろう」

　ガスの言うとおりなのだが、ステファニーは人々が集まっている部屋に、どんな感情が漂っているのかを汲《く》みとることができる。動揺、不安、怒り、そのどれであるかによって空気は異なり、もっとも厄介なのが悪意だ。昨夜のあの部屋に漂う感情は把握しきれなかったが、単なる悲しみでないことはたしかだった。

「その件について、これから何をするつもりなんだい」ガスが訊く。

「わたしにできることはあまりないんだけど、リディア・ダルカのことをもっと調べてみたいわ。昨日のあの様子、あなたにも見てほしかった。誰もひとの顔を見ていないの。夫婦や兄妹《きょうだい》、友人同士のはずなのに、誰もが赤の他人みたいな顔をしてすわっているのよ。あの雰囲気と、メモ帳に書かれていた〝殺人ゲーム〟って言葉と、アレックスの名札。なんだか寒気がしてきたわ。もしリディアが去年あそこに行ったのなら、いったい何に巻きこまれたのかしら」

「リディアのことを、きみはそもそも何か知っているのかい」

「特に身の危険はないと判断されたことは知ってる。でもやっぱり基本的な調査はするべきだと思うから、明日になったら取りかかるわ。友人関係や、この地で出会ったひとでリディアとつながりのありそうな人物を当たってみる。いつもどおりの流れで」

「明日でいいのか？」片肘《かたひじ》をついて身を起こし、ガスはステファニーを見おろす。彼女の性格は知りつくしている。

「ええ」きっぱりとステファニーは答える。「一年も行方不明だったんだもの。一日くらい過ぎても構わない。今日を台無しにしたくないもの」

ガスは鷹揚《おうよう》な笑い声をあげる。「いますぐやったほうがいいよ。この件が気になっていたら、きみはわたしと一緒にいても上の空だろうから」

「さっきは上の空じゃなかったわよ」むっとして言う。

「たしかにね」ガスが優しくキスする。「でも、わたしにとってもポルスキリンは大事な場所だ。さあ、朝食をすませて出かけようじゃないか」

そうしたほうがよさそうだ。リディアの件に集中すればするほど、ガスとの不確かな未来に頭を悩ませる時間は少なくてすむ。

ステファニーとガスが連れだって署にあらわれたことに驚く者がいたとしても、それが口に出されることはなく、数人が温かい視線とともに会釈するだけだった。そしてふたりはすぐに捜査に取りかかった。

事件のファイルはすでに用意してあったので、さっそく読みはじめる。ガスが肩越しにのぞきこむとステファニーが嫌がるので、一緒には読まず、スマートフォンを出してニュース記事を見ながらステファニーが声をかけてくるのを待つ。

三十分ほど経ち、ステファニーがファイルを読みおえる。

「どうだった？」

「だいたいすでに知っていることだったわ。リディアはホステルに泊まり、前払いで二日分を支払った。その宿は二十四時間出入り可能で、リディアが戻ってきたのかどうかは誰も把握していなかった。服が数着残っていた以外は荷物も見あたらなくて、宿にいたほかの女の子には、仕事を見つけたら新しいジーンズを買いたいと言っていたそうよ。手持ちのものがボロボロだったから。そんな状況だから、ただ単にどこかへ移動したんだろうと結論づけられた。ポルスキリンに招待されていた客人とのつながりは、当時は見つかっていなかった」

「いまはどうだろうか」

「通訳できる誰かを呼びたいわね。リディアの従姉《いとこ》に協力してもらえたら、母親と会話ができる。リディアの話したことをすべて聞きだして、本当にポルスキリンに向かったのがあの夜かどうか確かめる。べつの日付のべつの結婚式だったという可能性は充分にあるから。あと、もっと写りのいいリディアの写真も手に入れたいわ。それを見せれば、ポルスキリンにいる誰かが思いだすかもしれない。場所が合っていたらの話だけれど」

「従姉にはすぐに連絡を取る？」ガスはさりげなく訊《き》く。

「いいえ、だいじょうぶ。明日誰かに電話してもらうように頼んでおく」ステファニーは陽気な笑みを顔に貼りつける。「さあ、行きましょ。これで今日はもうゆっくりできる」

「本当にいいのかい」

「ええ」

ガスはステファニーを見つめ、何か言いだすだろうと思って待つ。ガスの勘は当たっていた。

「ニーナ・ジャレットに電話だけしておくわ。また話を聞きに行くことになるかもしれないから、明日もまだゲストが全員いるかどうかだけ確かめておく。そのあと、誰かに頼んで写真を探してもらう」

「わたしにできることは何かないか？」

ステファニーの顔がほころぶ。「だいじょうぶよ、ありがとう」そう言ってドアへ向かうが、足をとめて振りかえる。「そうね、ひとつだけ。アレックス・ローレンスの死後、昔の誘拐事件の記録を読んで所感のメモを取ってあるの。わたしの個人ファイルにデータが入ってる。それを印刷してもらってもいい？　家に持ちかえって読んで、詳細を思いだしておきたいから。それじゃ、あと少し作業したら戻ってくるわ」

二十分後にふたりは車に戻り、ガスが運転し、ステファニーはガスに印刷してもらった資料を読んでいた。アレックスの死に事件性がないと断定されてから、ガスはその件に一切かかわることはなかったが、ステファニーはアレックスが自殺にまで追いつめられた経緯に強い関心を持っていた。

「ねえ、ガス。あのかわいそうな女性がどれだけ悲惨な経験をしたのか、思いだしたわ。本当に胸が痛む」

「そうか」道路を見据えたままガスが言う。

「眠っていたら、いきなり頭に袋を被《かぶ》せられたのよ。考えただけでも恐ろしいわ。ふたりがかりで身体を押さえつけられて、暴れたり叫んだりしたけれど、口にボールのようなものを詰めこまれた。それから布で押さえつけられ、猿ぐつわを噛《か》まされたのよ」

「確か、何度もレイプされたんだよな」ガスは口もとを引きつらせて言う。

「そうよ。何人もの男だったと証言してる。頭から袋を外してもらえなかったから、実際は見えなかったんだけど。で、アレックスが警察に話した情報で、絶対に公開しないでほしいと言ったことがあるの。たとえ相手が捕まって裁判ができたとしても、明かさないでほしいそうよ。

最初の男はレイプしたあと、払ったカネをかえせと言ったそうなの」

「なんだって？」ガスは思わずステファニーの顔を見て、それから慌てて前方に視線を戻す。

「その男は、アレックスが事前に聞いていた話とちがうと言って、レイプのために払ったカネをかえせと要求したのよ。ちなみに、その男の主張が正しいのかどうか、確かめるすべはないんだけどね」

「どんな主張なんだ？」

「アレックスが処女じゃなかったってこと」

52

部屋に着いた瞬間、わたしはそのままベッドに突っぷして泣きだしたくなる。気持ちがどんどん張りつめていって、時間が経つごとに、息が詰まりそうな感覚がひどくなっていく。腰をおろして深呼吸し、いつも言語療法士として患者に指示しているような気持ちの落ちつけ方をいろいろと試してみる。だが、どれも効かない。たぶんどの方法も、ひとつ屋根の下で殺人犯と暮らしているかもしれない人間には効かないのだろう。

ポケットからスマートフォンを取りだして見てみると、電波が届いていない。

「ああ、もう！」多少電波のましなバルコニーに出ていき、番号案内に電話をかける。

通話は途切れ途切れで、なおかつわたしが声をひそめているので、オペレーターはわたしの言葉を聞きとれずに何度も訊きかえしてくる。

「ペンザンス警察署をお願いします」できる限り静かに、テラスに背を向けて声が響かないようにして言う。ようやくオペレーターに伝わり、テキストメッセージで番号が送られてきた通知音が聞こえる。

ここから電話はかけたくない。誰かに聞かれるリスクが大きすぎるし、わたしのやることを喜ばない者がいるのは間違いないからだ。だから部屋からタオルを取ってきて、泳ぎに行くように見せかけて浜辺へ向かうことにする。そこでも電波が入らなければ、崖《がけ》の上までのぼっていって、海沿いの歩道を歩いていき、電波の入る場所を探せばいい。

タオルを肩にかけ、スマートフォンをポケットに押しこみ、わたしは石段を駆けおりてテラスに出ていく。

「出かけるの、ジェマ？」

声をかけられてぎょっとする。イザベルがわたしたちの部屋の真下にある戸口に立っていた。警察の電話番号を問いあわせている声を聞かれただろうか。

「ビーチまでね」わたしはさりげなさを装って肩をすくめる。「ちょっと足だけ浸かるつもり。さすがにあの冷たい水で泳ぐのは気が引けるし」

「ウェットスーツがあるのよ。ボートハウスに」

わたしの顔に浮かんだ唖然《あぜん》とした表情を見て、イザベルが言葉を継ぐ。

「アパートメントにあるわけじゃないわよ」どことなく馬鹿にしたようなトーンで言う。「ボートが置いてある一階にあるの。たぶんいまボートはないけどね。アンドリューが今朝、ランチのあとセーリングに行くために海に出しておくと言っていたから。急げば会えるんじゃない。一緒に乗っちゃえば」少しもユーモアが含まれない笑い声をあげ、イザベルは踵《きびす》をかえして室内に戻っていった。去り際の一言がかろうじて聞こえてくる。「ランチのときはどんな暴露話が聞けるのか楽しみね」

イザベルのいなくなった場所をしばらく見つめる。わたしが帰りたがっていることはイザベルも知っているはずだが、どういうわけかウェットスーツを勧めてきた。わたし以外の誰も、アレックスの死んだ場所で泳ぐことになんのためらいもないようだし、泳いでもいいような気がしてきた。警察に電話をかけたあと、ウェットスーツを探してみよう。冷たい水で気分を改めたい。

マットの姿はベンチになく、ほかに誰の姿も見えなかったので、わたしは狭い小道を歩きだす。昨年よりもいっそう木々が生い茂っていて、いまにも道をふさぎそうなところもある。蔦《つた》が身体に触れるのを感じながら進んでいくと、軽く撫《な》でられるような感触に鳥肌が立つ。左右に高くそびえる木々のせいで音は何も聞こえず、わたしはひとりきりでいることを痛感し、心細くなる。粗い造りの石段は不安定で、ぬかるんだ表面が木々の隙間から漏れるかすかな陽射しに光っている。ようやく誰もいない浜辺に出られたときは、思わずほっとしてしまう。

アンドリューがボートを出しているとイザベルが言ったのは本当だった。それは入江に浮かんでいて、外海を向いているが、動いてはいない。そのボートの乗り降りに使う小型のテンダーボートが浜のほうにあるので、アンドリューは何かを取りにでも戻ったのだろうか。見まわしてみるが、アンドリューの姿はない。入江には誰の姿もなかった。

わたしはボートハウスの先にある、大きな黒い平らな岩を目指す。昨年アンドリューがそこから海に飛びこんだときは、怪我をするのではないかと思ってぞっとしたものだ。浜辺から離れた場所に来たので、わたしは振りかえって誰も来ないことを確かめる。そこは電波がいいとは言いきれないが、通話をするには充分そうだ。

「おはようございます。ステファニー・キング部長刑事をお願いしたいんですが」

「申しわけありません。キングは本日非番です。代わりの者がご用件をおうかがいしましょうか」

がくりと肩が落ちる。キング刑事に話をするつもりで張りきっていたので、なんと言うべきかわからなくなってしまう。ここでの出来事を話したいと思えるのも、理解してもらえるのもあのひとしかいない。あの夜にルーマニア人の女性はここに来たかもしれないこと。わたしの勘が正しければ、女性の姿を誰かが見ているし、話もしているはずであること。それなのに、どういうわけかそれを認めたがらない誰かがいること。言いたいのはそれだけではない。ルーカスのことや殺人ゲームのことも話したい。アレックスの死が殺人であるというルーカスの説が妄想でないとしたら、犯人はどれだけ証拠を隠滅しようと目論《もくろ》んでいるのだろうか。

それなのに、刑事は不在だった。

「できるだけ早く、ポルスキリンからジェマ・ハドソンが電話してきたと伝えていただけませんか。ルーマニア人の女性に関する情報があるかもしれないとお伝えください」そこで言葉を切り、それ以上のことも話そうかどうかと迷う。逡巡《しゅんじゅん》したのちに、心を決める。キング刑事に事情が伝わることを願って、電話口の警察官に伝言を託す。

「わかりました。ありがとうございます、ミズ・ハドソン。誰か、ほかの捜査員をそちらへ向かわせましょうか？　とても動揺してらっしゃるようですし」

「いいえ、結構です。もしかしたら考えすぎということもありますから。キング刑事と話しあって、ご意見をお訊《き》きしたかったんです」

「承知しました。お話はかならず本人に伝えます」

通話を終える。これ以上わたしにできることはないが、どうしても落ちつかず、そわそわしてしまう。アンドリューかほかの誰かによって、ボートハウスのドアは開け放たれたままだ。

　立ちあがり、タオルを手にしてスマートフォンをポケットに入れ、砂利の浜辺を歩いていく。水着は持ってきていないが、下着の上にウェットスーツを着ればいいだろう。

ボートハウスの内部は思っていたよりも広く、奥は崖のほうにまで広がっているが、外からはそこまで大きい建物だとはわからない。室内のなかばまで、戸口から射しこむ陽光に照らされているが、その先は影に覆われていて何があるのかわからない。明るい屋外から薄暗い室内に目が慣れてきたとき、わたしは衝撃に身をこわばらせる。部屋の奥の隅に、何かがロープに吊《つ》るされている。二本の脚が前後に揺れ、両腕がだらりと身体の脇に垂れている。

　悲鳴をあげずにいられなかった。助けを求めて後ろを振りかえったが、戸口の先には誰もいない。

どうしたらいいのか。

恐る恐る足を踏みだすと、そよ風がわたしの首を撫でる。吊られた身体は揺れ、顔は天井が投げかける影に隠れて見えない。さらに近づいてみる。それが誰であろうと、生きているかどうか確かめなければ。アンドリューの顔と、浜辺にあったテンダーボートが頭に浮かび、わたしは怯《おび》えを忘れて身体のほうへ駆けつける。

あと十メートルというところで、わたしは安堵《あんど》にすすり泣きだした。それは人間の身体ではない。ウェットスーツが干してあるだけだったのだ。その奥にはさまざまなサイズの黒いネオプレーン製のウェットスーツがハンガーに吊るされている。ゆっくりと歩み寄ってみるが、スーツはなんとも言えない不気味な雰囲気を放っている。

歩きながら、わたしはボートハウスの内部を見まわす。そこにはありとあらゆる機材が揃っているようだ。吊りあげ装置、壁際の棚に並べられた二艘《そう》のカヤック、さまざまな雨具、ライフジャケット、空気で膨らませる小型のボート。ずっと奥にウェットスーツが並んでいて、その向こうに上へと続く階段があり、アパートメントに行く経路がそこにもあることを知る。

ボートハウスのなかは静寂そのものだったので、外から砂利を踏みしめる音が聞こえたとき、わたしの心臓が跳ねる。さっと振りかえる。戸口に男性のシルエットが見え、背後から陽に照らされている。誰なのかはわからない。

近づこうとしたとき、後ろにかすかな気配を感じる。振りむこうとしても身体が凍りついてしまう。何かが頭に触れ、それが顎《あご》まで引きおろされたとき、肌を刺すような恐怖が身体を貫き、肺の奥から悲鳴がこみあげる。それが口をついて出てきたとき、顔に被《かぶ》せられた布が強く締めつけられ、くぐもった声しか出せない。息が苦しい。こんなことが起きるなんて。腕と肘《ひじ》を背後に思いきり振って暴れ、鼓動が激しくなる。駆けつけてくる足音が聞こえる。一瞬、助けが来てくれたのかと思った。

　でも、ちがった。腕がつかまれ、ねじりあげられ、内側の柔らかい肌を相手に向けさせられる。わたしはもがき、蹴《け》り、叫ぼうとしたが、何か鋭いものを肌に刺される。万力のように力強い指に腕をつかまれながら、はっきりと悟った。

　わたしは死ぬのだ。

　空気を求めてあえいでみても、顔に被せられた袋が唇や鼻に張りついて呼吸もままならない。背中に汗が流れるのを感じながら、わたしは前にいる人間を蹴りつける。

　ふいに、感覚が変わっていく。身体が痺《しび》れはじめ、それが腕や背中、首、足にまで広がっていく。身体が重い。蹴ろうとしても足が言うことを聞かない。時の流れが遅くなり、いますぐ床にくずおれ、眠りにつきたい気分だった。朦朧《もうろう》とした意識のなかで、わたしはなかば引きずられ、なかば持ちあげられながら、階段をのぼらされているのを感じる。もはや抵抗する気も起きない。

53

ニーナはランチの席で、自分とルーカスはさぞかし不幸そうに見えるだろうと考えた。午前中はキッチンで料理をしようとしたものの、ほとんど何も手につかなかった。ルーカスのことと、彼がいまだに語ってくれないことが気になって仕方がない。それに、ルーカスが〝一緒にいても不幸にするだけだ〟と言っていたのはどういう意味なのだろうか。やはり、ほかに女性がいるのだろう。財団の仕事という名目で、以前よりもずっと長い出張に出ているとき、会っている相手がいるのだ。

そんな思案からニーナを引きもどしたのはマットだった。

「誰か、ジェマを見かけなかったか？」心配そうに眉根《まゆね》を寄せている。

「部屋にはいないの？」ニーナが言う。

「ああ。外で本でも読んでいるのかと思ったんだけど。食事中に悪かった、ルーカス。捜しに行ってくるよ」

「それには及ばないよ。アドリアンナに行かせるさ。ランチの用意ができたと伝えさせるから」

家政婦が大皿をふたつテーブルに運んできて置いたとき、ルーカスはイタリア語で静かに語りかけた。

マットは立ちあがったまま、すわろうとしなかった。けれどもルーカスがうなずいたのを見て、ゆっくりと腰をおろし、自分の席についた。

ニックが口をひらく。「ルーカス、おれたちは皆、何をすればいいのかわからなくて途方に暮れている」諭すような口調で言う。「この二十四時間は全員にとってつらい時間だったが、誰もがおまえの置かれた状況に気を遣ってきた。それなのに、おれたちは非難されたり脅迫されたりしている。もうこんなことは終わりにして、おれたちは家に帰り、おまえは頭を冷やすべきじゃないか。ニーナと一緒に日常生活を取りもどせよ。おれたちがここにいると余計、事態が泥沼化するだけだろ」

ニーナは拍手を贈り、こう言いたい気分だった。〝そうよ、いますぐ皆、帰ってちょうだい〟けれどもルーカスはニックの言葉を聞きながら、歯を食いしばっている。

「誰も帰らない、ニック。ゲームを続けるだけだ。ダイニングルームからきみたちのメモ帳を集めてきたから、これからあらゆる証拠を調べ、誰が妹を殺したのか、ぼくは突きとめる」

「なあ、おれたち仲間だろ」

ルーカスの表情は変わらなかったが、ニーナには夫のなかで怒りが燃えたぎり、抑えるのもやっとなのがわかる。

「ニック、もう一度ぼくを仲間などと呼んだら首を絞めてやるからな。おまえはこの数年で、ぼくに多くの恩を売ったと思っているだろうが、こちらからは一切何も頼んでいない。そしておまえからの親切心を受けとったことは一度もない。せいぜい気をつけないと、まずいことになるぞ」

アンドリューが口をはさむ。「参ったな。収拾がつかなくなってきた」そして言葉を継ごうとしたとき、門のインターホンが鳴った。

「わたしが出るわ」ささやきに近い声でニーナが言う。そしてルーカスに目を向けることなく、席を立って廊下へと出ていった。

これはどういうことなのか。ニーナに案内され、客人たちがランチを楽しんでいるはずのテラスにガスとともに着いたとき、ステファニーはそう思わずにいられない。どう見ても全員が昨日よりずっと茫然《ぼうぜん》としている様子で、ステファニーのほうに向けられる視線はどれも虚《うつ》ろで生気がない。あれからいったい何があったのか。

「ランチの席をお邪魔してすみません。覚えている方もいらっしゃるかもしれませんが、こちらは去年も捜査にかかわったブロディ警部です」

ふたりがあらわれたことにルーカスが動揺していたとしても、慇懃《いんぎん》な態度でうまく覆い隠しているようだった。

「どういったご用件でしょう、刑事さん」ルーカスが言う。

「ジェマ・ハドソンとお話をさせていただけますか」

「ご覧のとおり、ジェマはここにはいません。話はぼくがうかがいます」

「いえ、結構です、ミスター・ジャレット。ジェマが電話でわたし宛てに伝言を残したんです。個人的に話したいことがあったようで。携帯電話に何度もかけてみたんですが、つながらなくて」ステファニーはジェマの夫に目を向ける。「ミスター・ハドソン、あなたは確かお医者さんでしたよね？」

「そうです。マット・ハドソンです」微笑もうとしたようだが、顔のこわばりは解けなかった。

「奥さまはどちらへ？」ステファニーが訊く。

　ガスはここまで一言も発していない。ステファニーははっきりと、一緒に来てもいいが観察するだけにしてほしい、どうしても必要な時だけしか口をはさまないでほしいとガスに伝えていた。この件の捜査はステファニーの担当であって、ガスではない。

「ジェマはまだランチに来ていないんです」マットは言い、椅子の上で身じろぎをしながら、命綱を握るかのようにフォークを手にしている。「ルーカス、食事の用意ができたとアドリアンナから妻に伝えてもらっているんだよな？」

　ルーカスは思案顔で皿の上のトマトを押しのけ、やがて口をひらく。

「本当はまだ話したくなかった。ジェマが、できるだけ皆に伝えるのを遅くしてほしいと言っていたから。マット、残念だけど、ジェマは出ていったよ」

　マットは椅子から前に身を乗りだす。「どうしてだ？　いつ？　どうやって帰ったんだ。車はあるのに」

「ああ。ぼくが駅までのタクシーを手配した。列車が出発するまでは、きみに知らせないでほしいと言われていたんだ。追いかけてきたら困るからと。どうやら今朝、何かが起きたようだ。何か聞いたのかもしれない。詳しいことを知っていたら教えてほしい」

　ルーカスは眉《まゆ》をあげ、なんの悪気もないような口調でマットに話しかけているが、ステファニーには脅すような調子に聞こえた。マットが顔をそらす。

「どうして何も言わずに出ていったんだ」マットが言う。

「わからない。ジェマが決めたことだ。あとで会ったらきっと、理由は話してくれるだろう」

ステファニーは黙っていた。ジェマが警察に電話をかけて伝言を残したのに、勝手に帰ってしまうというのは奇妙に思える。

「ミスター・ハドソン、奥さまの荷物がなくなっているかどうか確認していただけますか。衣類が残っていたとしても、バッグや財布、携帯電話などはどうでしょうか」

「わたしが一緒に行きましょう」ガスがマットに声をかける。

マットが真実を話しているのかどうか、ガスは確かめようとしているのだ。ここにいる人々のことを、ガスがいかに信用していないのかがよくわかる。

マットとガスが歩きだし、屋敷の脇へとまわっていったところでステファニーは口をひらく。

「ミスター・ジャレット、おっしゃるとおりにミセス・ハドソンが出ていったのであれば、皆さんそれぞれからお話をうかがうことになると思います。電話を受けたのはわたしではないのですが、ミセス・ハドソンはリディア・ダルカが去年、結婚式の前日にここを訪れたと考えたようなんです。ですから、皆さん全員にリディアを見たかどうか確認する必要があります」

またしても、奇妙なことにこの場の誰ひとりとして、ほかの者と目を合わせていない。それぞれが皿の上の料理やグラスのなかの酒、頭上の蔓棚《つるだな》から垂れている見事なバラなどに目を向けている。ガスが戻るまでステファニーは何も言わないつもりだったが、少なくともひとり、反応を確かめてみたい相手がいる。

「ミスター・ジャレット、電話で受けた伝言によれば、あなたは妹さんが自殺したのではないと考えているとか。何者かに殺されたと思っているそうですね」

それを聞いても、誰ひとり驚きをあらわにしなかった。身じろぎすらしていない。そして、ルーカス・ジャレットだけがステファニーを見据えている。ほかならぬ敵意に満ちた瞳《ひとみ》で。

54

ステファニーはガスとマットを待っているあいだ、世間話をして間を持たせようなどとはしなかった。さきほどルーカスの意図を知っているとステファニーが表明してからは、誰も一言も発していない。仲間うちで話をすることもなければ、目の前に並ぶ豪華な料理に手をつけることもなく、誰もがひたすらワインを飲みつづけている。

数分後、気落ちした様子のマットが戻ってきて、そのあとを歩くガスがステファニーにかすかにうなずいてみせた。

「ミセス・ジャレット、ブロディ警部とわたしも席についてよろしいですか」ステファニーが訊《き》く。

ニーナは許可を求めるように夫の顔を見てから、空いている椅子を手で示した。

「ミスター・ハドソン、奥さまの荷物はなくなっていましたか」ルーカスの向かいの席につきながらステファニーが訊く。

マットはうなだれ、口をひらく。「ハンドバッグと洗面用具がなくなっていました。服は残っているものもありましたが、それはぼくの服と一緒に大きいスーツケースで持って帰らせるつもりだったようです。小さいスーツケースは妻が持っていったみたいでした」

「では、奥さまはどこへ行かれたと思いますか」

「家に帰ったんですよ！」ほかの場所に行くなどありえないというように、マットは語気を強める。

「もし、わたしよりも先に奥さまと話せたら、電話をかけてほしいと伝えてください。電話番号をお渡ししておきます」ステファニーは名刺を渡しながら、ふと昨夜置いていった名刺はどこへ行ったのだろうかと考える。

「それでは、ミセス・ハドソンがおっしゃっていた問題について話しましょう。伝言によれば、彼女はリディア、つまり昨夜わたしが話していたルーマニア人女性がここに来た可能性が高いと思っているそうです。なぜそう思うのか理由までは聞いていませんが、それはあとで話せたときに尋ねておきます。そういった状況なのですが、何かご存じの方がいればお聞かせください」

沈黙が流れる。

「ジャレット夫妻にお尋ねしますが、門のところに誰かが来た場合、インターホンを押してなかから開けてもらわないと入れないのですよね？」

「そうとも限りません。あの日は夜遅くまで、大勢の出入りがありました。誰かが出ていくときに入りこむことも可能です。門は敷地の内部から出ていこうとして近づくと、自動的に開くようになっているんです」

「車もそうやって入りこむことができますか？」

「さすがに車は無理ですが、歩いてきたら入れるでしょう」

「これまでに、リディアが徒歩で来たとは一度も言っていません。町からはかなりの距離があるのに、なぜ徒歩だという前提なんでしょうか」

ルーカスはステファニーをただ見据える。

「ああ、そうだった！」派手なシャツと逆立てた短髪の男性が唐突に声をあげた。確かニック・ウォレスという名だった。「その女の子、来てましたよ。おれが見ました。誰かと話しているところは見てないし、おれも話はしていませんけど」

ニックの妹が小声でつぶやく。「勘弁してよ、ニック」

「昨夜わたしがいるときに、なぜ言ってくださらなかったんですか。ミスター・ウォレス」ステファニーは怒りに声をうわずらせる。

ニックは長い指で髪を掻《か》きあげ、ますます逆立たせる。「だって、元気に生きてましたし、さっさと出ていっちゃいましたから」

ステファニーの鋭い目つきに浮かぶ苛立《いらだ》ちを見て、ガスがとっさに代わって質問する。「どこで見かけたんでしょう。リディアは何をしていましたか」

「小道を歩いて、屋敷から遠ざかっていきました。海沿いの歩道に向かうか、左へ曲がれば入江に出る道です」

ルーカスが口をはさむ。「ぼくたちには、テラスにいて酒を飲んでいたと言ったじゃないか」声がこわばっている。

「ああ、たしかに言ったよ、ルーカス。本当の居場所を話したら、おまえがどう思うかわかっていたからな」

ルーカスはニックをしばらく見据える。口をひらこうとしたところで、ステファニーが声をかける。

「ミスター・ウォレス、リディアを見かけた場所と時間について詳しく教えてください」

「おれはビーチから戻ってくるところでした。小道まで来たとき、足音が聞こえてきたんです。アレックスだと思ったんで、木陰に隠れました」

「どうして隠れたりしたんだ」ルーカスが言う。質問するのはこちらの仕事だとステファニーは言いたかったが、ひとまずニックの答えを待つ。

「そこにいることを知られたくなかったんだよ」

ルーカスが鋭い視線を投げつけ、さらに問い詰めるものと思われた。ところがしばらくすると、顔をそむけてしまった。

「小道は夜にライトがついているんじゃないですか」ガスが言う。「去年来たとき、地面にライトがあったのを覚えています」

「おれが降りていったときはついていましたが、戻ってくる途中で消えたんです。それはともかく、来たのはアレックスじゃないとおれは気づきました。若い女の子で、髪は前に説明されたみたいに、ドーナツみたいな形でまとめていました。きっとおれを見たら怖がるだろうと思って、小道の脇に入ったまま木陰から見ていたんです」

「見知らぬ女性が夜遅くに敷地内を歩いているなんて、変だと思わなかったんですか」

「いや、べつに。海沿いの歩道は何キロも先まで続いていますし、入江で誰かと待ちあわせして、散歩にでも行くのかと思って」

「誰かというのは、この家にいたゲストの誰かですか」

「わかりません。おれじゃないですし、ほかの誰なのかも知りません」ニックは視線をルーカスからマットに移し、眉《まゆ》を吊《つ》りあげたあと、アンドリューを見やる。「もしかしたらアンドリューかな。そういうの得意だろ」

アンドリューは呆《あき》れたような顔で首を左右に振り、返事すらしない。

「どうしてボートハウスのほうへ向かったのか、その理由を聞いていないぞ」マットが言う。妻がいなくなったことを知ってから、口をひらくのは初めてだ。

「おまえたちには関係ないよ」

「いや、ぼくには関係ある」ルーカスが身を乗りだす。

ニックがため息を漏らす。「そんなに勘ぐるなよ。アレックスと落ちついて話をしたかっただけだ。でも、いなかったんだ」

「いないのを確かめたのか？」

「ルーカス、もういいだろ？　あとでふたりのときに話すから」

「いや、よくない。アパートメントまで行ったのか？　話をしたかったのなら、どうしてアレックスが来たと思ったときに隠れたりしたんだ」

ニックの顔はうっすらと汗に覆われ、かすかに光っている。笑みを浮かべていないニックの口角はさがり、目の下の隈《くま》がいっそう際立って見える。

「おれがアレックスと話したかった理由は知ってるだろ！」ニックが抑えた声で言う。「だけど、やはり思いとどまったんだ。もう放っておいてくれ、ルーカス」

ニックは急に椅子を引いて立ちあがり、足早に屋敷の前を歩き去っていってしまった。

55

「まったく、あのニック・ウォレスっていう男、信じられない」書斎に入るなり、ステファニーはガスに向かって言う。ルーカスにその部屋を使っていいと言われたので、ドアを閉め、誰も入ってこないようにもたれかかる。「このままじゃすまさないわ。徹底的に問い詰めて、木陰に隠れて何をしようとしていたのか吐かせてやる。絶対に」

「ステファニー、肝心なのはリディアがここに来ていたとわかったことだ。それがいい知らせなのかどうかはわからないが。ひとりの女性が亡くなり、ひとりが失踪《しっそう》している。いったいここでは何が起きているのか」

ステファニーはふいに思ったことを口に出す。「彼以外はリディアを見たことは認めていないけれど、隠しているだけなのかもしれないわ。それに、ジェマはどこへ行ってしまったの。あんな伝言を残しておいて、さっさと帰ってしまうなんて」そこでいったん言葉を切る。「署に連絡を入れるわ。状況をチームに伝えておく」

「そうだな。それと、ルーカス・ジャレットがなぜ妹の死因を疑いだしたのかも探らねばならない」

「そのことについても、誰も何も言っていなかったわよね。あなたがマット・ハドソンと席を外しているあいだ、ジェマの伝言について話をして、全員の反応を見てみたの。皆まばたきひとつしなかったわ。少しも驚いていなかった」

「ジャレットの疑いが正しいか否かどちらであっても、目のまえに警戒すべき事態があることに変わりはない。彼の言うように殺人なのだとしたら、はたしてリディアは事件にかかわっていたのか。だから逃げているのか。それとも何か目撃したのか。あるいは、このふたつの事件はまったく別物なのか」

ふいに、ステファニーはガスがこの場にいてくれてよかったと心から思う。なるべく口を出さず、捜査は自分にまかせてほしいと言ったものの、事態は単なる行方不明者の捜索にとどまらなくなってきた。ここには不穏でただならぬ空気が流れていて、昨年のいまごろはあれほど失意の底にあったルーカス・ジャレットが、別人のようになっている。まるで檻《おり》に入れられた虎が、うろつきながら獲物を求めているかのようだ。

「あなたもプレスコットに連絡を入れるんでしょ？」ステファニーは言う。

ガスは決まり悪そうな笑みを浮かべる。プレスコット主任警部は、重犯罪捜査部におけるガスの上司だ。「悪いな、ステファニー。なるべく手出しはしないと言ったが、アレックスの死因に関する話を聞いたいま、放っておくことはできない。承認をもらって、わたしからも聞きこみができるようにしたい」

「じゃ、あなたが電話しているあいだ、わたしは溜《た》まった鬱憤《うっぷん》をニック・ウォレスにぶつけてくるとするわ」ステファニーはにやりとしてから書斎を出ていく。

ニックはきっと隠れているだろうと思っていたが、ようやく敷地の隅のほうで見つけることができた。

「ミスター・ウォレス、リディアを見かけたことをやっと認めてくださって助かりましたよ。まあ、昨日おっしゃってくれれば大きく手間を省けたはずですけど」実際は、ほかに目撃者がいないので昨日聞いたところで何も変わらなかったのだが、それを言うつもりはない。こちらが優位に立っておくに越したことはない。ステファニーは話を続ける。

「よく記憶をたどって、できる限り思いだしてください。いいですね?」ニックは用心深く首を縦に振る。ステファニーは言葉を継ぐ。「ほかに何か気づいたことはありませんか。誰かの声を聞いたとか。リディアはひとりだったんですか。電話で会話をしていませんでしたか。ビーチにはほかに誰かいませんでしたか」

ニックは質問の内容に安堵《あんど》したような顔になり、ルーカスに問い詰められていたときよりもずっと明るい調子で語りだした。

「ほかには誰も見ていませんよ。確かです。すごく静かで、聞こえるのは波の音だけでした。その女性は携帯電話のライトで足もとを照らしていました。さっきも話したとおり、小道のライトが消えていたのでね。おれはただ、怖がらせないようにと思っただけなんです」

「それはわかりました。何時ごろだったか覚えていますか」

「さあ、はっきりとは。おれはビーチにしばらくいたんですが、おそらく十時半か、もう少し遅かったくらいかな」

「ジェマ・ハドソンが残していった伝言について、どう思いますか。ミスター・ジャレットは妹が殺されたと考えていることについて」

ニックは急に無表情になり、殻に閉じこもったことがわかる。

「それはないと思います。きっと、ルーカスは妹を愛するあまり暴走しているんだ。大切な誰かが命を絶つという選択をしたら、遺《のこ》された身内は自分を責める必要はないとわかっていても、罪悪感に苛《さいな》まれるんじゃないでしょうか」

「じゃあ、あの夜にアレックスと話したかったのはなぜですか」

ニックが頭を深く垂れたので、ステファニーはその目を見ることができなくなった。なんと答えるべきか、必死に考えているであろうニックの言葉を待つ。

「おれはルーカスにＥメールを送ったんです。プライベートな内容で、あいつだけに読んでほしかったんですが、アレックスが目を通したと言われて。だから、ちゃんと削除したかどうか訊《き》きにいくつもりでした」

「どういった内容のＥメールですか」

「たいしたものじゃありません」

「そうとは思えませんね」

ニックが顔をあげ、ステファニーを見据える。「プライベートなものです。それしか言えません」その目を見れば、それ以上は何も認めないつもりだとわかる。「話が終わりなら、おれはもう行きますね。ルーカスを捜して、さっき言いすぎてしまったことを謝りたいんで」

「それじゃ一区切りしましょう、ミスター・ウォレス。でも、これですべてが終わりというわけではありません」

一瞬ステファニーに目をやってから、ニックは歩き去っていった。いまはニックに真実を話すよう強いることはできないが、もしプレスコット主任警部がアレックスの死に関する捜査の再開を決めれば、いつまでもあんな頑《かたく》なな態度を取ることはできなくなるはずだ。

ステファニーはスマートフォンの画面を見てみる。電波が入っていない。

「まったくもう」


「遅くなって悪かったわ」書斎に戻りながらステファニーは言う。「携帯の電波が少しでも入る場所を探していたら、やたらと時間がかかっちゃって」

「ジャレットが、固定電話を使っていいと言っていた」ガスが言う。

「よかった」ステファニーは電話に手をのばす。「もう一度ジェマにかけてみる。彼女の身が心配だわ」呼び出し音もなく、すぐに留守番電話につながった。「だめだわ」

ステファニーは肘掛《ひじか》け椅子にどさりとすわってもたれかかり、ジェマは単に気まぐれな人間なのだと自分に言い聞かせる。ふとドアを軽くノックする音がして我にかえると、戸口からニーナが顔をのぞかせる。

「コーヒーでもいかがでしょう」

疲れきった顔をしている。こんな事態になって、さぞかし参っているのだろう。

「ありがとう。ぜひお願いします、ミセス・ジャレット」

「ニーナと呼んでください」

ステファニーはうなずく。「ご主人に、ミセス・ハドソンがどの列車に乗ったのか、それと迎えに来たタクシー会社の名前がなんなのかを訊いておいていただけますか」

「わかりました。すぐに訊いてきますね」ニーナが去っていき、ドアが閉まる。

ガスに向きなおり、ステファニーは言う。「待っているあいだ、あなたの考えを聞かせて。この事態で頭が混乱してしまって」

「わたしも考えているところだが、何よりも思うのは、これこそ最高の休日の過ごし方だってことさ」

罪悪感で胸がちくりとする。ガスは真顔を保っていたが、やがて口もとを緩めた。ステファニーをからかっているのだ。ひとまずそう願いたかった。

「真面目な話、プレスコット主任警部は、リディアの件の聞きこみをきみのチームに続けてもらい、アレックスの死に関する事実の洗いなおしをするために、新たな捜査を開始すると言っていた。きみとわたしで連携してほしいと頼まれたので、了承しておいたよ」眉《まゆ》を吊《つ》りあげながら言うガスに、ステファニーは大きな笑みを向ける。

上の判断は妥当なものだが、ルーカス・ジャレットとその客人たちは喜ばないかもしれない。

ノックの音がまた聞こえる。ドアが開けられ、黒いレギンスに長袖《ながそで》のTシャツ、白いエプロンを身につけた若い女性がコーヒー二杯を運んできて、そのすぐ後ろにニーナがついていた。

「主人によれば、ジェマは十二時五分発のエクセター行きに乗る予定だったそうです。そのあと乗り換えになるとか。でも、タクシー会社の一覧表を渡しただけで、電話はジェマが自分でかけたそうです」

若い女性はコーヒーと手作りらしきビスケットの皿を置き、部屋を出ていった。ふとステファニーは、家政婦やヘルパーを雇うというのはどんな気分だろうと考える。自分にはそんな生活が合うとは思えない。何人もの他人に私生活を知られてしまうなんて。そう思ったとき、昨夜考えたことがふと頭に浮かんだ。

「ニーナ、あとひとつ訊かせてください。家政婦は今年、新しいひとになっていますね。去年働いていた家政婦の連絡先はわかりますか？」

「わたしはわかりませんが、主人なら知っているかも。訊いてみます」

「いえ、結構ですよ。わたしから訊きます。さっきコーヒーを出してくれた方は、去年も働いていましたか？　スタッフのなかの誰かが、リディアを見かけたかもしれないと思いまして」

「いいえ、エシーは臨時雇いのメイドで、ここで働きだしたのは二日前です。お役に立てなくてすみません」

また壁にぶつかった。

ところがニーナが出ていくとき、ステファニーはあることに気づいた。最初ルーカスは自分がタクシーを手配したと言っていたのに、さっきの話では一覧表を渡しただけということになっていた。どちらが本当なのだろう。

56

「準備はいいかい」ガスが言う。

「ええ」ステファニーは背筋をのばす。ふたりがこれから質問をしても、間違いなく彼らは徹底して事実を隠そうとするか、少なくともごまかそうとはするだろう。そうでなければ、ルーカス・ジャレットはなぜ妹の死に対する疑いを警察に隠していたというのか。諦《あきら》めずに追及しなければ。

ふたりはテラスへと歩いていき、ジャレット夫妻と客人たちがそろそろランチを切りあげようとしている場へと入っていく。テーブル中央の大皿の上には、美味《おい》しそうな梨のタルト・タタンが置かれているが、まったく手がつけられていない。ステファニーの口に唾《つば》が溢《あふ》れ、ガスと一緒に何か食べられるのはいつになるだろうかと考える。

アンドリュー・マーシャルがその場を去ろうと立ちあがっている。

「ミスター・マーシャル、あと少しだけここにいていただけるとありがたいです」ステファニーが声をかける。

軽く肩をすくめ、アンドリューが席につく。

ステファニーはルーカスに向きあう。「ミスター・ジャレット、さきほどのお話ではジェマ・ハドソンのためにタクシーを手配されたということでしたね。ですが、奥さまによればあなたはタクシー会社の一覧表を渡しただけで、電話はミセス・ハドソンがかけたということです。いったい、どちらが本当なんですか」

「一覧表を渡しました。はっきり言わなかったのが悪かったですね。ぼくが電話をかけるつもりでしたが、ジェマが自分の携帯からかけると言ったので」

「帰るところは見届けましたか」

ルーカスはじっと考えこむような顔つきを見せる。とはいえ、今日の出来事を話しているのだ。忘れることなどありえない。

「いえ、見届けていません」

「午前中はどこにいたんですか」

「書斎にいましたが、何度か出入りはしたと思います」

書斎は正面側にある。タクシーが来たとしたら、デスクを離れていない限りは見えるはずだ。

「どなたか、ミセス・ハドソンが帰るところを見た方はいますか？　タクシーが来たところでも」

ステファニーは全員の顔を見まわす。マット・ハドソンだけが落ちつかない様子で目を泳がせているが、そのほかの者たちは目をそらさずにいる。

ガスが一歩進みでる。「今回お訪ねした当初の目的は、失踪《しっそう》したリディア・ダルカの身に何が起きたか調べることでした。ですが、ミセス・ハドソンの伝言によれば、事態はそれだけにとどまらないようです」ガスは大柄な身体をルーカスのほうに向ける。「キング刑事からすでに話があったと思いますが、ミセス・ハドソンによれば、あなたは妹さんが殺害されたと考えているそうですね、ミスター・ジャレット。それはたしかでしょうか」

誰ひとり身じろぎもしない。口もとに持っていかれたグラスが宙でとまり、誰もがガスから目をそらしていた。ひとしきり見わたしてから、ステファニーは視線をルーカスに据え、血の気の引いた顔とぎらつく目を見つめる。

「なぜジェマがそんなことを言ったのか、見当もつきません」

沈黙が流れる。やがてアンドリュー・マーシャルが椅子の背にもたれ、ルーカスを見据えて言う。

「なあルーカス、本当のことを言えよ。おれたちをここに集めた理由はたったひとつ。このなかの誰かがアレックスを殺したと思っているからだろ。そう信じているなら、警察にまかせればいいじゃないか」アンドリューはガスに顔を向ける。「ルーカスはわけのわからないゲームをおれたちにやらせているんです。あの日、誰がどこにいたか、誰が誰に話しかけたか、誰のアリバイが偽物なのかを突きとめたいらしくて。こんなことに意味があるとは思えません。嘘なんか誰もついていない。ついているとしたら、ルーカス本人だ」

ルーカスは身を乗りだし、両手をテーブルに叩《たた》きつけてステファニーを見据え、それから視線をガスに移した。

「あなた方には一切関係ありません。プライベートなことですから」

「殺人が起きたということなら、われわれには大いに関係があると思いますがね」ガスが言う。

「いいえ、ありません。あなた方は自殺だと断定した。妹には暴力を受けた痕跡《こんせき》もなく、岩にぶつかった小さな傷しかありませんでした。殺されたという証拠は何もないのですから、あなた方にできることはないはずです。これ以上追及する必要はないでしょう」

「だけど、あなたは追及しているじゃないの、ルーカス。どうして警察を頼らないの？」ニーナは優しく諭すような口調で、懇願しているかのように言う。

ルーカスの視線が一瞬妻に向けられるが、すぐにそらされる。まるでニーナを見ることで胸が痛むかのように。

「じゃあ、われわれが手を出さないとして、あなたの疑いが正しいとわかったら、どうするつもりですか」ガスが言う。

「そのときは自分でどうにかします。さて、もう話が終わりでしたら、お見送りしますよ」

「自分でどうにかする？　それはどういう意味ですか。ミスター・ジャレット、あなたのことが心配ですね。自分で裁きを下そうなどと思うのなら、考えなおすことを強くおすすめしますよ。私刑は許されるものではありません」

ルーカスは何も言わず、ガスの鋭い視線にひるむことなく相手を見つめかえす。

「なぜ妹さんの死が殺人だとお考えなのか、お話しください」ステファニーが言う。

ルーカスはため息をついたが、目もとの険しさは変わらない。「これだけ言っておきます。妹がぼくの結婚式の前夜に、自殺などするはずがないとわかっているんです」

ステファニーはできる限り穏やかな口調で、慎重に切りだした。「もちろんご存じとは思いますが、自殺は冷静な判断のもとで行なわれるわけではありません。当の本人としては冷静なつもりだったのかもしれませんが。とはいえ、妹さんは計画的にあなたの大切な日を台無しにしたわけではない。きっと、われわれには計り知れないさまざまな感情に押し流されてしまったんだと思います」

「それに、動画も残していましたね」ガスが言う。

「あの動画ですか。ぼくは遺書だとは思いませんでした。もし疑われるなら、もう一度観てみてください」

ガスはさらに食いさがる。「殺しには怒りや嫉妬《しっと》、金目当てなど、動機はいくらでもあります。動機のない殺しはありません。犯人が妹さんの死を望んだ動機はなんだと思いますか」

「それは犯人に訊《き》くべきじゃないんですか。ただ、真実が明るみに出るのを隠すために殺すってこともあるでしょう。誰かの人生を変えてしまうような、恐ろしい真実があったとしたら」

「では、そのような真実に心当たりがあるのですか」

「それを突きとめるために、皆に集まってもらったんです。誰かが隠し事をしていないか。ぼくの知らない何かがあるのではないかと思って」ルーカスはテーブルを囲む全員に目を走らせる。「ですが、ぼくは警察の協力など少しも求めていません。何度も言いますが、これはプライベートなことなので」

この男は怒りを巧妙にコントロールしている。もしルーカスの予想どおり、友人のなかの誰かがアレックスを殺したのだとしたら、どんな手段に出るかわかったものではない。

「皆さんにお訊きしたいのですが、殺人の疑いをかけられていると知りながら、なぜここにとどまっているのですか？」ステファニーが問いかける。

ここでも口をひらいたのはアンドリューだった。

「ルーカスは長年付きあいのある大事な友人です。彼の行ないは褒められたものではありませんが、こんなことをしたのは、アレックスが大切なあまり思い詰めたからとしか思えません。それならおれは、立ちなおるのに手を貸したいんです。ほかの友人たちについては――」その場の全員を示すように腕をあげる。「おれと同じ思いをしている者もいるでしょう。あるいは、ルーカスを恐れて従っているだけかもしれませんね。ここにいる誰もが、暴露されては困る秘密をルーカスに握られているので、やむを得ず言うことを聞いているわけです」

アンドリューの言葉を聞いても、誰ひとり驚きもせず、動じてもいない。

「ミスター・ジャレット、できればわれわれとあなただけでお話しさせていただけませんか。書斎に移動しましょうか」ステファニーが訊いた。

ルーカスは視線をあげ、テーブルを囲む友人たちを見まわした。何も言わずとも、ここを動きたくないというルーカスの意思を全員が汲《く》みとり、ひとりまたひとりと席を立っていく。

ニーナは少しだけ長くその場にとどまり、気遣わしげな目を夫に向けるが、ルーカスが一度だけ首を振ると、背を向けて屋敷に向かっていった。

　ステファニーとガスが話しだすよりも先に、ルーカスは握りしめた両手の拳《こぶし》をテーブルにのせ、身を乗りだして口をひらいた。

「困ったことをしてくれましたね。あなた方が来たせいで、誰もが警戒心を抱いてしまった。皆の口が堅くなってしまったら、ぼくが立ててきた綿密な計画が台無しですよ。妹が殺されたという確たる証拠がない以上、ぼくは友人たちの誠実さに訴えるしかなかった。少なくとも数人には、そうした心があると信じていたんです。もう一度ここでお願いしますが、ぼくのことは放っておいてください。あなた方が調べるべき事実が出てきたら、ご連絡しますから」

「残念ながら、そういうわけにはいきませんね」ガスはルーカスの怒りに動じることなく言う。

「ただ、あなたの言うとおり確たる証拠はありません。ですから、なぜ妹さんが殺害されたと確信するのかお話しください」

　ルーカスはしばらくのあいだ答えなかった。なんとかうまく相手をかわそうと考えているようだったが、ガスの目を見れば、容易に出し抜ける相手ではないとわかるはずだ。

「アレックスは暗くなってから泳ぎに行くんです。その習慣は皆知っていました。もし、ぼくが妹を殺そうと思ったら――そんなことは絶対にありえませんが――不慮の事故で溺死《できし》したように見せかけ、警察から不審に思われないようにします」その目は遠くを見据えている。あたかもいま話した情景を思い浮かべ、それに胸を痛めているかのようだった。「湾の端にある岩の上で待てばいい。アレックスが泳いできたら、飛びこんで水中に引きずりこむ。妹は痩《や》せていて力もないので、簡単なことです。上半身を脚で抱えこんで、両腕の自由を奪い、溺《おぼ》れるまで水中に沈めておけばいいだけです。痣《あざ》や傷が残るとは限りません。そこまで強く押さえつけなくても、動きを封じるだけでいいんですから」

ステファニーは首を左右に振る。「岩は見てきました。かなりの高さがあるので、あんな場所から飛びこめるひとはそうそういませんよ」

ルーカスが乾いた笑い声をあげる。「ぼくたちは子どものころ、自宅のプールのまわりにある塀の上から飛びこんでいましたよ。そのうちアレックスが父に告げ口して、プールの深さが足りないから危ないと言われて禁止されましたけど。ニックは楽しみを奪われて、かなり怒っていましたね。妹をチクリ屋と呼んで。でも、ぼくたちはそれで味をしめて、夏になると海沿いで崖《がけ》からよく飛びこんだものです。いまは〝トゥームストーニング〟と呼ばれているやつですよ。だから、あの岩よりもずっと高いところから飛びこむことができました。どれだけ高いところから飛びこめるか、張りあったものです。ぼくの友人だったら誰でも、あの程度の高さから飛びこむのは造作もないことです」

ステファニーはルーカスをじっと見つめる。怒りを抱いていることに変わりはないが、どことなくルーカスには不安定さが感じられた。実際に友人の誰かがあそこから飛びこんだのか、それともルーカスは悲しみのあまり妄想に走っているのか。

これ以上の進展はなさそうだ。ルーカスの主張には証拠があるわけではなく、仮説にすぎないため、ステファニーは話題を実際の捜査に戻そうとする。

「ひとまず、その疑いについてはいったん脇に置きましょう。もちろん、あとで検討しなおしますけど。もう一度リディアについておうかがいします。あの夜、あなたはリディアを見たのですか、それとも見なかったのですか。どうか本当のことをお話しください、ミスター・ジャレット」

ルーカスは視線をあげ、ステファニーと目を合わせる。こんなに吸いこまれるような琥《こ》珀色《はくいろ》の瞳《ひとみ》は見たことがない。話に集中するため、目をそらさなければならなかった。

「じつはニックの話を聞いて、ぼくもその女性をあの夜見かけたことを思いだしました。正直なところ、結婚式やアレックスの死などいろいろなことが起こりすぎて、いまようやく記憶が戻ってきた感じなんです。訪ねてきた女性はいたと思います。やたらと遅い時間に来て、ほんの少し話をしたあと、ぼくはニーナを捜しにいき、その女性に手伝わせたいことがあるかどうか訊こうと思っていました」

「それで、訊けたんですか」

「ニーナは寝室にいなかったので、また外に戻り、そのリディアという女性に携帯電話の番号を訊いて、妻と話ができたら連絡することにしました。結局、それどころではなくなってしまいましたが。ただ、ぼくは町へ戻るためのタクシー代を払おうと申しでたんですが、彼女は海沿いの歩道を歩くと言って断りました。深夜に歩くのはよくないと伝えたんですが、だいじょうぶだと言われて。彼女は元気そうでしたし、そのあと小道へと向かっていきました」

「ちなみに、小道のライトはついていましたか」

「ええ」
「リディアが小道を歩いている途中で、ライトを消しましたか」
「いや、まさか」
「どうやら、誰かが消したようなんです。ミスター・ジャレット」

57

薬か何かを打たれたせいで朦朧《もうろう》とした意識のなかで、パニックがわたしの身体を駆けぬけ、鼓動が激しくなる。階段を引きずられているとき、完全に意識がなかったわけではないが、身体の自由はしばらくきかなかった。すべてに現実味がなく、朧《おぼろ》げで、誰か他人の身に起きていることのように思えた。それでも少しずつ感覚が戻ってきたので、わたしはなんとかして気だるい感覚を振りはらおうとする。

ここはどこで、わたしはどうやってここに来たのか。ボートハウスに行ったあとの記憶がない。いまわたしは、何か柔らかいものの上に寝ている。ベッドだろうか。

どうしてわたしはさらわれたのか。わたしはどうなるのか。

息をしよう。ゆっくり、吸って吐いて。必死に気持ちを落ちつけようとしていると、徐々に鼓動の激しさが収まってきて、ようやく平常に近づいていく。そのときふいに、新たな恐怖が身体を貫く。

相手はここにいるのだろうか。この部屋に。

耳をすまして息を殺し、身じろぎもせずに横たわったまま、どんなに小さな衣擦《きぬず》れの音ひとつでも聞きとろうとする。誰かが近くにいるなら、絶対にわかるはずだ。気配がするだろうし、呼吸の音も聞こえるだろうし、体臭を嗅《か》ぎとれるはずだ。

だが、何も感じられない。聞こえてくるのは海の音だけで、しかも近かった。波が浜にぶつかって砕ける音は、手をのばせば届きそうなくらいに近い。

首を左右にひねり、顔を覆っている何かから逃れようとする。腕をおろそうとしたが、頭の上で縛られて固定されているようで、頭の下には枕らしきものが置かれている。叫んだりわめいたりしたかったけれど、猿ぐつわを嚙《か》まされていたし、喉《のど》が痛い。しばらくじっと横たわり、恐怖に支配されないように耐える。助けは来てくれるはずだ。かならず。

浜辺にあったテンダーボートとアンドリューのことを思う。彼はきっと近くにいるはず。ここがどこなのかはわからないが、見つけだしてくれるだろうか。そう思ったとき、アンドリューはほかの誰よりも、わたしが疑念を抱いていることをよく知っていたと気づく。そもそもわたしは自分で彼にそう話したのだ。全員がルーカスや互いに本当のことを話せば、真実はおのずと明らかになるはずだと。もしかして、アンドリューはわたしのせいで自分の身が危ないと思ったとか？

彼がこんなことをしたのだろうか？　わたしはボートのなかにいて、湾に浮かんでいるのだろうか。

肩は痛むし、口に詰めこまれた布に唾液《だえき》を吸いとられ、わたしは自分が死ぬのかもしれないと思わずにいられない。たったひとつ望みを持てるのは、まだ何も危害を加えられていないということだ。とっくに殺されて、海に棄てられていてもおかしくないのに。

　ただ、これから何が起きるのかと考えると、わたしの呼吸は浅くなる。涙が溢《あふ》れだして、顔を伝って髪を濡《ぬ》らすのがわかる。いますぐ手を下さないのはあたりまえだ。まだ昼間なのだから。顔を覆う布から光が入ってくるが、何時ごろであるかはわからない。きっと暗くなるまで待って、海に連れだし、ボートから投げ棄てられるのだ。

　拉致《らち》されたときのことを思いだす。相手はふたりいたようだった。戸口にいた男性と、背後にいて、わたしにフードか何かを被《かぶ》せた人物。あれが誰だったのかはわからない。会話はしていなかった。けれども、わたしの腕をつかんでいた手は柔らかかった気がする。女性だったのだろうか。

　それが誰であれ、わたしの存在を危険だと思う人物だったのだろう。なぜなのかはわからない。何を知っていると思われたのかは謎だが、何者かがわたしの口を封じたがっている。

58

「ガス、ルーカス・ジャレットは事実を自分の都合のいいように操作しているのは間違いないわね。リディアのことを忘れてなんかいなかったわ。目を見ればわかったもの。それにしても、ジェマの身がいよいよ心配になってきた。タクシーのことでは嘘をついたのに、そのあとは誤解があったみたいな言い訳をしてきたし」

「まったく、何が誤解だ。あの言い訳はわたしたちではなく、ジェマの夫に言ってやるべきじゃないのか。いったいどういうことなんだ」

ステファニーとガスは書斎に戻ってきていた。ジェマが夫に何も言わず、誰にも別れを告げずに去ったという話をステファニーは疑わずにいられない。

「ジェマの通話の履歴を調べないと。使ったタクシー会社がわかるかもしれないわ。話の辻褄《つじつま》がきちんと合っているか、確かめるべきよ」

「つまりきみは、ジェマの身の安全に懸念を抱いているんだな」

ステファニーは顎《あご》を突きだし、胸の前で腕をしっかりと組んだ。「考えすぎかもしれないけど、あんな伝言を残しておきながら、行方をくらまして携帯電話の電源も切ってしまうなんて。杞憂《きゆう》に終わってもいいから、わたしは調べたい」

「考えすぎとは思わないよ。わたしだって、あの連中は怪しいと思っている。ジェマの携帯番号を教えてくれ。わたしも調べるから」

ガスが同僚に電話をかけ、ジェマの携帯電話の最新の履歴を調べさせるあいだ、ステファニーは廊下に続くドアを開けてみる。ニーナが急ぎ足で階段をのぼっていくのが見えた。もしかして、立ち聞きしていたのだろうか。

ステファニーはニーナの姿を追いながら、見事な造りの階段を眺める。一箇所だけでなく二箇所も螺旋《らせん》を描いていて、のぼりきったところの床面は三つの廊下に面している。壁には建てられた当初からの装飾が施されている。淡いグレーの漆喰《しっくい》に色鮮やかな塗料で描かれた模様を見ると、これほど美しい屋敷であのような悲劇が起きたことが残念でならない。

「ステファニー」ガスに呼ばれ、振りかえって書斎に戻る。「ジェマの携帯電話の履歴がわかったら、連絡が来ることになっている。それほど時間はかからないはずだ。それと、プレスコット主任警部がアレックスの自殺に関して再捜査を開始したから、これからはいくらでも疑わしい者に聞きこみができる」

ステファニーはうなずいて言う。「それじゃ、これまでより収穫があることを願うわ。わたしはビーチにもう一度行ってみようと思うの。敷地の位置関係や小道の場所を確認したいし、リディアがどこへ去ったのかも考えてみたい。あと、ライトのスイッチの場所も知りたいしね。常時ついているはずなら、誰かが何かを隠すために消したのかもしれないわ。あと、ニック・ウォレスの単なる軽口かもしれないけど、本当にリディアが誰かとビーチで落ちあう約束をしていたのかも。あるいはニックが嘘をついていて、リディアを見かけてからあとを尾《つ》けたとか。ライトを消したのはニックだったかもしれない。そうであれば、なぜ消したのか」

「位置関係を見るのがどう役に立つかわからないが、きみの勘はたいてい正しいからな」

「ありがたきお言葉です、先輩」ステファニーは真顔で言う。

ガスは笑いだした。「じゃあ、ジャレットのところに行って、われわれの行き先を伝えてくるよ。彼も同行してくれるといいんだが。どんなことに反応を示すか、見ていればわかるかもしれない」

ガスとステファニーが一緒に捜査をするのはきわめて珍しい。ガスは大人数の捜査員が必要とされる重犯罪を扱っているが、ステファニーは地元警察の一刑事にすぎない。今回のように偶然が重ならなければ、ともに捜査する機会はなかっただろう。厳密に言えば、リディア・ダルカの事件はステファニーの担当なのだが。その点はガスにも伝えていた。

ガスはみずからの信念を強く持つ人間で、それを揺るがすことは容易ではないが、ステファニーも似たようなものだった。ステファニーは好戦的になるか守りに入るべきかを心得ているつもりだが、ガスのように相手を瞬時に見極め、扱いにくいタイプとも対峙《たいじ》できる力はまだない。そう考えながら、間もなく書斎にガスが戻ってきたら、その姿を見ただけで胸が高鳴るのだろうと想像する。いつだってそうなのだ。

会えなくなったらどうすればいいのか。大規模な事件にかかわり、何週間も帰ってこなくなったとしたら。今日は捜査のお蔭《かげ》で、胸に広がる不安を追いはらうことができていたが、書斎でガスを待っていると急に怯えが戻ってくる。

余計なことは考えない。

そう思ったとき、ガスがドアを開けた。

「だいじょうぶかい」いつものように、ステファニーの気持ちを思いやっている。

「ええ。リディアとジェマがどうなったのか、考えていたの。もちろんアレックスのこともね」

いまの言葉が嘘なのは見抜かれていたが、それについてガスは何も言わない。「ジャレットがあと十五分ほどで来てくれるそうだから、ここで待つと言っておいた。チャンドラ・トランと話をしてみよう。物静かな女性だが、観察眼は鋭そうだ」

　チャンドラを捜しに行くため、ステファニーは廊下に出る。正面口のドアが開け放たれていて、穏やかに水が流れだす噴水や、その向こうの四角い池と芝地の起伏が見てとれる。チャンドラは池のほとりにすわり、ゆったりと泳ぐ魚に魅了されたように、水中をじっと見つめている。

「少しお時間をいただいてもいいですか、ミス・トラン？」

　チャンドラは澄んだ褐色の瞳《ひとみ》をステファニーに向ける。「ええ、もちろんです」裸足《はだし》で足音も立てずにステファニーに向かってくるチャンドラからは、シルクのミントグリーンの長いスカートが衣擦《きぬず》れする音しか聞こえない。なんとなく、この女性の静けさを前にすると落ちつかない気分になる。

「チャンドラとお呼びしても構いませんか？」書斎に入りながらステファニーは訊《き》いた。チャンドラは返事の代わりに笑顔をかえし、腰をおろす。

「われわれはリディア・ダルカが、ルーカスとニーナの結婚式の前夜にここを訪れたと確信しています。あの夜、彼女を見かけませんでしたか。夜遅くに徒歩で訪ねてきたことがわかっています」

　チャンドラが眉根《まゆね》を寄せる。「見たかもしれませんが、あれが誰だったのかは知りませんでした。ディナーのあとは皆でテラスに移動しましたが、アンドリューが去ってからは、わたしは噴水の近くですわっていました。しばらくすると、私道を若い女性が歩いてくるのが見えました。最初はアレックスかと思いましたが、ちがいました。誰かが迎えに出るのが見えましたが、わたしは寝るまえの瞑想《めいそう》に行こうと、その場を離れてしまったんです」

「迎えに出たのは誰だかわかりますか」

「わかりません。ごめんなさい。でも、アンドリューではないと思います」

「女性がアレックスではないと思ったのは？」

「そのあとすぐ、アレックスと会ったというか、声を聞きました。北側をまわる小道を歩いてヨガ・スタジオに向かっているとき、話し声が聞こえてきたんです。邪魔をしたくなかったので、わたしは見えないところにいました。かなり切迫した感じだったので」

「誰の声だかわかりましたか」

「ええ。マット・ハドソンの声です。ほかの男性たちより高いからすぐにわかります」

「話し相手は誰だったのでしょう」ガスが訊く。

「アレックスでした。大きな声を出していて、泣いていました」

「泣いていた？」ステファニーが言う。

「はい。マットが慰めているようでした」

「話の内容は聞こえたりしました？」

チャンドラは首を傾げる。「聞いた気もしますが、そちらには関係ないことですよね。ルーマニア人女性の件とは無関係だと思いますけど」

ガスが身を乗りだす。「チャンドラ、われわれは警察官です。ミスター・ジャレットが言うような犯罪が行なわれたという話を聞いた場合、その真偽はさておき、あらゆる情報をつかんでおくのがわれわれの義務なんです。何を聞いたのか話してください」

口を閉ざし、チャンドラは言葉を探すように間をあける。

「アレックスが泣いていたのなら」ステファニーが言う。「お兄さんが思うよりも、彼女はずっと不幸せだったということですね。何に苦しんでいたのかを突きとめられれば、彼も妹の死を受けいれられるかもしれない」

「ルーカスは怒っています」チャンドラが言う。「傷ついているわけでも、悲しんでいるわけでもなくて。それがわたしには不思議です。去年の彼はちがったのに。ルーカスはいいひとだと思っていました。親切で、いつも穏やかで、心が広い。あのひとたちのなかで、あらゆる点において優れている人物だったはずなんです。それなのに、いまは彼が部屋に入ってくると、とてつもない憤りが身体から噴きだしている。壁に当たって跳ねかえされるくらいに」

その言葉は、ルーカスの精神状態を驚くほど的確にあらわしているように思えた。この女性はきっと、さらに多くのことを知っているはずだ。

「マット・ハドソンの声だとわかったのであれば、話の内容が聞こえてもおかしくないですね」

チャンドラは視線を落とし、握りしめた両手を見つめる。

「立ち聞きをするのは好きじゃありませんが、アレックスがあまりにも追いつめられた様子だったので、もしかして助けが必要かと思って近づいたんです。マットはずっと、〝誰かに話したのか、アレックス？〟と言っていました。同じことを二回も言っていたので、責めているみたいで心配になりました。それからマットが、〝ぼくはもうおしまいだ〟と言いだして、アレックスが泣きはじめました。そして〝どうしてメッセージに返信してくれなかったの、マット？　あなたが来てくれたら、あんなことにはならなかったのに〟と。マットは、なんの話かわからないと答えていました。そこでわたしはもう、立ち聞きしていることに罪悪感を覚えてしまって。あのふたりがいたなんて知らなかったし、暗がりに隠れて聞き耳を立てるつもりなんてありませんでした」

59

　書斎の開いた窓から入ってきたそよ風に、ステファニーは心地よさを感じる。チャンドラの話によれば、アレックスはマットの携帯電話にメッセージを送っていたらしく、ステファニーはそのことばかり考えてしまう。どんなメッセージなのか。いつ送ったのか。昨年、すべての客人から話は聞いたはずで、もちろんそこにマットも含まれていた。アレックスとは誘拐事件以来、連絡を取っていないとマットはたしかに言っていた。

　チャンドラのほかの言葉についても考えようとした矢先、ドアを強くノックする音が響き、ルーカスがつかつかと入ってきた。

「ボートハウスに行きましょうか」チャンドラに会釈をしながらルーカスが言う。

　ステファニーが視線を向けると、チャンドラは椅子から立ちあがる。

「チャンドラ、またあとでお話を聞かせてもらえますか」

うなずき、チャンドラは優しげな笑みを浮かべ、ゆっくりと戸口に向かっていった。

ルーカスが横目でちらりと戸口を見る。「チャンドラと何を話したんですか」

「リディアの件に関しては、あまり収穫なしです」ステファニーは答えをはぐらかす。「行きましょうか」

「ええ。お待たせしてすみません。ご案内しますので、裏口から出ましょう」

入江に続く小道は、ふたり並んで歩くのがやっとだったので、ガスとルーカスが先に立って進んだ。ふたりの会話はところどころしかステファニーの耳に届かず、もどかしさが募る。

浜辺に出ると、ガスがステファニーを待っていた。「恨めしそうに見ないでくれ。尋問するよりも世間話をしたほうが、彼の考えを聞きだしやすいかと思ったんだが、だめだった。何も聞けなかった」

　その言葉はステファニーの耳に届かなかった。一年前にアレックスの遺体があった場所に目が引き寄せられ、あれほど若い女性が命を落としたことへの悲しみをあらためて感じていたのだ。穏やかに打ち寄せる波の音で心をなだめながら、潮の香りを胸に吸いこみ、ルーカスとガスのあとを追ってボートハウスへと向かっていく。

　両開きのドアは開け放たれていた。

「ボートをお持ちなんですか」

「ええ、サイズは全長十メートルほどです。ここにしまっておくのは冬だけなんですが、この一年はほとんど出していなくて。ニーナは船があまり得意ではないので、ぼくとアレックスがよく乗っていたんです」

「それで、ボートはいまどこに？」ステファニーが訊く。

「アンドリューが出したんだと思います。ランチのまえに出すと言っていましたから。手伝う必要はありませんしね。彼は片手を縛られていたって楽に操縦できるくらいの腕前ですし、今日は海も穏やかです。スピードに乗るための風も、ほどよくあります」

「ボートが見あたらなくても、心配にならないんですか」

「ええ。アンドリューだとわかっていますから。あいつはひとりで出かけるのが好きなんです」

ステファニーとガスはルーカスのあとに続き、洞窟《どうくつ》を思わせる空間に入っていった。ステファニーの自宅がすっぽりと入るほど広い室内を、ふたりで見まわす。

わたしは息をこらす。声が聞こえる？　やっぱり！　しかも、ひとりではない。すぐ近くから聞こえてくる。

鼓動が速まる。わたしを捜しに来たのだろうか。ここにいると知っているのだろうか。

声は緊迫した感じではない。普通の会話をしているようで、下のほうから聞こえてくる。わたしは離れの建物の二階にいるのだろうか。いや、ちがう。海が近いのだから。

わたしはアレックスのアパートメントにいる。そして、一階に誰かが来ている。

誰の声かはわからないが、ひとまずそれはいい。わたしを拉致《らち》した者たちという可能性もあるが、三人はいるようだ。ひとりは女性で、あとふたりは低い声。くぐもった音にしか聞こえないものの、きっと男性だ。

助かるチャンスだ。

それなのに、何も考えられない。頭が真っ白になる。

肩の痛みは耐えがたく、身体を上にずらし、少しでも楽にしようとする。袋を被《かぶ》せられた顔は火照り、肌がひりつき、高まる鼓動のせいでますます汗をかいてしまう。

息をしよう。落ちつかなければ。パニックがこみあげてくる。抑えなければ。息をしなくては。考えろ！

下にいる誰かの注意を引きたいところだが、どうすればいい？

できる限り大きい声を出そうとしたが、波の音が響いているので、彼らの耳には届かないだろう。縛られている手を揺すってみたが、なんの音も出ない。

わたしはマットレスのような柔らかいものの上に寝ていて、指先は金属の支柱のようなものに触れている。ベッドなのだろう。

気持ちをなんとか鎮め、落ちついて考えようとする。近くにサイドテーブルがあるとすれば、その上に何か置かれているかもしれない。ランプ、本、写真立てなど。

身体をよじらせてみるが、届かない。呼吸が荒くなり、口のなかの布をますます奥に吸いこんでしまい、さらに息苦しくなる。わたしは息をとめ、身体を片側にねじる。両肩に強い痛みが走り、くじけそうになる。でも、くじけるわけにはいかない。ここにわたしがいることを知らせるのだ。

縛られた腕が許す限り、思いきり片側に身体を寄せ、膝《ひざ》を胸まで引き寄せてから、足を力いっぱい蹴《け》りだす。何かが足に当たり、床に物が落ちる音がして、わたしの気持ちが昂《たかぶ》る。

これは聞こえたはずだ。

うめきながら、わたしは祈る。見つけてもらえることを。

「小道のライトですけど」ガスがルーカスに言う。「ここからも、スイッチを操作できるとおっしゃっていましたね。どこにあるのか見せてもらえますか」

ルーカスがボートハウスの外に出ていき、そのあとにガスが続く。ステファニーも出ていこうとしたとき、頭上から大きな物音がした。足をとめ、天井を見あげる。ほかのふたりには聞こえていないようだが、いまの音は間違いなくアパートメントから聞こえてきた。

ルーカスは戸口のすぐ脇にあるボックスを開けている。そのボックスは施錠されていないようで、ステファニーが近づいていくと、ルーカスがスイッチの操作方法を説明しているところだった。

「小道のライトだけでなく、ボートハウスの周辺のライトもつくようになっています。月が出ていないときでも、アレックスが自宅に帰るのに困らないようにしてあったんです」

「アパートメントに誰かいるんですか？」ステファニーは訊《き》く。

ルーカスは驚きをあらわにする。「いいえ。なぜです？」

「何かが落ちたような、ドサッという音が聞こえたんです。様子を見に行ったほうがいいかもしれません」

ルーカスはやや強すぎる力をこめてボックスのドアを閉め、ステファニーと向きあう。

「ああ、そうだ。スタッフのひとりに、毎週アパートメントに入って風を通し、埃《ほこり》が積もらないようにしてもらっているんです。物音はそのせいでしょう。あそこには、スタッフ以外立ち入ってほしくないんです。まだ気持ちの整理がついていなくて」

「でも、念のため見てきましょうか」

「いえ、だいじょうぶです。よかったら、先に戻っていてください。ぼくが行って見てきます。スタッフが転んだり、何か大事なものを落としたりしていないか」

「一緒に行きますよ」ステファニーは食いさがる。

「お気遣いは嬉《うれ》しいですが、結構です。何度も言うようですが、ぼくとスタッフ以外は入ってほしくないので。あとで行きますので、家に戻っていてください」

ルーカスが立ちはだかっているので、戸口から二階へと続いている坂道はふさがれている。捜査令状がない限り、ふたりが無理やり入ることはできない。ガスはステファニーに向かって眉《まゆ》を吊《つ》りあげ、踵《きびす》をかえして浜辺を歩きはじめた。

60

「いまの探索は何か役に立ったかい」屋敷に戻りながら、ガスはステファニーをちらりと見やって言う。

「立たなかったと思うけど、無駄というわけじゃない。もう一度同じ場所を見たことで、あの日の朝のことを思いだしたわ」

ガスがそっと肩でステファニーをつつく。「だろうね。そして、ジャレットの扱いにも慣れてきたような気がする。きみにはあのセクシーなアンドリュー・マーシャルへの聞きこみをまかせようかと思ったが、海に出ているのなら仕方がないな。マット・ハドソンを追ってもらおうか。わたしはイザベルを担当しよう。きみが相手をするには曲者《くせもの》すぎるだろうから」

ガスの言うとおりだ。イザベルは表向きは快活な女性だけれど、かなり芯《しん》は強そうで、一癖も二癖もありそうな人物だ。ステファニーが相手では本音は引きだせないだろうが、ガスの魅力を前にしたら、イザベルも態度を変えるのではないか。

「ニーナに会ったら、ルーカスの発言が本当なのかどうか確かめてくれ。ニーナはリディアが来たことも知らないという話だ。それと、ジェマが帰るところを見たかどうかも訊いてくれ」

うなずき、ステファニーはマットを捜すために歩きだそうとしたが、ショートパンツ姿でサマーベッドの上に寝ころんでいるニックを見て足をとめる。呑気《のんき》な表情でくつろぐニックに、アンドリューのことを訊いてみることにする。

「すみません。ミスター・ジャレットから、アンドリュー・マーシャルがボートを出したと聞きました。何時ごろ戻るか、ご存じですか？」

「さあ、まったく。去年のあの夜のあいつの居場所を知りたいんでしたら、おれたちは皆知っていますよ」どことなくその言葉は嘲《あざけ》るようだったが、なぜなのかはわからない。

「さきほどのお話で、彼がリディア・ダルカと落ちあったのではないかと言っていましたね。あれは本当にそう思ったんですか」

「いえ、ちがいます。すみません、ちょっとした冗談です。アンドリューは女の子にモテるからそう言ったんですけど、あの夜はあいつ、電話がかかってきて果樹園に行きました。通話の長さとか時刻はそちらで調べられるんでしょうけど、そのリディアなんとかっていう子とビーチで会うような時間はなかったと思います」

やれやれ。こんなお調子者に振りまわされたらたまらない。ニックには、彼こそがリディアを最後に見かけた人物なのだと自覚させてやろうか。そう思ったが、ひとまず思いとどまる。そしてアンドリューの電話の内容についてしばらくニックと話してから、ステファニーはその場を去った。

ステファニーがニーナを捜しに行こうと思ったとき、マット・ハドソンが裏口から出てきて駆け寄ってきた。

「キング刑事、ぼくの妻と連絡は取れましたか」

ステファニーは首を振る。「取ろうとしているんですけど、携帯の電源を切っているみたいで。どのタクシー会社に電話をかけたのか、いま調べているところです」

マットの眉間《みけん》の皺《しわ》が深くなる。「ジェマらしくないな」

日焼けしているにもかかわらず、マットの顔は血の気が引き、汗で光っている。どことなく、黄疸《おうだん》になったマネキンを思わせる。

「ミスター・ハドソン、一年前の結婚式前夜のことについて、お話をうかがえますか」

「ええ、いいですけど、お捜しの女性は見かけていません。お力になれるかどうか」

「ひとまず、どこかすわれる場所に行きましょう」

ステファニーはどこを目指すか決めていた。行くべき場所は北側のテラスだ。チャンドラがマットとアレックスの会話を聞いたという場所。

　そこは照りつける陽射しを逃れられて快適なはずなのに、マットはどういうわけか、震えながら金属製のガーデンチェアに腰をおろす。

「ご自身のお言葉で、あの夜ディナーのあとに何があったのかをお話しください」

「話すことはそれほどありません。楽しい夜でした。料理は最高だし、皆が和やかな雰囲気でした」

「いつもはそうじゃないような口ぶりですね。揉《も》め事でもあったんですか」

「いえ、ありません。ニックはいつものように調子に乗っていましたが、それがちょっと鬱陶《うっとう》しかったくらいで。とはいえ、ルーカスにとって大事な日だったので、そんな不満を言おうなどとは思いませんでした。しばらく皆で音楽を聴いて、それからぼちぼち解散したという感じです」

「アレックスのことはどうですか。去年よりもまえに、最後に会ったのはいつでしたか」

マットの手がパンツの上を行ったり来たりして、視線もそれを追っている。「ずっと昔です」

「いいですか、ミスター・ハドソン。われわれはミスター・ジャレットの発言を重く受けとめているので、このような聞きこみをしているんです。ですからアレックスについてもお訊きしなければなりません。あなたはあの夜、彼女と話をしたのでしょう。どんな話をしたんですか」

　マットは椅子の背にもたれ、咳払《せきばら》いした。

「チャンドラからそう聞いたんですよね」その問いにステファニーが答えずにいると、マットは唇を舐《な》めてから話しだした。「ディナーのとき、アレックスから話をしたいと言われたんです。久しぶりに会ったからと。ジェマはもう寝ると言っていて、アレックスが入江のほうにすぐ向かわないのを見たとき、ぼくのことを待っているのだろうと思いました」

「アレックスはあなたと何を話したかったんでしょう」

「たいしたことじゃなくて、思い出話をしただけです」

　こちらと目を合わせようとしないマットを見て、ステファニーはガスが戻るのを待って一緒に話を聞くべきだったと思う。

「アレックスは落ちこんでいるような様子でしたか。ふさぎこんでいたとか」

「いえ、それはありません。もしそうなら、ぼくだって何かしてあげただろうし、励ましたり力を貸したりしたと思います」その声には悲痛な響きがあり、自分の力が及ばなかったことを悔いているかのようだ。

「でも、アレックスは泣いていたのでしょう？」

　マットは素早く首を振ったが、誰に向けてなのか、どういう意図なのかはよくわからない。

「少し取り乱していましたが、誰かに聞かれると思ったのか、何も語りませんでした。そのあと、帰っていったんです。気持ちは立てなおしたようでした。それはたしかだと思います」

　ステファニーは椅子から身を乗りだし、両腕をテーブルにのせる。

「あなたたちの会話を聞いていたひとがいるんです、マット。そのひとによれば、あなたはご自分が〝もうおしまいだ〟と言っていたそうですよ。どういう意味だったんですか」

「聞き間違いじゃないでしょうか。なんのことかわかりません」

「その答えでは不充分ですね。よく考えてください」

　マットの血の気のない両頰が急に赤くなる。

「思いあたることはひとつだけです。これが明るみに出たら、ぼくはまずいことになりそうなので」マットは鋭い視線をステファニーに向け、疑心暗鬼な態度をあらわにする。「アレックスが話してくれたのは、まったく心当たりのない話でした。あの夜に誘拐されるまえ、アレックスはぼくの携帯にメッセージを送ったと言うんです。母親の携帯を持ちだして使ったそうですが、ぼくの電話番号は暗記していたので。ぼくに居場所を伝え、迎えに来てほしいという内容だったそうです」

　ステファニーの鼓動が興奮で速まる。「どうして迎えに行かなかったんですか」

「メッセージなんて来ていなかったからですよ」マットの口調は断固としていたので、それは嘘ではなさそうだった。

「アレックスの誘拐事件の記録を読みましたが、メッセージを送ったことへの言及はありませんでしたし、発見時に携帯電話が見つかったとの記述もありませんでした。アレックス名義の携帯電話があるという記録もなかったようです」

「ええ、そうでしょうね。母親の携帯電話だったそうですから。いや、厳密に言うとちがいます。母親がどこかから盗んだ携帯電話で、アレックスが持ちだしたあとは紛失してしまったようです。ですから、追跡しようがなかったと思います」

「だとしても、アレックスはどうしてあなたにメッセージを送ったと警察に言わなかったんですか。なぜいまごろ言うんですか」

　マットがごくりと唾《つば》を飲みこむ。次に出てくる言葉は、何もかもが真実とは言いきれないことをステファニーは悟った。

「ぼくを面倒に巻きこみたくなかったんでしょう。そのことを伝えれば、ぼくが捜査されることになったのでしょうが、アレックスは誘拐犯がぼくではないとわかっていたので」

「どうしてあなたが捜査されることを彼女は避けたかったんでしょうか」

　マットは唇を引き結び、ただ肩をすくめる。

「アレックスが誘拐されたとき、あなたはどこにいたのですか」

　深いため息をつき、マットは言う。「誘拐はおそらく夜中だったとしか聞いていません。だからぼくはひとりで寝ていたと思います。当時は十九歳で、クリスマスも近かったので、ビールを少しばかり飲みすぎたんです。ぼくは両親と一緒に暮らしていましたが、何時に寝たかはふたりとも把握していないでしょう」

「どこでビールを飲んだんですか」

「町のパブです。その当時は、十六歳になれば十八歳のふりをするのが当然みたいな雰囲気で、数年前からよく行っていました。最初のころはルーカスが声をかけて集まっていたんですが、その年あいつは海外にいたので、ほかの皆だけで集まることにしました。でも、なんだか退屈でしたね。ぼくはアンドリューとニックと一緒にダーツをやっていました。イザベルは、ぼくたちが構ってやらないので不機嫌そうにテーブルについていましたけど、パブにいた男に声をかけられてどこかへ行ってしまいました。ぼくたちはそれから一時間ほど店にいました」

「携帯電話はどこに置いていましたか」

「テーブルの上です。あの町は、物がすぐ盗まれるようなところじゃなかったんで」

「それじゃ、あなたが見るまえにメッセージを読むことができたのは誰でしょう」

「誰でもできたと思います。店にいる人間なら」

「あなたの携帯を誰かが触っているのを見ましたか」

マットが首を左右に振る。「いいえ」

それから視線がふいにそらされる。いまの言葉は嘘ではないが、マットは何か隠している。ステファニーにはそれがわかった。

61

話し声を聞いてから、ずいぶん時間が経ったようだ。わたしを助けに来てくれるのかと思ったのに、ちがった。

失望のせいで熱い涙が溢《あふ》れだし、顔を伝って耳にまで流れ、肌がむずがゆくなる。どうしてこんな目に遭うのだろう。わたしをさらった犯人は暗くなるのを待ち、誰にも見られず、音も聞かれないようにして、静かに海に投げこむつもりなのだ。重りをつけられて沈んでいき、浮かびあがろうともがいてもままならず、水を吸いこまないよう恐怖も忘れて必死に抗《あらが》い、やがて最後の息を吐きだして力尽きる。

死にたくない。

泣いていると鼻が詰まってきたが、どうすることもできない。自分の涙で溺《おぼ》れるような気がするとともに、膀胱《ぼうこう》が徐々に膨らんでいくのを感じる。

ふいに音が聞こえ、身体がこわばる。

なんの音？

息をこらえ、手足に力をこめる。また音が聞こえ、今度はもっと近い。何かが擦《こす》れるような音、それからきしむ音。この音は知っている。誰かがやって来る音。

そっと踏みだす足音。もう一歩。近づいてくる。わたしはもう終わりなのか。

何か音を立てるべきなのか、黙って横たわっているべきなのかわからない。足音は静かでゆっくりとしていて、床板が鳴らないように気をつけているかのようだ。音を立てよう。わたしがいることを知らないのかもしれない。

首をのばし、できるだけ大きな声を出してみる。そうしたら、わたしを見つけたと叫んでくれるかもしれない。マットはいまごろ心配しているだろう。来たのはマットなのだろうか。もう一度声を出すと、足音がとまる。近い。すぐそこだ。ふいに、その人物が誰であれ、わたしの姿を見ているのだと気づいた。

　呼吸が聞こえる。肺を出たり入ったりする息の音。話し声は聞こえず、わたしはじっと横たわりながら、ふと気づく。自分はベッドの上に寝ていて、ショートパンツ、めくれあがったシャツという姿を晒《さら》し、両腕は引っぱられて頭上で固定されている。

　まるで裸にされたような気分になり、肌のどの部分も無防備になったようで、男がわたしの身体に視線を走らせているような気がしてしまう。

　わたしをどうするつもりなのだろう。

　身体が縮んでしまえばいいのに。そうすれば相手の視線を少ししか浴びなくてすむ。わたしは両脚を閉じ、身体に引き寄せる。それでも、聞こえてくるのは呼吸の音だけだ。

　ほんのわずかに空気が変わり、男が動いたようだ。近づいてくるのか、去っていくのか。恐怖で思わず声をあげてしまうが、わたしは身体じゅうの筋肉に力をこめ、指一本でも触れようものなら蹴《け》りあげてやろうと身構える。

　ところが、何も起きない。床板を踏む音が聞こえたあと、ドアの閉まる静かな音がしただけだ。

　去っていった。

　安堵《あんど》で全身の力が抜けたあと、震えが走る。わたし自身の恐怖だけでなく、ずっと昔にアレックスが感じた恐怖を垣間《かいま》見たような気がする。まだ幼い少女がわたしのように縛られ、裸にされてレイプされるなんて。わたしは恐怖をみずから増幅し、何度も何度も反芻《はんすう》してしまう。アレックスがあれほど何もかもに怯《おび》え、ひどく傷ついていた理由が痛いほどによくわかった。

むしろ、あんなにも長い年月をアレックスはどうやって生きのびられたのだろうか。

62

「なんて一日なの！」ステファニーはそう言いながら座席に頭を押しつける。隣ではガスがハンドルを握り、車をポルスキリンの門から出すところだった。

アンドリュー・マーシャルが戻るまで待つのは諦《あきら》めた。すでに午後の遅い時間になっていたし、ルーカスによれば、アンドリューは時間に頓着《とんちゃく》せず気ままに行動するタイプなのだという。戻るのは日付が変わるころかもしれなかった。ステファニーは翌日もポルスキリンに来るつもりだったので、その際にアンドリューと話すことに決めた。できれば、気分が悪いといって部屋に戻ってしまったチャンドラとも、もう一度話したかったのだが。

「チャンドラはジェマについてどんなことを話すのか、何を知っているのか訊《き》きたいわ。本当はジェマ本人と話せるのがいちばんいいんだけど」

「そのうちつかまるさ。しばらくの辛抱だ。ジェマの夫はどんな話をしてくれたんだい」

ステファニーはマットとの会話の一部始終をガスに話す。

「彼を怪しいと思ってるようだね」

ため息を漏らし、ステファニーは言う。「何を信じたらいいのかわからないの。アレックスが死んだとき、わたしはこの件にちょっとのめりこんでいたわ。何が彼女をそんなに追いつめたのかと思って、誘拐事件の記録まで読んだんだけど、携帯電話とかメッセージに関することは何も書かれていなかったのよ」

「容疑者は浮かばなかったのか」

「ひとりだけいたわ。犯罪組織のボスである、ミラチ・ボズクルト。〈無言の男〉という名で知られているの。売春、違法ポルノ、人身売買、麻薬の密売など、あらゆる犯罪に手を染めている。とはいえ、ボズクルトにつながるような証拠は一切出ていなくて、アレックスとのかかわりも見つからなかった。これまでは、あの日アレックスがブレア・ジャレット宅のサマーハウスにいたということは、誰も知らなかったと想定されていたわね。けれども、アレックスがマットにメッセージを本当に送っていたのなら、話はまったく変わってくるわ」

「戻ったら、誘拐事件の担当者にすぐ連絡を入れよう。当時はアレックスの誘拐事件が行きずり的なものだと結論づけられたようだが、あの夜パブにいた人間がメッセージを読んで、アレックスの居場所を知ったということも考えられる」

ステファニーはうなり声をあげる。「その説はどうかしらね。マットによれば、アレックスは居場所をはっきりと書いたわけじゃないらしいの。〝いつもの場所にいるから〟って書いたらしいのよ」

ガスは前方の細い道を見据えたままうなずく。

ふたりはしばらくのあいだ、押し黙っていた。

「イザベル・ウォレスからは何か訊きだせた？」ようやくステファニーが口をひらく。

「たいした収穫はない。あの夜は自分の部屋にいったん戻ったと言うが、彼女は一人部屋だったので確かめようがない。暑くて眠れなかったそうで、シャワーを浴びて、一階に降りていったらしい。そして北側のテラスで、ひとりですわっているマットを見たという。マットの言い分とも一致する話だ。マットはそこで二時間ほど考えごとをしていた、とイザベルに話したそうだ。それからふたりは散歩に出たそうだが、入江とは反対の方向に向かった。ルーカスにはディナーのあとすぐに散歩に出たと話していたんだが、そうではなかった」

「どうしてすぐ正直に話さなかったのかしら。意味がわからないわ」

「イザベルが言うには、アレックスと話したことをマットがルーカスに知られたくなかったから、ということらしい」

　ステファニーは自分のバッグを床からつかみ、中身を探ってミント・タブレットを取りだす。

「あのひとたちと話をすると、すごく後味が悪いのよね。文字通りの意味で。どうしてありのままに話さないのかしら」

　ガスが笑いだす。「きっと保身に走っているのさ。ジャレットはどうも危険人物のような気がするな。もし誰かに対して疑いを強めれば、みずから裁きを下しかねない。ここで起きていることはすべてが奇妙だよ。ニーナは日に日に神経過敏になっているようだが、リディアを見ていないと言ったのは本当だと思う」

　ステファニーはミント・タブレットをガスに渡してから、自分の口にひとつ放りこむ。

「次はどうする？」

「頼んでおいた捜査の結果を待とう。殺人の強い動機となり得るのはカネだから、あの連中の預貯金の動きを調べさせる。ルーカスの父親は、アレックスにもかなりの遺産を遺《のこ》していたらしい。彼女の死によって、カネを得る者がいなかったかどうか。誰かが彼女を強請《ゆす》っていなかったか。それとも彼女が誰かを強請っていたのか」

　言葉を切ったときにちょうどスマートフォンが鳴り、ガスがスピーカーをオンにして応答する。「アンガス・ブロディだ」

「ガス、ロニーだ。ジェマ・ハドソンの通話の履歴を、過去二十四時間の分だけ調べろということだったな？」

「ああ、いまのところはな。どうだった？」

「通話は二回していた。一回は番号案内に、もう一回はペンザンス警察署にかけていた。どちらも今朝のことだ。それ以降はどこにもかけていない」

「確かなのか？　メールを送ったりとかは？」

「それもなかった。期待した結果でないなら、残念だが」

「いや、収穫はある。ロニー、それじゃ携帯の電源が入っているかどうかと、入っていれば現在地を調べてほしい。入っていないなら、最後に確認できた場所を教えてくれ。わかったらすぐに連絡がほしい。よろしく」

　ガスは車を道の脇の草地に寄せ、ステファニーに顔を向ける。

「ジェマはタクシー会社に電話していなかったのね」ステファニーはずっと抱いていた懸念が急に強まるのを感じる。

「ネットで予約したのかも」

「それはないと思う。ポルスキリンは今日ネットの接続ができないとか誰か言っていなかった？　あそこは4Gはおろか、3Gすら入っているか怪しいものだわ。それにルーカスは、電話番号の一覧表を渡したと言っていたのよ」

「ジェマが自分の車に乗っていかなかったのは確認した。ルーカスが車を貸したなら、そう言ってくるはずだしな。ほかに考えられるのは、誰かがジェマを駅まで送っていったということだ」そこで声を低くする。「もしくは、まだジェマはあそこにいる」

「浜辺に行ったのかもしれない。夫の目を盗んで、アンドリュー・マーシャルと落ちあってボートで出かけたとか。そう考えれば、べつに何も不思議ではないわ」そう言いながら、ステファニー自身もその説を信じていなかった。

「きみはどうしたい？　戻ろうか。まだ出発してから十五分だ。ただし、ジェマの服や小さいスーツケースがなくなっていたことも考慮に入れないと。まだあそこにいるなら、どうして服がなくなっているのか。誰かが偽装したのか」

「あなたの考えていることはわかる。ジェマが嗅《か》ぎまわりすぎたってことでしょ。リディアの――あるいはアレックスのことについて。それで口を封じる必要があったと」

「ああ。そうじゃないといいんだが。いま戻って、ルーカスに敷地内を調べさせてもらうか、それとも捜査令状が取れるまで待つか」

「令状がなければルーカスは調べさせないでしょうね。ごめんなさい、ガス。せっかくわたしたちの一周年だというのに、お祝いどころじゃなくなってしまったわ」

「まるでポルスキリンには、祝い事を禁じる呪いがかかっているみたいだな」そう言って、ガスはハンドルを指でしきりに叩《たた》く。ステファニーは黙ったまま、ガスが自分と同じ決断を下すことを願っていた。しばらくしてガスが顔を向ける。「きみは戻りたいんだろ。ジェマのことが心配だから」

「ええ、そうなの。話を聞けなかったアンドリュー・マーシャルって男のことも気になるし。あなたがイザベルと話をしていたあいだ、わたしはニックをつかまえて、去年アンドリューが電話で話していた相手について訊いてみたの。ニックによれば、アンドリューはチャンドラと結婚する予定で、新婦側の持参金代わりに自分専用のクルーザーを買ってもらうことになっているとか。驚きだわ。いまどきそんな古くさい話、あるかしら。いずれにしても、アンドリューが信用できる人間だとは思えないし、わたしたちが聞きこみを始めたときに姿を消していたのも気になる。そしてボートに乗ってどこかへ行ってしまったでしょ」

「よし、戻ろう。令状はわたしが手配して、誰かにここまで届けさせよう」

ステファニーが身を寄せ、ガスの大きな肩に頭をのせると、ガスは顔を近づけて唇にそっとキスしてきた。「ステファニー、今日は予定どおりに過ごすことはできないだろうけど、これから先、記念日はいくらでもやって来るじゃないか」

もちろんステファニーもそうであればいいと思っている。手をのばしてガスの手に重ねながら、自分の目に浮かんだ不安に気づかれないよう願う。

ステファニーの思案は、近づいてくるサイレンの音に断ち切られた。首をのばして見てみると、救急車が猛スピードで走ってくるのが見える。

「なんてこと。ポルスキリンに行くんだと思う？」

「この道の先にあるのはそこだけだな。今度は何が起きたんだ？　出発してからたったの十五分なのに」そう言うと、ガスはギアをバックに入れて車を方向転換し、救急車のあとについて走りだした。

ステファニーは座席にもたれ、目を閉じる。もしかして、ふたりが訪ねていったせいで事態が悪くなったのか。自分の行きすぎた行為のせいで何かが起きてしまったのか。そう思うと背筋が寒くなった。

63

ガスは救急車を見失わないように車を駆り、身を乗りだして運転に集中している。ステファニーは隣で黙りこんだまま、太腿《ふともも》の上で拳《こぶし》を握りしめたりひらいたりしつつ、ポルスキリンで何が起きたのか、ありとあらゆる予想をしては打ち消していく。楽観的な予想はまったく浮かんでこない。

すでに開いていた門を、救急車はスピードを落とさずに走りぬけ、ガスもあとに続いて私道に入っていく。そして救急車の乗り降りを妨げないよう、距離をあけて車をとめる。救急隊員たちが、憔悴《しょうすい》した様子のニーナとともになかへ入っていく。ルーカスは戸口に立ち、髪を掻《か》きあげている。ステファニーとガスが車から急いで降りると、ルーカスがこわばった顔つきで歩み寄ってきた。

「チャンドラが倒れたんです。かなり具合が悪いとニーナが言っています。嘔吐《おうと》がひどいとか。心配なのは、瞳孔《どうこう》がひらいていて、意識が朦朧《もうろう》としているということです。マットを捜したんですが、見つからなくて。もしいてくれたら診てもらえたんでしょうけど、救急車を呼ぶことにしました」

「ほかの皆さんの体調はだいじょうぶですか」ステファニーが訊《き》く。

「ええ、いまのところ。もし胃腸炎だとしたら、うつって今後症状が出る者がいると思いますが、食中毒だったらほかの皆は心配ありません。チャンドラはぼくたちとちがう食事をとっていたので。ほとんど、自分で持ってきたものを食べていました。キムチとか」

　救急隊員のひとりが戸口から走りでてきて、救急車に向かっていく。

「すみません。ぼくも念のために戻りますね」

　室内に駆けこんでいくルーカスを見送りつつ、ガスはステファニーに向きなおる。「意識が朦朧としていて瞳孔がひらいているとは、嫌な予感がする。胃腸炎の症状だとは思えない」

　ステファニーは首を左右に振る。「そうね。でも、いくらこれまでの状況を懸念してわたしたちが戻ってきたからって、安易な結論に飛びつくのは早いかも」

「ステファニー、ここでは女性がひとり死に、ひとりが行方不明になっているんだ。ジェマも入れればふたりだ。そしてこの家の主人は、友人が妹を殺したと思いこんでいる。最悪の事態を想定すべきだというきみの考えは、やっぱり正しかったんだ」

ガスの視線はきわめて鋭く、犯罪捜査の突破口に近づいたときにいつも見せるような目つきだった。ステファニーは不吉な予感に身震いし、口をひらく。

「わたしが思うに、チャンドラはアレックスの身に起きたことをほかの誰よりも理解していた。マットとアレックスの会話も聞いていたそうだし、ひっそりと動きまわって手がかりを集めて、謎を解きつつあったんじゃないかしら。もしわたしが犯人で何かを企《たくら》むなら、彼女は都合の悪い存在よ」

「何かを企む？　きみが？　似合わないな」ステファニーがむっとした顔つきになったので、ガスは話題を変える。「キムチってものはどんな味なんだろう」

ステファニーは笑みを浮かべる。「けっこう辛《から》いわよ。そういうのが好きなら美味《おい》しいと思うけど、あなたには無理でしょうね」

「辛いなら、毒を入れてもわからないだろうか」

「そうね、毒の種類にもよるけど。でも、やっぱりウィルス性の胃腸炎かもしれないし、考えすぎかな。だいたい、毒を手に入れるのなんてそう簡単じゃないでしょ。計画的な犯行だったとしても……」

「とはいえ、ゲストのなかに医者がいることも忘れちゃいけない」

「たしかにね。でも、マット・ハドソンがこんなにわかりやすい手を使うかしら」

ガスは頭を掻いて言う。「どうだろう。チャンドラはマットとアレックスの会話を聞いていたというから、都合が悪いので彼女を排除したということかもしれない。ルーカスの計画がすべて終わり、全員が家に帰れるまで」

また、マットの妻が失踪《しっそう》していることも忘れてはならなかった。ジェマの身に何かあったとしたら、第一容疑者はマットで間違いない。配偶者というものはいつだってそうだ。

「ジェマがここにいて生きているのなら、敷地から連れだされたりしないように目を光らせないとね」

「もし死んでいたら？」

「その場合は海の底だろう。それと徐々に疑いが強まってきたんだが、リディア・ダルカの行きついた先も同じなんじゃないだろうか。彼女はきっと、見てはいけないものを見てしまったんだ」

ガスは車に寄りかかり、目を閉じて思案を巡らせている。それを邪魔しないように、ステファニーは黙って待っていた。「またプレスコットに連絡して、経過を伝えよう。それから情報収集はどうなっているか――」

ふいに物音がして、ガスの言葉が途切れる。アンドリュー・マーシャルが屋敷の脇から飛びでてきた。いつもの鷹揚《おうよう》な態度は消え、緊迫した様子で救急車を見据えている。

「いったい何があったんです？」アンドリューがふたりに向かって叫ぶ。「いま入江から戻ってきたら、救急車の音が聞こえて。誰か怪我でもしたんですか」

「チャンドラが倒れたんです」ステファニーが答える。「体調を崩して、だいぶ具合が悪いようです。おそらく、念のために病院に搬送されると思います」

アンドリューが正面口に駆けつけようとしたとき、ドアが勢いよくひらき、ふたりの救急隊員がストレッチャーに乗せたチャンドラを運びだしてきた。

ガスとステファニーは壁際に寄り、アンドリューがチャンドラに顔を寄せながら話しかけるのを見つめる。聞きとれたのは「おれも行くよ」という言葉だけで、そのあとアンドリューは救急車に乗りこんでいった。

ルーカスは戸口に立ち、腕を組んで見送っていた。心配そうな表情に偽りはなさそうだ。

ガスはルーカスに一歩近づいて言う。「ミスター・ジャレット、病人が出たのは残念なことですが、この場所で起きたことや、あなたがゲストに疑いを抱いているという事実は無視できません。念のために、われわれに調べさせてほしいのです」

「つまり、チャンドラは毒を盛られたかもしれないってことですか。ぼくもそれは考えました。まあ、信じられないですけどね」

ルーカスはステファニーたちを見ていない。遠ざかっていく救急車を見つめている。

「ここで働いている方々に話をうかがえますか。ミス・トランが何を食べたのか、確認したいので」

「チャンドラはいつも、自分で持ってきたものを食べています。冷蔵庫に入っているので、お見せしますよ」

ステファニーとガスはルーカスに続いて廊下を歩いていき、やがて明るく風通しのよい、中央に巨大なアイランドが据えられたキッチンに入っていく。壁際には大型の冷蔵庫があり、幅の広い両開きのドアに、抽斗《ひきだし》型の深い冷凍庫がついている。ルーカスがドアを開ける。棚のひとつに瓶がたくさん並んでいて、半分ほど中身の減った瓶がキムチのようだった。ほかの瓶はまだ手をつけていないように見える。それ以外は野菜などの生鮮食品で、大根やパクチー、モヤシなどがあった。

ステファニーは科学捜査用の手袋をポケットから取りだしてはめる。

「この瓶をすべて運びだして、検査にまわします。ミス・トランはおそらく胃腸炎だとは思いますが、用心するに越したことはないですからね」

ルーカスは瓶を見つめ、それからステファニーに視線を戻す。

「捜査令状は必要ないんですか」

「ミスター・ジャレット、ここまで連れてきてくれたのはあなたです。わたしたちがこれを探しあてたのではなく、あなたが見せてくれたんです。これが犯罪行為の証拠となり得るなら、破棄されたり隠されたりする前に、運びださなくてはなりません」

ステファニーはルーカスの顔を用心深く見つめる。戸惑ってはいるが、怯《おび》えているわけではない。キムチに何かが入っていたとしても、ルーカスの仕業ではなさそうだ。もちろん、その勘が外れる可能性もある。この男はとにかく食えない相手なのだ。

ガスもルーカスを見据えていて、何を言いだすかは想像がついた。「ミスター・ジャレット、お伝えしておきますが、ご自宅の捜査令状をいま手配しているところです。範囲はボートハウスも含まれますし、ボートも対象です。令状が届くまで、われわれはここで待たせてもらいます」

じつは令状はこれから手配するところだったが、そこまで知らせる必要はない。ルーカスの様子は落ちつかなげだった。

「なぜですか。何を調べるんでしょう。ルーマニア人女性に関する証拠をお探しでしたら、何も見つからないですよ。家までは入ってこなかったんです、お話ししたでしょう。それにアレックスが殺されたという証拠があったとしたら、ぼくはとっくにあなた方にそれを渡していますよ」

ステファニーは首を振った。「妹さんのこととは関係ありません。あなたがジェマ・ハドソンはタクシーを呼んだと言っていたことなんです。彼女は電話をかけていませんでした。われわれはジェマを捜しているんです」

ルーカスが口をひらくより先に、マットがキッチンに飛びこんできた。

「ジェマから連絡はあったか？　携帯にかけてみてもつながらない。念のため、ジェマの姉に連絡したんだけど、電話はかかってきていないそうだ。困ったときは、真っ先に姉にかけるはずなのに」

「ということは、奥さまは困った状況にあったんでしょうか」ガスが訊く。

マットは唇を噛《か》んで言う。「ちょっとした言い争いはしました。たいしたことではなかったので、こんなふうに姿を消すとは思えません。内容は、チャンドラが言っていたことに関してです」

　ステファニーの目にも、マットの混乱ぶりは明らかだった。まるで来たこともない外国で道に迷い、帰れなくなったかのようだ。

「じつはミス・トランは救急車で病院に搬送されたんです」

　マットが目をみひらく。「えっ？　何があったんですか」

「食あたりか何かだと思います。あなたはだいじょうぶですか。吐き気などはありませんか」

　首を振ってマットが言う。「いえ、だいじょうぶです。不在にしていてすみません。何か力になれたかもしれないのに」

「どこにいらしたのか、教えていただけますか」妻の行方がわからないときに姿を消すのは奇妙な気がしたが、ステファニーはその考えは口に出さずにおく。

「海沿いの歩道で、電波がよく入る場所を探していました」スマートフォンを振りながら言う。「ルーカス、ほかに具合が悪いひとは？　ぼくの鞄《かばん》に、吐き気止めと経口補水塩があるから。これからは出かけないで、ここにとどまるようにするよ」

「ほかに、鞄のなかにどんな薬が入っていますか。ミス・トランに中毒を起こさせるようなものはありますか」ガスが訊《き》く。

　マットは驚きに口を開け、ガスを見据える。その表情に嘘はなさそうだった。「まさか、ぼくが毒を盛ったとでも？」

「そうではありません。何者かが持ちだした可能性があります」

「よほど薬に関する知識がない限り、無理だと思いますけどね。でも、鞄は確認しておきます」マットの視線がステファニーに移る。「もう、おふたりともお帰りになったものと思っていましたが」

「検討しなおす事項がいくつか出てきまして、ミスター・ジャレットと話していたところです」

　マットはルーカスを見据え、首を傾げる。「ルーカス、どういうことだい」

「捜査令状を取り寄せているそうだ」

「どうして？」マットの訝《いぶか》しげな表情に偽りはなさそうで、そのあと目が大きくみひらかれる。

「もしかして、ジェマに何かあったのか？」

　ステファニーはガスをちらりと見やる。ルーカスがなんと答えるのか、見ものだった。「いま、令状が届くのを待つ必要はないと言うところだったんだ」ルーカスはそう言ってガスに向きなおる。「警部、必要と思われることは、なんでも調べていただいて構いません」

「何を探しているんですか」マットはそう言って、誰に訊くべきかわからないかのように、視線をルーカス、ステファニー、ガスへと移らせていく。ガスはマットにありのままを伝えることにする。

「奥さまはタクシー会社に電話をかけていませんでした、ミスター・ハドソン。少なくとも、ご自身の携帯電話からは。誰かが町まで送っていったわけでもないし、歩くには遠すぎます。

スーツケースを引いていたらなおさらです。バスも走っていませんから、われわれは奥さまがこの敷地内のどこかにいる可能性も考え、調べる必要があるのです。まずはわれわれふたりで調べさせていただき、必要であれば応援を呼びます」

　マットは呆気《あっけ》にとられている。

「ルーカス？」マットは答えを求めるように問いかける。

だが、ルーカスは肩をすくめてガスに向きなおるだけだった。「何か手伝えることがありましたら、お知らせください」

「ありがとうございます。では、家や敷地内にいるゲストやスタッフを全員、テラスに呼びあつめていただけますか。調べを始めるまえに、全員の居場所を定めておく必要があるので」

　ステファニーにはわかっていた。ガスがそう言ったのは、誰にも証拠の隠滅をさせないためであると。

64

「あのひとたちの反応、どう思う？」マットが友人らを呼びに行き、ルーカスがニーナとスタッフを捜しに出て行ったあと、ステファニーはガスに訊いた。

「マット・ハドソンはかなり参っている。危うい様子ではあるが、それが妻の失踪《しっそう》だけのせいなのかはわからない。大きな要因ではあると思うがね。ルーカス・ジャレットについては、いまだに謎に満ちた存在だ」

「捜査令状のことを持ちだしたら激昂《げきこう》するかと思っていたけど、むしろ安堵《あんど》したような感じだったわね。理由はさっぱりわからないけど」

「家の捜索はきみにまかせてもいいかい。わたしはもう一度上に報告を入れないと。この家の全員を外に連れだせたら、電話をかけながら見張っておこう」

「了解よ」ステファニーが答えたとき、ルーカスがキッチンに戻ってくる。

「ニーナはこちらに向かっていて、アドリアンナを連れてくるそうです。エシーというメイドには、午後休みを与えていたことを忘れていました。いまは町に出ていると思います」

ルーカスはショートパンツのポケットに両手を入れ、行きつ戻りつしはじめた。やがて足をとめ、ふたりのほうにさっと振りかえる。

「ジェマの身に何かあったとお考えなんですね。ぼくが駅まで送っていくべきでした。帰りたがっていたことは知っていましたし、彼女がそう思うのも当然です」

その言葉の意味を詳しく訊く必要はなかった。殺人犯がいると家の主人が疑っているようなところに、誰がとどまりたがるというのか。

「何かあったとは断定していません。無事だとは思っていますが、念のために確かめたいのです。さあ、わたしたちもテラスに行きましょう」

ガスが腕で前を示し、ルーカスに先に外へ出るよう促した。

ニックおよびイザベル・ウォレス、マット・ハドソン、ニーナ・ジャレット、そして家政婦のアドリアンナが、南側のテラスで蔓棚《つるだな》の日陰に集まっていた。アンドリュー・マーシャル、チャンドラ・トラン、ジェマ・ハドソンがいないので、ずいぶん人数が減ったように思える。

「よかったら、おかけになっていてください」ガスが声をかける。「調べたところ、ミセス・ハドソンは駅へ行くためにタクシー会社に電話をかけていませんでした。ですので、まだ敷地内にいる可能性を考えねばなりません。彼女の持ち物が一部なくなっているとはいえ」

ステファニーがマットを一瞥《いちべつ》したとき、その顔色からは血の気が完全に失《う》せ、目の下の濃いグレーの隈《くま》だけが際立っていた。

「キング刑事が屋敷内をひととおり捜索してから、そのあとに離れやボートハウス、必要であればボートも捜索します。ミスター・マーシャルが戻ったので、ボートもあるはずでしょう」

その言葉を合図に、ステファニーはテラスを離れ、ダイニングルームに続くドアへと向かう。そこは洒落《しゃれ》た部屋で、磨きあげられた長いテーブルにピューター製のボウルが置かれ、黄色いバラが活《い》けられていた。そこを抜けていくと廊下に出られ、その先には広い居間があり、大型のクリーム色のソファが二脚、向きあって置かれている。石造りの大きな暖炉の存在感を目にして、ステファニーは寒い冬の夜に薪がはじけ、室内がランプに照らされるさまを思い浮かべる。

あるドアを開けると、べつの小さな部屋につながっていた。隠れ家のような雰囲気で、テレビと二脚の心地よさそうな椅子が置かれている。ステファニーは中央とはべつの階段を見つけてのぼっていき、広い寝室を二室見てまわった。それぞれに独立したバスルームがついている。どこを見ても、ジェマもスーツケースも見あたらなかった。

階段を駆けおりて廊下を進み、中央の階段をのぼって客用の寝室を見てまわる。どこが誰の部屋であるかは、ひと目で見てとれた。チャンドラとアンドリューの部屋は物が少なく、消毒液のにおいが強く漂っていて、化粧品や香水といった女性らしい所持品はほとんど見あたらない。

ニック・ウォレスの部屋は彼らしかった。いつも派手なシャツとサンダルといったカジュアルな格好をしているが、バスルームを見てみると意外な一面もうかがえた。いくつもの男性用化粧品や整髪料などが置かれているのだ。もちろん、ジェマもスーツケースも見あたらない。

イザベルの部屋は嵐のあとのようだった。服を選ぶためにいくつも出しては、椅子や床の上に散乱させたままだ。クローゼットを見てみると、普通の女性なら一カ月は着られるほどの量の服があるように思えた。多くがデザイナーズ・ブランドで、これだけのものを買えるほどの収入をどうやって得ているのだろうとステファニーは考える。ガスの部署の情報担当者がいずれ、預貯金の状況を調べてくれるだろう。

最後にやっとジェマとマットの寝室にたどり着く。抽斗《ひきだし》をひとつ開けてみると、服が綺麗《きれい》にたたんでしまわれていた。クローゼットのなかには男性もののTシャツが掛けられていて、色ごとに明るいものから暗いものという順序で並んでいる。もしもガスがこんなことをしていたら、ステファニーはきっと順番をごちゃごちゃにしたくなる衝動にかられるだろう。

わずかながら残った女性ものの服が隅のほうに寄せられている。それがなければ、ジェマがこの部屋にいたという痕跡《こんせき》は何ひとつないと言ってよかった。

65

屋敷内にジェマはいないという確信を持ち、ステファニーはガスのところへと戻っていく。ボートハウスにもう一度行くべきだという気持ちが強まっていたし、さきほど聞いた物音のことも気になっている。ガスは屋敷に近いコテージから捜索することを提案してきたが、ステファニーは反対した。

「屋敷には絶対にいないと思っていたわ。いるとしたら、ボートハウスかボートのなかよ。間違いない」

「その根拠は……？」ガスが首を傾げる。

「何を言ってるの、ガス。さっきアパートメントで物音が聞こえたとき、掃除の音だろうとルーカスに言われたでしょ。あれが怪しいわ」

「名推理だな。おい、睨《にら》まないでくれ。きみの勘を信じているよ。ただ問題は、われわれがふたりで入江のほうに行ってしまったら、万一ジェマが屋敷の近くに隠されていた場合、どこかへ連れ去るチャンスを与えてしまうことだ」

「それじゃ、いちばん信頼のおける誰かをふたりほど選んで、テラスから全員が動かないように見張っておいてもらうのはどうかしら」

「いい考えだね。ただ問題は、信頼のおける人間が誰だかわからないということだ」

たしかにそうだ。しかしジェマの救出をするなら、入江にはふたりで行くべきだった。ステファニーは署に電話をかけて応援を要請し、ガスはテラスに集まっている人々に話をすることになった。

「ここにいるほとんどの方はミセス・ハドソンが見つかることを望んでいると思います。ですから皆さんには指示に従っていただき、ここにとどまってほしいのです。われわれが戻ってくるまで、全員ここにいてください。ミスター・ジャレットには同行していただく必要がありますが、ほかの皆さんはここで、まもなく到着する応援の捜査員をお待ちください。到着までわれわれがここで待つこともできますが、一刻も早くミセス・ハドソンを発見することが最優先ですので、これ以上時間を無駄にはできません」

ガスの言うとおりだ。ステファニーも、一秒でも早く入江に向かいたくて仕方がない。最初ジェマと連絡が取れなかったときは、何かがおかしいという漠然とした疑念しかなかったのに、いまこの場には不安や恐れ、そして絶望感すら漂っている。誰がもっとも強い感情を放っているのか定かではないが、空気を震わせるほど強いものであることは確かだ。

陽は傾きつつあるのに暑さは和らぐことがなく、ステファニーは手の甲で額の汗を拭《ぬぐ》いながら、ガスに続いて小道を走っていく。不安定な敷石のせいでよろめきながらも、最後の階段にたどり着くまで足を緩めなかったが、そこから先は樹液で足もとが滑りやすくなっているために慎重に進んだ。

浜辺に出ると、涼しい潮風が出迎えてくれた。ルーカスは長い両脚を大きく踏みだしてステファニーに追いつき、口をひらいた。

「ぼくとスタッフのひとりを除いては、アレックスの死後は誰もアパートメントに立ち入っていません。捜索が必要なのはわかりますが、この場所がぼくにとって大切なところであることを忘れないでほしいです」

「ええ、忘れませんよ」ステファニーは早足のまま答える。「わたしたちはジェマ本人か、彼女がそこにいた証拠を探しもとめています。妹さんの持ち物は大切に扱います。さきほどわたしが物音を聞いたあと、なかには入りましたか？」

ルーカスの顔を見ると、ばつが悪そうな表情をしている。「入っていません。アレックスのことを話したあとだったので、気分的に行けなくて。どうしても必要なときしか入らないんです。あとでスタッフに、何か物でも落としたのかと訊《き》こうと思っていましたが、まだ訊けていません」

その言葉に苛立《いらだ》ちを覚えながら、ステファニーはルーカスのあとに続き、アパートメントへと向かっていく。ルーカスはなぜ、言ったとおりのことをしてくれなかったのか。

戸口に着くとルーカスはかがみこみ、ドアの右側に並んでいる石の三つ目を動かした。その下に鍵《かぎ》が置いてあった。

「鍵はいつもそこに置いているんですか」ガスが訊く。

「ええ。アレックスは寝るときしかドアに鍵をかけませんでした。ですが、あれ以来ぼくは鍵をかけています。ここに置いておけば楽なので」

そんなわかりやすい場所に置いておいたら誰でも侵入できてしまうと思ったが、ステファニーはその考えを口には出さなかった。ルーカスがドアを開け、三人は小さな玄関に入る。ステファニーは息を吸いこんだ。ずっと放置されていた空き家のようなにおいはしない。よどんだ空気は嗅《か》ぎとれないものの、かといって食べ物やコーヒーなど、生活を思わせるようなにおいもしない。空気を入れかえたばかりという感じだった。スタッフが掃除をしたときに窓を開けたのだろう。

三人は玄関から居間へと進んでいく。何もない。ステファニーが最後に入ったときと同じように、整った室内だった。ソファにはくぼみが一箇所だけあり、誰かが最近すわったようだ。おそらくルーカスだろう。

沈黙が流れ、三人は立ち尽くす。ジェマはここにはいなかった。ステファニーは失望に胸を痛める。いったい彼女はどこにいるのか。

ルーカスは両手を深くポケットに突っこみ、妹のプライベートな空間に立ち入られることを明らかに喜んでいなかったが、ステファニーは気にもとめず、がらんとした空間を眺めまわす。閉じたドアがふたつあり、右側のほうにはボートハウスに降りられる階段があることを思いだした。

「そのドアは鍵がかかっています、刑事さん」ルーカスが言う。

「鍵をください」ガスはそう言って手を差しだす。断るという選択肢はないかのような口調だ。

ルーカスが差しだされた手を見つめているので、ステファニーは一瞬、拒否するのではないかと思った。けれども、しばらくするとルーカスは本棚の上から鍵を取り、ドアに歩み寄っていく。

「少しまわりにくいので、ぼくが開けます」

どういうわけかルーカスは手をもたつかせていたが、ようやく鍵を挿しこんでまわし、ドアを引きあけた。「前にもお話ししましたが、ここからボートハウスに降りられるんです」

ガスは返事もせず室内に入っていく。ステファニーの立っている場所から階段が見え、ガスがそこを降りていく。すぐあとにルーカスが、階下のボートハウスへと続いていく。

戻ってきたようだ。わたしの耳に、隣の部屋からの物音が届いた。女性の声もする。一瞬助かったのかと思ったが、ふと思いだした。わたしを捕らえた相手のひとりは、女性だったかもしれないのだ。あのふたりなのだろうか？

気持ちの半分では、ふたりが去るのをじっと待つことを望んでいる。もしもあのふたりが、わたしを始末するために戻ってきたのだとしたら。その一方で、残りの半分の気持ちでは、どんなに望みが薄かろうとこのチャンスを逃したくないと思っている。これがあのふたりなら、どうせわたしの居場所は知られている。あのふたりでなければ、これが助かる唯一の機会かもしれない。

たとえわずかであっても必死に空気を肺に吸いこみ、顔に被《かぶ》せられた袋や猿ぐつわの向こうに声が届くよう、嗄《か》れた喉《のど》と詰まった鼻をなんとか動かして、できるだけ長くうめき声をあげる。肺が新鮮な空気を求めるあまり、痛みを感じるほどだった。

ステファニーは戸口をくぐろうとしたとき、何かを耳にして足をとめる。いまのはなんだったのか。うめき声のようだが、階段にいるふたりの声ではない。鳥肌が立ち、さっと振りかえる。だが、背後には誰もいない。

「ガス！」ステファニーは戸口から叫んだ。「ガス、何か聞こえたわ。寝室からだと思う！」

ガスが来るのを待つつもりはなかった。そのときふと、もしかするとジェマを拉致《らち》した人間が一緒にいるのではないかとステファニーは思う。突入したら、ジェマに危害が加えられる可能性はあるだろうか。

いや、いまは全員が屋敷にいるはずだし、一秒たりとも時間は無駄にしたくない。

階段を駆けあがる音が聞こえ、ルーカスとガスが戻ってくると同時に、ステファニーは寝室のドアを勢いよく開ける。

66

うわずった声が聞こえる。「なんてことだ、ジェマ。だいじょうぶかい」

ルーカスの声だ。わたしは恐怖に声をあげ、本能的に逃れるように身をよじって膝《ひざ》を胸に寄せる。ルーカス。ニック。アンドリュー。あれが誰だったのかはわからないが、全員が怖い。怯《おび》えた声をあげずにはいられず、わたしはなんとかして身体を丸めようとする。手が触れてくるのを感じると、全身に鳥肌が立ち、背中に汗が滴り、わたしは猿ぐつわの奥から悲鳴をあげる。

「心配しないで。警察よ。ステファニー・キングです。もう安心してください。いまから拘束を解きますけど、ほかの誰も、勝手にあなたに触ったりはしませんからね。わたしだけですから、だいじょうぶですよ」

　口もとを覆っていた布が緩み、顔に被せられていた袋がそっと外される。目に溜《た》まった涙をまばたきで流すと、ぼんやりとした三人の人影が見えてくる。視界がはっきりしてくるにつれ、あの刑事の顔がわかるようになった。こちらに身を乗りだしてきて、やや暗い赤毛の髪が前に垂れる。顔には穏やかな笑みを浮かべようとしている。

　隣には短く揃えた髭《ひげ》を生やした男性が立っている。なんとなく見覚えがあるような気がしたが、わたしの目は背後に立っているルーカスに引き寄せられてしまう。そびえるような高さからわたしを見おろしている。どれだけ心配したかという言葉を吐いてはいるものの、信用できない。わたしは誰のことも信じられない。涙がどっと溢《あふ》れだしてくる。救われたことへの安堵《あんど》、この身に起きたことへの恐怖、そして身体の痛み。

「こちらはガスです。警察の者ですので、腕の縄をほどかせてもらいますね。彼が触れてもだいじょうぶですか？　痛くないようにしますし、わたしもついているから安心してくださいね、ジェマ。わたしはずっとそばにいますよ」

　まばたきをする。わかったという意図は伝わっただろう。

　ガスという刑事がゆっくりと慎重に縄をほどきはじめ、完全に外れると、わたしの両腕をそっとつかんで、少しずつ頭上から横へとおろしていく。ずっと同じ姿勢を強いられたあとは、急に動かされると痛みが走るので、気遣っているのだ。わたしは泣き叫ばないようにこらえていたが、あまりにもショックが強すぎて、肩が震えてしまう。

ルーカスが、わたしの苦しむ姿を見て狼狽《うろた》えているのがわかる。

視線を右から左へと動かすが、首はまだ動かせない。ここは寝室のようで、視界の端に窓が見える。やはりそうだ。わたしはボートハウスの二階にいる。階段の上まで引きずりあげられたのだろうが、あれが誰だったのかはまだわからず、それがまた新たな恐怖を呼びおこす。

「わたしたちがなんでも手伝いますからね、ジェマ。身体が痛いと思うけれど、怪我はしていませんか？」ステファニーが言う。

首を振りたかったが、固まっていて動かないので、わたしは小声で言う。

「いいえ。でも、トイレに行かせて」

四本の腕がのびてきて、慎重にわたしの身体を起こす。「立てそうですか？」ステファニーが訊く。

「わからない」

「ガス、お水を持ってきてあげて」

ガスが部屋を急いで出ていき、わたしはすわったままうなだれる。トイレにたどり着くまで我慢できるのかどうかも、たどり着くだけの体力があるのかどうかもわからない。

また涙がこみあげる。「誰がこんなことを？」

「まだわかりませんが、わたしたちが調べますから。ジェマ」ステファニーがグラスに入った水を差しだしながら言う。

ごくごくと水を飲み、頬の涙を手の甲で拭《ぬぐ》ってから、わたしはベッドの端まで行き、そこにしばらくすわって首をまわす。それからようやく、立ちあがろうとする。

「手を貸しますよ」ステファニーが立ちあがるのを手伝ってくれたが、足もとはおぼつかなく、寝室の外にあるバスルームまで支えてもらいながら歩いていく。

ルーカスはただわたしを見つめている。発見したときに動揺を見せていたが、そのあとはずっと黙りこんでいる。

「ここからはひとりで行けます」

「ドアの鍵《かぎ》はかけないでくださいね。外で待っていますから。だいじょうぶ、わたしはずっと近くにいると約束します」ステファニーが言う。

ドアが閉まるやいなや、ガスはルーカスに顔を向けて言う。

「アパートメントの外でお待ちいただけますか、ミスター・ジャレット？　屋敷には戻らず、ミセス・ハドソンを発見したこともまだ誰にも言わないでください」

「マットにもですか？」

「ご主人にはできるだけ早く知らせますが、まずは奥さまと話すのが先です。外でお待ちいただいて、われわれのどちらかと一緒に屋敷まで戻ってください。残ったほうがミセス・ハドソンに付き添いますから。ただ、ここは犯罪現場となりますので、アパートメントのなかに戻ることはできません」

　ルーカスの表情が動揺から失望へと変わっていく。それは科学捜査班が大勢来て妹のアパートメントを虱潰《しらみつぶ》しに調べられることに対してなのか。それとも客人のひとりが拉致され、監禁されたという事実に対してなのか。がくりと肩を落とし、ルーカスは部屋を出ていった。そしてしばらくすると、玄関のドアが開いて閉まる音が響いた。

　ルーカスが去るやいなや、ガスは居間へ移動して電話をかける。すぐに応援を増員し、敷地全体を保全するように要請してから、さらに科学捜査班もこちらに向かわせるよう指示を出す。ステファニーはふと、ポルスキリンに滞在している客人たちのことを考える。いったい誰が、どうしてジェマにあんなことをしたのか。

　ガスが寝室に戻ってきて、思案はそこで断ち切られた。ステファニーはバスルームのドアに向かって顎《あご》をしゃくる。「ジェマはまだなかにいるけど、相当参ってると思う。それと、薬を盛られたみたいで、頭がぼんやりしているようだわ。どうしてここに閉じこめたんだと思う、ガス？　監禁するのなら、もっと見つかりにくい場所がありそうだけど」

　ガスが肩をすくめる。「どういう意図で拉致したかによるな。われわれが今日来ることは知らなかったのだろうから、しばらくのあいだジェマを追いはらいたいだけなら、これで充分だったはずだ。きみがあれだけ執拗《しつよう》に嗅《か》ぎまわろうとしなければ、きみとわたしはここに来ることすらなかっただろう」

ガスの言うことはもっともだ。ジェマをここに閉じこめた人間は、すでに彼女が警察に連絡していたことは知らなかったはずだ。誰も立ち入らないアパートメントなら、誰かを隠すにはうってつけの場所だ。

わたしは手を洗い、顔に水を浴びせる。まだ顔に被《かぶ》せられていた袋の感覚が残っていて、それが肌に染みついてしまったような気がする。身体を徹底的に洗い、肌から滲《にじ》む恐怖のにおいと、口に残る怯えの味を消し去りたかった。両肩のあいだに走る灼《や》けつくような痛みに耐えながら、ここがアレックスの自宅だということも気にせず、シンクの上の鏡張りのキャビネットの扉を開ける。痛み止めが欲しかったので探してみると、歯磨き粉とコンタクトレンズ洗浄液、傷薬などのあいだにボトルがあったので、手に取ってみる。こうした物を見ると、まるでアレックスがまだ生きていて住んでいるみたいだった。

とつぜん、この身に起きたことへのショックが身体に広がり、震えがとまらなくなる。便座に腰をおろし、膝のあいだに頭を垂れ、襲ってきた眩暈《めまい》が落ちつくのを待つ。ずいぶん長いことバスルームにとどまっていたようで、様子をうかがうような声がドアの向こうから聞こえてくる。

「だいじょうぶ、ジェマ？」

ゆっくりと立ちあがり、ドアを開けてふらつきながら外へ出て、こわごわと顔をあげてみる。

ルーカスの姿がないことにほっとする。警察を呼んできたのだから、彼が拉致《らち》したはずはないと思うのだけれど。

　ステファニーは息詰まりそうなわたしの気持ちを察したようだ。

「さあ、外へ出て新鮮な空気に当たりましょう。そうすれば気分がよくなるわ。ここには証拠を探すためにもっと捜査員が来ることになっているけど、あなたのことは屋敷まで送っていきますからね。歩けそうだったら。ほかにも、力になれることはなんでもしますから」そう言って、ステファニーは隣の男性に顎をしゃくる。「こちらはブロディ警部です。ガスと呼んでいるの」

　ガスはわたしの苦痛や困惑を気遣うように、抑えた笑みを浮かべる。ステファニーはわたしを戸口へと連れていく。

　わたしはすぐに外へ出ずに、室内を見まわす。ここでアレックスが眠っていたのだ。部屋の色使いを見る限り、あの打ちひしがれた女性を思わせるところはない。壁は淡いグリーン、家具はオフホワイトで、端のほうはやや塗装が剝《は》げている。濃いグリーンと白の模様が入ったクッションが床に転がっていて、おそらくわたしがベッドに縛られたときに落ちたもののようだった。テーブル上のランプが割れているが、それ以外は片付いていて荒らされてもおらず、壁には明るい雰囲気の絵画がいくつも飾られている。もう一度視線を走らせたとき、窓から射しこむ陽光を受けて、ドレッサーの上で何かがきらりと光る。

　それはスクエアカットのダイヤモンドのピアスだった。そこにあるのは、片方だけ。

67

「わたしたちと一緒に、屋敷に戻れそうかしら？」水を飲み干すわたしに、ステファニーが声をかける。「ご主人があちらで心配しているでしょうし。それに病院で検査をして、どんな薬があなたに使われたのか調べないと」

病院には行きたくないし、薬のことはマットに訊《き》いてみればいい。わたしはとにかく、ここから離れたい。この家から。あのひとたちから。

ガスがドアを開けておいてくれたので、外にルーカスの姿が見える。一瞬、わたしは凍りつく。会いたくなかったが、いまはひとりきりではないので、なんとか自分を奮いたたせて足を進める。ガスがドアを閉め、鍵をかけてからポケットに入れる。

ステファニーが穏やかな声で語りかけてくる。「申しわけないけれど、いま着ている服を引きとらせてもらいます。そのあとガスから話があると思うので、あなたの部屋に向かいましょうね」

わたしはあのひとたちと向きあうことができるのだろうか。あのなかの誰かが、わたしにあんな仕打ちをしたのだと知りながら。それでも、逃げることはできない。

登り坂の小道を屋敷に向かっていくのは不思議な気分だった。ステファニーがわたしの腕を軽く握り、ガスは後ろを歩き、万一倒れたときに支えられるように備えている。ルーカスはうなだれていて、小道の地面を歩く足もとがおぼつかないかのように、下を見据えている。彼にとっては慣れきった道にもかかわらず。わたしはというと、やっと終わったと思っていた悪夢のなかにもう一度踏みこむような気分だった。テラスには人影が見える。マット、ニック、イザベル、ニーナ。あのなかの誰かがわたしの存在を疎み、わたしを拉致し、殺そうとさえしていたなんて。

　チャンドラとアンドリューの姿はない。ステファニーによれば、チャンドラは病院に搬送されたとのことだった。思わず怯《おび》えた顔でステファニーを見据えたが、それ以上は何も話してくれなかった。

　最初にこちらに気づいたのはニックで、その表情は読みとれない。刑事たちは、わたしが戻ってきたことに驚く顔がないかどうか見ているのだろう。

　マットがニックの視線の先を追い、持っていたマグカップをテーブルに置いて駆けつけてくる。

「ジェマ！　無事でよかった。何があったんだ？　どこにいたんだい」

「奥さまに触れないでください、ミスター・ハドソン。服を回収させてもらいますので」

　マットは愕然《がくぜん》としてステファニーを見つめ、黙りこんでしまう。

「あとで話しましょう」わたしは夫に言う。ここから出ていきたいとわたしが言ったときに帰っていれば、こんな目に遭わずにすんだのに。

　ステファニーがガスに向かってうなずき、わたしとともに階段をのぼって寝室まで連れていく。服を脱ぐあいだは、気を遣って背を向けてくれていた。

「ひとまず羽織っておくようなガウンか何かはありますか？　服から出ていた部分の肌をこすって、付着したものを採取するので」

　わたしはベッドの端に置かれていたコットンのバスローブを手に取って着てから、採取が終わったあとに着る服を取りだそうと、箪笥《たんす》に歩み寄る。抽斗《ひきだし》を開けると空っぽになっていたので、わたしは驚いて声をあげる。

　ステファニーがこちらに向きなおる。

「ごめんなさい、話しておくべきでしたね。われわれは、あなたがご自身の意思で帰られたのだと思っていたんです。服が何着もなくなっていたし、洗面用具と小さいスーツケースも見あたらなかったので」

　わたしはステファニーを見据えて言う。「わたしのものは、いまどこにあるんですか」

「ジェマ、残念ながらわからないんです。でも、離れの建物まですべて捜査する予定です。かならず見つけますから」

　何者かがここに入り、抽斗を探って、下着や洗面用具をスーツケースに詰めたのかと思うと胸が悪くなり、わたしはふいにベッドにへたりこむ。ステファニーも椅子に腰かける。いずれ警察の質問攻めに遭うわたしが気力を掻《か》きあつめていると察し、待っていてくれた。

　開けた窓から、テラスで静かに話す皆の声が聞こえてくる。数分ほど経つと、その低いざわめきがブロディ警部の大きな声に遮られる。

「本日、ジェマ・ハドソンが襲われ、無理やりボートハウスの上のアパートメントに監禁されました。われわれはこの件を誘拐および監禁事件とし、ポルスキリン、特にボートハウスを犯罪現場として扱います。正式な科学捜査班がまもなく到着するので、あなた方には彼らの指示に従ってもらいたいと思います。皆さんの部屋も捜査の対象になります。それと、今日午前中に着ていた服を提出してください。どなたもわたしが許可しない限り、敷地から出てはいけません」

「そんな！　おれはなんの関係もないのに。昼前に帰らなきゃいけないんだ」ニックが怒りをあらわにし、声を荒らげる。

「ミスター・ウォレス、わたしはミセス・ハドソンに対する誘拐・監禁容疑であなた方を逮捕する権限があり、指示に従わないならあなたのことも逮捕できます。彼女を襲った犯人を、われわれはかならず捜しだします。あと三十分ほどで応援の捜査員が到着するでしょう。ですからいまは、全員が席につき、わたしが声をかけるまで待っていただきます」

　目をあげてステファニーの顔をうかがうと、そこにはわたしたちへの憐憫《れんびん》が浮かんでいた。

68

「ミセス・ハドソン、どうぞおかけください」わたしが書斎に入っていくと、警部のガスが声をかけてくる。まるで自分に後ろめたいことがあるかのように、緊張してしまう。

　ガスはわたしの向かいに腰をおろし、気分はどうかと訊いてくる。そして、話はできるか、ジェマと呼んでいいかと訊いてくる。わたしはすべてに〝はい〟と答える。

本格的な事情聴取が始まったが、わたしに話せることはあまりない。あの戸口に立っていたのは、ポルスキリンにいる男性の誰であってもおかしくないし、赤の他人だったのかもしれなかった。逆光に照らされた姿は数秒しか見ていないし、わたしの背後にいたもうひとりについては何もわからない。あのときは女性ではないかと思ったが、その印象も薄れてきて、いまでは確信が持てない。

「ジェマ、ひとつお訊きします。あなたは今朝ルーカス・ジャレットに、ポルスキリンを発《た》つつもりだと言いましたか？」

靄《もや》のかかったような記憶を必死に呼びおこす。ルーカスに本当のことを話してほしいと苛立《いらだ》ちをぶつけたことは覚えているけれど、ここを発つとまで言っただろうか？

「よく覚えていません。すみません」

「あなたは駅まで行くために、タクシー会社の名前を教えてほしいとルーカスに言いましたか」

「たぶん言っていないと思います。もう出ていくとマットに怒鳴りつけて、そのときタクシーを使うと言ったかもしれませんけど。でも、どうしてそんなことを訊くんですか」

「あらゆることをお尋ねしているんです。起きたことを正確に把握するために」

それは答えになっていないと思ったものの、訊きかえす間もないまま、ステファニーは病院へ行って検査をするべきだと話しはじめる。わたしは行きたくないと答える。

「どんな薬が使われたかわからないんです、ジェマ。危険なものかもしれないので、採血させてもらわないと。調べれば、犯人を突きとめるのに役立つかもしれないですし」

わたしはようやく動くようになった首を左右に振る。「気分はもう悪くありません。疲れていて、眠いだけです。薬のことはマットに訊けばわかるでしょう」

噂をすれば影が差すとばかりに、ドアが控えめにノックされ、マットが顔をのぞかせる。

「ジェマの様子だけ見させてもらえますか。ニーナから、薬を盛られたらしいと聞いて」

「ミスター・ハドソン、奥さまは眠気を誘うような薬を注射されたようです。病院に行くのは抵抗があるそうで、警察医を呼んで血液検査をする必要があります。意識を完全に失ってはいなかったそうですが、針を刺されたあとに起きたことはあまり覚えていないようです。どんな薬が打たれたのか、思いあたるものはありますか」

「まさか。あれをジェマに使ったんじゃないだろうな。下手したら命にかかわるのに」

「どういうことでしょう」

唇を嚙《か》み、マットは視線をそらしたまま言う。「チャンドラが倒れたという話を聞いたあと、ぼくは鞄《かばん》の中身を確認して、ほかにも病人が出たときに備えようとしました」

「鞄はどちらに？」

「部屋のクローゼットです。鍵《かぎ》はかけてありました。ベッド脇の抽斗に鍵を入れておいたので、それで安全だと思っていたんです。ところが、鞄からミダゾラムがなくなっていました」マットの頬が紅潮する。自分の失態だと思っているのだ。

「いまごろそれを話す気になったというわけですか」ガスの声には苛立ちが含まれている。

「ミダゾラムとはどういう薬で、なぜあなたが持っているんですか。内科医ではなく、美容外科医であるあなたが」

「わかっています」マットの声も怒りを帯びている。「でも、ぼくだって医者ですし、具合の悪いひとがいたら助けたいと思っている。ともあれ、ミダゾラムは鎮静薬です。ジェマの症状は意識を失わず、ぼんやりとした記憶が残るということでしたが、あの薬の作用とよく似ています」

「そういった鎮静薬を万一に備えて持ち歩くのは、医師として普通なんですか」

そう訊《き》かれ、マットは落ちつかなげな視線をわたしに投げかける。「ミダゾラムは不安を抑える効果があって……ぼくは最近よく眠れないので、そういうときに使える薬を持っているだけで安心なんです」

まったく知らなかった。気づいてあげるべきだったのか。

「一般的なひとがこの薬の効果を知っているでしょうか。しかも、これを血管に注射する方法まで」ガスが訊く。

マットは素っ気なく肩をすくめる。「べつに特別な薬ではないですし、病院で治療を受けたことがあれば、使い方はわかるでしょう。注射のやり方は、薬物常用者だって練習せずにできるくらいですよ。でも、ぼくの目を見てください。一連の出来事には一切かかわっていません。ジェマを襲ってなどいません」

夫の言葉に嘘はないのだろう。ただ、いま言ったことはどこか引っかかる。昨夜のことを思いかえす。本と写真を置いた人間は、ベッドのどちら側に置くべきかを知っていた。その人間がベッド脇の抽斗を探り、マットが隠した鍵を見つけたのだろうか。

　ガスはマットへの聞きこみを続け、わたしはステファニーにもう一度覚えていることをすべて話し、それからようやくマットと一緒に部屋へ戻っていいと言われる。

「今夜はポルスキリンには泊まらない」わたしは誰にともなく言う。「この場所は安全じゃない。誰も信用できないわ」

「そう思うのは当然のことです」ステファニーが言う。「でも、この近くに残っていただきたいんです。ここに泊まっていくなら、部屋にひとり、見張りの捜査員をつけます。そうすれば心配ありません。ほかの場所に泊まりたいということでしたら、そこまでお送りします」

　マットが刑事たちを一瞥《いちべつ》してから、わたしに向かって言う。

「きみが外のホテルに泊まりたいなら、もちろん送っていくよ、ジェマ。ただ、警察の方が言ったように、ほかの皆と同じくぼく自身も、誘拐犯が判明するまでここにとどまらなければならない。それに、アレックスの死についてルーカスの言うことが正しかったとしたら？　ぼくはルーカスが答えを探しあてるのを見届けたい。アレックスのために。ぼくは彼女にそれだけの負い目がある」

　わたしは夫を見据える。いったい何を言わんとしているのか。アレックスになぜ負い目があるのだろうか。ただひとつわかるのは、マットは何も語ってくれないということだけ。

69

科学捜査班が到着してボートハウスに向かっていったが、ステファニーはほとんど収穫を期待していなかった。アパートメントの鍵はあれほどわかりやすい場所にあったのだし、容疑者が誰だとしても、あの場所に入る理由はどうとでも説明できるからだ。ジェマの服についていた繊維ですら、決定打にはならないだろう。戸口を出入りするときなら、誰と服がかすってもおかしくない。それにいまのところ、注射器も見つかっていない。

鋭くノックする音が響き、ドアが押しあけられた。

「お呼びですか？」ルーカスが顔を出す。慇懃《いんぎん》な笑みを浮かべているものの、虚《うつ》ろな目つきは隠しきれていない。

「ええ、どうぞ」ガスが椅子を手で示し、ルーカスが腰をおろす。

「ミセス・ハドソンと話をしたところ、ポルスキリンを今朝発つ予定だったそうですが、タクシーは頼んでいないとのことでした」

ルーカスはうなずいた。「まあ、言われてみればそうでした」

度重なる嘘とあいまいな物言いに、ガスが苛立ちをつのらせている。それでも何も言わず、ガスはルーカスの次の言葉を待つ。

「ジェマがマットに帰りたいと言っているのを聞いたので、タクシー会社の一覧を渡したんです。結果的に同じことだと思いますが」

「同じではありません。いまの話にしても、ジェマの話とは一致しませんよ」

ルーカスは肩をゆっくりとすくめる。「そう言われましても。たぶん、ジェマは大変な目に遭ったので思いだせないんじゃないですか。一覧はぼくのコンピューターから印刷しました。調べてもらって構いませんよ。ＩＴ担当の方にでも」

ガスは鋭い目でルーカスを見据えたが、ひるむ様子はまったくない。

「誰であれば、アパートメントの鍵の場所を知ることができたと思いますか、ミスター・ジャレット」ステファニーが訊く。

「まあ、誰でもできたかもしれませんね。いつもあの場所にありましたから。右から三番目の石の下です」

「ですけど、誰にも入ってほしくないのなら、もっと安全な場所に鍵を隠すべきではありませんか」

長いため息がルーカスの口から漏れる。「いま思えば、そうするべきでした。でも、あそこに立ち入られたくないというぼくの意思を、友人たちが尊重してくれると思っていたんです」

ガスが口をひらく。「どうしてでしょう。あのなかに殺人犯がいると思っていたのに？　それでも妹さんのプライベートな空間を守ってくれると思っていたわけですか」

ガスの声に含まれた猜疑《さいぎ》心《しん》に、ルーカスは唇を引き結ぶ。

「あとから批判するのは簡単ですよね、警部さん」

ふたりともその言葉に反論はできず、これ以上訊くこともなかったので、ルーカスへの質問は終えることにした。

ドアが閉まるとすぐに、ガスはスマートフォンを取りだしてプレスコット主任警部に報告を入れ、ステファニーは部屋を行きつ戻りつしながら、次の手をどうするべきかと考えていた。

電話を切ると、ガスは眉《まゆ》を吊《つ》りあげてステファニーを見る。

「これで事件は三件に増えたな。ジェマ、リディア、アレックス。そして四件に増える可能性も出てきている。チャンドラの容態は落ちついたそうだが、まだいくつか検査が必要らしいから、毒を盛られたかどうかはその結果が出るまでわからない。アンドリュー・マーシャルが、病院にいた捜査員経由で伝言をわれわれに残したそうだ。チャンドラは伝えきれていないことがあると言っているらしい」

「どんなことなの」

「アレックスは死の当日の朝、まえの晩のディナーの席で何かを聞いたと話したそうだ。その言葉によって、その席にいた人間が昔の誘拐事件にかかわったと確信したらしい。それが誰なのか確かめるために、ひとつ質問をしたいと言っていたという」

「その質問はどんなもので、誰に訊こうとしていたの？」

「わからない。少なくとも、いまはまだ。ともあれ、アンドリューをこちらに戻してほしいと伝えておいた。彼もジェマを誘拐した容疑者のひとりなんだからな。捜査員に車で送らせることにしている。状況からして、チャンドラが倒れたことの事件性は疑っておくべきではあるが、最優先なのはジェマの監禁事件だ」

「ジェマは、警察に連絡すると言ったせいで襲われたと思っているわね」

ガスは陰鬱《いんうつ》な目つきをステファニーに向ける。「そうだろうな。われわれが来るのを望まない者がいる。容疑者全員の通信状況をできるだけ早く調べて、その結果を見てみよう」ガスはそこでスマートフォンに目を落とす。「ところで、ここはどうしてちっともインターネットにつながらないんだ？　本当に困るな。ろくにＷｉ‐Ｆｉも飛んでいないような場所で、本当にルーカスは財団の仕事ができているんだろうか」

ガスは目の前に置かれているルーターを手に取る。一瞬、ステファニーはガスが苛立《いらだ》ちのあまり、それをデスクに叩《たた》きつけるのではないかと思った。

「わたしに見せてちょうだい」ステファニーはルーターをガスから受けとり、すべてのコードが奥まで挿しこまれているか、注意深く見てみる。

さらにデスクの下にもぐりこんでみると、ケーブルはどこにも挿されておらず、ぶら下がっているだけだった。

「なんなのよ！　ケーブルが外れているじゃないの」手をのばし、ケーブルを挿しこんでから床の上で身を起こし、目を丸くして見あげる。ガスは憤懣《ふんまん》やる方なげな顔つきをしている。

「あの男は支配者ぶっているんだ。賭《か》けてもいいが、奴はわざとインターネットの接続を切って、例のゲームをやっているあいだは外の世界とのつながりを断ったのさ。だが、われわれがその計画をぶち壊しにしたってところだな。このゲームを完全に終わりにしてやろう」

ステファニーは何も答えず、鞄《かばん》からラップトップＰＣを取りだした。そしてガスの怒りが収まるのを待ってから、ルーターの裏にあるパスワードを読みあげてほしいと頼んだ。すると、すぐにインターネットに接続することができた。

「もう一度すべてを考えなおしてみよう。まずはジェマの誘拐からだ。きみは集まったゲストに、今朝の居場所を確認したかい」

「ええ。ルーカスはここ、書斎にいたそうよ。でも、目撃者がいないので肯定も否定もできない。ニックはイザベルと一緒にサマーベッドの上で寝ていたそうで、イザベルも同じことを言っているから、ふたりともアリバイはある。だけど、双子同士でかばい合っている可能性もあるわ。マットはひとりで散歩していた。アンドリューは海にボートを出して、出かける準備をしていた。これは本人の証言だけ。ニーナはキッチンにいた」

「どれもこれも当てにならないな、まったく。もっとたしかな情報が出てくるまでは、動機のほうに目を向けよう。誘拐によって得をしたり、何かを隠したりできるのは誰だろう。きみは最初、リディアの失踪《しっそう》について調べていて、ジェマが電話してきた主な理由はそれだった。あの夜リディアに起きたことを振りかえってみて、何か見落としがないか考えよう」

「時系列表を作ってみるわ」ステファニーはキーボードを叩きながら言う。「リディアは夜遅くにここに着いた。母親によれば、十時前くらいに電話で話したとのこと。それから間もなく、チャンドラが私道を歩いてくるリディアを見かけた。そして誰かが、おそらくはルーカスが門のところで応対した」

「屋敷の裏側まで連れていったんじゃないか。ジェマが男性とリディアの話し声を聞いている。

それもルーカスだろうな、きっと」

　ステファニーはスプレッドシートに行を加える。「そうね。そしてルーカスは妻と話をしに行ったけど、いなかったのでリディアのところへ戻り、電話番号を訊《き》いた。そしてタクシーを呼ぼうと申しでたけれど、断られた」

「ああ。だが、タクシーを呼ぶと言ったのは事実かどうか怪しい。今日のことを考えるとね。いずれにせよ、リディアは海沿いの歩道に十時十五分から四十五分のあいだに向かったことになる」ガスは椅子の背にもたれかかる。「さて、ニック・ウォレスによれば、小道のライトが歩いている最中に消えたそうで、リディアとすれちがったのは小道だという。ニックは十時半ごろか、もう少し遅い時間だと言っている。ライトを消したのはルーカスではない。少なくとも、本人はそう言っている。ニックだったとも考えにくい。自分でやったなら、わざわざこちらに知らせる必要もないし」

「そのあたり、もう少し突きつめられると思うわ」ステファニーは言う。「ジェマを部屋に連れていったとき、訊いてみたの。誘拐されたのは、リディアが失踪した夜のことを何か知っているからなのかと。あの日ジェマは自分の部屋に戻ってすぐに、誰かが小道から浜辺に向かっているのを見たらしいのよ。おそらくニックだと思うけど。それからだいぶ時間が経ってから、また誰かが小道を歩いていって、数分後にライトが消えたらしいの。注目すべきは、ジェマがライトのスイッチのある場所を見ていたということ。小道をのぼりきったところのテラスに木製のパネルがあって、そこには誰もいなかったというのよ。それは十時四十分で間違いないって」

ガスが唇を引き結ぶ。「それは時系列表とも合っているが、要するにライトは間違いなくボートハウスで消されたってことだな。そっちに誰かがいたんだろう。アレックスではない。マットと話していたんだから。ニックの言葉を信じるなら、ニックでもない」

ステファニーは勢いよくキーボードを叩き、ひと言たりとも逃さないように記録する。

「ジェマは見たことを誰かに話したんだろうか」

ステファニーは手をとめ、視線をあげる。「ええ、話したの。アンドリュー・マーシャルにね」

70

ニーナは上の階に続く外の石段をのぼり、トレーを片手で支えながら両開きの窓をノックした。

「ジェマ？　ニーナよ。何か食べたらどうかと思って持ってきたの」

室内から物音が聞こえ、ジェマが少しだけ窓を開ける。

「どうしてわざわざ外の石段から来たの？」訝《いぶか》しげな声で訊く。

「それがいちばん早いし、ドアもほとんど開けなくてすむから。怖がる気持ちはわかるけれど、わたしがあなたに変なことをするわけないでしょう？」

ジェマは硬い表情で笑う。「誰だってするわけないと思っていた。でも、されたのよ」

「もしかしたら、あんなことをするつもりではなかったのかも。誰がやったにせよ、きっとやむを得ない事情があったのよ」ニーナは声を抑え、穏やかな口調でなだめようとしたが、ジェマの目には怒りが浮かんだ。

「ひとを監禁して薬を注射することに、やむを得ない事情なんかないわ、ニーナ」

息を吸いこみ、ニーナは言う。「入ってもいい？　ただの紅茶とサンドイッチよ。まだ夕食まで二時間はあるし、お昼も食べていないからお腹が空《す》いているでしょ。信用できないなら、わたしも一緒に食べてお茶も飲むから」

「結構よ。サンドイッチも紅茶もありがたいけど、お腹は空いていないの」

「それじゃ食べないにしても、なかで少し話をさせてくれない？　あなたのことが心配なのよ」

ため息をつき、ジェマはしぶしぶ窓を大きく開ける。ニーナは部屋に入ると、トレーを簞笥《たんす》の上に置いた。そして壁のほうを向いたまま、しばらく目を閉じる。この場をなんとかしなくてはならない。言うべきことをまえもって考えてきたのに、頭が真っ白になって何も思い浮かばない。振りかえり、両手で簞笥の端を握ったままジェマと向きあう。

「この家でひどい目に遭わせてしまったことをお詫《わ》びするわ、ジェマ。誰にもあんな目には遭ってほしくなかった。この一年は苦難に満ちていたわ。そういうとき、人間は本来の自分とはかけ離れた行ないをしてしまうのかも」

「なんなの、言い訳をしたいってこと？　ニーナ」

「ちがうわ、そうじゃない。警察はこれが重大な犯罪だと言っているし、犯人は刑務所に長期間入れられるだろうと言っている」ニーナの声は震えだす。「監禁罪は終身刑になることもあるんですって、知ってた？　調べたの。でも、誰かが早まって過ちを犯したことに、そこまでの罰を与えたいとあなたは思う？」

　ジェマはベッドにすわり、うつむいて両手を膝《ひざ》のあいだで握りあわせている。弱りきったような姿を見て、ニーナは一抹の罪悪感を抱く。

「わからない。あのときの恐怖を思いかえすと、答えは絶対にイエスだと言いたいけど。誰がなんのためにやったのかを知るまでは——」ジェマは視線をあげ、ニーナと目を合わせる。

「これが許せることなのかどうか、決めることはできないわ」

　ジェマの挑むような目つきを見て、ニーナは顔をそらす。もう言うべきことは言いきった。

「あとで食べる気になるかもしれないから、トレーは置いていくわね。何かいるものがあれば知らせてちょうだい。なんでも言ってね」

　ニーナがバルコニーのほうへ向かい、両開きの窓を開けたとき、ジェマが声をかけた。「ニーナ、このあいだわたしが渡したピアスなんだけど。あれはアレックスのものだったのね？」

　振りかえらずにニーナが答える。「ええ、たぶんそうだったと思うわ」

「とても素敵ね。でも、アレックスがダイヤモンドを身につけるのは意外だと思ったわ」

「ルーカスからのプレゼントだったの。毎晩つけていて、自分の部屋でひとりで食事をするときにもつけていたのよ」

　窓枠を握りしめ、ニーナはジェマがこの話題を切りあげてくれることを願っていた。

「亡くなったときにもつけていたかどうか、知ってる？　つけていたなら、警察はピアスをルーカスに返したのかしら」

ニーナは肩越しに振りむく。「つけていなかったわ。泳ぐときはいつも外していたの。なくすことを恐れて。警察がルーカスに返してきたのは、亡くなったときにつけていた黒いブレスレットだけよ」

ジェマが視線をあげる。「本当なの？」

ニーナは戸惑いに眉《まゆ》をひそめる。「ええ。どうして？」

「べつに。なんでもないわ」

言葉にそぐわない表情でジェマは言った。

71

ニーナが去ったあと、彼女の言葉についてずっと思案を巡らせていると、マットがわたしを呼びに来た。ルーカスがダイニングルームに全員集まるように言っているというのだ。何か話があるらしい。

行きたくない。ルーカスの指図など受けたくない。この場にいるのも耐えられない。けれどもホテルに移動すれば、無防備になるような気がして不安だ。少なくともここでは、戸口で警察官が見張っていてくれるし、両開きの窓に鍵《かぎ》もかかっている。

マットはルーカスが望むなら、言われたとおりのことをすると言っている。いつものことだ。

それでもわたしは、この部屋にとどまることにする。

「本当にだいじょうぶなのか？」ここまで気遣わしげな夫を見るのは久しぶりだ。ただ、心ここにあらずだということは見てわかる。そわそわして落ちつかない様子で、わたしが無事だったにもかかわらず、なぜだか怯《おび》えたような顔をしている。

「いいから行って、マット」そう言うと、心配そうにわたしの顔を一瞥《いちべつ》してから、マットは去っていく。

　夫が部屋を出るとすぐに、わたしは簞笥を押してドアの前まで動かしていく。映画ではよく、見張りの警官が気をそらされているあいだに、悪者が部屋に忍びこんでくるではないか。

　ベッドに横になると、まだ薬が残っているせいか、うとうとしはじめてしまう。気づくとわたしはまたボートハウスにいて、ウェットスーツを眺めている。戸口に誰かが立っている。背後から風が吹いてきたかと思うと、わたしはどこまでもどこまでも落ちていく。それからわたしはアレックスのバスルームにいて、キャビネットの中身を見ている。何かがおかしいような気がするが、なぜなのかはわからない。バスルームのドアが勢いよくひらき、ひとりの女が入ってくる。背後には背の高い男がいて、女の肩の向こうから、不気味な笑顔を向けてくる。最初はルーカスの顔で、次にニック、そのあとアンドリューに変わる。やがて全員の顔が混ざりあい、ゆがんでいく。男の両手がわたしの首にのびてくる。後ずさりしようとしても、できない。男の姿が見え、存在を感じ、息を嗅《か》ぐこともできるのに、自分の身体が凍りついてしまっている。心臓が早鐘を打ち、叫びだしたかったけれど、声は一切出ない。男が近づいてきて、とうとうその指が首にかかったとき、ようやく喉《のど》から悲鳴を絞りだす。

「ジェマ！　だいじょうぶか？　開けてくれ」

夢から醒《さ》めると、誰かが窓を叩《たた》いているのが聞こえる。泣いていたようで枕が濡《ぬ》れていて、Tシャツは汗で肌に張りついている。

「ジェマ、開けてくれ。お願いだから。無事なら返事をしてくれ」

ようやく誰の声かわかった。アンドリューだ。

「だいじょうぶよ。嫌な夢を見ていただけ」わたしは声を張りあげる。

アンドリューを部屋に入れたくない。信用できるかどうかもわからないのに。どうしてわざわざ外の石段から来るのだろう？

「チャンドラのことを話したいんだ」声を落としてアンドリューが言う。

わたしは大きく息をつく。あのアンドリューだ。彼はずっとわたしに親切にしてくれた。信じていいのだろうか。わからないけれど、でも信じたい。

やっとの思いで起きあがり、ベッドの外へ両脚を出して立ちあがる。鍵を開け、両開きの掃き出し窓を引きあける。アンドリューが入ってきて、両腕でわたしを抱く。

「無事で本当によかった」

わたしはアンドリューの腕のなかで棒立ちになり、しばらくして押しのける。「チャンドラの具合は？」

「もう心配ない。まだ検査中だけど、危ない状態は脱したので、結果が出るまでしばらくかかるということだ。チャンドラ本人は、自分の精神状態のせいで具合が悪くなったと考えている。吐き気はこの二日間のストレスによるものだと思って、それに効くハーブを自分で飲んでいたんだ。アトロピンを含む、ベラドンナというものだよ。そのせいで瞳孔《どうこう》がひらいていたみたいだ。まあ、確実ではないし、あまり仮定で物事を言うのもよくないけど。チャンドラは経過を病院で診てもらっているが、彼女はおれにきみと話をしてほしいそうなんだ。皆ダイニングルームに集まっていたから、邪魔をしないほうがいいかと思って、誰にも声をかけずに来た」

　ふいに、ある考えがよぎる。誰とも話していないのなら、アンドリューはなぜわたしが戻ったことを知っているのだろう。勝手に帰ったのではなく、誘拐されたことまで知っている様子だが、どうしてなのだろう。訝《いぶか》しむような目で見据えると、アンドリューの目がみひらかれる。

「何を考えているのかはわかる。おれは警察から話を聞いたんだ。本当に大変な目に遭ったよな。ひどい話だ」

「あなたは午前中どこにいたの？」

「やめてくれ、ジェマ！」アンドリューはまた腕をのばし、わたしの両肩に手を置く。そして心を落ちつけるように大きなため息をつく。「おれは午後セーリングに出るために、ボートを出して準備していたんだ。こんな家にいると、頭がおかしくなりそうだったから」

「ボートには乗っていなかったでしょ。テンダーボートが浜辺にあったもの」

　わたしを見据えたまま、アンドリューは首を振る。「そりゃそうさ。おれはいつもボートまで泳いで行き来しているから。わずか数百メートルの距離で、わざわざそんなものに乗る必要はないだろ」

　その言葉を信じたい。心からそう思う。

「聞いてくれ」肩に置いた手にそっと力がこめられる。「きみが好きだ、ジェマ。チャンドラもきみのことが好きだ。だから、とにかく気をつけてほしいとチャンドラは思っている。きみは知りすぎてしまっている。自分で自覚しているよりも、ずっと多くのことを知っているけれど、だからといって行動を起こしてはいけない。チャンドラが戻るまでは動かずにいてほしい。そして戻ったら、自分がすべきだと思うことを彼女と一緒にしてくれ」

「なんなの。それってどういう意味？」奥歯に物がはさまったような言い方に、わたしは苛立《いらだ》ちを隠せない。

「チャンドラが言っていたのはそれだけなんだ。あと、警察に伝えるべき話も聞いてきた。きみには悪いけど、それはマットに関することだ」

　身体じゅうの力が抜けていくような気がして、アンドリューがわたしの身体を抱きしめて支える。彼の肩越しに向こうを見ると、開いたままの窓の向こうに人影が見えた。

72

　ステファニーは多方面から入ってくる大量の情報に追いつこうと必死になっていた。各人物の背景の調査はしばらくまえから行なっており、ルーカス・ジャレットとその客人たちについては、より詳しい人物像が明らかになりつつあった。それらをまとめてはいるものの、捜査中の事件につなげていくことは、一筋縄ではいかないようだ。

ガスはこの日にポルスキリンで起きた犯罪行為、つまりジェマの誘拐事件に焦点を絞ることに決めたという。ステファニーはリディアの失踪《しっそう》事件を頭のなかにとどめつつ、アレックスの死が自殺ではなかったことを証明するものを探っていく。

「過去十二カ月だけにとらわれていてはだめだ、ステファニー。彼女の死は、十三年前の誘拐事件と関連している可能性があるから」ガスが言う。

各事件の捜査が密接にかかわりあっているため、少しでも切りはなして考えるのはほぼ不可能で、携帯電話もステファニーのラップトップＰＣもＷｉ‐Ｆｉに接続できたいま、Ｅメールは頻繁に、大量に届くようになっていた。

「リディアに関して、新たな情報があがってきたわ。この地元のセーリング・クラブ内にあるバーでアルバイトをしていたそうよ。そこで結婚式のことを聞きつけたんでしょうね」ステファニーはラップトップＰＣから目をあげ、ガスに問いかける。「それで何か思い浮かぶことはある？」

「思い浮かぶのは、アンドリュー・マーシャルとルーカス・ジャレットが怪しいということだな。どちらもセーリングをするし、結婚式よりもまえにクラブを訪れていてもおかしくない。もしかしたらニックが言っていたように、アンドリューはリディアと逢引《あいび》きする予定だったのかもしれない」

「あるいはルーカスがね」

「結婚式の前夜に？　大胆だな」

「でも、そういう例は結構あるでしょ」ステファニーが苦々しげに言う。

「イザベル・ウォレスの過去はなかなかすごいな」スマートフォンの画面を読みながらガスが言う。「十代のころ、もっとも有害なクラスAの薬物を所持して逮捕されている。それ以外には、密売の疑いでも捕まっている。が、どちらも最終的には不起訴になった」

ガスは前のめりになり、画面を読みつづける。

「収穫ありだ」ガスはステファニーに向きなおり、笑みを浮かべる。「ニック・ウォレスがルーカスに送ったEメールの内容について、見当がついた。人目に触れるべきものではないようだが、これがポルノだったら、ルーカスは妹に見られるようなアドレスには送らせないだろう。とはいえ、これを見てくれ。Eメールがわたしの考えているような内容だとしたら、ニックにはアレックスの口を封じたい動機があるということだ」

ガスがスマートフォンをステファニーに渡す。画面には写真が表示されていて、笑みを浮かべたニックと、イギリスで有名な個人実業家が一緒に写っている。メールの内容によれば、ニックはその実業家のために企業の買収を行なっていて、対象の会社の株価は高騰し、既存の株主は驚くほどの利益を得ているらしい。

「ニックを呼びましょうか」ステファニーが言う。

「いや。それよりも、ルーカスがこの件をどう弁明するか見てみたい」

五分後、疲れきった顔のルーカスがふたりの前にすわっていた。その顔には諦念《ていねん》があらわれ、自分の計画が完膚なきまでに壊されたせいで、怒りすら残っていないことを思わせる。一方のガスの顔には、同情の色は少しも見えなかった。「ミスター・ジャレット、ニック・ウォレスは企業の財務管理を行なっていて、クライアントの企業買収や吸収合併などを手がけている。間違いないでしょうか」

「ええ、そうです」顔つきを変えることなくルーカスが言う。

「でしたらお訊《き》きしますが、彼は自分がかかわっている企業について、インサイダー情報をあなたに流したことはありますか」

ルーカスは椅子の背にもたれ、ため息をつく。「そのことですか。はい。しょっちゅう流していました」

ステファニーは背筋をのばす。これは予想外の流れだった。

「その情報を受けて、あなたはどう行動しましたか」

「メールはすべて破棄しました。実際に処理したのはアレックスですが。ニックはどういうわけか、ぼくに親切なことをしていると思いこんでいたんです。仲間だからと言って」最後の言葉を吐き捨てるように言う。「あいつの行為は言語道断ですが、古くからの友人なので、自分が重要な存在だとアピールしたかったんでしょう。でもぼくは、あんなことをするのは最低だと言って、メールは無視していました」

「違法なことだと認識はしているんですか」ガスが言う。

「もしちがったら教えてほしいんですが、ぼくの知る限りでは、情報にもとづいて行動を起こさなければ違法にはならないはずです。ぼくは何もしていませんし、あいつは愚か者である以外に罪はないはずです」

「アレックスには知らせましたか」

「ええ。財団の仕事をしてもらっていたので、Eメールにはすべて目を通していたんです。ぼくが対応すべきものはぜんぶ転送してくれましたが、ニックからのメールは、雑談以外のものは読みたくないと伝えていました。ですから、どの株を買うといいとかいう内容のものは、読んでも無視していたと思います」

「アレックスがインサイダー取引に惹《ひ》かれたと思いますか」

「それはありえません。妹はそこまで愚かではないので。ぼくは馬鹿なことに、アレックスがぼく宛てのEメールをすべて自分のコンピューターで受信しているとニックに話してしまったんです。ニックがあの夜ボートハウスに向かったのは、Eメールを削除するためか、アレックス自身に削除してもらうよう、説得するためだったと思います」

　ガスは両肘《りょうひじ》をデスクについて言う。「ニックは、アレックスが自宅にいなかったと言っていました。それは本当だと思いますか」

　ルーカスはまばたきもせずに視線をかえす。「はい、それは信じています。ニックは調子のいい男ですが、嘘をつくのは下手なんです。昔からそうでした。ルーマニア人の女性を見かけたと言っていましたが、屋敷に戻ろうとしていたのは本当だと思っています。いずれにせよ、アレックスが殺されたのはもっと遅い時間です」

重苦しい沈黙が流れる。

「なぜ時間までわかるんでしょう」ガスが低い声で訊く。

ルーカスが身をこわばらせる。「検死報告書を読んだからです」

「そうであっても、遺体が水中にあったことを考えると、報告書の死亡推定時刻は大まかなものでしかありません。もう一度訊きます。なぜ、妹さんが殺されたのはもっと遅い時間だと言いきれるんですか」

「すみません。報告書の時間が正確なものだと思いこんでいました。誤解だったようです」

ルーカス・ジャレットは妹の死について何かを知っている。ルーカスが出ていって部屋のドアが閉まったとき、ステファニーはそう確信を持つ。ガスが同じ思いでいることは、顔を見ればわかった。そのことについて話そうとしたとき、ステファニーのEメールの通知音が鳴った。タイトルを見ると、〝ルーカス・ジャレット〟と書いてある。

「ルーカスの預貯金関連の報告書が来たわ。何かしら収穫があればいいけど」ステファニーはしばらく報告書を読んだあと、口をひらく。「すごいわね、どれだけお金があるのかしら。財団は独立した口座を持っていて、ルーカスとニーナの共同名義の口座からは生活費の支払いをしているみたい。それ以外にも、彼個人の名義でかなりの数の口座を持っている。特に不審なお金の流れはないけれど、気になるのは過去一年間に毎月、とある個人クリニックへ支払いをしていることくらいね」

「どこのクリニックなんだ」

「フィンランドよ。待ってて、調べるから」

ステファニーは検索エンジンをひらき、クリニックの名前を打ちこむ。

「いわゆるホリスティック医学のクリニックね。長期のリハビリやダイエット、怪我からの回復とか、いろいろなことをやっている」

「事件と関連はあるだろうか」

「わからない。もっと情報を得ない限り、ルーカスは慈善事業の一環で寄付しているとか、そういった言い訳をしてくると思うわ」

これまで以上にルーカスが何かを隠している気がしてならなかったが、銀行口座から知ることができるのは、彼が桁違《けたちが》いの金持ちだということだけだった。

「死亡推定時刻に関して、ルーカスが言っていたことはどう思う？」ガスが訊いてくる。

「正確な時刻は結局わかっていないものね。海水温度のせいで、想定される時刻の幅が大きすぎる。それでも、わたしたちより多くを知っているような印象を受けた。あの動画の撮影時刻はもちろん確認したけど、ちょっとした知識があれば簡単に操作して変えられるものだし。ニックがまた浜辺のほうに戻っていくことは可能だったわけで、ルーカスの話だけではニックが無実だとは思えない。でも死亡推定時刻のことを口に出してからすぐに、ルーカスは言ったことを後悔していたわね」

話を聞きながらスマートフォンの画面を見ていたガスは、ステファニーが答えを求めるように視線を投げたとき、身をこわばらせた。

「これはこれは」目をみひらいて言う。「マット・ハドソンともう一度話をしなければいけないな」

「どうして？　何がわかったの」

「チャンドラがアンドリューに託した伝言によれば、アレックスは十三年前の誘拐事件の鍵《かぎ》をマットが握っていると信じていたらしいが、それだけじゃない。マットとイザベルのあいだには何かがあるぞ」興奮を抑えられないといった表情で、ガスはステファニーに向かって言う。

「マットはこの一年、毎月一万ポンドをイザベルに支払っているんだ。アレックスの死んだ月を皮切りに」

73

わたしの目はバルコニーの入口に立つ人影に釘《くぎ》づけになっていた。

「ぼくの妻に何をしている？」怒気をはらんだ声でマットが言う。

「本来ならきみがするべきことをしたまでさ。様子を見守っていたんだ」

アンドリューが腕をおろすと、マットは窓枠にもたれかかる。最初の強気な態度があっという間にしぼんだかのように。

「ジェマ、きみがアンドリューと一緒になりたいのだとしても責めないよ。いまのぼくは、誰にとってもどうしようもない人間だと自分でも思う。ルーカスはいま警察と話しているところだが、彼らはぼくたち全員の人生を徹底的に洗っているらしい。ぼくには、きみに話さなきゃならないことがある……。なんであれ、きみが行動を起こす前にね」

マットはひどく憔悴《しょうすい》しきっていて、血走った目を泳がせている。わたしはアンドリューに向きなおって言う。

「あとでまた話をしましょう。いいかしら」

「もちろんだよ」温かい笑みを浮かべたあと、アンドリューはマットとすれ違うときに目も向けず、両開きの窓を通って出ていく。それから石段を駆けおりていく音が聞こえる。

マットはまだ窓枠にもたれかかっている。「すわったらどうだい、ジェマ」

心臓が早鐘を打つのを感じながら、わたしはベッドの端に腰をおろす。マットは何を話そうとしているのだろう。アンドリューによれば、チャンドラがマットに関して何か言っていたらしく、わたしはそれを知りたい。同時に、本当に知りたいのかどうか自分でもわからずにいる。

マットが壁際から椅子を引きずってきて、脚が床をこする音に寒気がする。わたしと向きあうように椅子を置いたマットの顔は、うっすらと汗に覆われている。

「これから話す内容はきみにとって不快だろうし、ぼくがどれだけ申しわけないと思っているか、自分を恥じているかは言葉に尽くせない」ごくりと唾《つば》を飲みこもうとしたが、口が渇いてうまくいかないようだ。「ときどき思うんだ。誰でも結婚するまえに、自分のどんなに恥ずべき部分もすべて相手に晒《さら》しておくという義務があれば、過去の行ないが自分の首を絞めることはないのだろうと。でも、それをやったら結婚するカップルがほとんどいなくなるだろうね」

「マット、謎かけみたいな言い方をしないで。もっと単刀直入に言って。どんなことでもいいから」

わたしを見るマットの目には、せめぎ合う感情が浮かんでいる。この期に及んでも話すことをためらいつつ、もう逃げることはできないからだ。

「警察はぼくたちの預貯金の動きを調べあげるだろう。そして過去十二カ月間、ぼくがイザベルにカネを払いつづけてきたことを突きとめるはずだ。彼女のせいで、ぼくは馬車馬のように働かなければならなかったんだ」

それを聞いて、わたしは感情を動かされるべきなのだろう。けれども、胸を殴られたような衝撃も、眩暈《めまい》も、寒気も——どれも感じていない。ただ頭が麻痺《まひ》したような気がするだけ。

「じつは、イザベルは去年ここに来た日からずっと、ぼくのことを強請《ゆす》っていたんだ。アレックスに関することで」そこでマットは大きく、深く息を吸った。「ぼくはアレックスとの秘密を誰にも話していないし、アレックスも誓って誰にも話していないと言っていたのに、どういうわけかイザベルが知っていた。まだ十代のころ、アレックスはいつもぼくのことを慕っていたんだ。ニックはルーカスが見ていない限りアレックスのことを無視していたし、アンドリューは彼女を子ども扱いしていた。まあ、実際に子どもだったから当然のことだけど。アレックスは、ぼくだけが自分のことを一人前に扱ってくれると言っていた。ぼくは元々ルーカスと親しかったんだけど、ニックとアンドリューが週末に遊びに来るようになったのは、もっとあとのことだった。そしてあの三人と自分が同類だとは、どうしても思えなくて。きみも気づいているだろうけどね。三人とも、まるで神話に出てくる神々みたいに背が高くてハンサムで、磁石のように女の子を惹きつけていた。特にアンドリューは。二十代になって、多少自分の顔に自信がつくまでは、ずっとぼくは彼らに劣等感を抱いていた」

　微笑もうとしたのか、奇妙に顔をゆがませるマット。気持ちはわかる。少年時代のマットの写真を見たことがある。その年ごろにしては顔が大きすぎる上に、大人びて整いすぎた顔が滑《こっ》稽《けい》に見えてしまっていた。広い額、まっすぐで綺麗《きれい》な鼻、あらゆるパーツの完璧《かんぺき》な配置。身長は十八歳までのびつづけたというが、そのころには自分の容姿に対するコンプレックスが強すぎて、克服するまでに何年もかかったという。

「アレックスはそれでも、ぼくに好意を抱いてくれた。熱烈と言ってもいいほどに。そのうちぼくたちは、ふたりだけで会うようになった。ほかの友人たちがいるときでも、ふたりでサマーハウスに隠れて過ごしたりした。皆には秘密にしているつもりだったが、気づかれていた。そのうちルーカスに呼びだされ、忠告されたんだ。アレックスはぼくに恋しているけど、まだ十三歳だし、傷つけるようなことをしないでほしいと。彼女がのめりこまないように、距離を保って接するように心がけてくれと。ルーカスはぼくを信頼してくれていた」そこで言葉を切り、深いため息をつく。「それなのに、ぼくは裏切った。アレックスの強い想いに押しきられるように、気づいたらいつの間にか……そういうことになっていた」

　言葉の意味を察してほしいというマットの視線を、わたしは愕然《がくぜん》として受けとめる。「アレックスは十三歳だったんでしょ。たった十三歳の子に！」

「そんなことは、ぼくがいちばんよくわかってる」怒気をはらんだ声でそう言うと、マットはうつむいて床を見つめる。「一度きりの出来事だったけど、ぼくは自分を恥じるあまり、それ以来アレックスのことを病原菌か何かのように避けつづけた。そのせいで、ますます惨めになるばかりだったけれど。アレックスはひどく傷ついていたが、ぼくとのことは誰にも話さなかった。ぼくが最低な男だとルーカスに告げ口されても仕方がないと思っていたが、まもなくルーカスは海外に行ってしまった。ルーカスがいなくなると、ぼくはアレックスと一切連絡を取らないようにした。そしてただ、ぼくのしたことを彼女が誰にも話さないよう、心から祈るだけだった。それから数カ月後、アレックスの十四歳の誕生日の直後に、彼女は誘拐された。その後救出されたので、なんとか連絡を取ろうと必死に手を尽くしたんだが、アレックスはぼくが近づくことを拒んだ」

わたしは思考をめまぐるしく働かせる。アレックスが亡き者となり、誰にも秘密を話せなくなれば、マットにとってこれほど都合のいいことはない。

「去年のあの日、アレックスが死ぬまえ、イザベルがぼくのことをビーチまで尾《つ》けてきて、秘密のことを知っていると言ってきたんだ。ぼくはそんな事実はないと否定し、イザベルと激しい言い争いになった。アレックスに聞いたら、秘密のことは誰にも、ルーカスにすらも話していないということだった。そのあとアレックスが死んでしまい、これであの秘密も葬られたものと思った。それなのに、アレックスの死後にイザベルが、例の秘密の証拠を握っていると言いだした。彼女の部屋で日記を見つけたと。イザベルは夏のあいだずっとルーカスの家に出入りしていたから、信じざるを得なかった。殺してやりたいと思った」

それはイザベルについてであり、アレックスではない。わたしの頭には、ルーカスがスクリーンに映した幼いアレックスの顔が浮かんだ。マットは五歳も年上だったのに、間違った行ないだと知りながら手を出してしまったなんて。しかも哀れな少女をそのあと棄てたのだ。どれだけ傷ついたことだろう。

「証拠を見せろと言ってみたの？」

「言ったさ。でも、見せるのはルーカスだけだと言われて、なんならきみにもコピーを送りつけると脅された。怯《おび》えたぼくは、それ以上強く出られなかった」

「ずっと知っていたのに、どうしていまになって脅すのかしら」

「アレックスが生きていたら、日記のことは子どもじみた空想だったと否定しただろうから。イザベルに卑怯《ひきょう》なことは絶対させなかっただろう」

なんと言葉をかければいいのか。おかしなことに、マットは同情してほしいような顔をしていたが、できるわけがない。アレックスからの誘いを拒めなかったマットに怒りを感じ、幼い少女を傷つけたことに嫌悪を覚え、イザベルからの脅迫に屈したことに憤りを抱いている。

「キング刑事とブロディ警部に、どうやって話すつもり？」

「ありのままの真実を言うよ。もしイザベルが証拠を警察に提出したら、ぼくは罪に問われるかもしれない。でも、正直に言って十三歳の少女の日記がそこまで重視されるとも思えないけど」

「それじゃ、どうして脅迫されてお金を払ったの？」

そのとき初めてマットはわたしと目を合わせ、声を震わせた。「なぜなら、ぼくはあまりにも自分を恥じていたから。もし証拠を突きつけられたら、ぼくはきみに嘘はつけない。ルーカスはぼくに復讐《ふくしゅう》するかもしれない。ぼくにとって、ルーカスからの信頼がどれだけ大切なものか。うまく言えないけど、つらかった日々からぼくを救いだしてくれたルーカスに対して、ぼくの行為は恩を仇《あだ》でかえすも同然だった。きみにもルーカスにも、知られることを考えただけで耐えられなかった。親友と妻を一度に失ってしまうなんて。でも、すでに事態はそうなりつつあるけれど」

苦々しげに笑うマットに、わたしは少しだけ胸の痛みを感じ、夫の言葉どおりなのだろうかと思案する。いま聞いた話だけが理由ではない。これまでマットが保身のためだけに、ふたりのあいだに壁を築いてきたことを思えば、もうわたしたちは終わりにすべきなのだろう。やっと溝ができた理由がわかったけれど、もはやさほど重要ではない気がする。

わたしが口をひらくよりも先に、ノックの音が響いて声が聞こえてくる。「ミスター・ハドソン、いらっしゃいますか。キングです。お話をさせていただきたいんですが」

マットの目に諦《あきら》めの色が浮かぶ。

「行ってくるよ」マットはわたしに身を寄せ、両手を握りしめる。「ごめん、ジェマ。言葉にできないほど、きみには申しわけないと思ってる」

マットは立ちあがり、ドアのところに寄せてある簞笥《たんす》を動かしてから、最後にわたしに力ない笑みを向けて部屋から出ていった。

74

マット・ハドソンを見たとき、ステファニーはこの二日間の出来事のせいで、彼の生気がすっかり失われてしまったように感じた。質問もされないうちから語りだし、言葉を継いでいくたびに声が小さくなっていく。ステファニーは聞きとるために身を乗りださなければならなかった。

「そういうわけです」すべて語りおえ、マットが言う。「だからイザベルにカネを払っていたんです。ぼくは強請られていたけれど、それを証明することはできません。けれどもイザベルは、ぼくが未成年の少女と性的な関係を持ったという証拠があると主張しています。あなた方がどう対処されるのか知りませんが、これが事実です」

「なるほど。さて、どうすべきか」ガスが言う。「残念ながらアレックスに事情を訊《き》くことはできないので、われわれは今後の捜査について慎重に検討しなければなりません。いま聞いたお話が事実なら性犯罪法に触れたことになりますから、あなたにはアレックスを殺害する動機があったというわけですね。ミスター・ジャレットが殺人だと主張しているのが真実だとすればですが」

マットは戦慄《せんりつ》したような表情を浮かべる。

「ぼくがアレックスを殺すはずないでしょう！　どれだけあの子を大事に思っていたことか。あんな事件に巻きこまれるまえは、とても気の強い女の子だったんです」

「ミスター・ジャレットは、本当に妹の死を殺人だと信じていると思いますか」ガスが訊く。ためらわずにマットが答える。「ええ、絶対に信じています。あんなルーカスを見たのは初めてです。燃えたぎるような怒りを抱いていて、いつもの冷静さがどこかに吹き飛んでしまうなんて。最初に聞いたときは正気の沙汰《さた》ではないと思ったんですが、いまはルーカスの言うとおりなのかもしれないと思います。ぼくはあの夜アレックスと話をしました。あの子が動揺していたのは確かだと思います。ただ、自殺をする人間の心理は単純ではありませんが、医師であるぼくの目から見ても、アレックスが死を選ぶほど追いつめられている様子はありませんでした。亡くなったと聞いたときは啞然《あぜん》としましたし、なんの予兆も見つけられなかったことに衝撃を受けました」

「アンドリューによれば、あの日チャンドラがアレックスと話をしたそうです。アレックスは過去の誘拐事件の鍵《かぎ》をあなたが握っていると考えていて、そのことをあの夜に訊くつもりだったそうです。犯人をご存じなのですか。それともあなたは共犯者なんですか。アレックスからのメッセージは届いていないと言っていましたが、はたして本当でしょうか。その事件のことが理由で、アレックスを殺したんですか」

　マットの目に涙が溢《あふ》れだす。「お願いです、やめてください。そんなことはありえない。ぼくがそのメッセージを読んでいたら、アレックスの居場所はすぐにわかったし、助けに飛んでいったと思います。けれどもそんなメッセージは読んでいない。それを証明することもできません」

「アレックスにはあなたを破滅に追いこむ力があった。絶好の機会だったのではありませんか」

「ぼくが最低な男だったのは認めます。アレックスをあんなふうに扱ったことを恥じています。けれども、彼女をひとりきりで一晩過ごさせるなんてことは絶対にしません。誓ってもいい」

「ですが、あなた以外に誰がアレックスの言葉を理解できるんです？　〝いつもの場所にいるから〟だけで、どこを指すのかわかる人間がほかにいますか？」

「誰だってわかりますよ。ルーカスの父親の家で集まっていた仲間でしたら。アレックスは最初のころ、いつも兄の友人が来るとサマーハウスに隠れていました。まだ幼くて、恥ずかしがっていたからです。あそこがアレックスのお気に入りの場所だというのは、周知の事実だったんです。もちろん、アレックスとぼくのあいだの秘密は知られていませんが、ルーカスもニックもアンドリューもイザベルも、アレックスがいつもサマーハウスにいることは知っていました。ぼくは事件にかかわっていません。信じてください」

　その後もガスが強い姿勢で質問を続けたものの収穫はなく、ふたりはやつれきったマットへの聞きこみを切りあげた。ステファニーはマットが無実だと感じていた。彼はみずからの行ないを恥じ、アレックスを傷つけたことを心から悔いているようだった。とはいえ、アレックスが死を選ぶほど追いつめられていなかったと決めつけるのは早計だろう。きっとアレックスは自分を守るため、何層もの厚い壁を心のまわりに築いていただろうから。

　ステファニーはスマートフォンを手に取り、アレックスの少女時代の誘拐事件を担当していた古参の刑事に電話をかける。

「携帯電話へのメッセージなんて話は一切出なかったぞ」刑事は言いきる。「だが、状況は変わってくるかもしれないな。アレックスはその夜に家出をしようと、とっさに決断したんだ。衝動的なものだったから、行き先を知る者は誰もいなかったとわれわれは考えた。そして行きずりの犯行だと結論づけたんだが、いまでもそれに満足しているわけではない」

「ファイルによれば、ミラチ・ボズクルトが容疑者としてあがっていたそうですね。なぜでしょうか」

「アレックスによれば、誘拐を仕切っていた男には強い訛《なま》りがあり、とても小さな声で話していたそうなんだ。そして、その男が話すときは誰もが無言になり、一言一句逃さないよう耳を傾ける。ボズクルトは〈無言の男〉として知られている犯罪組織のボスだが、やはり簡単にたどれるような証拠は残していなかった。いつだって奴はそうなんだ。それでもわれわれは可能な限り、ボズクルトや部下の携帯電話の履歴を調べた。記録はこちらで持っている。そっちにこれから送るが、アレックスの知人からボズクルトに電話をかけたという履歴は一切なかった」

　ステファニーは進展があればかならず知らせると約束して、刑事との通話を終えた。

「聞いて、ガス。ルーカスの友人の誰かがアレックスの誘拐とレイプに加担していて、その真相を彼女に突きとめられたと思ったら、殺害する大きな動機になるわよね」

「そうだな。誘拐の共謀は殺人と同様に重罪で、終身刑もありうる。もう失うものはないと自《や》棄《け》になったんだろう」

ステファニーのスマートフォンからEメールの通知音が鳴った。刑事から送られてきた通話履歴だ。どの番号の横にも名前が示されていたが、関連のありそうなものは見あたらない。

もどかしさにため息が漏れる。「十三年前の事件とはいえ、アレックスが送ったメッセージが重要な鍵のように思える。なぜ当時警察に話さなかったのか、まったく理解できないけど」そこでいったん言葉を切り、また続ける。「いえ、そうじゃないわ。理解はできる。きっとそのことを話したら、マットがまずいことになると思ったのね。それに彼だけしか読まないと思ったから、さほど重要なものではないと考えたんでしょう。かわいそうに。いずれにせよ、誘拐事件の夜にパブにいた全員に集まってもらって、それぞれの記憶を呼びおこしてみたいわ。互いの顔を見れば、誰がマットの携帯電話を見ることができたのか、思いだすかもしれないし。それに、アレックスの記憶ちがいという可能性もある。本当は行き先をはっきり書いていたのかもしれない」

「こんなことを言うのはすごく悔しいんだが、ひとの心理を読む才能はわたしよりもきみのほうが優れていて、腹が立つほどよく当たるんだよな。さっそく彼らを呼びだそう」

75

マットが部屋を出ていってからというもの、わたしは茫然《ぼうぜん》として何も考えられない。外へ出て風に当たり、夫を思わせるものを目にしないようにしなければ。サイドテーブルに置かれたマットの読書用の眼鏡、ケースに入った睡眠用イヤホン、開け放してしまったクローゼット内の整然と並べられた服。立ちあがり、わたしはバルコニーへと出ていく。どこにいても心が安らぐことはないが、自分のなかでせめぎ合う感情のうち、恐怖はもはやいちばんどうでもいいものに思えた。屋敷にも敷地にも多くの警察官が来ているので、いまとなっては誰も、わたしに危害を加えることはできない。

ゆっくりと、裸足《はだし》で音を立てることもなく石段を降りていく。そこに人影はなく、不気味な静けさが漂っている。芝生の上を歩き、夕刻のひんやりとした草を足の裏に感じながら、わたしは日本庭園へと向かっていく。半分ほど小道を進んだところで、話し声が聞こえてきた。切羽詰まったような、早口で高い声。

「やめて、ルーカス。お願いよ、どうか言わないでほしいの。まだ早いわ」

「ごめん。きみをここに連れてくるべきじゃなかった。つらい思いをさせてしまったし、ニーナにとっても誠実じゃない。妻には知らせないと。ひどく傷つけてしまうとは思うが、ぼくに唯一できるのは真実を告げることなんだ。嘘を重ねるのはもう終わりにしよう」

ルーカスの声は懇願するかのように切迫している。黒竹の林の向こうに、ふたりの人影がどうにか見てとれる。ルーカスが、ストロベリーブロンドの髪をした若い女性の両肩をつかんでいる。手伝いに来ているというメイドだ。エシーという名前だった。ルーカスはエシーを引き寄せて抱きしめ、頬を彼女の頭にのせる。エシーの両手がルーカスの腰に強く巻きつけられる。

ああ、かわいそうなニーナ。これを知ったら、どれだけ打ちひしがれることか。わたしは見つかるまえに、そっと後ずさりしてその場を離れる。

まだ部屋に戻りたくはなかったので、わたしは屋敷の正面へとまわっていき、誰にも会わないことを願いながら歩く。ひとりの警察官が、おそらく証拠品であろう袋をいくつかヴァンの後方に入れていて、それ以外にふたりの警察官が浜辺に出る小道を歩いていくのが見える。

角を曲がったとき、ひとりになりたいという願いが叶《かな》わないことを知る。アンドリューが池のほとりにすわっていたのだ。踵《きびす》をかえそうとしたとき、見つかってしまった。

「だいじょうぶかい」アンドリューが言う。

わたしは彼に歩み寄り、隣に腰をおろす。アンドリューはどことなく途方に暮れた表情をしている。

「わたしはだいじょうぶだけど、あなたはどうなの。チャンドラのことが心配でしょう」ここは彼女のお気に入りの場所だった。

「ああ、自分でも驚くほど心配している。おれは誰かに依存したりしない性格だし、自由気ままに生き、身を落ちつけることはなかったのに。チャンドラとの結婚を承諾した理由は褒められたものじゃないけど、彼女と一緒にいると心が安らぐんだ」

わたしは微笑んで言う。「素敵なことだわ、アンドリュー」

しばらく沈黙が流れ、わたしたちは金魚が水中をのんびりと泳ぐ姿を眺める。

「きみはどうなんだい。マットとの関係について、どう感じているんだい」

「まだわからない。あまりにも多くのことが起きすぎて、それに――」

とつぜん場違いな音が鳴りひびき、わたしの言葉を遮る。屋敷の正面口から聞こえてくるのは低く荘厳な鐘の音で、いつもならディナーの時間を知らせる音だ。わたしは戸惑いの目でアンドリューを見る。

「行きたくなければ無視すればいいよ。ルーカスがなんらかの理由でおれたちを呼んでいるんだろうけど」

日本庭園の近くで耳にしたルーカスとエシーの会話を思いだす。さすがにあのことをニーナよりも先に友人たちに話すはずはない。だったらなんの話があるのかわからないが、わたしは行きたくない。

けれども、行くべきだ。

よどみきった空気で誰もが息詰まりそうなこの雰囲気を、なんとかして変えたいから。

「行きましょう」わたしは言う。

アンドリューはわたしに続いて立ちあがり、ふたりでダイニングルームに向かう。イザベルとニックはすでに部屋にいて、キッチンからニーナが、廊下からマットが入ってくる。マットは怯《おび》えたような視線をこちらに向けてきて、まるでわたしが彼の秘密を全員にばらすことを恐れているかのようだ。

最後にルーカスが警察のふたりとともに部屋に入ってくる。

「警察の方が、皆に集まってほしいと希望している」ルーカスはひとりひとりに視線を向けながら話す。わたしは話題がエシーのことでなかったので、思わずほっとする。

　ガスが前に進みでる。「ミセス・ハドソンとミセス・ジャレットはご同席の必要がないので、退室いただいても結構です。ミスター・ジャレット、じつはあなたもです」

　全員の視線がルーカスに注がれ、誰もが困惑顔になるが、動く者はいない。

「われわれが訊《き》きたいのは、十三年前のクリスマス近くにアレックス・ローレンスが誘拐された夜のことなんです。ミスター・ジャレット、あなたは当時ニュージーランドにいたことがわかっています。対象となるのは、当時のアレックスの知りあいで国を離れていなかった人々というわけです」

　それでも、誰も部屋を出ようとはしない。

　ガスがステファニーに向かってうなずき、そのとき視線が優しくなる。わたしはこのとき初めて、ふたりが恋人同士なのだと気づいた。そうでなかったとしても、ガスは彼女に想いを寄せている。ステファニーが前に進みでる。

「最近明らかになった事実なのですが、アレックスはあの夜に誘拐されるまえ、マット・ハドソンの携帯電話にメッセージを送ったそうなんです」

　そこで間が置かれ、部屋の空気が重くなった。アンドリューが驚きに身を硬くするのがわかったが、口をひらく者は誰もいない。マットに目をやってみたが、うなだれていて、わたしとも友人の誰とも目を合わせようとしていない。

「メッセージの文面まで調べることはできていませんが、ミスター・ハドソンの携帯電話の過去の履歴は調べがつきました。たしかに、登録のない電話番号からメッセージを受けとっていたようです。ご本人はそのメッセージを読んでいないし、削除もしていないということです。その言葉どおりであれば、何者かが削除したということになります」

全員が息を呑《の》む。

マットがさっと顔をあげ、鋭い視線をルーカスに投げつける。「誓ってもいい。このことは、去年アレックスから聞いて初めて知ったんだ。もしも過去に聞いていたなら、ぼくはすぐに警察に連絡したさ」

ルーカスは何も答えずにいる。表情を見てみると、驚いてはいないようだ。知っていたのだろう。

ステファニーが話を続ける。「こちらが把握しているのは、アンドリュー・マーシャル、ニック・ウォレス、イザベル・ウォレスがマット・ハドソンと一緒にパブにいたということです。どなたか、マットの携帯電話に誰かが触ったり、のぞきこんだりするのを見ましたか」

アンドリューはわたしの隣に立っているので表情が見えないが、ニックは不安そうな顔をしている。

ニックが口をひらかないうちに、イザベルが話しだす。「わたしはずっとその店にいたわけじゃありません。男性陣がダーツばかりやっているので、わたしは先に帰りました」

「ミス・ウォレス、おひとりで帰ったんですか」

「たぶんね。昔のことだから、覚えていないけど」

「おれは覚えてる」アンドリューが口をはさむ。「ひとりじゃなかった。男がきみを捜しにきた。その男ときみが一緒に出ていくとき、ニックがいい顔をしなかったから覚えているんだ。柄の悪そうな男だったが、きみはわざわざニックのところに連れていって、一見無愛想だけどいいひとだと説得していたよ」

マットが背筋をのばす。アンドリューの話で何かを思いだしたようだ。

「その男とは誰なんです、ミス・ウォレス？」ステファニーが訊く。

「知るもんですか。きっとそこらへんで出会った男じゃないかしら。その三人よりも退屈じゃない誰かよ」そう言って、ガラスを石で引っかくように耳障りな声で笑う。

「知ってるはずだ」マットは口もとをこわばらせて言う。「ぼくも覚えている。東ヨーロッパ系の顔だった。額が広く、目が大きかった。アルメニアかトルコあたりの顔立ちだと思う」

イザベルがマットに向かってにやりとする。「ずいぶん記憶力がいいのねえ。わたしよりも」

マットは憎しみ以外の何ものでもない視線をイザベルに投げつける。「ひとの顔に関してはな。でもそいつのことは、名前だって覚えている。ぼくの父は熱烈なアーセナル・ファンで、当時の監督はアーセン・ヴェンゲルだった。だから名前が頭に引っかかったんだ。きみはニックに知りあいだと言って、〝アーセンっていうの〟と紹介していたが、そいつにフランス人らしいところは何もなかった」

余裕ぶっていたイザベルの態度が徐々に崩れ、見くだすような笑みを浮かべる唇の端が引きつりだした。警察のふたりもそれを見逃していない。ステファニーが目をみひらいてガスに顔を向けたところを見ると、マットの言葉に大きな意味があったようだ。ガスはステファニーにうなずきかけ、また全員に向きなおる。

「ミス・ウォレス、個別にお話をさせてください」ガスが言う。

ぞっとするような沈黙が流れる。どういうことなのだろう。イザベルの彼氏か何かわからないが、その男がマットの携帯電話のメッセージを読んだのだろうか。

わたしがマットの顔に目を向けると、完全に血の気が引いている。イザベルに向かって突きだすように顔を近づけ、マットは口をひらく。「きみだったんだな、メッセージを読んだのは。あの言葉が何を意味し、アレックスがどこにいるのかは、きみであればよく知っていたはずだ。アレックスを憎むあまり、ひどい目に遭えばいいと思っていたんだろ」

「ちょっと待てよ、マット」ニックが言う。「いくらなんでも、飛躍しすぎじゃないか。男がイザベルに会いにパブまで来たからって、そりゃないだろ」ニックは刑事たちのほうを向く。

「さすがにそれは、大げさすぎませんか」

「ミスター・ウォレス、ここからはわれわれにおまかせください」

ステファニーの顔を見ると、わたしたちの知らない答えを彼女がつかみ、それに興奮しているのがわかる。

わたしはルーカスを見やる。ただならぬ感情を目に宿らせているが、それがなんなのかは読みとれない。

ステファニーたちが真っ青な顔のイザベルを部屋から連れだそうとしたとき、マットが耐えかねたように叫びだす。「おまえなんかに強請《ゆす》られていたなんて！　ぼくはなんて愚か者なんだ！」

イザベルがドアのほうを向いたとき、ルーカスがそこに立ちふさがる。ステファニーたちがとめるよりも先に、ルーカスが口をひらく。静かだが、張りつめた声だ。「どうして強請られていたんだ、マット？」ルーカスは明らかに理由を知らない様子だ。

マットは言いすぎたことを後悔したような顔になったあと、ため息をつく。「イザベルはアレックスの日記を読んだんだ。そして、ぼくとアレックスのあいだに起きたことを知った」

ガスとステファニーはイザベルを連れだそうとするのをやめた。様子を見守り、耳を傾け、秘密が明かされるのを待つ。

「日記ってなんなんだ。アレックスは日記なんか一度もつけたことがない。いったいきみたちは、なんの話をしているんだ」ルーカスが言う。

マットが顔をあげ、しばらく無言のままイザベルを見つめる。それから何かが弾《はじ》けたかのように、マットはイザベルに向かって突進していき、首に手をかけようとする。

「ふざけやがって！　ぜんぶ作り話だったのか」ガスがマットの腕をつかんでとめる。身長も体格もガスのほうが勝っていたが、怒りに衝《つ》き動かされたマットはいまにもガスの手を振りほどきそうだ。「アレックスはぼくとの関係を誰にも話していない。ルーカスにも。それなのにどうやって知ったんだ、イザベル？　どこから話を聞いた？」

アンドリューがささやくように言う。「最低だな、マット。アレックスはほんの子どもだったんだぞ」不思議なことに、ルーカスは身じろぎもしていない。強請りのことは知らなかったようだが、どうやらマットとアレックスの関係は知っていたようだ。

「そこまでです」ガスが声を張りあげる。マットの怒りが鎮まっていくのを見て、ガスが腕を放す。「キング刑事、ミス・ウォレスを書斎に連れていってください。ほかの皆さんは落ちつきなさい。あなた方は全員、ジェマ・ハドソンの監禁容疑がかかっているんですよ。協力しなければ逮捕する可能性もあるんですから、冷静になってください」

ガスはひとりひとりに鋭い視線を投げつけたあと、ステファニーとともにイザベルを部屋から連れだしていく。マットが無言のまま、テラスに続くドアのほうへと歩きだす。

「マット、話がある」ルーカスが厳しい口調で言う。

マットはその言葉を無視するかに思えたが、べつの声が聞こえてきて足をとめる。

「銃弾を見たときに、おれが何かするべきだったんだ」そう言ったニックの目は過去に浸っているようで、虚《うつ》ろだった。話の続きがあると察し、誰もが口を閉じて待つ。「イザベル宛てに銃弾がポストに送りつけられてきた。犯罪組織の脅しの手口なんだが、妹は単なる冗談だから誰にも話すなと言った。でも、あいつは怯《おび》えていた。そしてある日外から帰ってきたとき、血を流し、服が破れていたんだ。転んだだけだと言い訳してたけどな。どういうことかはわかっていた。ドラッグの取引のために、あいつは大きな借金を作ってしまったんだ。それなのに、おれは見て見ぬふりをした」声が小さくなり、ささやくように言う。「気づかぬふりをして、何もしなかったんだ」

言葉をかける隙も与えず、ニックは部屋から飛びだしていき、ドアを叩《たた》きつけるように閉める。

誰もが何を言うべきか、何をするべきかわからずにいて、時間がとまったかのようだ。わたしは事態を理解しきれずにいたが、ちらりとルーカスを見やったところ、彼はそうではないことがわかる。ルーカスは椅子の背をつかみ、まるで一気に空気が抜けたかのように、がくりと肩を落とす。

マットがふたたびドアに歩み寄る。

「もう少しここにいてくれ、マット」ルーカスがそう言い、ニーナは夕食を遅らせるといった旨のことをつぶやいたが、誰も食べないだろうし、すぐにでもここから去りたいはずだ。

壁に寄りかかっていたアンドリューが身を起こす。「ルーカス、好きなようにしろよ」

つかんでいた椅子の向きを変え、ルーカスはどさりと腰をおろし、わたしたちにも席につくよう身振りで示す。マットがこちらをちらりと見る。わたしの同席を望まないことが伝わってきたが、出ていくつもりはない。

「マット、きみとアレックスのあいだにあったことは知っていた」ルーカスが静かに切りだす。「妹が死ぬまえの夜に打ちあけたんだ。自分の責任だと言って聞かなかったが、ぼくはそうは思わない。それでも、アレックスは一度もきみを責めなかった。あの当時、それまで仲良く笑ったりジョークを飛ばしあったりしていたのに、急にきみがアレックスと話もしなくなったから、何かあったんだとは思った。ぼくはとても許す気になれないが、アレックスは必死にきみのことを庇《かば》っていた。ああなったのは自分のせいであり、きみを傷つけてしまったと。どういうことなのか、ぼくは察した。アレックスは自分が誘ったと思いこんでいて、そのことで自分を責めていた。そんな考え方が癖になっていたのは、母親からずっと虐げられて生きてきたせいだ。母親に、人生が惨めなのはすべてアレックスのせいだと言われてきたから」マットはルーカスとも、わたしとも目を合わせられない。「訊《き》きたいことがある、マット。本当のことを教えてくれ。きみたちのあいだに起きたことを、誰かにしゃべったりしたのか？」

　マットがさっと顔をあげる。「まさか！　そんなことは絶対にしていない。だからイザベルが知っていて驚いたんだ」

「ぼくもそうだ。アレックスだってイザベルに話していないし、日記だってつけていない。ただ、アレックスはたったひとりにだけ話しているんだ。これは公表されていない情報だが、最初に妹をレイプした男は相場よりもかなり高いカネを払ったらしい」身体を震わせ、ルーカスは深いため息をつく。「処女を抱かせるという条件だったからさ。気の強かったアレックスは、男が事を終えたあと、そいつが騙《だま》されていることを知らせたそうだ。初めての男なんかじゃないと。男は妹を殴り、嘘をつくなと罵《ののし》ったが、アレックスは自分が処女ではなく、初めての相手はマットだと叫んだそうだ。名前を出し、真実だと相手に思い知らせるために。ただ、警察にはきみのことは一切話していない」

　わたしは吐き気をもよおし、気づいたらこう口走っていた。「つまりこういうことなのね、ルーカス。イザベルがマットとアレックスの関係を知ったのは、レイプした男から聞いたとしか考えられない。つまりイザベルが誘拐事件にかかわっていた。ニックによればイザベルは借金を抱えていたそうだけど、どれだけ困っていたとしても、アレックスの居場所を犯罪組織に漏らしたりするかしら。どうしてそんなに恐ろしいことを？」

　こちらを見たルーカスの目には、悲しみだけが浮かんでいる。「イザベルはぼくとの仲をアレックスに引き裂かれたと思い、妹を憎んでいた。でも、イザベルはぼくに恋などしていなかったのさ。惹《ひ》かれた理由はぼくにカネがあるからで、彼女は自分の望むような暮らしをするだけのカネを求めていた。そのためなら手段を選ばなかった。マットを強請ったのがいい例だ。それでトラブルになったとしても、うまく逃げることしか考えていなかった」

　イザベルが恋をしていなかったとは思えないが、もはやそれはどうでもいいことだった。

　マットはひどく思いつめたような表情で、ひとりごちるように話しはじめる。「アレックスが死んだ夜、ぼくがひとりでテラスにすわっていたら、イザベルがやって来た。アレックスが去ってから三十分は経っていて、イザベルの髪は濡《ぬ》れていた。シャワーを浴びてきたところだと言っていた」ルーカスに視線が向けられる。「もしかして……」

　ルーカスは天井を仰ぎ、うめき声をあげる。マットが手をのばし、ルーカスの肩をつかむ。わたしはテーブルに置かれた夫の手に手を重ねる。ここで起きたことは異常そのものだし、ルーカスのしたことも度を超していたが、彼は自分の妹が犯罪者に襲われ、十数年後に殺されるという過酷な経験をしている。そしてアレックスにあらゆる苦痛を与えた張本人が、仲間のひとりだったのだ。わたしたちは黙ってルーカスのことを見守りつづける。しばらくすると、ルーカスはようやく前を向いた。

「真相を暴くためにきみたちをこんなことに巻きこんでしまったが、いつかぼくの気持ちを理解してもらえたらと願っている。ぼくと妹の人生に招きいれてしまった殺人犯を、どうしても見つける必要があった。アレックスはチャンドラに、昔の誘拐事件が仲間の誰かによって計画されたなどとは、一度も疑ったことがないと話したそうだ。一年前に皆が集まったときまではね。去年だって、それが誰なのかまでは見当もつかなかったそうだ。警察はイザベルが殺害にまで及んだとは証明できないかもしれないが、誘拐の共謀は重い罪に問われる。長期の実刑は免れないだろう」

ルーカスはそう言いながらわたしに目を向ける。そのときに彼の目に浮かんだ何かに気づき、悔やむような笑みを見て、わたしは悟る。

パズルの最後のピースがぴたりとはまる。このときわたしは、すべてを理解した。

76

マットがアーセンという名前を出したとたん、ステファニーは興奮を覚えた。〈無言の男〉ことミラチ・ボズクルトが、アレックスの誘拐された夜に電話をしていた相手のなかに、似たような名前があったのだ。ガスがイザベルに通告を行なっているあいだ、ステファニーは通話履歴を急いでスクロールする。

あった。アルサン・マヌキアンとボズクルトが十五分ほど通話している。それはアレックスがブレア・ジャレット宅のサマーハウスから誘拐されるまえのことだ。イザベルがアルサンにアレックスの居場所を伝え、その情報がボズクルトに流された。十数年も発覚しなかった事実を見つけだし、ステファニーは気持ちが昂《たかぶ》るのを一瞬感じたが、これを立件することが可能なのか、さらに有罪にまで持ちこむことができるのかは、なんとも言えない。アレックスが送った携帯電話へのメッセージの文面が出てこなければ、証明するのはむずかしい。それでもボズクルトとアルサンを有罪にするだけの証拠を探しだし、どちらかがイザベルから情報を聞きだしたと認めさせたい。

イザベルをほかの捜査員に託して署へと連行させ、部屋のドアを閉めると、ステファニーは革張りで背もたれの高い椅子に身体を投げだし、両脚を存分にのばした。

「もうクタクタだわ」

「わたしもだ。腹も減った。しかし、お見事だったよ。通話履歴の名前を覚えているなんて驚きだ」

「才能かな」ステファニーはにやりとする。「いい知らせがあるわ。ハンプシャー州警察がアルサンの居場所を把握しているそうよ。何年も監視下にあったみたい。イザベルがアレックスを殺害したのはこれで確定だと思う？」

ガスは肩をすくめる。「その可能性は高いな。真相を知られたと思ったなら、長期の実刑を免れたいという大きな動機がイザベルにはある。ただ、アレックスの死が殺人だという証拠は出てきていないから、まだ調べは続けなければならない。それにしても、捜査すらしていなかった事件を解決に導くなんて、われわれもたいしたものだ」

ガスが複雑そうな笑みを浮かべ、ステファニーもその言葉に同意する。それでも三件の事件はまだ捜査中で、解決してはいない。アレックスの死が殺人なのかどうかも、リディアの身に何があったのかも、さらに誰がジェマを襲ったのかもわからず、決め手となる証拠も出てきていない。

そのとき、ドアをノックする音が響いた。

ステファニーは立ちあがり、ドアを開けてみる。「ジェマじゃないの！　だいじょうぶ？　何か力になれることがあれば言ってくださいね」

ジェマは何やら思いつめたような表情をしている。ステファニーは一歩下がり、部屋に招きいれる。

「お邪魔でしたらすみません。でも、イザベルが連れていかれるのを見て、いまならお話しできる時間があるかと思って」

「ええ、もちろんですよ。何か思いだしましたか？」

ジェマは首を左右に振る。「じつは、今日自分の身に起きたことを考えていたんです。とても恐ろしくて、助けてもらえたことが本当にありがたくて……」

そのあとに続くのは〝でも〟だろうとステファニーは予想した。石のように動かないガスの表情を見てみる。ジェマを注意深く見つめているが、彼女の考えを見透かし、快く思っていないのがわかる。

大きくため息をつき、ジェマは堰《せき》を切ったように話しはじめた。「でも、監禁罪の刑の重さを調べたんですけど、あそこまでの罰を与えるほど相手を恨んでいるわけではないんです。お伝えしたかったのは、わたしを襲ったその人物に——ふたりいるのかもしれないけど——そこまで責任を追及したくないってことなんです」

ガスは椅子の上で前のめりになり、額に皺《しわ》を寄せた。「あなたは非常に危険な目に遭ったんですよ、ミセス・ハドソン。たとえ相手が友人だったとしても、許されることではありません」

「どうして拉致《らち》されたのか、わかる気がするんです。危害を加えるつもりはなかったと思っています」

「では、教えてください。犯人はなぜあなたを襲い、薬を注射し、二階まで引っぱりあげ、猿ぐつわを噛《か》ませ、頭に袋を被《かぶ》せ、縛りあげ、命の危険を感じさせながら何時間も放置したんですか？」

ガスの物言いにステファニーはたじろいだが、それはあえてジェマにショックを与え、被害を受けた意識を持たせるためなのだろう。これは効いたようだ。ジェマの目に涙が溢《あふ》れだしたので、ステファニーは思わずガスを睨《にら》みつけたが、当の本人は気にもとめていない。

「確かに最悪の経験だったし、大目に見るつもりはないけれど、責められない気持ちもあるんです」

ガスは椅子の背にもたれ、両腕を組んだ。「残念ですが、これは重罪です。犯人が特定できれば、検察が不起訴にすることはまずないでしょう。いずれはあなたにも、証人として法廷に立ってもらいます」

　うなずき、ジェマは答える。「構いません。でも、ひとまずわたしの希望はお伝えしましたから、あとはおまかせします。助けていただいたことは心から感謝しています。おふたりとも、ありがとうございました」

　ジェマは心苦しそうな笑みを浮かべ、部屋から出ていった。

　ガスはデスクの上にペンを放りなげる。「なんなんだ、女ってやつは。まったく理解できない」

　ステファニーは敢《あ》えて、その発言を咎《とが》めなかった。今日はふたりともほぼ丸一日、ジェマ・ハドソンの身に起きたことを解明しようと奮闘していたのだから。あんなことを言われれば腹も立つだろう。

「どうして相手を責めないんだ。誰かに脅されたのか？」ガスが言う。

「きっと、監禁した犯人はマットだと思っているのよ。強請《ゆす》られている事実を警察に知られたくない一心でやったんだと考えてるんでしょ」

　ステファニーは立ちあがり、ガスの席に歩み寄る。外にちらりと目をやり、誰にも見られていないことを確かめると、身をかがめてガスの頭にキスをした。「今日は存分に手腕を発揮したわね、ブロディ警部。だから家に帰って、あなたへの感謝と愛を示したいわ。もう今夜はこれ以上、ここですることも特にないでしょ？」

　ガスは顔をあげ、穏やかな笑みを浮かべる。「それはいいね」

その瞬間、ステファニーは人目などどうでもよくなり、ガスに唇を重ねた。このひとを絶対に離さない。将来を憂えて嘆くのはもうやめ、一緒にいる時間を大切にしよう。ふたりならきっとやっていけるはず。

外では影が長くなり、そろそろポルスキリンを去る時間が来ていた。警備にあたっている制服巡査らは、科学捜査班の仕事が終わるまで残ることだろう。ステファニーはまた明日ここに来る予定だ。リディアの身に何が起きたのかを突きとめるまで、諦《あきら》める気はない。

手をのばし、ラップトップＰＣの電源を落とそうとしたとき、ペンザンス署の捜査班からＥメールが届いて通知音が鳴った。どうやらリディア・ダルカの最新の写真を数枚入手することができたようだ。ステファニーは画像のひとつをクリックしてひらいたが、思わず不満げな声を漏らす。それは自撮りの写真で唇を尖《とが》らせているため、リディアの顔立ちがよくわからない。いちばんましなのは、キャミソールのようなトップスを着て微笑んでいる写真だった。振りむきざまに撮ったもので、肩越しにカメラを見ている。幸せそうな笑顔を見て、一瞬ステファニーまで頬を緩めてしまったが、すぐにこの女性が一年間も消息不明なことを思いだす。いったいどこにいるのだろう。何がこの女性に起きたのだろう。

いまだ見つけられないことにもどかしさを感じつつ、ステファニーが画像を閉じようとしたとき、あるものが目についた。画面に目をこらし、写真を拡大してから、コンピューター内にあるもうひとつのファイルをひらいてみる。

「ああっ、なんてこと！　ガス、これを見てちょうだい」

77

警察のふたりはわたしの話をほぼ受け流していたが、それも仕方のないことだ。とはいえ、わたしの証言がなければ拉致の犯人を突きとめるのは困難だろうし、わたし自身は誰がやったのかを知っている。あのふたりが誰であったのかを。

なぜやったのかもわかっている。

あの恐怖を思えば許しがたいことだし、ガスという警部が処罰について話したこともずっと耳に残っている。あのふたりが、ほかの方法でわたしを黙らせることはできなかったのかと考えずにはいられない。警察に電話をかけるのを阻止したかったのだろうが、すでに手遅れだった。そしてわたしが電話をかけたことで、岩石が崖《がけ》を転がり落ちるように事態が急展開し、少なくとも三人の人間を破滅の縁へと追いやりつつある。

いちばん哀れなのはニーナだ。とても苦しむことになるだろうし、なんとかしてこれ以上事態を悪くしないようにしてあげたい。ニーナも真相にはある程度気づいていた。わたしにサンドイッチを持ってきたとき、すでに監禁の犯人には見当をつけていたのだ。とはいえ、全容を知っているわけではない。

マットは部屋で荷造りをしている。わたしが入っていったとしても、きっと顔を見ることもできないだろう。今後のことについては、わたしから切りだしてほしいと思っているようだ。でも、まだ心の準備ができていないわたしは、外のテラスへと向かうことにする。

誰にも会いたくないので、ひとりになれそうな日本庭園へと向かう。半分ほど階段を降りていったところで、ルーカスの姿が目に入る。心臓が跳ねる。塔のなかにいて、誰かと話をしているようだ。頭では逃げるべきだとわかっているし、手足もそれに備えている。けれどもわたしの心は、彼と向きあい、すべて悟っていることを伝えるべきだと訴えている。そうしてしまったら、彼にとってわたしはよりいっそうの脅威になるのだろうが、足が勝手に動いてルーカスのほうへ進みつづけてしまう。

彼はどう受けとめる？　この秘密は、わたしを殺すほどのものだろうか？

その可能性はある。

階段を降りきったところでルーカスが足音を聞きつけ、警戒するように振りむく。それから足早に塔から出てきてこちらに歩み寄り、隠れている誰かからわたしを遠ざけようとする。けれども、そんなことをする必要はない。隠れているのが誰かは知っている。

「ジェマ、だいじょうぶかい」ルーカスは気遣うように言う。

「なんとかね。でも、〝お蔭《かげ》さまで〟とは言わない。わかるでしょ」

探るような目つきでわたしを見てから、ルーカスはしばらく目を閉じる。そしてひらいたときに浮かんでいたのは、悲しみだけだった。「ひどいことをしてしまって、本当に申しわけない、ジェマ。言い逃れをするつもりはないよ」

否定はしないことがわかって、身体のなかに残っていた恐怖が薄れていく。わたしは石造りのベンチにどさりと腰をおろす。

「それはそうよ。どれだけ恐ろしかったと思っているの、ルーカス。もう死んだと思ったわ」声が割れてしまい、そんな自分に腹が立つ。強気でいなければならない。たとえいま、自分が知っていることを彼にぶつけて、そのあとどうすればいいかわからなくても。

ルーカスはわたしの隣に腰をおろしたが、手を触れてくることはない。彼に少しでも触れられたら、わたしが身をすくめることを知っているから。

「ぼくの行ないは正当化なんかできないし、するつもりもない。でも、あんなに時間がかかる予定ではなかった。薬を打ったのは、きみが楽になると思ったからだ。ミダゾラムは不安を抑えるし、起きたことを忘れられるかと」

「残念ながら、効果はなかったわね。死ぬほど不安だったし、何もかも覚えているわよ」

うなだれてルーカスが言う。「ぼくは自分がしたことを言葉にできないほど恥じている。だが、誰がアレックスを殺したのか知るために時間が必要だった。警察に電話をかけさせたくなかったんだ。事態がややこしくなるだけだから。すでにかけたあとだとは知らなかった。一度様子を見に戻って、きみを自由にしようかと思ったんだが、やはり通報されるリスクを考えるとできなかった。そのうち、全員が聞きこみの対象になってしまってね。いずれにせよ、最後にはそうなると思っていたけれど」

わたしは鼻で笑う。「警察が何もかも突きとめることを恐れたんでしょ」

ルーカスはこちらを見やり、わたしがどこまで知っているのか推しはかろうとしているようだ。わかるはずがない。ルーカスにできることは、話の軌道をそらそうとすることくらいだ。

「一緒に警察へ行くよ。そして、自分のしたことを正直に話す。ぼくは怒りのあまり、間違った判断をしてしまったんだ。きみが犯人とは考えにくいが、容疑者のひとりであるとは思っていたから」

「チャンドラのことは？」

ルーカスに浮かんだ驚きの表情に、偽りはなさそうだ。「チャンドラには何もしていない、絶対に。誰も何もしていないはずだ。アンドリューによれば、ストレスで胃を悪くしたようで、さらにハーブのせいで悪化させたみたいだ」

「わたしを監禁したときの、あなたのパートナーはどうなの。彼女も警察に出頭するつもり？手伝ったのだから、罪の重さはあなたと同じよ」

ルーカスは怯《おび》えた顔になったが、自分の身を案じているわけではない。

「彼女を責めないでくれ、ジェマ。ぼくが頼んだだけなんだ」

こちらが気づいていることを、ルーカスはまだ知らない。

「わたしから警察には何も言わない。だからあなたが彼女に、隠れていないで出てくるように言ってちょうだい」

ルーカスが身を乗りだしてくる。きっとわたしに頭をさげるのだろう。パートナーのことを放っておいてほしいのだろうが、それでいいのかどうかはわからない。ところが背後から声が聞こえてきて、決断はわたしの手を離れて他者に委《ゆだ》ねられたことがわかる。

「ミスター・ジャレット！」ステファニーだった。息を切らし、慌てている。「お話し中すみませんが、訊《き》きたいことがあります。書斎に来ていただけますか」

「しばらく待てませんか、刑事さん。ジェマがだいじょうぶなのかどうか、話を聞いているんです」

やや無理のある言い訳だったが、わたしは何も言わない。

「大事な話なんです。待つことはできません」

ステファニーの向こう、階段の上には警部のガスも来ている。

「ここで話せませんか」ルーカスが言う。「ジェマの前でしたら、聞かれても構わないので」

それを聞いて、ステファニーの顔に戸惑いが浮かぶ。

「きわめてデリケートな話なんです。ほかの方はいないほうがいいと思いますよ」

ルーカスは苛立《いらだ》ちはじめている。もうすべてが幕を閉じ、誰もが去っていくと思っていたのだろう。仕方なく立ちあがったルーカスの隣に、わたしも立つ。

「いいんです、刑事さん。今日あれだけのことがあったんですから。なんであろうと、ここで話してください」ルーカスが言う。

ステファニーが後ろを振りむくと、ガスは軽く肩をすくめ、階段を降りてくる。

「じつは、ミセス・ハドソンがいらしてちょうどよかったと思っています。去年、浜辺で遺体を目撃した数少ない方ですからね」ガスが言う。「ミスター・ジャレット、遺体の身元を確認したとき、顔を見たと言いましたよね。間違いないですか」

わたしがルーカスに目をやると、唇が青ざめていた。「ええ。まだ水のなかにいたとき、顔を持ちあげて、息があるかどうか確かめました。でも、息はなかった。髪が顔や首にまとわりついていましたが、アレックスだとわかりました。毎晩あそこで泳いでいるんです。岩にぶつかって顔に傷があったし、肌もふやけていたので、潮が引いたあとはうつぶせに寝かせました。あの顔を人目にさらすのは不憫《ふびん》だったので」

「ミセス・ハドソンは顔を見ましたか」

「いいえ。近くまで行かなかったので。でも、髪でわかりました」

「なぜ、いまになって訊くんですか」ルーカスが言う。

「妹さんは、左の肩にタトゥーがありましたか？」ステファニーが訊く。

警察の言わんとしていることがわかった。わたしのすぐそばにいるルーカスが身をこわばらせる。

「さあ、知りませんね。いつも長袖《ながそで》を着ていたし、まえに話したように、泳ぐときはいつもひとりでした。どういったタトゥーですか」

「小さな蝶《ちょう》です」

「なぜ、それが問題なんですか」

ガスがルーカスの顔を見据えながら言う。「なぜなら、われわれはたったいまリディア・ダルカの新たな写真を入手したからです。彼女の左肩には小さな蝶のタトゥーがありました。キング刑事の記憶力は驚くほど優れていて、あの朝の遺体のことを覚えていました。ポルスキリンの入江で発見された遺体の写真と照らしあわせたところ、似たようなタトゥーがあったのです。ミスター・ジャレット、あの遺体はアレックス・ローレンスのものではありません。あの夜溺死《できし》したのはリディア・ダルカだったんです。あなたは思いこみで見間違えたのでしょう。あれが妹さんなのだと」

ルーカスはくずおれるようにベンチにすわり、がくりと頭を垂れる。震えているのがわかる。こうなることは予想していなかったのだ。誰も口をひらかず、警察のふたりもルーカスが気持ちの整理をつけるまで待つことにしたようだ。ようやく顔をあげて話しだしたとき、ルーカスの声は割れていた。

「妹は、ぼくの結婚式の前夜に自殺なんかするはずがない。そう言ったじゃないですか」

ガスが穏やかに語りかける。「ひどくショックだとは思いますが、詳しいお話を聞かせてもらわねばなりません。われわれはリディアの母親から血液を提供してもらい、保管してあるＤＮＡと照合しますが、それと同時に妹さんの居場所も探る必要があります」

ルーカスはふたりを見据える。「動画を観ればわかることです。妹は死ぬのではなく、ただあの家を出ていくと言っていたんです。きっとどこかで生きている。見つけてほしいのであれば、自分から姿をあらわすはずです」

ガスが目を細めてルーカスを見ている。どこまでその言葉を信じるべきか、思案しているのだろう。

「何者かが妹さんを殺したとあなたは考えていた。いまとなっては、リディアを殺す予定だったのだと思いますか」

「それはありません。イザベルはリディアをアレックスと間違えたんです。いや、わかりませんけど。少し考える時間をもらえませんか。気持ちが追いつきません」

ステファニーがガスの顔を見る。「いいですよ。書斎にいますから、話す準備ができたら呼んでください」

ふたりは背を向け、去っていった。


警察がいなくなって五分は経ったけれど、わたしもルーカスもずっと黙りこんでいる。隣にすわったまま、わたしは自分から話しかけていいものかどうか決めかねている。

ようやくルーカスが口をひらく。「きみはわかっていたんだな」

「ええ」あれだけひどい目に遭わされたのに、わたしはルーカスに同情している。「すべてを理解するまでに時間はかかったわ。アレックスが死ぬ一ヵ月前に撮ったという写真を見せられたとき、何かおかしいと思ったの。チャンドラは気づいていて、わたしにそのことを話そうとしていたのよ。そして、わたしも気がついた。アレックスが死んだ日にチャンドラがあげたはずのブレスレットを、写真のなかの彼女が身につけていたの。それと、コンタクトレンズの洗浄液がアパートメントのバスルームにあって、それは当時からそのまま置いてあると言っていたでしょ。視力が一・六もあるのにコンタクトレンズが必要なんて、目の色を変えるためとしか思えない。あと、あなたが買ってあげたピアスだけど、林のところにひとつ落ちていた。あれを身につけるのはアレックス本人しかいないわ。きっとあのアパートメントで、あんな事件などなかったかのように暮らしていたんでしょう。それに、あなたの車が出ていく音を聞いたわ。遺体が発見されるまえの夜にね」そこで言葉を切り、わたしは塔に向かって呼びかける。

「もう出てきていいわ、アレックス」

わたしたちがメイドのエシーだと思っていた女性が、塔のなかからゆっくりと姿をあらわす。グレーの瞳《ひとみ》には恐怖が浮かび、わたしに何をされるのかと怯えている。わたし自身も何をしたいのかわからない。

「ここに来るのは危険だったでしょうに」わたしは言う。

アレックスの声は静かで、緊張のせいか掠《かす》れていて、以前聞いた外国語の訛《なま》りはまったくなかった。「ルーカスは来させたくなかったようだけど、もうだいじょうぶだと思ったの。かつての面影は少しもないし、ニーナにもまったく気づかれなかった。たまに話さなければいけないときは、満面の笑みを浮かべたわ。過去のわたしは一度も見せなかった表情よ。わたしはここに来たかったの。話をこの耳で聞き、この目で確かめたかったの」

誰にもわからなかったはずだ。髪はストロベリーブロンドのショート、赤い口紅、グレーの瞳、健康的に肉のついた身体、そしてあの笑顔。

「最初の計画では、ゲームの終わりにわたしが登場する予定だった。テーブルの自分の席について、わたしを殺そうとした犯人と対面しようと思っていたの。もし途中で誰かに気づかれてしまったら、計画を修正するつもりだった。だけど、気づかれるはずがないとわかっていたわ。お皿を片づけたり、ベッドメイキングをしたりする女性をじっくり見るひとなんていないものね」

アレックスの言うとおりだと思いながら、わたしはルーカスに向きあう。「死因審問のとき、あなたは怯《おび》えていたのね。アレックスの死の詳細を聞くのが耐えられないのかと思っていたけど、偽装が発覚するのを恐れていたんでしょう」

ゆっくりとルーカスがうなずく。「いちばん近い家族が身元の確認をして、警察はそれ以上調べないことを知っていたんだが、審問で写真を出されるのではないかと不安だった。ジェマ、きみはアレックスをほとんど知らないが、アンドリューが来たときには本当にまずいと思った。けれども、幸いあいつが来たとたんに自殺だという決定が出て、この計画に着手することができた。誰がアレックスを亡き者にしたかったのか、なんとしても探りたくて。自殺と断定されたことでぼくの決意は鉄のごとく強固になり、この計画に取り憑《つ》かれるようになった」

その気持ちはわかるけれど、それでもこう言わずにはいられない。「あなたがリディアの家族にどれだけの苦痛を与えたかと思うと、許せないわ」

「わかっている。ぼくは自分をひどく恥じているし、こんなことになるとは思っていなかった。とっさの判断でこのような事態になってしまい、ずっと後悔していた。それでもぼくは、苦しみを味わいすぎたアレックスを絶対に守りたくてここまで来た。けど、結局は失敗したんだな。どれも望んだことではないし、すべてに決着がついたら罰を受けることは避けられないが、もう戻ることもできない。こんな状況に自分を追いこんだことに憤りを感じるし、もっといい解決策を探せなかった自分に嫌気が差している」そこでルーカスはアレックスを見あげる。「でも、アレックスに腹を立てたことは一度もない。気持ちがわかるから」優しい笑みを妹に向けてから、ルーカスはわたしに向きなおる。「正しいと思うことをしてくれ、ジェマ。ぼくもアレックスも、きみを責めない」

あまりにも大きな悲しみに胸がふさがれ、手足の重さを感じながら、わたしはその場を離れて階段をのぼっていく。空には沈みかけた太陽が見え、間もなく陽が暮れる。こんな一日を早く終わらせたいわたしにとって、夜の訪れはありがたい。

マットがバルコニーに立ってわたしを見ている。もうひとつ、下すべき決断が残っている。けれどもいまわたしが望んでいるのは、ここからできるだけ遠く離れること。この場にいる、すべての者たちから。

エピローグ

ジェマが歩き去っていく。追いかけていって、ルーカスは悪くないのだと言いたい。悪いのはわたしだ。怯えるあまり、兄にこんなことをさせてしまった。わたしは死にたくなどなかったのに、誰かに殺されそうになった。この目でそれを見てしまった。

十二年間ずっと、わたしはマットがメッセージを読んだのに無視したと思っていた。助けてほしいときに来てくれなかったのだと。だけど、誰にもそのことは言わなかった。言ってしまえば警察にあれこれ訊《き》かれるだろうし、マットが共犯だと疑われる可能性もあるので黙っていた。メッセージの件が重要なことだとも思わなかったのだ。

ところが昨年ディナーの席でイザベルがこう言った。マットは最新の携帯電話を見せびらかすため、よくテーブルに置きっぱなしにしていたと。それを聞いて、マットではない何者かがメッセージを読んだ可能性があると気づいた。でも、いったい誰が？

あの夜、マットを除いた誰もが、わたしはもう床についたものと信じていたことだろう。けれどもわたしはマットとしばらく話し、やがて真っ暗な小道を歩いて浜辺に向かい、そこに誰かがいるのを目にした。女性だった。誰だかわからないが怖がらせたくなかったので、わたしは小道の奥の影に隠れた。女性は服を脱いで下着姿になり、まとめていた黒髪をほどいて、海へと駆けこんでいった。

あおむけになって楽しそうに泳ぎ、星を見ながら笑っていた。表情はともかく、きっとわたしもあんなふうに泳いでいるのだろう。それから女性は前を向き、沖へ向かって泳ぎだした。

とつぜん、左のボートハウスのほうから何かが動くのが見えた。明かりは消えているけれど、黒いウェットスーツを着た何者かが岩の上を端まで駆けていくのがわかる。泳いでいた女性が湾口から外洋へと差しかかったとき、その人影は音もなく海に飛びこんでいく。ルーカスや友人たちがよくやっていたように。

揉《も》みあうことはほとんどなかった。女性は瘦《や》せていたし、脚を巻きつけられて腕を強く押さえこまれ、頭を水中に沈められたらなすすべはない。やがて、その人影がゆっくりとしたストロークで浜辺に向かって泳ぎはじめたので、わたしは踵《きびす》をかえし、屋敷のルーカスのところへと駆けもどった。

ルーカスはテラスでニーナを捜していた。わたしが小道から出てくると、駆け寄ってきてくれた。

半狂乱でわたしは言った。「ルーカス、誰かがわたしを殺そうとしたの！　狙われているんだわ。きっともう死んだと思われている。死にたくない、ルーカス。死にたいと思ったこともあったけど、でもやっぱりいや」泣きわめくわたしをルーカスは揺すってなだめ、ふたりで浜辺まで行って何が起きたのかを確かめるべきだと言った。小道を進んでいっても、誰にも会わなかった。犯人はきっと、林のなかを抜けて屋敷に戻ったのだろう。

涙はとまらないし、ルーカスはわたしの言葉を信じてくれない。それでもふたりで一緒に海へ潜り、弧を描くように泳ぎながら遺体を捜そうとした。結局見つからなかったので、ルーカスはわたしの見間違いだろうと言ったけれど、そうではない。いずれにしても、女性の服が浜辺にある。

ルーカスは警察に通報して、わたしの身は守ると言ってくれた。けれどもそれでは身動きが取れなくなる。まるで意に反して監禁され、死が迫るのを刻々と待つようなものだ。いつまでもそんな暮らしをするなんて。

わたしはこの身に起きたことを明確に覚えている。裸で横たわり、縛りつけられて震えながら、かわるがわるやって来る男たちに穢《けが》されつづけた。その記憶を抱えたまま日々を生きているわたしにとって、ポルスキリンはいつだって安全な場所だったはずなのに、そうではなくなってしまった。もうこれ以上ここにはいられない。

ルーカスはとどまるように懇願してきた。ニーナの大切な一日をめちゃくちゃにしたくないと。けれどもわたしはあまりにも怯えていた。

「犯人には、わたしが死んだと信じさせておきたいの。結婚式に出席したら、また殺そうとしてくるわ！」

「でも、遺体がなければ大がかりな捜索が行なわれる。きみはぼくの父から多額の相続をしているし、ぼくが捜しもしないで諦《あきら》めるのも不審じゃないか」

考えた末に、わたしたちは偽装工作をすることに決めた。わたしが失踪《しっそう》するとなれば理由が必要だし、ニーナに謝りたい気持ちもあって、動画を撮影した。優しいニーナ。わたしのせいでひどく苦しませてしまった。ほかの人々は、ルーカスがどんなに捜してもわたしを見つけられなかったのだと知らされる。アパートメントにいなければ、この家を出ていったと思われるはずだ。不思議なことかもしれないが、アレックスは変わり者だからと結論づけられることだろう。殺人犯はわたしが家出したとは思わず、海に沈み、流されたと考えるはずだ。あの動画が遺書だと思われるとは、想像もしていなかった。イザベルは首をひねったにちがいない。どうせ死ぬつもりだったのなら、わざわざ手を下す必要などなかったのではないかと。

遺体は誰もがポルスキリンを去ってから長い時間が経ったあと、ずっと遠い岸に打ちあげられ、身元もわからないだろうと思っていた。あの女性の服は、殺人犯が目にしたら殺した相手がわたしではないと知ってしまうので、浜辺からは持ち去っておいた。そうすれば遺体の出どころもわかるまい。そして念のために、わたしの服を代わりに置いておいたのだ。それからチャンドラからもらったブレスレットを乱暴に外し、腹立たしい気持ちで浜辺の砂利の上に放り捨てた。こんなものがわたしに力と意志を与えてくれるなんて、まったくの嘘だ。わたしの心はもうずたずただった。

午前三時になると、ルーカスは友人が持つ空き家にわたしを連れていった。その後、国外へ出られるようにルーカスが手はずを整え、それまでそこに身を隠すことになったのだ。何カ月ものあいだ、わたしは目撃したことを何度も何度も頭のなかで反芻《はんすう》し、犯人が誰だったのかと考えた。マットが浜辺まで降りてくる時間はあっただろうか。そう、林のなかを抜けてくればあったはずだし、さまざまな理由で動機はいちばん強い。わたしたちにはそう思えた。でも、アンドリューは？　ニックは？　イザベルについてはまったく疑っていなかった。

翌朝早くに、ルーカスはわたしの残した動画を〝偶然〟見つけるために入江へ行った。ところが、そこで女性の遺体が海に浮いているのを見つけ、動揺してしまったのだ。犯人はわたしが生きていて、殺した相手が人違いだと知ってしまう。そうなればまた狙われる。そのときイヴァナが来て、わたしの名前を絶叫しはじめ、ルーカスは頭が真っ白になってしまった。そしてとっさに、わたしの捨てたブレスレットに目をとめて遺体の手首につけたのだ。警察にはイヴァナが遺体を見つけたと話した。そのほうが都合がいいと思ったのだが、もちろんその後、イヴァナには暇を出した。

わたしを守りたい一心のルーカスだったが、その後は自分のしてしまったことに怯《おび》えていた。けれども、すべてはわたしのためにしたことで、過去の事件のことを悔いているせいだった。わたしが誘拐され、レイプされたのは自分の落ち度であり、あの母親との暮らしを強いていたのが間違いだったとルーカスは考えたのだ。

当然ながら、ルーカスのせいなどではなかったのに。

ルーカスから説得に説得を重ねられ、わたしはフィンランドのクリニックで治療を受けることになり、徐々に生きる力を取りもどし、恐怖を克服することができた。絶対に不可能だと思っていたのに、いまはこうして生きている。

兄を見つめ、わたしを守るために常識も誠実さも捨ててしまったことを思うと、胸が痛くて仕方がない。わたしたちは共謀して正義を歪《ゆが》め、罪に問われることは避けられない。わかっている。ふたりともきっと実刑は免れない。

これから下す決断により、ルーカスは三つの大きな心配事を抱えることになる。わたしへの影響、ニーナへの影響、そして財団への影響。自分の保身などこれっぽっちも考えていないはずだ。それでも、あまりにも長いあいだルーカスは苦しんできた。

ルーカスが立ちあがり、わたしに手を差しだす。何をするつもりかはわかっている。これ以上嘘をつくことに耐えられないのだ。

わたしはルーカスの手を取り、兄と妹として、一緒に歩きはじめる。屋敷へと、そして警察の待つ書斎へと。

謝辞

小説を執筆するなかでもっとも楽しいのはリサーチの作業なのだが、この作品では特にそれが顕著だった。事実を正確に伝えるため、時間を惜しまずに協力してくれる人々の寛大さにひたすら胸を打たれた。もしも事実関係で誤った部分があるとすれば、それはひとえに著者自身の責任である。

いつもながら、まずは警察関連のアドバイザーである元主任警部のマーク・グレイに感謝を示したい。彼のもたらす情報はきわめて重要かつ啓発的なものだった。近親者による遺体の身元確認について、特に遺体発見現場での状況を詳細に説明してくれたことで、本書の大筋を形づくることができた。さらに彼は、わたしが思いつくままに投げかける数々の質問に嫌な顔ひとつせず、捜査の手順について根気強く話してくれた。

また、ペンリー・ライフボート・ステーションのスタッフにもお礼を申しあげたい。ニューリン港にあるステーションにわたしが押しかけていき、ある場所から漂流しはじめた遺体がどこへ流れつくかという質問をしたとき、快く答えてくれた。結局このときに得た情報は作品に使わずじまいだったのだが、彼らが時間を割いて専門知識を授けてくれたことに感謝したい。

愛すべき読者のアメリア・カフェンにも謝意を表したい。入江と屋敷の名前を募集した際、

〝ポルスキリン〟という素晴らしい名前を思いついてくれた。とても気に入っている。

ワイルドファイア社のケイト・スティーヴンソン、エラ・ゴードン、アレックス・クラーク、その他ヘッドライン・チームの皆さんにもお礼を申しあげる。高いプロ意識と献身的な姿勢の人々と仕事をするのは、とても光栄なことだった。

わたしの作家人生で欠くことのできない人々の筆頭に、エージェントのリジー・クレマーがいる。彼女とデイヴィッド・ハイアム・アソシエイツの同僚たち、なかでもマッダレーナ・カヴァシウティとハリエット・ムーアをはじめとする海外版権部門はドリームチームだと言っていい。

ティッシュ・マクフィルミーはオフィスでわたしが正気を保てるように努めてくれた。何をするにしてもひと工夫をこらし、単調になりがちな事務仕事をユーモアをもってこなすことで、創作の日々を素晴らしいものにしてくれた。

作家の日常はともすれば孤独になりがちであるが、各種イベントやオンラインで交流してくれた作家仲間、ブロガー、読者の皆さまに感謝している。温かく寛大な感想や応援がどれだけ力になったことか。

最後に、わたしを理解し、励ましてくれるジョンに愛と感謝を贈りたい。あなたがいなければ、わたしは何も成し得なかった。

訳者あとがき

イギリス南西部の端にあり、雄大な自然と青い海の広がるリゾート地、コーンウォール。その景観の美しさから、多くのアーティストがインスピレーションを得るために訪れる地でもあり、古代の巨石文化の跡地や、アーサー王伝説ゆかりの地も数多く存在する。

そんな絶景のなかに建つ城館さながらの大屋敷、ポルスキリン。そこに住まうは漆黒の髪に琥《こ》珀色《はくいろ》の目をした、見目麗しい大富豪の男性――とくれば、壮大なロマンスが始まりそうなものであるが、ここで起きるのは意外なことに、ひとりの女性の不審死事件である。しかも豪勢な結婚式の直前に新郎の妹が絶命するという、なんとも不穏かつスケールの大きさを感じさせる事件なのだ。

イギリスのベストセラー作家、レイチェル・アボットの本邦初訳となる本書『殺人ゲーム』を日本のみなさまにお届けできることを嬉《うれ》しく思う。本書は『And So It Begins』から始まるステファニー・キング・シリーズの第二作目であり、前作とはまったく異なる事件が描かれているため、単発の作品として読める内容となっている。ちなみに、第一作目はコーンウォールに住む写真家の惨殺事件をステファニーが追うという物語で、やはり美しい情景が印象的なサスペンスに仕上がっている。

本書は世界中で人気を博している推理ボードゲーム『クルード』をイメージした作品であり、

屋敷で起きる殺人事件、そこに集められた容疑者という、本格ミステリー要素をふんだんに取りこんだサイコ・スリラーとなっている。ちなみに著者は『クルード』のシナリオを執筆した経歴があるとのこと。そしてボードゲームは映画化もされ、『殺人ゲームへの招待』という邦題で一九八五年に公開されている。

大豪邸での華々しい結婚式に招待された本書の主人公ジェマは、裕福な新郎とその友人たちの洗練された雰囲気に圧倒されながらも、夫とともにこの機会を楽しもうと努める。ところが、そこに暗い雰囲気をまとった女性があらわれ、ジェマはその人物に否応《いやおう》なく興味を惹《ひ》かれていく。その女性こそが新郎ルーカスの妹、アレックスだ。どういうわけか、彼女については誰も多くを語りたがらない。夫のマットすらも、アレックスの話題を避けたがる。そして結婚式当日の朝、予想外の悲劇が起きてしまう。

そこから舞台はちょうど一年後へと飛ぶ。中止となった結婚式に招待された友人たちが、また同じ地に集められる。そしてルーカスが一同に知らせたのは、衝撃的な事実だった。さらにルーカスは友人たちに、ある要求を突きつけるのだが――。

著者アボットが得意とするのは、困難な状況に置かれた登場人物がやむにやまれず悪事に手を染めていくストーリーとのことで、いわゆる〝ホワイダニット〟を重視した作風が特徴である。本書においても、アレックスを始め、登場人物の多くがなんらかのトラウマを抱えている。そして彼女の死によって、それぞれが過去と向きあい、抱えている秘密が徐々に明らかになっていく。ルーカスが仲間に強要する〝殺人ゲーム〟は、果たして真の犯人を浮き彫りにすることができるのか。物語の中盤からようやく、刑事に昇格したステファニーが本格的に捜査に乗りだすこととなり、警部で恋人でもあるガスとともに事件を追っていく。その過程でもさらなる事件が起き、読者は先の読めない筋立てに翻弄《ほんろう》されつづける。

　ここであらためて、本邦初訳の著者レイチェル・アボットについて触れておきたい。イギリス、マンチェスター近郊生まれで、セカンドキャリアとして小説の執筆を始めたとのこと。インタラクティブ・メディア企業を経営した経歴を持ち、会社の売却後にイタリアに不動産を購入し、イタリアを拠点とする生活を送ってきた。現在はイギリスとフランスのあいだに位置するオルダニー島に在住している。二〇一一年、トム・ダグラス警部シリーズ第一弾となる『Only The Innocent』でデビュー、わずか三カ月後にキンドル・ストアで第一位を獲得。なお、当シリーズは現在十一作目（うち一作は中編）まで発表されており、英語圏で四百万部の売上げを誇り、二十カ国語以上で翻訳出版されている。ステファニー・キング・シリーズも二作目まで好評であり、今後が期待される。

　本書の構想はイタリアに居住している時期に得たということで、当初はイタリアを舞台にする予定だったそうだ。著者がイタリアに所有している邸宅がかなりの広さだったため、不在時に一般に貸しだすことにしたところ、その用途は結婚式が多く、さらには殺人ミステリーイベントにも使用されたという。その際に、結婚式と殺人ミステリーを融合させるというアイデアを思いついたそうだ。

　著者の作品にはトラウマを負った女性や、犯罪被害者などが多く扱われている。前述したように、困難に遭遇した人間の葛藤《かっとう》を描くことを小説執筆の柱としているとのことだが、本書ではそれに加え、犯罪被害者の心理を詳細に描きたかったのではないかとも思える。アレックスは不幸な生い立ちであるだけでなく、まだ幼いころに犯罪に巻きこまれ、心身に大きな傷を負って生きてきた。孤独を愛し、兄だけを頼りにして広大な屋敷でひっそりと暮らし、誰もいない夜の海で毎晩泳ぐ。そんな彼女の前に、過去を思いださせる兄の友人たちがあらわれ、アレックスは激しいフラッシュバックに苛《さいな》まれる。犯罪被害が心身に与える影響やその過程を、われわれはアレックスの独白を通して手に取るように感じることができる。非常に胸に迫る描写となっており、その部分が重要な伏線ともなっているため、きっと多くのミステリーファンを満足させる内容となっていることだろう。

なお、著者のインタビューによれば、すでに本シリーズは三作目の構想に入っているとのこと。娘のひとりが行方不明になってしまった家族の物語で、同じくコーンウォールを舞台にしているそうだ。発表を楽しみに待ちたいところである。

最後に、本書の翻訳にあたり、株式会社ＫＡＤＯＫＡＷＡの小川和久氏を始め、関係者の皆様には多くのお力添えをいただいた。この場を借りてお礼申しあげたい。

二〇二一年五月

関麻衣子

解説

大矢《おおや》 博子《ひろこ》

なんてスリリングでテクニカルなミステリだろう！

著者のレイチェル・アボットは、イギリスで「サイコ・スリラーの女王」「ツイスト・サスペンスの女王」と呼ばれているという。訳者あとがきにあるように、看板シリーズは十一作を数え、英語圏で四百万部の売り上げを誇るほどの人気作家だ。それがようやく日本に紹介される運びとなった。

本書はその看板シリーズの作品ではなく、女性刑事ステファニー・キングを主人公とした新シリーズの二作目に当たる。え、人気だというトム・ダグラス警部のシリーズじゃないの？ と思ったが一読して納得した。これは面白い！ 本書に仕掛けられた趣向や登場人物など、さまざまな要素が日本初お目見得の作品としてぴったりだ。

物語は二部構成になっている。第一部は、コーンウォールの海辺に建つ邸宅に、招待客たちが集う場面で始まる。財団を運営する富豪のルーカス・ジャレットが結婚することになり、付添人を引き受けた学生時代からの旧友三人がそれぞれのパートナーとともに招かれたのだ。

美容外科医のマットと、その妻のジェマ（本書の主な語り手である）。お調子者のニックと、彼の双子の妹で目を引く美女のイザベル。アクティブで海やヨットを好むアンドリューと、その恋人で物静かなチャンドラ。ホストは新郎のルーカスと、まもなく彼の妻になるニーナだ。

　この家にはもうひとり、ルーカスの妹のアレックスがいる。ジェマとチャンドラ以外はアレックスとも旧知の仲のようだが、ジェマは違和感を覚えた。どうも他のメンバーのアレックスに対する態度がおかしいのだ。彼女のいないところでアレックスの話をするのを避けているようだし、いたらいたで、自然にしようとするあまり不自然になってしまう始末。腫《は》れ物《もの》に触るように扱うのは何か事情があるのかと夫のマットに聞いても、彼女は大きなトラウマを負っていると言うだけで、具体的なことは何も教えてくれない。

　そして結婚式当日の朝、悲劇が起きる。海辺でアレックスの死体が見つかったというのだ。事件は自殺として処理されたが――。

　そして第二部は、それからちょうど一年後が舞台。同じメンバーがルーカスによって再び招集される。ルーカスは一年前のあの日とまったく同じように過ごすことで、当日の全員の動きを確認したいという。なぜなら、アレックスは自殺ではなくこの中の誰かに殺されたからだ、と。

　同じ服と同じ食事が用意され、当日とまったく同じように全員が行動するよう求められた。かくして犯人を炙《あぶ》り出す「再現」が始まった――。

　この設定を見て、死亡事件の起きたパーティから一年後に同じ参加者で当日を再現するアガサ・クリスティの『忘られぬ死』を思い浮かべた人は多いのではないだろうか。本書はボードゲームをイメージしたものではあるが、偉大なるクリスティへのオマージュとして読むのも面白い。だがオマージュだとしても、著者はもちろん、そのまま過去の名作に乗っかったりはしない。私ならこうするよ、というのを見せてくれているのでクリスティファンにも本書はおすすめだ。

　読みどころは多いが、なんと言っても目を引くのは並外れた構成力である。

　まずは第一部が醸し出す不穏な空気に注目願いたい。集まった人々の様子は、夫を除く全員と初対面のジェマの視点で語られる。つまり読者とほぼ同じ視点である。アレックスについて言葉を濁す夫、夫に妙に馴《な》れ馴れしいイザベル、友人であるはずの四人の間に感じられる歪《いびつ》な権力勾配《こうばい》、偶然耳にした不穏な会話……。旧友が集まり、一見和やかに進むように見える再会だが、違和感が少しずつ積み重なっていく。

　この「積み重なっていく」様子が絶品。このメンバーには何かある、と思わせる断片だけはふんだんに与えられるのだ。とにかく怪しい。みんな何かを隠している。何かあることは間違いないのに、それが何なのかわからない焦《じ》れったさ。そんな中、ジェマの他にアレックスやニーナの視点で語られる章もあり、そこで読者にだけ伝えられる情報が提示される。たとえばアレックスのこの言葉だ。

「ルーカスの友人たちは誰もが、こんな厄介者のわたしを受けいれてくれる。けれどもそのなかの誰かが、わたしの口を封じたがっている」

　えっ、そうなのか！　その「誰か」を探せばいいんだな？　こういう重要な情報がさらっと挿入され、それが積み重なった違和感の道標《みちしるべ》になるのだ。不穏さを重ねる一方で、読者が何に注目して読んでいけばいいのか導いてくれるわけで、不穏な空気はキープしたままストレスは緩和される。実に巧《うま》い。

　だが、実はそこに罠《わな》がある。もちろんここで詳しく書くことはできないが、いかにも不穏なエピソードをちりばめながら、後になってみると思いもしない部分が大事だったことがわかるので、推理好きの読者はゆめゆめ油断しないように。

　そして第二部、ある出来事をきっかけに事態は大きく動き出す。それまでを「不穏さが積み重なるサスペンス」とするなら、終盤は「ちりばめられた伏線が回収される本格ミステリ」だ。事件が起きるたびに、背景がひとつずつ明らかになるたびに、そこか、そこがポイントだったのか、と何度も驚かされた。鮮やかという他はない。

　わかってしまえば、伏線はかなりあかさらさまだったことに気づくだろう。だが初読のときは見落としてしまう。なぜなら人間模様のドラマが抜群に面白いからだ。謎めいた展開に引き込まれてしまって、手がかりに注意することを忘れてしまうのである。つまり、物語の面白さ事態が最大の目眩《めくらま》しになっているわけで、この技巧、この趣向は、まさに手練《てだ》れの技だ。本国で人気が出るのも頷《うなず》ける。

　だが、本書は決して、技巧・趣向だけの物語ではない、ということは声を（文字を？）大にして言っておかねばならない。これは夫婦の物語であり、後悔と秘密の物語であり、「支える」とは何かを問う物語なのだ。

本書には、一年前の事件を境に距離ができてしまった二組の夫婦が登場する。マットとジェマ、ルーカスとニーナだ。ともに、何かを抱えて妻を振り返れなくなってしまった夫と、夫の力になりたいと思えども理由も方法もわからず悩む妻の組み合わせである。もうだめかもしれないと項垂《うなだ》れるニーナ、優しいアンドリューに惹《ひ》かれてしまうジェマ。夫を信じたいのに信じられない、妻を愛おしく思えばこそ真実を語れない、そんな二組の夫婦がどうなるのか、事件の謎解きと並行して本書の大きな注目点だ。

　この対比として登場するのが、ガス警部とステファニー刑事の警察カップルである。どうやら未訳の前作で一旦《いったん》離れたものの、本書でおさまるところにおさまったらしい。そんなふたりがコンビとして協力し合いながらこの事件に対峙《たいじ》する。公私はきちんと分けつつ、互いをリスペクトしながら仕事を進めるふたりが実にいい。ガス＆ステファニーの場面はこの不穏な物語の中で唯一ほっとできる、地に足のついた章になっていて、物語にメリハリを生むという効果もあげている。だからこそ、揺れ動く二組の夫婦の不安定さが際立つ。

　夫たちは何を隠しているのか——というのはミステリの根幹に関わるのでここには書けないが、それがわかったとき、読者は大きな衝撃を受けるに違いない。なぜ男性たちはアレックスを腫れ物に触るように扱っていたのか、ルーカスはなぜここまで妹を愛《いつく》しむのか、その出来事が旧友たちの仲をどう変えたのか。そこに浮かび上がる真実は、人が後悔や負い目を抱えて生きるとはどういうことかを改めて読者につきつけるのだ。

　過去に何かがあった。だが時間を巻き戻すことはできないし、過去をやりなおすこともできない。であるならば、人は後悔とともに生きていくしかない。自分なら——と想像してお読みいただきたい。その後悔に蓋《ふた》をして目を背けるのか。なかったものとして抑え込むのか。彼らに他に選択肢はなかったのか。自分の人生のパートナーや家族がそんな苦しみを持っていたら、自分はどう支えていくのか。本書はそこを問うているのだ。

　不穏さが積み重なる物語は、人が誰しも持っている弱さを浮き彫りにして幕を閉じる。それでも読後感は意外なほど爽快《そうかい》だ。それは彼らが自らの弱さや後悔と向き合うことを選んだからに他ならないのである。

　本書の前作にあたるシリーズ第一作の他、レイチェル・アボットには多くの未訳作品がある。本書を読んでそのテクニックとテーマにヤラれてしまった今、一刻も早く他の作品も読んでみたい気持ちを抑えられない。継続的な翻訳刊行を強く願っている。

本書は、訳し下ろしです。

殺《さつ》人《じん》ゲーム

レイチェル・アボット　関《せき》 麻《ま》衣《い》子《こ》＝訳

令和3年 7月25日　初版発行
令和6年 11月25日　再版発行

発行者●山下直久

発行●株式会社KADOKAWA
〒102-8177　東京都千代田区富士見2-13-3
電話　0570-002-301（ナビダイヤル）

角川文庫 22755

印刷所●株式会社KADOKAWA
製本所●株式会社KADOKAWA

表紙画●和田三造

●お問い合わせ
https://www.kadokawa.co.jp/（「お問い合わせ」へお進みください）
※内容によっては、お答えできない場合があります。
※サポートは日本国内のみとさせていただきます。
※Japanese text only

ISBN 978-4-04-110795-9　C0197

角川文庫発刊に際して

角川源義

第二次世界大戦の敗北は、軍事力の敗北であった以上に、私たちの若い文化力の敗退であった。私たちの文化が戦争に対して如何に無力であり、単なるあだ花に過ぎなかったかを、私たちは身を以て体験し痛感した。西洋近代文化の摂取にとって、明治以後八十年の歳月は決して短かすぎたとは言えない。にもかかわらず、近代文化の伝統を確立し、自由な批判と柔軟な良識に富む文化層として自らを形成することに私たちは失敗して来た。そしてこれは、各層への文化の普及滲透を任務とする出版人の責任でもあった。

一九四五年以来、私たちは再び振出しに戻り、第一歩から踏み出すことを余儀なくされた。これは大きな不幸ではあるが、反面、これまでの混沌・未熟・歪曲の中にあった我が国の文化に秩序と確たる基礎を齎らすためには絶好の機会でもある。角川書店は、このような祖国の文化的危機にあたり、微力をも顧みず再建の礎石たるべき抱負と決意とをもって出発したが、ここに創立以来の念願を果すべく角川文庫を発刊する。これまで刊行されたあらゆる全集叢書文庫類の長所と短所とを検討し、古今東西の不朽の典籍を、良心的編集のもとに、廉価に、そして書架にふさわしい美本として、多くのひとびとに提供しようとする。しかし私たちは徒らに百科全書的な知識のジレッタントを作ることを目的とせず、あくまで祖国の文化に秩序と再建への道を示し、この文庫を角川書店の栄ある事業として、今後永久に継続発展せしめ、学芸と教養との殿堂として大成せんことを期したい。多くの読書子の愛情ある忠言と支持とによって、この希望と抱負とを完遂せしめられんことを願う。

一九四九年五月三日